U0534131

外国文学名著丛书

〔法〕莫泊桑／著

漂亮朋友

张冠尧／译

"外国文学名著丛书"编委会

人民文学出版社

Guy de Maupassant
BEL-AMI
据 Librairie Ollendorff, Paris 版本译出。

图书在版编目(CIP)数据

漂亮朋友 / (法) 莫泊桑著 ; 张冠尧译. -- 北京 : 人民文学出版社, 2025. -- (外国文学名著丛书). -- ISBN 978-7-02-019204-5
Ⅰ. I565.44
中国国家版本馆 CIP 数据核字第 2025PC7980 号

责任编辑　黄凌霞
装帧设计　刘　静
责任印制　王重艺

出版发行　人民文学出版社
社　　址　北京市朝内大街 166 号
邮政编码　100705

印　　刷　河北新华第一印刷有限责任公司
经　　销　全国新华书店等

字　　数　265 千字
开　　本　850 毫米×1168 毫米　1/32
印　　张　13.25　插页 3
印　　数　1—5000
版　　次　1989 年 6 月北京第 1 版
印　　次　2025 年 5 月第 1 次印刷

书　　号　978-7-02-019204-5
定　　价　79.00 元

如有印装质量问题,请与本社图书销售中心调换。电话:010-65233595

莫泊桑

出版说明

人民文学出版社自一九五一年成立起,就承担起向中国读者介绍优秀外国文学作品的重任。一九五八年,中宣部指示中国科学院文学研究所筹组编委会,组织朱光潜、冯至、戈宝权、叶水夫等三十余位外国文学权威专家,编选三套丛书——"马克思主义文艺理论丛书""外国古典文艺理论丛书""外国古典文学名著丛书"。

人民文学出版社与中国科学院文学研究所,根据"一流的原著、一流的译本、一流的译者"的原则进行翻译和出版工作。一九六四年,中国社会科学院外国文学研究所成立,是中国外国文学的最高研究机构。一九七八年,"外国古典文学名著丛书"更名为"外国文学名著丛书",至二〇〇〇年完成。这是新中国第一套系统介绍外国文学作品的大型丛书,是外国文学名著翻译的奠基性工程,其作品之多、质量之精、跨度之大,至今仍是中国外国文学出版史上之最,体现了中国外国文学研究界、翻译界和出版界的最高水平。

历经半个多世纪,"外国文学名著丛书"在中国读者中依然以系统性、权威性与普及性著称,但由于时代久远,许多图书在市场上已难见踪影,甚至成为收藏对象,稀缺品种更是一书难求。在中国读者阅读力持续增强的二十一世纪,在世界文明交流互鉴空前频繁的新时代,为满足人民日益增长的美好生活的需要，人民文学出版社决定再度与中国社会科学院外国文学研究所合作，以"网罗经典，格高意远，本色传承"为出发点，优中选优，推陈出新，出版新版"外国文学名著丛书"。

值此新版"外国文学名著丛书"面世之际，人民文学出版社与中国社会科学院外国文学研究所谨向为本丛书做出卓越贡献的翻译家们和热爱外国文学名著的广大读者致以崇高敬意！

"外国文学名著丛书"编委会
二〇一九年三月

编委会名单
（以姓氏笔画为序）

1958—1966

卞之琳	戈宝权	叶水夫	包文棣	冯 至	田德望
朱光潜	孙家晋	孙绳武	陈占元	杨季康	杨周翰
杨宪益	李健吾	罗大冈	金克木	郑效洵	季羡林
闻家驷	钱学熙	钱锺书	楼适夷	蒯斯曛	蔡 仪

1978—2001

卞之琳	巴 金	戈宝权	叶水夫	包文棣	卢永福
冯 至	田德望	叶麟鎏	朱光潜	朱 虹	孙家晋
孙绳武	陈占元	张 羽	陈冰夷	杨季康	杨周翰
杨宪益	李健吾	陈 燊	罗大冈	金克木	郑效洵
季羡林	姚 见	骆兆添	闻家驷	赵家璧	秦顺新
钱锺书	绿 原	蒋 路	董衡巽	楼适夷	蒯斯曛
蔡 仪					

2019—

王焕生	刘文飞	任吉生	刘 建	许金龙	李永平
陈众议	肖丽媛	吴良柱	吴岳添	陆建德	赵白生
高 兴	秦顺新	聂震宁	臧永清		

目　次

译本序……………………………………… *1*

第一部……………………………………… *1*

第二部……………………………………… *201*

译 本 序

十九世纪末叶,法国的一位作家曾经半开玩笑地说:"我像流星一样进入文坛",不幸的是,他的创作生涯也如流星般一闪而过。但这道闪光是如此耀眼,不仅使法国人惊叹不置,而且为全世界所瞩目。

这位作家,就是被法朗士誉为"短篇小说之王"的莫泊桑。

莫泊桑在进入文坛之前,是巴黎一个默默无闻的小职员。一八八〇年,他的短篇小说《羊脂球》在著名的《梅塘夜话》小说集中发表,引起了强烈的反响。这篇小说巧妙的构思,圆熟的技巧和对现实的深刻剖析,受到人们的交口称赞;还有他那清新、优美而又准确、简练的文体,即使最挑剔的文体家也认为无懈可击。法国公众只知发现了一位天才,却不知这位天才已在高人的指导下,刻苦奋斗了十余年;更不会想到,这位天才是在无法逃脱的遗传性精神病的威胁下,以顽强的毅力与自己的命运作斗争。

莫泊桑的母亲,是诗人兼小说家勒普瓦特万(1816—1848)的妹妹,本人也酷爱文学。莫泊桑自幼受母亲熏陶,十三岁开始写诗。在中学阶段,巴拉斯派诗人路易·布耶曾经热情地关怀这个年轻人的成长。从一八七三年起,他在母亲的老友福楼拜的悉心指导下,接受了极严格的写作训练。福楼拜培养他对生活的感受力和敏锐的观察力,培养他严谨的写作态度和对文体美的执着追求。这位老师对弟子的关心和爱护是十分感人的,每当莫泊桑丧失勇气,老师总是以热情的鼓励和督促使他振奋起来。福楼拜强调"才能就是持久的耐性",他要求莫泊桑以长期不懈的努力,去获得自己的独创性。这位勤奋而听话的学生也没有辜负老师的期望,他孜孜不倦,所写习作数以百计,终于写出了使老师拍案叫绝的《羊脂球》。

从《羊脂球》开始,莫泊桑的作品如喷泉般涌射而出,短短的十年之中,他发表了三百多篇中短篇小说,六部长篇小说,三部抒情游记,一部诗集①,还有若干戏剧和相当数量的评论文章。不幸多年折磨他的疾病恶性发作,一八九一年他不得不告别文坛,一八九三年七月与世长辞,终年四十三岁。

在十九世纪群星灿烂的法国文坛,能跻身于巴尔扎克、雨果、司汤达、福楼拜、左拉等大师的行列而不黯然失色,这绝不是一般的才华所能达到的,必定是在某些方面有其独创的才能;何况莫泊桑还是一个同时使读者、批评界和同代作家为之倾倒的人物,这就使我们不能不怀着极大的兴趣去探究其个人特色及魅力之所在。

与前述那些第一流的大作家相比,在气魄的宏伟、画面的广阔和哲理的深度方面,莫泊桑显然要略逊一筹。他不是哲

---

① 这部诗集曾于一八七五年以笔名发表,但未引起广泛注意。

人,也不是历史家,他缺乏巴尔扎克那种深邃的历史洞察力,不具备司汤达那种政治敏感,不像他的老师福楼拜那样缜密细腻,也不如左拉的视野宽广。但他自有一种非凡的捕捉生活的本领,善于从一般人视而不见的凡人小事中,发掘带有本质意义和美学价值的内容,从而大大丰富了文学的题材。

就一般人的眼光看来,莫泊桑的生活阅历并不十分丰富。他出身于诺曼底一个破落的贵族之家,在家乡的田园景色中长大,中学毕业后到巴黎学法律,不久为普法战争所中断,他被征入伍,但很快又在大溃退中返回故乡,随后他在法国海军部(后又转至普通教育部)当了十年小职员,直至《羊脂球》使他一举成名。这样,诺曼底的农民和乡绅、普法战争以及巴黎小职员单调沉闷的生活,就成为他的主要创作源泉。莫泊桑正是利用这些平淡无奇的生活素材,给读者提供了一组组丰满生动的社会风俗画,特别是出色地勾画了这个社会中为数众多的小人物的群像。

写小人物,不能说是莫泊桑的创举,其他作家的作品中,也出现过不少小人物,但小人物一般不能成为他们作品的主人公:巴尔扎克的主人公都是些叱咤风云的人物,要么是各行各业的拿破仑,要么是尚未得志或惨遭失败的才智之士,至少是具备某种非凡的气质或个性;司汤达的主人公无一例外地具有过人的才华、坚强的意志和性格,从外表到内心都出类拔萃;雨果的主人公几乎超凡入圣,全都带有浓厚的传奇色彩。而莫泊桑的作品却大都以芸芸众生为主人公——农民、铁匠、船工、修椅垫的女人、穷公务员、流浪汉、乞丐、妓女、俗不可耐的小市民……都是他着意观察和描绘的对象。

若在巴尔扎克笔下,即使平庸的人也当写得不同凡响:赛查·皮罗托是个普通的买卖人,"相当愚蠢、相当庸俗,他的厄运也很寻常",于是巴尔扎克把他搁置了六年之久,直到赋予这个买卖人某种特殊的品格,并且使他的死达到悲剧的高度。但是莫泊桑认为:"如果昨日的小说家是选择和描述生活的巨变、灵魂和感情的激烈状态,今天的小说家则是描写处于常态的感情、灵魂和理智的发展。"①所以他听任他的人物目光短浅、举止平庸,从里到外无一出众之处,即使他们中的某些人完成了某件英雄壮举,那也多半出自他们淳朴的天性,甚至是相当原始的本能,而不是由于具备何等样的英雄气质。然而这个芸芸众生的世界,却成为莫泊桑创作的特殊领域,使他的作品别有新意。没有他所描绘的这个世界,十九世纪的社会风俗画卷就不够完整,尤其是不能充分反映十九世纪后期的法国社会特征。

应当承认,使莫泊桑在十九世纪文坛上发出异彩的首先是他的短篇小说。这种文学体裁在法国本不十分受人重视(尽管许多名家都不乏优秀的短篇杰作),直到莫泊桑,短篇小说才充分施展其魅力,显示出巨大的容量,承担起描绘社会风貌的重任。如果说巴尔扎克的作品好比巨幅壁画,莫泊桑的作品却类似一帧帧小巧的素描,表面看去彼此毫无联系,组合起来却成为十九世纪后期的社会风俗写真。

以凡人小事为题材,以短篇小说为主要创作形式,应当说是莫泊桑在文学题材和体裁上的突破,也是他个人独创性的主要表现。但是,如果没有他在语言上的突出成就,莫泊桑也不可能引起如此广泛的赞叹和重视。

---

① 莫泊桑:《小说》。

莫泊桑曾将法兰西语言比作"一泓清水",他的语言也确实像"一泓清水"一样,清新流畅、朴素自然,优美而不流于柔弱,精确洗练而不乏幽默机智,在语言艺术上可说达到了很高的境界,这一点正是使他的同代和后代作家最为折服的。本身也以文体的优美著称的阿那托尔·法朗士,对莫泊桑的语言艺术给予了极高评价,左拉不能不感到望尘莫及,马拉美、纪德等都把莫泊桑的语言视为法语的典范,法国的教科书纷纷选莫泊桑的作品作范文。

在创作方法上,莫泊桑直接师承福楼拜,和福楼拜同属十九世纪后期现实主义文学的代表。虽然福楼拜拒不接受现实主义者的称号,莫泊桑也曾宣称自己不属任何流派,但从他们的艺术理论到艺术实践,都说明他们与法国现实主义文学传统一脉相承,而又有所变化发展。

莫泊桑从事写作的年代,适逢自然主义在法国风行一时,使他的创作多少受到这一流派的影响。如对所谓人的"动物本能",莫泊桑就有与自然主义相类似的看法和描写。但他始终坚持福楼拜的美学体系,不赞同自然主义的理论主张,尽管他十分敬重左拉的才能和为人,也不否认自然主义集团的作家创作了不少有价值的作品。莫泊桑的文艺观,在他为《彼埃尔和若望》所写的题为《小说》的序文和有关福楼拜、左拉的论文中,有着明确而系统的阐释。莫泊桑反对批评家的门户之见,不同意给小说定下某些不可更改的创作法则,主张给予作家"根据自己的艺术见解来想象、观察和写作"的"绝对权利"。在莫泊桑看来,作家的才能来自独创性,而独创性就是思维、观察、理解和判断的独特方式。因此,他不反对自然主义作家按照他们的艺术见解写作,而他自己却不愿遵循他们的法则行事。首先是在"真实感"的问题上,他不同意自然主义的"绝对真实"论。莫泊桑认为:"一个现实主义者,如果他是艺术家的话,就不会把生活的平凡的照相表现给我们,而会把比现实本身更完全、更动人、更确切的图景表现给我们。"因为把一切都叙述出来是不可能的,势必要进行选择。艺术家"只能在这充满了偶然的、琐碎的事件的生活里,选取对他的题材有用的、具有特征意义的细节,而把其余的都抛在一边。"莫泊桑也不同意过分贬低构思的作用,因为"写真实就要根据事物的普遍逻辑,给人关于'真实'的完整印象,而不是把层出不穷的事实死板地照写下来。"①

当然,对于一味强调主观意象的浪漫主义,莫泊桑更加不以为然。他承认浪漫主义时代出现了许多不朽的艺术杰作,但讨厌浪漫主义的"浮夸作风"和"逻辑的混乱",不赞成像他们那样"在实际生活之外另创造一种比生活本身更美的生活",并批评浪漫主义者"抛弃了法国人的健康思想和蒙田、拉伯雷的传统智慧"。②

可见,在文学与现实生活的关系问题上,莫泊桑和十九世纪前期批判现实主义作家的观点是十分接近的。和巴尔扎克、司汤达一样,福楼拜和莫泊桑都很重视对现实的观察、分析、提炼和概括,重视对事物内在关系的探究,不仅要求准确地把握事物的外貌,而且力求"深入到对象的精神和心灵深处,理解其未暴露出来的本质,理解其行为的动机"③,进而以

---

① 以上引号内文字均引自莫泊桑的《小说》。
② 莫泊桑:《梅塘夜话》。
③ 莫泊桑:《居斯塔夫·福楼拜》。

典型化的手段,以具有高度概括性而又个性鲜明的艺术形象描绘出来。这种艺术方法,正是巴尔扎克式的再现"典型环境中的典型性格"的现实主义创作方法。福楼拜的《包法利夫人》《情感教育》,莫泊桑的《羊脂球》《一生》《漂亮朋友》……都是这种创作方法极为成功的实践。

不过,福楼拜和莫泊桑的艺术,与以巴尔扎克、司汤达为代表的前期批判现实主义又有所不同。主要是在对待现实生活的态度上,前期的作家热情洋溢,积极参与社会生活,介入现实斗争,而且在作品中以极其鲜明的态度表现出来。福楼拜和莫泊桑却竭力对生活抱旁观态度,以客观冷静的描摹来掩盖作家对现实的分析。在福楼拜和莫泊桑看来,作家只能通过"选择具有特征意义的细节"来刻画事物的实质,而不允许作家在作品中直接表露自己的观点,因此,应当"小心翼翼地避免一切复杂的解释和一切关于动机的议论,而限于使人物和事件在我们眼前通过"①。莫泊桑认为:"心理分析应该在书里隐藏起来,就如同它在生活中实际上是隐藏在事件里一样。"②作家只能将心理分析作为"作品的支架",就如同看不见的骨骼是人身体的支架。巴尔扎克和司汤达却不然,尽管他们同样重视"选择具有特征意义的细节"来突出事物的本质,却不甘心让自己完全退到幕后。他们时时刻刻和他们的人物生活在一起,和这些人物同呼吸、共命运,随时随地剖析他们的心理,对他们的遭遇发出慨叹,甚至有时要借用他们的舌头,长篇大论地阐述自己关于政治、经济、哲学、历史、司法、行政、宗教、伦理,乃至自然科学等五花八门的见解。

①② 莫泊桑:《小说》。

从纯艺术的角度看,福楼拜和莫泊桑所追求的,也许是一种更为微妙精深的艺术境界,需要艺术家付出更多的心血和劳动。事实上,这两位作家在艺术上的确比巴尔扎克、司汤达更严谨、更完善,文体也更为简洁优美。但从整体看,前期两位大师的作品却更有感染力,更能震撼人心。这一差距,当然不能归咎于艺术上的力求完善,问题也不在于作者的观点是隐蔽还是公开,而是后期的两位作家根本缺乏前期作家那种有强大吸引力的激情。

巴尔扎克和司汤达生活在法国的重大历史转折时期,大革命的动荡和拿破仑的丰功伟绩在人们头脑中留下了深刻的印象,那正是产生英雄梦想和伟大热情的时代,在文学上则是产生浪漫主义的时代。即使现实主义作家,当时一般也都带有浓重的浪漫主义气质,他们满怀理想,热切盼望出现一个容许个人才智充分发展的合乎理性的社会;而且深信自己在当代历史中应当扮演一个重要的角色。所以他们以全部热情投入现实生活,密切注视历史的进程、时代的交替,猛烈抨击一切不合理的现象,努力探索更加合理的未来。

可是福楼拜和莫泊桑生活在资本主义稳定发展的时期,一切幻想早已破灭,剩下的只是平庸、鄙俗的现实。他们愈是观察,就愈是对这个社会感到恶心和蔑视,以致根本不屑于参与政治和社会生活。福楼拜遁世隐居,莫泊桑超脱一切。于是他们成为这个社会的批判的旁观者,以一种冷漠的讥刺态度,把人们尚未识透的社会如实描绘出来,不加评论,不加分析,让人们自己去判断。

这种冷漠,与其说是无动于衷,毋宁说是一种丧失理想的悲哀。从莫泊桑的某些作品可以看出,他的天性并不冷漠。

他对统治者充满憎恨,对弱者寄予无限同情,对下层人民身上淳朴善良的品质常常发出由衷的赞叹。可是他对生活缺乏信念,找不到任何理想作支柱。年复一年,他看见生活就这样在虚伪、可耻的氛围中缓缓流动,心中只觉一片空虚和厌倦。这种情绪随着时间的推移愈来愈严重,使他愈来愈倾向于叔本华的悲观主义哲学。福楼拜也是悲观的,他怀疑一切,甚至怀疑自己,但他至少还信仰艺术;莫泊桑到后来甚至对艺术也感到厌倦:"我现在对一切都感到漠然,我有三分之二的时间在极度的厌倦中度过,三分之一的时间用来涂写我尽可能高价售出的文字,一面为从事这可憎的职业而痛苦。"① 他痛苦,是因为作家的职业使他习惯于解剖一切,使他身上产生了"第二种视力",这种视力"既是作家的本领,又是他们的不幸","我写作,因为我了解,我痛苦,因为我认识现实太清楚。"②

实际上,他那超脱一切的冷漠态度,他那使文学孤立于社会政治之外的企图,不知不觉已缩小了他的视野,使他不能广泛和全面地研究和认识社会,使他不可能看见代表人类前途和希望的因素。因此,他虽然对现实保持着清醒的头脑,却不比他的读者更有远见。他和许多同时代人一样,把现存秩序看成永恒不变的东西,把一切企图改变现状的斗争都看成是愚蠢的、徒劳无益的举动,甚至把某些丑恶的东西看成人类固有的本质,从而更深地陷于悲观绝望而不能自拔。

"哀莫大于心死",莫泊桑的漠然,恰是极度悲观的表现。正是这种悲观,削弱了他的作品的力量,导致他创作力的逐步

---

① 莫泊桑给玛丽·巴基舍芙的信。
② 莫泊桑:《在水上》。

衰退,并且直接危害了他的健康。一八八八年以后,他再也写不出任何有分量的作品,一八九一年终因病重完全搁笔。

莫泊桑固然是以短篇小说的建树闻名于世的作家,但并不意味他在长篇小说方面才具平庸。莫泊桑创作的长篇小说共六部:《一生》(1883)、《漂亮朋友》(1885)、《温泉》(1887)、《皮埃尔和冉》(1888)、《如死般强》(1889)和《人心》(1890)。其中影响最大的是前两部:《一生》是莫泊桑对长篇小说第一次成功的尝试;《漂亮朋友》则是莫泊桑批判现实主义艺术的巅峰,比《一生》具有广阔得多的社会内容和深刻得多的现实意义。这是一部有直接针对性的、政治性很强的作品。小说通过一个无耻之徒的飞黄腾达,揭露了第三共和国时期法国政界人物的丑恶嘴脸,把批判的矛头直接指向了当时法国的金融寡头政治和殖民主义战争政策。小说通过种种生动具体的细节,无可辩驳地表明了法国当时的统治者不过是一小撮金融资本家,议会、内阁、新闻机构只是他们的工具;同时一针见血地指出,殖民主义战争的直接受惠者,仅仅是那些掌握股票、债券的金融大亨,报纸上所有那些"爱国"高调,无非是为大亨们的钱袋服务而已。正当法国社会上殖民主义思潮泛滥,"爱国"高调甚嚣尘上之际,莫泊桑居然敢于公开揭露报界宣传"爱国"的真相,这不仅需要敏锐的观察力,而且需要相当大的勇气,甚至勇敢的左拉当时也未能做到这一点。正如拉法格所指出的,莫泊桑是当时的作家中,"敢于揭开帷幕的一角,暴露巴黎资产阶级报界的贪污和无耻"[①]的唯一

---

① 拉法格:《左拉的〈金钱〉》。

范例。

这部小说的不朽价值,首先在于成功地塑造了一个野心勃勃的"当代英雄"的典型。这种"英雄"恰如高尔基所概括的:"他们具有坚强的性格,具有搜括金钱、掠夺世界、制造国际屠杀来使自己富足的天才的本领;不能否认,他们魔鬼般的龌龊行为是惊人的寡廉鲜耻和惨无人道。"①虽然莫泊桑在这部小说中所描绘的,还只是这个人物发迹的开始,但读者已经可以想见,不久他就将在那些掠夺世界、制造国际屠杀的事件中,从配角擢升到主角的地位。

这位杜洛华先生刚出场的时候,还是铁路局一个寒酸的小职员,身上穿着只值六十法郎的衣服,袋里装着只剩三法郎四十生丁的"家当";那时福雷斯蒂埃所在的报馆在他眼中是多么高贵庄严,福雷斯蒂埃家中优雅的客厅是多么值得艳羡,那些衣着讲究的上流社会妇女看上去是那么可望不可即,那些新闻界的知名人士又是怎样地使他自惭形秽。

可是曾几何时,他已把众人踩在脚下,成为赫赫有名的官方记者,大财阀瓦尔特的女婿,《法兰西生活报》的总编辑。小说的结尾,描写他和瓦尔特小姐举行婚礼的盛大场面。这个暴发户挽着新娘,一面和他的情妇眉目传情,一面陶醉于主教的颂词:"您,先生,您才华盖世,文章绝代,您教育、指点和领导着芸芸众生,您的使命是伟大的,您将给世人做出光辉的榜样……"杜洛华得意洋洋,抬眼注视众议院,心中清楚地意识到,凭着瓦尔特小姐的财产和丈人的势力,他很快可以成为议员,当上部长。

---

① 高尔基:《论文学》。

这个家伙平步青云的秘密在哪儿呢？论学识，他连中学毕业会考也不曾通过，文笔和中学生一般拙劣，进报社的第一篇文章，他不得不请福雷斯蒂埃夫人替他炮制。那么，他是怎样以惊人的速度，从一名默默无闻的外勤记者爬上如此显要的位置的呢？整部小说就是回答这个问题。

艺术家的洞察力表现在：他不是把杜洛华看作一个孤立的静止的存在，而是同时看到产生这棵毒菌的土壤，以及它发育、成熟的过程。小说的情节沿着这个恶棍发迹的过程展开，人物性格的塑造随着情节的发展逐步完成，而整个社会环境则像一个毒菌丛生的腐烂肌体一样，培育着这个贪婪无耻的个性。故事情节、人物塑造、环境描写，三者有机地结合在一起，合情合理地揭示出"一个人的心灵在环境影响之下如何改变，感情和欲望如何发展"。

杜洛华这个乡村酒店老板的儿子，天生精明狡猾，服役时又在非洲殖民地度过了两年奸淫烧杀的放纵生活，心中早已没有是非善恶的观念，正是人们常说的那种"天生的强盗胚子"。可是巴黎不是非洲，公开抢劫是行不通的，他一无才华，二无经验，要在巴黎出人头地还得从头学起。

外勤记者的工作，对杜洛华说来是个极重要的学校。老外勤圣波坦给他上的采访第一课，就点明了"欺骗"是新闻的实质。以杜洛华那点聪明，用不了多久便领悟到，对一个记者来说，学识倒无关重要，重要的是狡黠、机敏、灵活、嗅觉敏锐、诡计多端。不出几个月，他已经比某些干了几十年的老报人更加理解办报的诀窍，更加善于揣摩老板的秘密意图；不论是散布流言，还是制造假象，总能适应老板在投机买卖上的需要。老板也就很快地意识到，这是个不可多得的小伙子。

他每日出没在巴黎社会的各个角落,上至部长、将军、亲王、主教,下至妓女、老鸨、拉皮条的坏蛋、咖啡馆的侍者,都是他结交的对象。渐渐地他把所有的人都看成一回事,认定了"在人类的岸然道貌之下,不过是永恒的男盗女娼"。的确,这腐臭、污浊的巴黎社会,有谁能比外勤记者更知根摸底呢!正直人会感到恶心、憎恨,杜洛华却从中吸取了信心和力量。他看明白了那班达官贵人全是一伙混蛋,哪一方面也不比自己高明,凭什么他杜洛华就不能有所作为呢!

杜洛华受着野心的煎熬,只苦于找不到一条向上爬的捷径。这时候,福雷斯蒂埃的妻子玛德莱娜充当了他的领路人,指点他利用自己漂亮的仪容,向老板夫人去献殷勤,果然使他很快地当上了《法兰西生活报》的"社会新闻栏"主编。

从此,杜洛华更加有意识地利用自己的外表,施展魅力,把女人当作向上爬的台阶。如果说他最初这样做时还多少有点畏缩,愈到后来,他就愈加无所顾忌,把他遇到的所有女人,都当奴隶一般驱使。具有讽刺意味的是,玛德莱娜最初是他的向导,继而成为他猎获的对象,最后成为他手中的牺牲品。玛德莱娜和杜洛华之间关系的转换,是揭示杜洛华的性格和灵魂的重要情节。一开始玛德莱娜在杜洛华眼中几乎高不可攀,不久他发现玛德莱娜与政界交往密切,手腕灵活,文笔潇洒,是个对丈夫的前途大有影响的女人,便决心在这个女人身上押宝。果然,福雷斯蒂埃死后,他既接替了朋友的政治主编职务,又接替了丈夫的角色。依靠妻子的帮助,他转眼间成为政治新闻界的风云人物,倒阁运动中的得力打手,新内阁的重要代言人,荣获了十字勋章,他的姓名也改成了有贵族标记的杜·洛华。

但是,杜·洛华的胃口越来越大,这点地位和荣誉已经远远不能满足他了。他眼看瓦尔特和两位部长在摩洛哥债券上赚了几千万,几天之内,瓦尔特便成了"世界的主宰之一,无所不能的金融大亨之一,权力比国王还大",他心中不禁嫉妒得发狂。落在他身旁的金雨全装进别人的腰包了,他杜洛华却没捞着!瓦尔特和外交部长拉罗舍愚弄了他,利用了他,利用他打倒了旧内阁,当上了部长,又利用他在摩洛哥出兵问题上散布种种虚虚实实的舆论,掩护他们神不知鬼不觉地独吞摩洛哥殖民战争的利益……杜洛华越想越有气,他杜·洛华凭什么只能给人当工具,为什么他就不能和他们一样利用别人?摩洛哥事件使杜洛华的野心跃进到一个新阶段,他决心向社会的最上层进军。这时,他感觉到玛德莱娜这匹马不行了,非换马不可。于是想到了瓦尔特的女儿苏珊。虽然苏珊是他情妇的女儿,可是娶了苏珊,他就能到手几千万财产,就能成为统治者的一员,那时他便要什么有什么……他后悔过去打错了主意,娶了玛德莱娜这个没出息的女人。当初他对玛德莱娜的才干何等钦佩,对她的帮助何等感激,她为他写出第一篇文章时,他是怎样的战战兢兢不敢署上自己的名字……而今却认为她妨碍了他,成了他的绊脚石。虽然前不久他从妻子应得的一百万遗产中,勒索到手了五十万,他仍然觉得妻子让他倒了霉、受了穷,非把她一脚踢开不可。于是他导演了一出捉奸的丑剧,一箭双雕,既打倒了外交部长,又达到了离婚的目的。

杜洛华的这一番手段,连老奸巨猾的瓦尔特老头见了都目瞪口呆。过去杜洛华在他眼中只是一名出色的记者,这时却意识到"这混蛋一定能干出一番事业";及至杜洛华拐走他的女儿,强迫老头儿答应他们的婚事时,瓦尔特吃惊之余,才更加肯定此人前途无量,"将来一定能当议员和部长"。

事实上,杜洛华正是"资产阶级政客的原型",莫泊桑以惊人的准确和透彻,在这个人物身上集中了资产阶级政界人物的共同特点,精细地刻画了他们的寡廉鲜耻和不择手段。而这,才正是杜洛华青云直上的根本原因。在这个由金融大亨统治的国度,一个人越是无耻,越是毒辣,成功得就越快。为了制定大亨们需要的政策,制造他们所需要的舆论,一个混蛋比一个道德君子有用得多。瓦尔特老板正是从杜洛华极端的无耻和手段的毒辣,看到了他当议员和部长的才能。

杜洛华是莫泊桑的人物画廊中唯一的叱咤风云的人物,同时也是他塑造得最成功的一个典型形象。虽然小说中并没有运用大段的心理分析,却让读者从人物的一言、一行、一闪念中,清晰地看到这个人心理状态的微妙变化,看到他的野心和欲念如何随着环境和地位的变化而膨胀,作恶的手段如何随着经验的积累越来越高明,恬不知耻的程度又如何因恶行的升级而逐步加深。值得注意的是,作者也没有把杜洛华写成唯一的或最大的恶棍,他不过是社会上许多飞黄腾达者中的一个,所做的事情和其他大人先生做的也差不多。在现有的社会条件下,杜洛华这样的人总是会不断产生,不断得势的,拉罗舍是被淘汰的杜洛华,结尾部分隐约提到的那个让·勒多尔却可能是未来的杜洛华。作者以含蓄的讥讽态度,描写杜洛华在这个社会里如何如鱼得水,一帆风顺,仿佛时刻受到上帝的庇护,连那幅世界名画《基督凌波图》上的耶稣,相貌都和杜洛华极其相似。当瓦尔特夫人在悲观绝望中想祈求基督保护时,抬眼看到的竟是杜洛华。其实杜洛华这等人从来不把上帝放在眼里,他的宗教就是:"人人都为自己,谁有胆量,谁就胜利。"可是上帝偏爱他,让他事事如意,以致这恶棍欣喜若狂地在教堂接受众人礼赞时,竟也感谢起天主来。于是,"在教士的祈求下,耶稣基督降临人间,正式承认了乔治·杜·洛华男爵的胜利"。这是何等意味深长的讽刺!何等深沉含蓄的指控!

《漂亮朋友》是莫泊桑的作品中现实性、批判性最强的一部小说。尽管作家仍然忠于自己的创作原则,不发议论,不作分析,读者仍能从字里行间清楚地感觉到作者对法国统治阶级及其内外政策的憎恶、反感。在十九世纪八十年代,金融垄断资本的统治、资本输出和殖民主义扩张,正是法国政治、经济和社会生活的本质内容,莫泊桑抓住了这个内容,便把握住了当时法国社会的主要特征,从而使小说具有鲜明的时代感和深刻的现实意义。就这一点来说,《漂亮朋友》与十九世纪任何一部批判现实主义作品相比都毫不逊色;而且在政治上,甚至比巴尔扎克的同题材小说《幻灭》有更直接的针对性。但是,和巴尔扎克的《幻灭》相比,《漂亮朋友》却缺乏某种激励人的东西。同样是揭露现实的黑暗,同样是描写恶人的胜利,巴尔扎克能激起愤怒,莫泊桑却只能使人感到苦闷、压抑。这可能是由于巴尔扎克着意描写了天才的受摧残,正直人的被迫害,使小说具有悲壮的意味;而莫泊桑则完全是描写恶的发展和恶人的所向无敌。巴尔扎克即使以"幻灭"为主题也没有悲观的色彩,他对资产阶级的统治感到幻灭,却不曾对整个人类绝望。在任何时候,巴尔扎克的作品中总不乏追求正义者,自强不息者,即使这些人未能指出社会的正确出路,至少使读者感到有一股不与恶浊环境同流合污的对抗力量。莫泊桑却对人类缺乏信心。他所看到的人要么是坏蛋,要么是弱者,很难找到一个真正站得起来的正面人物。如果说他前期的某些作品中还反映了下层人民身上某些闪光的东西,愈到后来,这种闪光就愈罕见。莫泊桑只看见眼前一片黑暗,他自己也被这黑暗所征服、所压倒。所以《漂亮朋友》和《一生》相比,内容固然深刻得多,但作者对生活的态度也比过去消极得多。《漂亮朋友》中的诗人瓦兰纳,曾经说过这样一段话:

> 生活就像一个山坡,眼望着坡顶往上爬,心里会觉得很高兴,但一旦登上峰顶,马上会发现,下坡路就在眼前,路走完了,死亡也就来了。上坡很慢,但下坡却很快。人在你这样的年纪都是快活的,有很多希望,但这些希望永远不能实现。到了我的年纪,除了死就再也没有盼头了。

这段话,是否在某种程度上反映了莫泊桑当时的思想情绪呢?一八八〇至一八八五年是莫泊桑创作的极盛时期,他似乎意识到自己已到达光荣的顶点,似乎预感到盛极而衰的局面即将到来,预感到疾病和死亡的威胁正在日益临近。

一八八五年以后,莫泊桑的创作事实上已开始走下坡路。不过一八八七年的《温泉》仍不失为一部杰作。这部小说刻画了资产阶级的唯利是图和贵族子弟的放荡不羁,有较充实的社会内容和较丰满的人物形象。但从《皮埃尔和冉》开始,出现了孤立地描写心理矛盾的倾向,主题渐趋狭窄,思想也愈见贫乏,到最后两部长篇,虽然客观上也暴露了上流社会的空虚无聊、荒淫无耻,却已毫无批判意味,甚至还宣扬了一些病态的思想。

莫泊桑带着一颗痛苦的灵魂度过了短暂的一生。人们甚

17

至感到奇怪,他那有病的大脑,何以能写出那么清晰的文字,何以对现实有那么清醒的认识。可见莫泊桑并不属于生活中的弱者,他明知等待自己的是何等可悲的命运,却不曾向命运屈服。他始终努力保持健全的理智,尽可能有效地利用生命,终于在极短促的时间内,留下了一笔丰厚的文学遗产。虽说这笔遗产中并非全部都是传世的杰作,但确有相当大一部分堪称世界文学宝库中的瑰宝。他的整个建树虽不及《人间喜剧》那么辉煌,却自有独特的意趣和价值。

艾　珉

一九八二年十二月

第一部

一

乔治·杜洛华递给管账女人一枚五法郎的硬币①,接过找回来的钱,走出了饭馆。

他自知长得漂亮,又有前士官的翩翩风度,便故意挺直腰板,以军人的熟练姿势卷了卷胡子,用他那美男子的目光,像撒网一样,迅速地环顾了一下在座的客人。

女客们都抬起头看着他。其中有三个年轻女工,一位年近半百、不修边幅的音乐女教师,身上的衣裙总是歪歪扭扭,帽子上也总积满尘土;还有两位和丈夫在一起的中产阶级妇女。她们都是这家廉价小饭馆的常客。

来到人行道,杜洛华停下脚步,暗自思量该干什么。那天是六月二十八日。他口袋里只剩下三个法郎零四十生丁。但这些钱得用到月底。就是说,只够吃两顿晚饭,没有午饭,或者两顿午饭,没有晚饭。两种做法,随他选择。他想,一顿午饭只需二十二个苏,而一顿晚饭却要三十个苏。如果只吃午饭,便可以节约一法郎二十生丁。换句话说,还可以吃两顿简简单单的香肠夹面包,外加在大街上喝两杯啤酒。而喝啤酒

---

① 原文是"一百个苏的硬币"。按法国旧币制,一法郎等于二十个苏,一个苏等于五生丁。

对他来说,是晚上最大的开销,也是最大的乐趣。想到这里,他迈步向洛雷特圣母院大街走去。

他拿出当年做轻骑兵时的架势,挺起胸膛,两腿微微分开,仿佛刚从马上下来似的,在挤满人群的街道上大踏步前进,粗暴地碰撞别人的肩膀,把挡路的行人推开。头上那顶已经相当残旧的礼帽歪戴着,鞋后跟在路面上敲得橐橐作响,俨然是一个平民打扮的漂亮的退伍军人。他神气十足,挑衅似的傲视着面前的一切:行人,屋宇,甚至整个城市。

他身上那套衣服只值六十法郎,虽然俗了点,但说真的,穿在他身上也颇有些气派。他身材高大,体格匀称,一头金栗色而稍带红棕的头发,两撇往上翘起的胡须仿佛紧贴在唇上,一双浅蓝色的眼睛,中间是小小的瞳孔。头发天生鬈曲,从头顶分缝儿。这种模样和打扮,十足像通俗小说里的坏蛋。

这是夏天的一个夜晚,一丝风也没有,巴黎像个蒸笼,人人汗流浃背,热得透不过气来。花岗石砌的阴沟口泛出阵阵恶臭。设在地下室里的厨房也从低矮的小窗口向大街喷出一股股泔水和残羹剩饭的馊味。

看门人穿着短袖汗衫,跨坐在藤椅上,在门洞里抽烟斗。行人都把帽子摘下来,拿在手里,有气无力地走着。

杜洛华走到大街上又踌躇起来,不知道该干什么。他真想到香榭丽舍大街和布洛涅森林的林荫道上去,那里树木葱茏,可以呼吸一下清凉的空气。但他心里同时也燃烧着一团欲火,总想有个意想不到的艳遇。

什么样的艳遇呢?连他自己也不清楚。三个月来,他日日夜夜都在盼望。有几次,凭着他漂亮的脸蛋和风流的举止,东偷西摸,倒也弄到过个把女人,但他总希望获得更多、更使人陶醉的爱情。

他口袋虽空,但血液沸腾。遇到在街上徘徊的女人就欲火如焚。她们在街角低声问他:"到我家来吗?漂亮小伙子。"他不敢跟她们走,因为没有钱,再说,他还等着另一种东西,另一种不那么庸俗的吻。

可是,他又喜欢妓女溷集的地方,她们常去的舞厅和咖啡馆,她们经常出没的街道。他爱和她们接触、谈话、亲昵地用"你"来互相称呼,爱闻她们身上浓烈的香水味,爱接近她们,因为她们到底是女人,能给人以爱情的女人。他不像那些良家子弟天生就看不起妓女。

他拐了个弯,跟随被热浪冲击着的人流,向玛德莱娜教堂走去。路旁宽敞的咖啡馆里坐满了人,桌子和椅子一直摆到人行道。咖啡馆前面灯火辉煌,映照着如云的顾客。他们围坐在小圆桌或小方桌前,桌上的玻璃杯里盛着红、黄、绿、棕等各种颜色的饮料。大肚瓶里闪动着圆柱形的、透明的大冰块,冰镇着晶莹的凉水。

杜洛华放慢了脚步,感到喉咙发干,想喝点什么。

夏夜这种因天热而引起的口渴使他实在难熬。想到清凉饮料喝进嘴里时的舒服感,不禁悠然神往。但如果今晚他喝两杯啤酒,那第二天的晚饭就吹了,而月底挨饿的滋味他是领略过的。

他心想:"我一定要熬到十点,然后到'美洲人咖啡馆'喝一杯。唉,真他妈的渴!"他眼睛盯着那些坐在桌子旁喝酒的客人,那些能够开怀畅饮的客人,慢慢地走着,装出一副骄傲而快活的样子,经过一个又一个咖啡馆。他只消对喝酒的人看上一眼,便可以根据他们的面貌和衣着,估计出他身上大概带着多少钱。他看着看着,心里突然对这些坐在那里悠闲自得的人产生一股无名的怒火。如果搜他们的口袋,一定能找到黄澄澄的金币,白花花的银币和铜板。每人平均至少有两个路易①。咖啡馆里大约有一百人。两个路易乘一百就是四千法郎!想到这里,他一面潇洒地摇晃着身体,一面喃喃地低声咒骂:"一群蠢猪!"如果能在街角的暗处抓住其中一个,天啊,他一定能够像在大规模演习的日子里对待农民的鸡鸭那样,毫不犹豫地扭断他的脖颈。

于是,他又回忆起在非洲当兵的那两年,想起在南方小据点里绑架阿拉伯人,索取赎金的情形。想起有一次偷偷跑出去抢劫,杀死了乌莱德·阿拉纳部落的三个男人,而他和伙伴们却抢到了二十只母鸡,两头绵羊,一些金子,另外还获得了足够乐上六个月的笑料。想到这里,杜洛华唇上掠过了一丝残忍而快活的微笑。

这次暴行的凶手始终没有找到,实际上也根本没怎么找过,因为阿拉伯人似乎已经被公认是士兵们天然的猎物。

但在巴黎,就是另一回事了,不能挎着战刀,持着手枪,肆无忌惮地从容行劫而不受法律的制裁。此时此刻,他感到自己内心还保留着征服地无法无天的士官的全部本能。当然,他非常留恋在沙漠里度过的那两年时光。真遗憾没留在那里!事情就是这样,他本希望回来会更好一些。可现在!……唉,是呀!现在可倒好!

他用舌头舔了舔上颚,发出一声低微的响声,觉得上颚又干又涩。

---

① 法国货币名。一路易等于二十法郎。

精疲力竭的人群懒洋洋地在他身旁流过。他暗想："这群畜生！这些混账东西的背心口袋里肯定都有钱。"他不断用肩膀碰撞周围的行人，嘴里吹着快乐的小调。被他碰撞的几位绅士回过头来不满地嘟囔，几位妇女则骂了一声："简直是头野兽！"

他走过滑稽剧院，在"美洲人咖啡馆"前面停了下来，心中思忖是否现在就喝那杯啤酒，因为他渴得实在难受。他站在马路上，委决不下，抬头看了看剧院那几个发亮的大钟。刚九点一刻。他很了解自己，只要满满一杯啤酒端到面前，他马上会一口气喝完。喝完又怎么办？十一点以前这段时间怎样打发？

他走了过去，心想："我一直走到玛德莱娜教堂，然后慢慢踱回来。"

到了歌剧院广场拐角的地方，一个胖胖的年轻人和他擦肩而过。这个人的面孔隐约像在什么地方见过。

他尾随着这个年轻人，一面回忆，一面暗自嘀咕："这家伙好面熟，我在哪儿见过呢？"

他想了好久也想不起来，突然眼前一亮，出现了这个人的另一种形象，没现在胖，但比现在年轻，穿着轻骑兵的制服。他不禁失声叫了起来："嗨，是福雷斯蒂埃！"于是，他三步并作两步追上去，在前面那个人的肩膀上拍了一下。对方转过头来，看了看他，说：

"您找我有事吗？先生？"

杜洛华大笑道："你不认识我了？"

"不认得了。"

"第六轻骑兵团的乔治·杜洛华。"

福雷斯蒂埃伸出双手说:"哎呀,老兄,你身体好吗?"

"很好,你呢?"

"我吗?不太好。你知道吗,我的肺现在就跟纸糊的一样,一年要咳上六个月。我回到巴黎的那一年,在布奇瓦尔①得了气管炎,留下了这个后遗症。已经有四年了。"

"是吗?可是看起来,你倒挺结实。"

于是,福雷斯蒂埃挽起这位老伙伴的胳臂,对他叙述自己如何得了病,如何去看医生,医生如何诊断,又如何劝他,还说,处在他那样的地位,很难按医生吩咐的去做。医生要他到南方过冬,他能做得到吗?他已经结了婚,现在是新闻记者,地位很不错。

"我在《法兰西生活报》负责政治新闻,为《救国报》采访参议院的消息,有时还给《行星报》编文学专栏。瞧,我混得还可以。"

杜洛华惊讶地看着他。发现他变多了,也成熟了。既有风度,又有气派,穿着打扮完全是一个有地位的人,举止充满自信,而且大腹便便,可见吃的都是美味佳肴;而以前却是又瘦又小,顽皮好动,爱吵爱闹,一刻钟也安静不下来。想不到在巴黎住了三年,完全变成了另一个人:身体胖了,神态也严肃了,虽然年纪不到二十七岁,两鬓却已添了几根白发。

福雷斯蒂埃问:"你现在上哪儿去?"

杜洛华回答道:"哪儿也不去,我准备转转就回家了。"

"既然如此,你就陪我去《法兰西生活报》好吗?我要看几份校样。然后,咱们一起去喝杯啤酒。"

---

① 布奇瓦尔(Bougival),巴黎凡尔赛附近的小镇。

"好,我跟你去。"

于是,他们就手挽手走了。以前,他们是同窗好友,后来又同在一个团队当兵,现在久别重逢,自然格外亲密。

"你在巴黎做什么工作?"福雷斯蒂埃问道。

杜洛华耸了耸肩膀,回答道:"老实说,我都快饿死了。服役期一满,我就到这里来,想……碰碰运气,干脆说吧,想到巴黎来享享福;六个月以前,在诺尔省铁路局找了个职员的位置,一年只挣一千五百法郎,多一个子儿也没有。"

福雷斯蒂埃喃喃地说了一句:"哎呀,这油水可不算厚。"

"说得是呀!可是,你叫我有什么办法?我孤身一人,谁也不认识,没有人引荐哪。我并非不想有所作为,问题是没有门路。"

他的老朋友像有经验的商人鉴赏一件商品似的,把他从头到脚打量一番,然后,很有把握地说:

"你知道吗?老弟,这里一切都靠胆量。人只要机灵点,当部长比当科长还容易。不能去求别人,而必须使别人服你。可是,话又说回来了,你为什么在诺尔省铁路局当职员而不另外找一个好点的位置呢?"

杜洛华回答道:"我到处找,但什么工作也没找着。不过,最近倒有点眉目了,有人请我去佩尔兰养马场当骑术教练。在那里,少说也能挣三千法郎。"

福雷斯蒂埃猛地停下脚步:"这可不行,那是傻瓜干的活。就算能挣一万法郎,你也别干,否则,前途就断送了。坐办公室,至少别人看不见你,也没人认识你。如果你有办法,你可以甩掉它,另谋高就。但一当骑术教练就完了。这好比在巴黎一个人人都能去的饭馆里当堂倌。你一给上流社会的

9

人士或者他们的子弟上骑术课,他们便再也不会对你平等相待了。"

说到这里,他停下来,想了一会儿,接着又问:

"你有高中毕业会考的合格证书吗?"

"没有。我考过两次,都失败了。"

"这没关系,反正中学课程你都学完了。如果谈起西塞罗①和提比略②,你大致知道是什么吧?"

"知道。大致差不多。"

"不错。谁也不会比你知道得更多。不会对付的也就是二十个左右的笨蛋。要别人承认你有学问也不难,根本的问题是别让人当场发现你无知。遇到困难就耍点花招,躲过去,碰到障碍就绕道而行,从字典里找点难题把对方问住。人都是笨得像猪而又蠢得像驴。"

他像很有阅历似的侃侃而谈,脸上带着微笑,看着周围的人群。突然,他咳了起来,只好停下脚步,等咳嗽过去。接着,他伤感地说:

"这气管炎总不好,真烦死人了。现在还正是夏天哩。唉!今年冬天非到芒通③疗养不可。豁出去了,身体要紧。"

他们来到波瓦索尼埃大街一扇大玻璃门前面,门后张贴着报纸。有三个行人停下来看报。

门上方有六个用煤气灯排列成的光灿灿的大字:"法兰西生活报",似乎在招引过往行人。一走进这六个大字射出的光圈里,便仿佛突然置身于正午的太阳光下,纤毫毕现。越

---

① 西塞罗(Cicéron,前106—前43),古罗马执政官、著名的演说家。
② 提比略(Tibére,前42—37),古罗马皇帝,聪明果敢,但多疑而残忍。
③ 芒通(Menton),法国地中海边的小城,是著名的温泉疗养地。

过这个光圈,人又立刻回到黑暗中不见了。

福雷斯蒂埃推开门,说了声:"进来吧。"杜洛华走进去,踏上一座豪华而肮脏的楼梯。这座楼梯从外面整条街都可以看得见。他们来到前厅,两个杂役向福雷斯蒂埃躬身施礼。接着,他们走进一个候见室,这里到处都是灰尘,凌乱不堪,墙上挂着绿色的假丝绒,颜色已经发白,上面污迹斑斑,有的地方像被老鼠啃过。

"你坐一会儿,"福雷斯蒂埃说道,"我五分钟就回来。"

客厅有三个门,福雷斯蒂埃说罢从其中一扇门走了进去。

这地方隐隐有一种特殊的、说不出来的怪味,一种编辑室所特有的气味。杜洛华有点胆怯,甚至有点惊讶,站在那儿不敢随便走动。不时有人从一扇门跑进来,但没容他来得及看清楚,便又从另一扇门出去了。

有时候,跑进来的是些小伙子,年纪很轻,样子非常忙碌,由于跑得太快,手上拿的纸都微微颤动。有时是些排字工人,穿着染满油墨的棉布工装,雪白的衬衣领露在外面,长裤是料子的,和上流人穿的一模一样。他们小心翼翼地端着一沓沓印好的报纸,或者刚冲洗出来的湿漉漉的底片。偶尔走进来一位矮小的绅士,穿着打扮出奇地讲究,燕尾服绷在身上,裤子很窄,紧贴着两腿,脚蹬一双尖头皮鞋。那是来送当晚消息,专门采访上层社会的外勤记者。

进来的还有别的人,都板着脸,一副自命不凡的样子,头上戴着平边大礼帽,好像这样才能显得与众不同。

福雷斯蒂埃挽着一个男子的胳臂出来了。这个人又高又瘦,年纪约莫三四十岁,黑礼服,白领带,深棕色头发,胡子尖尖地往上翘起,一脸傲慢和洋洋自得的神气。

福雷斯蒂埃对他说:"再见,亲爱的老师。"

对方和他握了握手:"再见,亲爱的。"说完,挟着手杖,一面吹着口哨,一面下楼去了。

杜洛华问道:"他是谁?"

"是雅克·里瓦尔,著名的专栏作家和决斗家。他刚校阅完他那篇文章的清样。加兰、蒙泰尔和他,是当今巴黎三个最有才华的专栏作家。他在这里工作,一星期只写两篇文章,每年却挣三万法郎。"

他们正往外走,迎面遇见一位留着长发,身体肥胖,样子很邋遢的矮个子男人,正气喘吁吁地往楼上走。

福雷斯蒂埃对他深深一躬,然后对杜洛华说:

"这是诗人诺尔贝·德·瓦兰纳,《死去的太阳》就是他写的,也是个名人。给我们写短篇小说,一篇就是三百法郎,每篇最长不到二百行。咱们到'那不勒斯人咖啡馆'去吧,我渴死了。"

福雷斯蒂埃刚在桌子前面坐下,就大喊:"来两杯啤酒。"接着一口气把自己那杯喝光,而杜洛华则小口小口地仔细品尝,仿佛在喝琼浆玉液。

他的同伴一声不吭,好像在想什么。过了一会儿,突然问杜洛华:"你为什么不搞搞新闻呢?"

杜洛华吃了一惊,看着他好一会儿才说:"可是……这……我从来没有写过东西。"

"得了,可以试试嘛,可以从头学起。我可以雇你去搜集新闻,去活动,去采访。开始的时候每月二百五十法郎,外加车马费。我跟经理说说,你看怎样?"

"我当然愿意喽。"

"好,先办一件事,明天你到我家来吃晚饭。我只请五六个人,老板瓦尔特先生和夫人,雅克·里瓦尔和诺尔贝·德·瓦兰纳,这两位你刚才已经见过了,还有我太太的一个朋友。就这样说定了?"

杜洛华很犹豫,红着脸,不知怎样回答才好。最后才喃喃地说了一句:

"问题是……我没有合适的衣服。"

福雷斯蒂埃非常惊讶:

"你没有礼服?真糟糕!这可是不可缺少的玩意儿啊。你知道吗?在巴黎,宁愿没有床也不能没有礼服。"

说着,他突然翻了翻背心口袋,掏出一把金币,挑了两个路易,放在他的老朋友面前,诚恳而又亲切地说:

"将来你有的时候再还给我好了。拿去租一套你需要的衣服,或者买一套,先付一部分钱,一个月付清。不管怎样,安排一下,明天一定来我家吃晚饭,七点半,封丹路十七号。"

杜洛华不好意思地拿起钱,讷讷地说:

"你太好了,真谢谢你。请相信,我一定不会忘记……"

对方打断了他的话:

"那好。再来一杯怎么样?"接着,他喊道,"伙计,两杯啤酒!"

喝完酒,新闻记者问道:

"去走走好吗?逛一个钟头。"

"好啊。"

于是,两个人向玛德莱娜教堂走去。

"咱们干什么好呢?"福雷斯蒂埃问道,"在巴黎,人们说,逛大街的人总有事可干,这话不对。我晚上想溜达的时候,总不知道上哪儿去好；到布洛涅森林转转吧,如果没个女人陪伴,那毫无意思,可女人总不能手头老带着。有歌舞的咖啡馆只能供我们的药剂师和他的老婆消遣,可不能解我的闷。那干什么好呢？没事可干。这里该有个夜间也开放的夏季公园,像蒙梭公园①那样,可以坐在树下,一面欣赏优美的音乐,一面啜饮清凉的饮料。这花园不该是个游乐场,而应该是个逍遥闲逛的地方,门票应该卖得很贵,好吸引漂亮的贵妇人。花园里,人们可以在有电灯照明的铺着细沙的小径上散步,如果愿意的话,还可以坐下来欣赏在附近演奏或从远处传来的音乐。这些玩意儿,以前缪扎尔咖啡馆倒有点,但总带着低级乐队的味道,舞曲太多,地方又窄,没有什么幽暗的角落。应该有一个非常美,非常大的公园,那样多好。现在你想到哪儿去？"

杜洛华感到很为难,不知说什么好。最后才下决心说：

"我没去过'风流牧女娱乐场',很想到那里转转。"

他的朋友失声叫了起来：

"'风流牧女娱乐场'？哈哈,咱们到那儿非被烤熟不可。不过,好吧,那个地方倒是挺有意思。"

于是他们转身向福布尔·蒙马特尔大街走去。

娱乐场正面灯火辉煌,把在这里汇合的四条街道照得通亮。出口处停着一排马车。

福雷斯蒂埃正要走进去,杜洛华拦住他说：

"咱们忘了买票了。"

福雷斯蒂埃很神气地回答：

━━━━━━━━━━
① 巴黎第十七区的一个公园。

"和我一起,不用买票。"

说着,他向检票口走去,三个检票员同时向他打招呼,中间的那个把手伸给他。记者问道:

"有好包厢吗?"

"当然有,福雷斯蒂埃先生。"

福雷斯蒂埃接过递给他的票,推开那两扇包着皮软垫的大门。两个人来到了大厅。

大厅里烟气弥漫,远处,舞台和剧场的另一端都仿佛笼罩在一层薄薄的雾霭里。从观众的雪茄和香烟中冒出来的缕缕白烟,袅袅上升,直达天花板,在巨大的拱顶下,在吊灯的周围,以及最高一层观众席上面,形成一个烟雾缭绕的天幕。

入口处有一条宽阔的过道,通向环形走廊。走廊里,许多打扮得花枝招展的妓女,混在穿深色衣服的男人中间,东游西逛。有三个柜台,其中一个前面,有几个女人正在等客。三个柜台后面各坐着一个卖饮料兼做拉皮条生意的女人,她们虽然抹着厚厚的脂粉,但已是人老珠黄了。

她们身后那几面又高又大的镜子,照着她们的后背和来往行人的脸。

福雷斯蒂埃分开人群,迅速地前进,像是个要人,谁都应该尊敬他似的。

他向一个女招待走去,对她说:

"十七号包厢。"

"这边走,先生。"

他们被带进一个小小的包厢。包厢是木板做的,没有顶盖,四周有红色挂毯,四把颜色相同的椅子靠得很近,侧着身子才能勉强走过去。两位朋友坐了下来。只见左右两面,沿着一条直达舞台的长长的弧线,排列着一连串同样的小包厢,里面也坐着人,只露出脑袋和胸部。

舞台上,三个穿紧身运动服的小伙子,一高一矮,另外一个中等身材,正轮流在高杠上表演杂技。

首先是高个子,迈着急促的碎步,微笑着走到台前,用手作了一个飞吻的姿势,向观众致意。

紧身衣下面隐约露出了他手臂和腿部的筋肉。他鼓起胸脯,好掩盖过分凸出的肚子。头顶正中有一条缝,把头发整整齐齐地分成两半,活像个理发店的学徒。只见他很优美地一纵,双手抓住吊杠,身体悬空,做大车轮的动作。忽而又两臂伸直,身体平卧在空中,一动不动,只靠两腕的力量悬挂在单杠上。

然后,他纵身下地。池座的观众纷纷鼓掌。他微笑着再次施礼,接着转身走到布景前面站好。每走一步都充分显露出他腿部肌肉非常发达。

第二个小伙子身材略矮,但更加强壮。他也走到台前,把同样的动作做了一遍。跟着最后一个又表演了一遍,观众的掌声更热烈了。

但杜洛华并不注意台上的表演,而是把头转过去,向身后的回廊频频张望。回廊里站满了男人和妓女。

福雷斯蒂埃对他说:

"你看池座,都是些带着老婆孩子的老百姓,专门来看表演的笨货。坐在包厢里的,是经常逛剧院的人,有几个是艺术家,还有几个二流妓女;而咱们后面,却是巴黎最古怪的大杂烩。他们是些什么人?你好好观察观察吧。什么都有,各行各业,各个阶层的人都有,但坏蛋占多数。有职员,包括银行、百货商店和政府各部的职员,还有外勤记者,妓院老鸨,穿便服的军官,穿礼服的纨绔子弟,有的刚在小咖啡馆吃过晚饭,有的刚从歌剧院出来,又要去意大利剧场,总之,全是些不三不四、形迹可疑的人。至于那些女的,清一色都是在'美洲人咖啡馆'吃夜宵的那种人。这些一两个路易就能弄到手的女人整天想找能出五个路易价钱的外国佬,一有空就通知老相好来会面。这些人,大家都见了十年了,除了有时她们到圣拉萨或者卢欣纳卫生站去检查身体以外,一年到头,每天晚上,都可以在同一个地方看到她们。"

杜洛华已经心不在焉了,因为那些女人当中,有一个用胳臂靠着他们的包厢,正目不转睛地看着他。这是个肥胖的棕发女人,皮肤上抹了雪花膏,显得很白,黑黑的眼睛,眼角描得长长的,衬着两条浓黑的假眉,过分丰满的胸部在深色的丝质衣服下高高耸起。涂上口红的双唇像血淋淋的伤口,多少带着点过分热烈的野性,但却能燃起人们心里的欲火。

她向身边经过的一位女友——一个把金发染成红色,身体也很肥胖的女人——点头示意,并且故意用谁都听得见的声音对她说:"瞧,好个漂亮的小伙子。如果他肯出十个路易要我,我绝不会不答应。"

福雷斯蒂埃转过头来,微笑着拍了拍杜洛华的大腿说:"这是对你说的。你真行,亲爱的,祝贺你。"

当过士官的杜洛华满脸通红,机械地用手指摸了摸背心口袋里那两枚金币。

幕已经落了,乐队正奏着华尔兹。

杜洛华说:"咱们到走廊里转转好吗?"

"随你便。"

17

他们走出包厢,立刻就卷进来来往往的人群之中,被人们挤着,推着,夹着,拥着往前走,眼前所见的只是一堆帽子。那些妓女两人一对地在男人群中任意穿行,从他们的胳臂肘,胸脯和后背间钻过去,仿佛在自己家里一样,无拘无束,又如水里的鱼儿,在男性的海洋中,轻快地游动。

杜洛华乐不可支,随着人群往前,如醉如痴地吮吸着被烟草和人的气息以及女孩子们的香水味弄得混浊不堪的空气。但福雷斯蒂埃却满头大汗,气喘吁吁,不住地咳嗽。

"咱们到花园去吧。"他说道。

于是他们向左拐,走进一个像室内花园的庭院。院内有两个粗俗的大喷水池,这里的空气颇为清爽。栽培箱里种着紫杉和崖柏,树阴下有男人和女人在小桌旁喝酒。

"再喝一杯啤酒怎样?"福雷斯蒂埃问道。

"好啊。"

他们坐了下来,看着不断在面前经过的人群。

偶尔一个游荡的女人停下脚步,庸俗地笑了笑问道:

"能请我喝点什么吗,先生?"

福雷斯蒂埃回答道:"请你喝杯喷水池里的水。"那女人嘟囔了一句:"去你的,真没有教养!"接着就走开了。

这时候,刚才靠在他们包厢后面的那个胖胖的棕发女人又出现了,她挽着那个肥胖的金发女人的胳臂,傲慢地走着,真是天生的一对,搭配得好极了。

棕发女人微笑地看着杜洛华,两人四目相视,似乎许多心里话都通过目光传递了。她拉过一把椅子,大模大样地在杜洛华面前坐下,同时叫她的女友也坐下,然后说了声:"伙计,两杯石榴露!"

福雷斯蒂埃吃了一惊,说道:

"你可真不客气。"

"是你朋友招我来的,"女人回答道,"他真是个漂亮小伙子。我想他一定会使我神魂颠倒!"

杜洛华有点胆怯,不知道说什么好。一面憨笑,一面卷着往上翘起的胡子。侍者端上果子露,两个女人一口气喝光了,然后,一起站了起来。棕发女人微微点了点头,用扇子在杜洛华手臂上轻轻打了一下,对他说:"谢谢,我的小猫。要你开口可真不容易。"

说完,两个女人扭着屁股走了。

福雷斯蒂埃大笑起来:

"我说,老兄,你知道吗?你对女人可真有吸引力。应该珍惜这一点。日后可能会有好处的。"

说到这里他顿了一下,然后,像做梦似的自言自语道:

"要想以最快的速度飞黄腾达,还是得通过她们呵。"

看见杜洛华一味微笑而不回答,便问道:

"你还不走吗?我得回去了,我不想待下去了。"

杜洛华喃喃地说:"嗯,我再待一会儿,时间还早。"

福雷斯蒂埃站起来说:

"那好,再见了。明天见,别忘了,封丹路十七号,七点半。"

"一言为定,明天见,谢谢你。"

他们握握手,新闻记者走了。

他一走,杜洛华顿时感到自由了,他高兴地又摸了摸口袋里那两枚金币,然后站起来,走进人群,用眼睛不断地搜索。

他很快就看见了那两个金发和棕发的女人,她们仍然像乞丐一样，在拥挤的男人堆里骄傲地转来转去。

他径直向她们走去。到了近前，他又胆怯起来。那个棕发的问他：

"你舌头找回来了？"

"当然。"他结结巴巴地说了一句，就再也没有下文了。

他们三个人停下来，剧院走廊的人流被堵住了，在他们周围形成了一个漩涡。

棕发女人突然问道：

"你愿意上我家去吗？"

"愿意，可是我口袋里只有一个路易。"

棕发女人无所谓地笑了笑：

"这没关系。"

说着她挽起杜洛华的胳臂，表示杜洛华已经属于她了。

他们一起往外走的时候，杜洛华心里想，拿剩下的那二十个法郎租一套夜礼服以备明天之用是毫无问题的。

二

"请问,福雷斯蒂埃先生在这儿住吗?"

"在第四层,左边的门。"

看门人很和气地回答,足见他对这位房客颇为尊敬。杜洛华迈步登上楼梯。

他有点拘束,怯生生的,很不自在。他生平第一次穿礼服,身上的衣着使他感到别扭,总觉得一切都不够体面。他的脚不大,因此靴子相当纤巧瘦削,但可惜不是漆皮的。衬衣是当天上午在卢浮宫花四个半法郎买的。胸衬太薄,已经破了。平时穿的那些衬衣,多少都有点损坏,损坏程度最轻的那件,也穿不出来了。

他的长裤太肥,显不出腿型,像是缠在小腿上似的,整条裤子看上去皱皱巴巴,很不顺当,一望而知是碰巧买来的旧货。只有上装不错,勉强还算合身。

他慢慢地走上楼,一路上心跳得厉害,十分发憷,生怕闹笑话。忽然,前面出现一位穿着大礼服的先生,正瞪着眼瞧他。两个人距离很近,杜洛华赶紧退后一步,接着,一下子愣住了:对面这位先生就是他自己!原来,在二楼的楼梯口,立着一面落地大镜子,映照出他的身影和二楼长长的过道。他高兴得浑身发抖,因为自己看上去比原来想象的强得多。

他在家里只有一面刮胡子用的小镜子,所以从来没照过全身,加之刚才只看到今天的临时装束各部分都很不合适,因而夸大了缺点,想到这身打扮会显得很粗俗,不由得十分慌乱。

但看见镜子里自己的模样,简直快认不出来了。他把自己当做了另一个人,一个上流社会的人,一眼看去,真是既漂亮,又大方。

他仔细地自我端详了一番,承认这身打扮总的说来是令人满意的。

于是,像演员研究要扮演的角色一样,杜洛华打量起自己来。他向自己微笑,伸出手去,摆出种种姿势,做出惊讶、快乐、赞同等各种表情。他揣摩各种不同程度的微笑和眼神,以便向女士们表示殷勤,使她们知道他欣赏她们,爱慕她们。

楼梯旁边的一扇门打开了。他怕被别人突然碰上,急忙快步上楼,生怕刚才向女人献媚的动作被他朋友邀请来的客人看见了。

到了三楼,看见又有一面镜子。他放慢脚步,想看看自己怎样走过去。他觉得自己举止潇洒,风度翩翩,顿时信心百倍。毫无疑问,以他这样的相貌和向上爬的欲望,加上早已下定的决心和无所顾忌的胆略,一定能够无往而不胜。他真想跑,想三步并作两步奔上最后一层楼。到了第三面镜子前面,他又停下来,用熟练的动作卷了卷胡须,摘下礼帽,整理好头发,像通常那样低声说了一句:"真是个了不起的发现。"然后伸手按了按门铃。

门几乎立即就打开了,出现一个穿黑礼服的听差,神态严肃,胡子刮得光光的。看见这听差穿得如此整齐,杜洛华不禁又慌乱起来,一颗心不知怎的怦怦直跳,也许是因为他下意识地把自己不合身的衣服和这个听差的衣服作了比较的缘故吧。穿着漆皮鞋的听差一面接过杜洛华因怕别人看见上面的污点而搭在手臂上的大衣,一面问道:

"先生贵姓?"

然后,掀开身后一道门帘向客厅通报。

杜洛华突然没了主意,感到心慌意乱,呼吸紧促,因为马上就要迈步跨进他梦寐以求的那个世界了。他终于走了进去。一个年轻的金发女人,独自站在客厅里迎接他。客厅很大,灯火通明,到处摆满花草,像个温室。

他猛地停下脚步,显得非常尴尬。这位面带笑容的夫人是谁呢?他突然想起,福雷斯蒂埃已经结婚,这个衣着华丽、漂亮大方的金发夫人肯定是他的妻子。想到这里,心里更加慌乱,嘴里讷讷地说:

"夫人,我是……"

金发女人一面把手伸给他,一面说:

"我知道了,先生。查理已经把你们昨晚相遇的事告诉我了。他想到请您今天来和我们一起吃晚饭,我非常高兴。"

杜洛华的脸一直红到耳根,不知道说什么才好。只感到对方在仔细看他,从头到脚地打量他,端详他,审视他。

他真想道个歉,找些理由来解释为什么穿得那样随便。但是什么道理也找不出来,再说,他也不敢接触这样的话题。

他在金发女人指给他的一把扶手椅上坐下。椅上的天鹅绒柔软而有弹性,坐上去身子直往下陷,被轻轻地托住,裹住。靠背和扶手也都装有软垫,使人感到非常舒服。他仿佛走进了一种新鲜而又迷人的生活,获得了某种温馨美妙的东西,觉得自己已经成了个人物,脱离了苦海。他看着福雷斯蒂埃夫人。夫人的眼睛一直没有离开他。

她穿着一件浅蓝色开司米连衣裙,恰到好处地勾勒出苗条的身材和丰满的胸脯。

她袒胸露臂,衣服的领口和短袖都镶着雪白的花边。头上秀发高耸,波浪般地披在脑后,在颈上形成一个金黄松软的云鬟。

在她亲切的目光注视下,杜洛华逐渐恢复了镇定。不知怎的,这目光使他想起了头天晚上,在"风流牧女娱乐场"遇见的那个妓女。她的眼睛是灰色的,灰中带蓝,神情显得与众不同。鼻子不大,嘴唇饱满,下颌丰腴,面部轮廓并不端正,但很迷人,既优雅又狡黠。在这张女人的脸上,每根线条都有独特的风韵和表情,每个动作也都像有所说明或隐瞒。

她沉默了一会儿,然后问杜洛华:"您到巴黎很久了吗?"

杜洛华逐渐镇定下来,回答道:

"刚到几个月,夫人。我在铁路上任职,但福雷斯蒂埃答应设法帮助我进入新闻界。"

她笑了笑,态度显得更和蔼了。接着,她压低嗓门,悄声说:"这我知道。"

门铃又响了,听差通报说:

"马雷尔夫人到。"

来的这位夫人棕色头发,个子不高,是人们通常称之为棕发小妞儿的那种女人。

她轻盈地走进来。全身从头到脚仿佛紧紧地裹在一件很普通的深色连衣裙里。

只有她乌黑的秀发上插着的那朵红玫瑰,非常引人注目。

这朵花似乎衬托出她脸部的特征,突出了她那与众不同的性格,使她的神态具有一种恰如其分的爽朗活泼的特色。

一个穿着短裙的小姑娘跟在她后面。福雷斯蒂埃夫人赶紧迎上前去。

"你好,克洛蒂尔德。"

"你好,玛德莱娜。"

她们互相拥抱,然后,那个小女孩像大人一样安详地把额头伸过去,一面说:

"您好,表姨。"

福雷斯蒂埃夫人亲了亲孩子,然后介绍说:

"这位是查理的朋友杜洛华。"

"这位是我的朋友,也是我的亲戚德·马雷尔夫人。"

接着她又说道:"您知道,我们这里一切都很随便,既不拘礼节,也不讲客气。以后就这样好吗?"

杜洛华同意地鞠了一躬。

这时候,门又开了。进来一个身材滚圆,又胖又矮的男子,胳臂上挽着一个高大漂亮的女人。这个女人举止庄重,态度大方,不仅比他高,而且比他年轻得多。男的是瓦尔特先生,国会议员,金融巨子,祖籍南方的犹太富商,《法兰西生活报》的经理;女的是他的妻子,银行家巴济尔·拉瓦洛的女儿。

随后,雅克·里瓦尔和诺尔贝·德·瓦兰纳也陆续到了。里瓦尔衣着华丽,德·瓦兰纳则长发披肩,衣领被头发蹭得油光锃亮,上面还沾着白色的头皮屑。

他的领带歪歪扭扭,不像是出门就直接到这儿赴会的样子。虽然已经年老,但还保留着昔日美男子的风度。他走上前来,握住福雷斯蒂埃夫人的手,吻了吻她的手腕。当他俯下身子的时候,他的满头长发像水一样,洒落在少妇裸露的胳臂上。

接着福雷斯蒂埃也进来了。他由于莫雷尔事件,在报馆不能脱身,回来晚了,向大家表示歉意。莫雷尔是激进党议员,最近就政府要求拨款在阿尔及利亚推行殖民化一事,向内阁提出了质询。

仆人高声禀报:"夫人,晚饭准备好了!"

于是,大家走进了饭厅。

杜洛华被安排在马雷尔夫人和她女儿中间。他又感到拘束起来,担心使用刀叉、勺子和酒杯时不合规矩。杯子一共有四个,其中一个略带蓝色,是用来喝什么的呢?

喝汤的时候,大家没有说话。后来,诺尔贝·德·瓦兰纳问大家:"你们在报纸上看到戈蒂埃这个案子了吗?真是新鲜事!"

于是大家便议论起这个因带有讹诈成分而变得复杂化的通奸案子来。他们不像在家庭里谈论报纸上刊登的事件,而是像医生之间讨论病例,或者卖菜的商人谈论蔬菜。他们并不动气,对发生的事情也不感到惊讶。他们以一种职业的好奇心和对罪行本身完全无动于衷的态度,去寻找发生这些事情的深刻而秘密的原因。他们试图把行动的根源解释清楚,确定造成这场悲剧的各种思想活动,证明从科学上看它是特定的精神状态所导致的结果。在座的女士们也热烈地参与探讨和研究。大家对最近发生的其他事件以新闻贩子和出售稿件、专门报导人间喜剧的记者那种有经验的眼光和独特的看问题的方式去研究、评论,进行多方面的观察并衡量其价值,如同商人在把商品售出之前,总要再把商品仔细看一看,翻过来掉过去,又掂掂分量一样。

随后,大家又谈到一次决斗。雅克·里瓦尔发言了。这是他最熟悉的题目,除了他,谁也不内行。

杜洛华一句话也不敢说。只是偶尔偷看身旁那位女客。女客的胸脯又圆又丰满,使他垂涎三尺。她耳垂上有一颗用金线悬挂的钻石,仿佛一滴晶莹的水珠,眼看就要滴到肌肤上。这位女客偶尔也发表意见,这时,她唇上便泛起一丝笑意。她的想法既奇怪又可爱,令人捉摸不定,像一位阅历很深的淘气女郎,以玩世不恭、略带怀疑但毫无恶意的态度去看待和判断一切事物。

杜洛华想说几句话恭维她,但想不出来,只好照顾她的女儿,给她倒饮料,端盘子,拿菜。小女孩比她母亲严肃,不住地轻轻点头表示感谢,一面庄重地说:"先生,您真好。"然后,略带沉思地听着大人讲话。

晚饭很丰盛,大家非常满意。瓦尔特先生几乎一声不吭地狼吞虎咽,从眼镜下面斜眼打量着端上来的菜肴。诺尔贝·德·瓦兰纳也不甘示弱,经常把菜汁滴在胸前的衬衣上。

福雷斯蒂埃一本正经地微笑,观察着,不断和妻子交换心照不宣的眼光,仿佛两人在合伙办一件困难、但进行得异常顺利的事情。

酒酣耳热,大家说话的声音也越来越大了。仆人不时凑到客人的耳边,低声询问:"科尔通,还是拉罗兹堡?"①

---

① 科尔通(Corton)和拉罗兹堡(Château-Caroze)都是法国盛产葡萄酒的地方。

杜洛华觉得科尔通葡萄酒很合自己口味,每次都让仆人把杯子斟满。他体内逐渐产生一种舒服快活的感觉,暖乎乎地从丹田直透脑海,然后贯通四肢,扩散到全身。他觉得遍体舒畅,从生活到思想,从肉体到灵魂都有说不出的痛快。

逐渐地,他产生了要说话的欲望,他需要引起别人的注意,需要别人倾听他,欣赏他,如同倾听和欣赏那些口若悬河,字字句句都使人回味无穷的人物一样。

谈话继续不断,各种思想互相启发,一句话,一件小事就能使话题转移。现在,谈完了当天的事情和附带引起的各种问题之后,话题又回到莫雷尔先生就阿尔及利亚殖民化所提出的质询上来了。

瓦尔特先生生性多疑而放肆,在等候上菜的当儿,讲了几个笑话。接着,福雷斯蒂埃谈了他第二天要发表的文章。雅克·里瓦尔则主张成立军人政府,给所有在殖民地服役满三十年的军官封疆裂土。

"这样一来,"他说道,"你就可以建立一个强有力的社会,因为他们通过这一段漫长的岁月,已经懂得了如何了解和热爱这块土地,学会了本地的语言,对当地各种重大问题了如指掌,而这些问题,新来的人是必然会遇到的。"

说到这里,诺尔贝打断了他的话:

"是啊……他们什么都懂,可就是不懂农业。他们会讲阿拉伯语,但不知道如何种植甜菜和播种小麦。他们甚至是击剑能手,但对肥料却懂得很少。因此,我倒认为,应该采取另外一种相反的办法,把这块新的土地向所有人尽情开放。聪明的人在那里自然会闯出自己的天下,而其他人则被淘汰。这就是社会的规律。"

听了这番话,大家微笑着沉默了一会儿。

杜洛华发言了。他的声音连他自己也感到惊讶,好像有生以来从未听见过自己讲话似的:"那边最缺乏的是好地。真正肥沃的土地和法国的一样贵,而且都被有钱的巴黎人像投资一样全部买去了。真正的移民,穷人和离乡背井到那里去谋生的人,却被赶到了由于缺水而寸草不生的沙漠。"

大家的目光都看着他。他觉得自己的脸忽地红了。瓦尔特先生问道:"您熟悉阿尔及利亚吗,先生?"

他回答道:"是的,先生,我在那里住过二十八个月,那里的三个省我都住过。"

诺尔贝·德·瓦兰纳曾经从一个军官那里听说过一种风俗,这时突然把莫雷尔的问题抛在一边,询问起杜洛华来。这种风俗来自一个名叫姆扎布的小小的阿拉伯共和国。这个奇特的小国位于撒哈拉大沙漠中部最干旱的地区。

杜洛华到姆扎布去过两次,于是便给大家叙述这个奇怪国家的风土人情。那里,水像金子一样宝贵,每个居民都要参加社会性的服务工作,在做买卖方面,他们比所谓文明国家的人诚实多了。

杜洛华因为喝了酒,加上又想逗大家高兴,所以非常兴奋,说得天花乱坠。他讲团队里的新闻、阿拉伯人生活的特点和战争的故事。甚至还找出几个美丽的字眼,把那些终年被烈日蒸烤,黄沙漠漠、荒凉贫瘠的地区形容一番。

所有女人的目光都集中在他身上。瓦尔特夫人压低声音慢条斯理地说:"把您这些回忆写下来,可真是一组美妙的文章啊。"于是,瓦尔特先生抬起目光从眼镜上方打量了年轻人一眼。习惯上,他要看清一个人的面孔往往从镜片上方看,而看菜肴则从镜片下面看。

福雷斯蒂埃赶紧抓住机会说：

"老板，刚才我和您提起过这位乔治·杜洛华先生，要求您请他作我的副手，帮助我负责政治新闻。自从马朗博走了以后，就没有人替我采访紧急而秘密的新闻了。报纸也因此受到了影响。"

瓦尔特老头变得严肃起来，索性拿掉眼镜，面对面地端详了杜洛华一番，然后说：

"杜洛华先生的才智，的确与众不同。如果他愿意明天下午三点到我那儿谈谈，我们可以从长计议。"说完，他停了一下，接着转过身来，对年轻人说："您马上就可以给我们写一组阿尔及利亚的随感。写您的回忆，在回忆里也可以像刚才那样，谈谈殖民化的问题。这个问题非常现实，完全是个实际问题。我保证，读者一定很喜欢看。不过，一定要快。趁现在众议院正讨论的时候，您就要写出第一篇交给我，这样可以及时引起公众的注意。"

瓦尔特夫人平时对人对事一贯严肃认真而又不失其妩媚，她的话总是令人感到很亲切。此刻她加了一句："您可以用这个吸引人的标题：'非洲从军行'。诺尔贝先生，您认为怎样？"

诺尔贝是一位上了年纪的诗人，由于很晚才成名，所以不仅讨厌，而且害怕后起之秀。他冷冷地回答道：

"不错，好极了。不过下面的文章笔调也要一致才成，难就难在这里。笔调一致，用音乐的术语说，就是调式统一。"

福雷斯蒂埃夫人微笑着看了杜洛华一眼，以保护者和行家的身份给他打气，好像在说："您，您一定能做得到。"德·

马雷尔夫人多次转过身来看他,耳朵上那颗钻石不住地来回晃动,像一颗晶莹的水珠,马上就要滴落下来。

小姑娘神情严肃,身子动也不动,头俯向碟子。

仆人绕着桌子走了一圈,往蓝色的杯里倒约翰内斯堡葡萄酒。福雷斯蒂埃举杯向瓦尔特先生祝酒:"愿《法兰西生活报》永远兴旺发达!"

所有人都站起来向笑容可掬的老板弯腰祝贺。杜洛华也得意洋洋,举杯一饮而尽。似乎觉得此刻自己能喝下整整一桶酒,吃下一条牛,掐死一头狮子。他感到四肢有超人的力气,胸中有不可战胜的决心和无限的希望。现在他和这些人在一起就跟在自己家里一样。他已经在他们中间占领了阵地,赢得了自己的位置。他有了新的信心,敢于正视周围这些面孔了。于是,他壮着胆子第一次对身旁那位女士说:

"夫人,您的耳环是我平生所见过的最漂亮的耳环。"

她转过头来,微笑着对他说:

"把钻石简单地用一根线这样挂着,是我自己的主意。真的有点像露珠是吗?"

杜洛华低声说:

"好看极了……不过,耳朵本身也给耳环增添了不少光彩。"

话刚一出口,他对自己居然如此大胆放肆,觉得很不好意思,不禁一阵战栗,担心已经失言。

夫人感谢地看了他一眼。女性这种明亮的目光可以一直看透人的心底。

杜洛华转过头去,又遇上了福雷斯蒂埃夫人的目光。这目光还是那么善良,但此刻,除了善意以外,他似乎还看到了更加快活的表情,虽然调皮,却充满鼓励。

现在,所有男人都七嘴八舌地说了起来,连比画带嚷地讨论地下铁路的宏伟设计。这个题目到饭后甜食吃完时才算谈完,因为每个人对巴黎交通的缓慢,有轨电车的不方便,公共马车的麻烦,和出租马车车夫的粗野,都牢骚满腹。

接着,大家离开饭厅去喝咖啡。杜洛华开玩笑地把胳臂伸给小姑娘。小姑娘一本正经地谢了谢,便踮起脚尖,把手搭在杜洛华的胳膊上。

走进客厅时,他感到仿佛又进了花房。客厅四角摆着高大的棕榈树,枝叶婆娑,一直伸到房顶,然后展开,像喷泉似的垂下来。

壁炉两边是圆得像柱子般的橡胶树,长长的,暗绿色的树叶,层层叠叠。钢琴上有两个花盆,种着两棵不知名的小树,圆圆的,开满了花,一盆粉红,一盆雪白,似乎是假的,因为太美了,反而不像是真的。

客厅里空气清鲜,隐隐带着一股甜丝丝的,难以名状的暗香。

杜洛华更加放心了。他仔细打量一下房间。房间的面积并不大,除了那些花草之外,没有引人注目的摆设和鲜艳的颜色。但人在里面感到悠闲自在,安详而舒畅,仿佛被轻轻地裹住,使你飘飘然,全身像受到爱抚一样舒适。

墙上挂着紫色的幔帐,上面用丝线绣着一朵朵蜜蜂般的小黄花。由于年代已久,幔帐的颜色已经暗淡了。

门帘是用蓝灰色的军用呢做的,上面用红丝线绣着几朵石竹花,一直垂到地上。各种各样的椅子,大小不一,散放在房间里,有长椅,大小扶手椅,和各种带软垫的圆凳,全都蒙着路易十六式的锦套,或者白底上印着石榴红图案的、漂亮的荷兰天鹅绒。

"您喝咖啡吗,杜洛华先生?"

福雷斯蒂埃夫人递给他满满一杯咖啡,唇上始终带着友好的微笑。

"好的,谢谢您,夫人。"

他接过杯子。当他俯下身子,小心翼翼地用银夹子在小姑娘拿着的糖罐里夹起一块糖的时候,福雷斯蒂埃夫人低声对他说:

"您快去给瓦尔特夫人献点殷勤。"

然后,不等杜洛华回答,便走开了。

杜洛华担心把咖啡洒在地毯上,赶紧先喝了。喝完,觉得精神稍为轻松了一点,便想办法接近他那位新老板的夫人,和她谈话。

忽然,他发觉夫人手里的杯子空了。她离桌子又远,不知道该把杯子往哪里放。杜洛华赶紧走上前去。

"请给我吧,夫人。"

"谢谢您,先生。"

他把杯子拿走,然后又返回来:

"您知道吗,夫人,当我还在那边沙漠里的时候,看《法兰西生活报》,简直就是我最美好的享受。说真的,那是在国外唯一能看到的报纸,因为它比所有的报纸更有文学性,更有风趣,而且不那么单调,五花八门,什么都有。"

她以无所谓的态度,友好地笑了笑,然后,一本正经地回答道:

"为了创办这样一种符合新需要的报纸,瓦尔特先生真是费尽了心血。"

接着,他们便倾谈起来。杜洛华说东道西,口若悬河,声音娓娓动听,两眼神采飞扬,尤其是那两撇胡子具有不可抗拒的魅力。它天生鬈曲,金黄而略带赭红,毛茸茸地贴在唇上。翘起的胡子尖颜色稍淡,显得很漂亮。

他们谈到巴黎和巴黎的近郊,谈到塞纳河两岸的风光,还谈到矿泉城市,夏日的娱乐,和种种可以终日议论而不感到疲倦的生活琐事。

这时,诺尔贝·德·瓦兰纳先生端着一杯酒走过来,杜洛华便识相地走开了。

德·马雷尔夫人刚刚和福雷斯蒂埃夫人聊完天,看见他便把他喊过去,突然问他:

"这么说,先生,您是想试一试新闻这一行喽?"

于是,杜洛华大致给她谈了谈自己的计划,然后,又转入了刚才和瓦尔特夫人谈过的话题。但这一次,他完全掌握了主动,显得非常高明,把刚刚听来的话作为自己的话,原封不动地重复了一遍,一面不断注视着对方的眼睛,似乎想给自己的话添加一层深刻的意义。

德·马雷尔夫人也滔滔不绝地给他讲了些奇闻逸事,使人一听就知道,她是个自知颇有才智而且喜欢逗乐的女人。逐渐谈得熟了,便把手搭在杜洛华的胳臂上,低声说了一些无关紧要的事,态度颇为亲密。杜洛华能够接触这位对他表示关心的少妇,心里感到非常兴奋,恨不得马上为她献出一切,保卫她,让她看看自己的本领。他心里不断这样想,因而对她提出的问题,常常不能及时回答。

突然,德·马雷尔夫人莫名其妙地喊了一声:"洛琳!"那位小姑娘应声跑了过来。

"坐到这儿来,孩子。靠着窗口会着凉的。"

杜洛华忽然异想天开,想亲吻这个小姑娘,好像这个吻多少能传到姑娘的母亲身上。

他以长辈的口吻,大大方方地问:

"小姐,我吻您一下可以吗?"

孩子惊讶地抬起眼睛看着他。德·马雷尔夫人笑着说:

"你回答:可以,先生,只是今天,以后总这样可不行。"

杜洛华立刻坐下,把洛琳抱起来,放在腿上,然后用唇轻轻碰了碰孩子额头上波浪般的秀发。

孩子的母亲觉得很奇怪:

"瞧,她没跑,真是怪事。她一般只让女的亲。杜洛华先生,您真有使人抗拒不了的魅力。"

杜洛华红着脸没有回答,只是轻轻地摇着坐在他腿上的小姑娘。

福雷斯蒂埃夫人走过来,见此情形,不禁惊叫了一声:

"瞧,洛琳被驯服了,真是奇迹!"

雅克·里瓦尔嘴上叼着雪茄也走了过来。杜洛华站起身想走,因为他担心说错句什么话,弄得前功尽弃,断送了刚刚才开了个头的大好前程。

他鞠了一躬,握了握女人们伸过来的纤手,然后又热烈地和男人们握手。里瓦尔也诚恳地回握他,他发现里瓦尔的手又干又热;诺尔贝·德·瓦兰纳的手则又湿又凉,总想从他的指缝里溜走;瓦尔特老头的手又凉又软,既不使劲,也没有任何表示;福雷斯蒂埃的手则丰腴而温暖,他低声对杜洛华说:

"明天三点,别忘了。"

"噢,忘不了!你放心好了。"

他高兴极了,走到楼梯的时候,他真想一口气跑下去。于是三步并做两步往下走,但突然间,在三楼那面大镜子里,看见一位神色匆忙的先生,一蹦一跳地迎面向他跑来。他猛地停下脚步,仿佛做了什么错事,被人当场发现,感到很不好意思。

接着,他久久打量自己,觉得自己真不愧是个美男子,不由得心花怒放,对着镜子高兴地笑了起来。然后,他向自己的身影告别,彬彬有礼地深深一躬,像对大人物告辞一样。

三

到了大街上,杜洛华又踌躇了,不知道该干什么好。

他真想痛痛快快地跑,尽情地去想象。他一面信步向前走,一面憧憬着未来,呼吸着夏夜清凉的空气,但是脑子里总摆脱不掉瓦尔特老头要他写文章这件事。于是,他决心立刻回家投入工作。

他大踏步往回走,沿着环城大街,一直向自己住的布尔索街走去。他住的那幢楼一共有七层,二十户,都是工人和普通市民。楼梯很黑,他只好划火柴照明。楼梯上到处都是纸屑、烟头和菜帮子,脏极了。看见这种景象,他不由得一阵恶心,真想赶快迁出,搬到有钱人住的、铺地毯的干净房子里去。现在他住的这幢楼,上上下下,弥漫着一股重浊的气味,里面有饭菜味,厕所味,永远不散的油味和陈旧的墙壁发出的霉味,任何穿堂风也驱之不散。

杜洛华的房间在六楼,对面是西城铁路宽宽的壕沟,正好在巴蒂廖尔车站附近的隧道口上面,俯首下望,如临深渊。此刻他打开窗子,靠在生锈的铁栏杆上。

黑魆魆的隧道深处,有三盏红色的信号灯,一动不动,像野兽的三只大眼。稍远又有几盏,再过去又有几盏。时长时短的汽笛声,划破黑暗,不断从阿斯尼埃尔方向传来,有的很近,有的又几乎听不见。汽笛声颇有些抑扬顿挫,类似人的喊声。其中一声越来越近,也越来越凄厉。不久,出现了一道巨大的黄光,轰隆轰隆地奔过来。接着,杜洛华看见一列长长的车厢冲进了隧道。

随后,他对自己说:"得了,工作去吧!"他把灯放在桌子上,正想动手写,忽然发现家里只有一叠信纸。

活该,就用它吧。他把信纸摊开,拿起笔,蘸了蘸墨水,用他最漂亮的字体工工整整地写上了题目:

非洲从军行

写完以后,他开始思索第一句该怎样开头。

他手托前额,两眼注视着前面摊开的白纸。

说什么呢?刚才讲过的一切,现在一点也想不起来了,逸闻也好,事实也好,全都无影无踪。他忽然想:"我应该从动身的时候说起。"于是,他写道:"那是一八七四年五月十五日前后,疲惫不堪的法兰西经过了天灾人祸的可怕岁月①,正在休养生息……"

写到这里,他突然停了下来,不知道下面该怎么写才能引出上船的情形,沿途见闻,和最初的感受。

经过十分钟的考虑,他决定把这页开场白放到明天再写,先把阿尔及尔描绘一番。

于是,他在纸上写道:"阿尔及尔是一座洁白的城市……"但别的再也写不出来了。他脑海里重又出现这座充满阳光的美丽的城市,低矮的平房像瀑布一样,从山顶一直铺展到海边。

---

① 指一八七一年普法战争、法国失地赔款及巴黎公社人民起义的日子。

然而,他搜索枯肠,找不到任何语言来表达当时他的所见所闻以及内心的感受。

憋了半天,才加了一句:"城市的部分居民是阿拉伯人……"写完,他把笔往桌上一扔,站了起来。

他看见自己每天穿的衣服,空空的,又皱又瘦,肮脏而且难看,像殓房的旧衣服一样乱糟糟地堆在他睡的小铁床上,铁床中间已经被他的身体压凹了。他那顶唯一的丝质礼帽口朝天地仰放在藤椅上,仿佛正等待布施。

房间的墙上裱着灰底蓝花的糊壁纸,斑斑驳驳,布满污渍。因为年深日久,这些污渍说不清是什么东西弄的,也许是按扁了的虫蚁,或者溅上去的油珠,也许是沾了发蜡的指印,或者是涮洗时从脸盆里飞出来的泡沫。一切都显得非常寒碜,使人无地自容,巴黎带家具出租的公寓都是这副寒酸相。看到自己的生活如此潦倒,杜洛华不禁怒火中烧,心想,非立即摆脱这种处境不可,从明天起,一定要结束这种捉襟见肘的生活。

想到这里,心里突然涌起了一股子工作热情。他又坐回到桌子旁,苦苦地寻章摘句,要把阿尔及尔那奇特而迷人的风貌好好描写一番。阿尔及尔好比是非洲的大门。非洲是一个神秘而辽阔的大陆,那里有游牧的阿拉伯人和前所未见的黑人。非洲又是一个人迹未到,充满着魅力的地方,那里生活着似乎专为神话故事而创造的珍禽异兽。这些动物我们有时在公园里可以看到。如奇怪的鸵鸟,神妙的羚羊,形状怪异、滑稽可笑的长颈鹿,稳重的骆驼,丑陋的河马,还有笨重的犀牛,人类可怕的弟兄大猩猩。

他隐隐约约感到有些头绪,但是要他口头叙述也许还可以说上三两句,要他用笔写下来,他可就一筹莫展了。他心急如焚,怨自己无能。他重又站起来,两手全是汗,血液在太阳穴里突突直跳。

他的目光落到洗衣服的账单上,那是当天晚上门房拿上来的。他突然感到一阵绝望。刹那间,喜悦的心情,随着满腔的自负和对前途的信念一起烟消云散。完了,一切都完了。他不可能有任何作为,也成不了什么人物。他感到自己空虚、无能,是个没有用处的人,注定是要被淘汰的。

他又回到窗前,凭栏眺望。正在这时,忽然汽笛长鸣,一列火车轰隆隆钻出了隧道,穿过原野,向远方的大海驶去。杜洛华不禁想起了父母。

这列火车即将在离他父母家十几公里的地方经过。他仿佛又看见了那间小屋,在康特勒村口的山坡上,俯瞰着卢昂①和辽阔的塞纳河流域。

他父母开一家小酒店,名叫"美景酒店",每逢星期天,近郊的中产阶级都到这里来吃午饭。父母一心想儿子出人头地,所以送他上了中学。他毕业以后,参加全国会考,结果没有通过,于是去服兵役,打算将来当军官,上校,和将军。但五年兵役的期限远远没满,他便对当兵感到厌倦,一心想到巴黎来碰运气。

他父母对他的梦想早已破灭,想把他留在身旁,但他不顾父母的恳求,服役期一满,便来到巴黎,希望能混个前程。他隐隐约约感到,时势会造就成他的胜利。究竟是什么样的时势,他脑子里还不很清楚,不过他知道自己一定能创造并促成

---

① 卢昂(Rouen),法国塞纳河下游的大城市。

这种形势。

他在戍地的团队里一直很顺利,运道也好,而且在身份较高的社会里有过几次艳遇。他曾经把一个收税官的女儿弄到手,这姑娘宁愿扔掉一切和他私奔。他还勾引过一个讼师的妻子,这女人被他遗弃后,失望之余,曾经想投河自尽。

他的同伴谈起他的时候,都说他是个"机灵、狡猾,遇事总有办法的家伙",而他自己也一心要成为一个"机灵、狡猾、有办法的人"。

他在戍地每天过着刻板的生活,耳闻目睹在非洲发生的抢掠行径和非法牟利、尔虞我诈的作风,军队里流行的荣誉观念和假充好汉的行为,爱国主义感情,士官间传诵着的侠义故事,以及军人的虚荣心等等,这一切不断熏陶、鞭策和激励着他那诺曼底人的天性①,使他的脑子成了一个三层的杂物箱,里面什么都有。

但是,在他心灵中占统治地位的却是向上爬的欲望。

他像每天晚上一样,不知不觉地又想入非非,幻想在大街上碰见一位银行家或者什么达官贵人的千金小姐,对他一见钟情,结成美满姻缘,于是他的希望一下子变成了现实。

突然,一声尖锐的汽笛把他从梦中惊醒,一辆机车像离穴的大兔子,从隧道里窜出来,沿着铁轨,快速向停车场飞奔,到那里休息去了。

于是他带着始终萦回在脑际的模糊而甜蜜的希望,向黑暗中胡乱飞了一吻。这是给他所期待的美人幻象送去的爱情

---

① 诺曼底(La Normandie),法国古行省,其居民来自北欧,属日耳曼民族,诺曼底人以天性狡诈,城府极深著称。

之吻,给他梦寐以求的财富送去的欲望之吻。然后,他关上窗,一面脱衣服,一面喃喃说道:

"算了,明天早上精神会好一些,今晚脑子不好使。再说,也许酒喝多了点。在这种情况下工作,效果好不了。"

他爬上床,吹灭灯,几乎立刻就睡着了。第二天,他很早就醒了。一个怀着强烈希望的人或者一个忧心忡忡的人总是醒得很早的。他跳下床,把窗子打开,用他的话说,去喝一两杯新鲜空气。

对面,宽阔的铁路壕沟那边,罗马街的房子在朝阳映照下,仿佛上了一层白色的釉彩,闪闪发亮。右面,远处,浅蓝色的薄雾像一块扔在地平线上的面纱,飘忽,透明。薄雾后面,隐隐约约可以看见阿让特丘陵、萨努瓦高地和奥尔热蒙的磨房。

杜洛华默默地注视着远处的原野,过了好几分钟才喃喃地说:"这样的天气,那边准是一派好风光。"接着,他想起有工作要做,而且必须马上动手。于是,他给门房的儿子十个苏,叫他到办公室替自己请个病假。

他在桌子前面坐下,拿起笔,蘸了蘸墨水,手托着脑门,苦苦思索。但是白想了半天,什么也没想出来。

他并不泄气,心想:"没什么,我只不过是不习惯罢了。这职业也像其他职业一样,要学学才成。头几次得有人帮忙。我现在就去找福雷斯蒂埃,他在十分钟之内保管能把我这篇文章的架子搭起来。"

说着,他穿上了衣服。

走到大街上,他猛然觉得,他的朋友一定睡得很晚,这时候去拜访他未免太早。于是,他沿着环城大街,在树下慢慢地散步。

时间还不到九点,他走到蒙梭公园。公园里刚洒过水,空气湿润而凉快。

他找条长凳坐下,又开始胡思乱想起来。一个衣着华丽的青年在他前面踱来踱去,大概是在等一位女士。

那位女士来了,戴着面纱,脚步很急,匆匆地和那个青年握了握手,然后挽着他的胳臂,一起走了。

突然,爱情的需要,像汹涌的波涛,冲进杜洛华的心,他需要一种名门淑媛的旖旎温馨的爱情。他站起来,继续往前走,脑子里不禁想起福雷斯蒂埃,这家伙真走运!

他来到朋友家时,他朋友正准备出门。

"是你呀!这个时候来!找我有事吗?"

杜洛华看见他正打算出门,觉得很不好意思,讷讷地说:

"这是因为……因为……那篇文章我写不出来,你知道,就是瓦尔特先生约我写的那篇关于阿尔及利亚的文章。这也没什么奇怪的,因为我从来没写过。什么事都要练习,这个也不例外,将来我一定干得好,这一点我是有把握的,但我不知道一开始该怎么办。想法我倒是有的,整篇文章的意思我都有了,可就是表达不出来。"

说到这里,他停下来,有点犹豫。福雷斯蒂埃狡黠地笑了笑说:

"这我知道。"

杜洛华接着说:

"是呀,开始的时候,谁都会这样。所以我来……来求你帮个忙……你只消十分钟就能给我把这篇文章的架子搭起来,你告诉我该用什么语调,好好给我上一堂作文课。没有你的帮助,我可是弄不了。"

福雷斯蒂埃始终快乐地微笑着。他拍了拍老朋友的胳臂,对他说:

"去找我妻子吧,她会替你把这件事办妥的,而且办得不会比我差,我训练过她干这种工作。我嘛,我今天上午没时间,要不,我倒是很乐意帮助你。"

杜洛华突然胆怯起来,犹犹豫豫地,不敢答应:

"不过,我这个时候去见她不合适吧?……"

"没关系,完全可以。她已经起来了。你可以到楼上我的工作室里找她,她正在那儿替我整理笔记。"

杜洛华还是不肯上楼:

"不……这不成……"

福雷斯蒂埃抓住他的肩膀,把他的身子转过去,一面推向楼梯,一面说:

"去吧,大傻瓜,我叫你去你就去。难道你要我再爬三层楼去介绍和解释你的情况吗?"

杜洛华这才下了决心:

"谢谢你,我去,我去。我跟她说,是你逼着我,完全是你逼着我去找她的。"

"好,她不会吃你的,放心好了。可千万别忘记一会儿三点钟。"

"噢,你就放心好了。"

福雷斯蒂埃匆匆走了。杜洛华开始慢慢地拾级登楼,不断琢磨该说什么话,提心吊胆,不知会受到怎样的接待。

一个腰系蓝布围裙手拿笤帚的仆人跑来开门,他没容杜洛华开口,便说:

"先生出去了。"

杜洛华说：

"请你问问福雷斯蒂埃夫人能不能见我。请告诉她，我刚才在路上碰见福雷斯蒂埃先生，是他叫我来的。"

然后，等着回话。仆人回来，打开了右面一扇门，向他禀报：

"太太正在等您。"

福雷斯蒂埃夫人坐在办公桌前一把扶手椅上。房间不算大，周围有许多红木书架，把墙都遮住了。书架上琳琅满目，各种各样的精装本，红的、黄的、绿的、紫的、蓝的，使一排排本来很单调的书显得五彩缤纷，很有生气。

福雷斯蒂埃夫人身穿一件带花边的白色晨衣，微笑着转过身来，把手伸给杜洛华，从她宽大的敞口衣袖中，露出了赤裸的胳臂。

"这么早？"她问道，接着加了一句：

"我只是随便问问，并没有责备您的意思。"

杜洛华结结巴巴地说：

"噢，夫人，我并不想上来，但我在楼下碰见了您丈夫，是他要我来的。我不敢告诉您我来的原因，实在太不好意思了。"

福雷斯蒂埃夫人指着一把椅子说：

"请坐下谈。"

她轻快地转动着手上夹着的鹅毛笔，面前摊开的那一大张纸，刚写了一半，因杜洛华来访被打断了。

她坐在办公桌前，态度从容，像在自己房间里一样无拘无束，又仿佛在自己的客厅里处理日常的事务。从她的晨衣里透出一股幽香,一股梳洗后散发出来的清新的香气。杜洛华不禁想入非非,似乎看见了裹在轻罗软缎里那个青春焕发、丰腴温馨的肉体。

看见杜洛华不吭声,她又问了一遍:

"您说吧,有什么事?"

杜洛华犹豫着,讷讷地说:

"是这样的……但老实说……我不敢……为了写瓦尔特先生约我写的那篇有关阿尔及利亚的文章……昨晚我工作到深夜……今天……很早又起来写……可是写不出一点像样的东西……我把稿子全撕了……我,我干不惯这工作,所以来找福雷斯蒂埃帮忙……就这一次……"

福雷斯蒂埃夫人打断了他的话,哈哈大笑起来,心里美滋滋的,感到既得意又高兴。

"于是他就叫您来找我……?这真有意思……"

"是的,夫人。在帮助我解决困难这方面,您比他更有办法……可是我,我不敢,我不想麻烦您,您明白吗?"

福雷斯蒂埃夫人站起来说道:

"这样合作一定非常有意思。我对您的想法很感兴趣。好吧,请您坐到我的位置上来,因为报馆里的人认识我的笔迹。咱们一起炮制您那篇文章,不过,必须是成功之作。"

杜洛华坐下来,拿起笔,把纸摊开,等待着。

福雷斯蒂埃夫人站在一旁,看着他做准备工作,然后,在壁炉上拿起一支烟,把它点着。

"不抽烟我就没法工作。"她说道,"好,您打算写什么呢?"

杜洛华吃了一惊,抬头看着她。

"我可不知道,所以我才来找您。"

"好,"她说道,"这事我给您安排。我负责油盐酱醋,不过,菜得有人供应。"

杜洛华面有难色,最后才犹犹豫豫地说:

"我想从我动身开始讲起……"

福雷斯蒂埃夫人面对着他,在那张大桌子的另一边坐了下来,两眼紧盯着他说:

"好吧,您先给我讲讲。就给我一个人讲,您明白吗?慢慢地,不要漏掉任何细节,让我来选择,看哪些东西该写。"

但杜洛华不知道从哪里讲起,因此,她只好像神父询问忏悔者那样盘问他,向他提出具体的问题,帮助他回忆已经忘掉的细节和他遇见过的、只有一面之缘的人物。

杜洛华按她的要求讲了大约一刻钟,她突然打断他的话说:

"现在咱们就要开始了。首先,我们假设您给一位朋友谈您的见闻,这样,您就可以不管有意思没意思,想到什么就谈什么,尽量做到自然和有趣。开始吧:

"亲爱的亨利,你想知道阿尔及利亚的情况吗?这不成问题,我把我的日记寄给你。我在这里住的是一座干土垒的小房子,整天无事可做,于是便写日记,把每一天,每一小时的生活记录下来。有时写得过火一些,那也没有办法,你不必给你认识的夫人们看……"

说到这里,她停下来,把熄灭了的香烟重新点着。她一停,鹅毛笔在稿纸上发出的沙沙声也随着停止了。

"咱们继续吧。"她说道。

"阿尔及利亚是法国的属地,面积很大,周围是人迹罕到的地区。人们把这些地区叫做沙漠,撒哈拉,中非等等……

"阿尔及尔是这个奇异大陆的门户,是一座美丽的白色城市。

"但首先是去的问题,这并不是每个人都觉得舒服的事。你知道,我是优秀的骑术教练,我们上校的马就是我驯的。可是,马骑得好,航海却不一定行,我就属于这种情况。

"你还记得我们管他叫吐根①大夫的那个军医桑布勒塔吗?每当我们认为时机成熟,想到军医院这个洞天福地住上二十四小时的时候,我们就去找他看病。

"他穿着红色长裤,叉开两条肥腿,坐在椅子上,手扶膝盖,两肘朝天,臂膀弯成桥形,一双大眼,滴溜溜乱转,牙齿轻轻咬着自己的白胡子。

"你记得他开的药方吗?

"该士兵肠胃失调,请照方给予本医师所配三号催吐剂一服。服药后休息十二小时即可痊愈。

"这种催吐剂像圣旨一样,绝对不能违抗。既然要服,那就服吧。再说用了吐根大夫的处方,自然也就该享受休息十二小时的权利。

"话又说回来了,亲爱的朋友,要想到达非洲,还必须忍受足足四十个小时的另一种无法拒绝的催吐剂。这回是大西洋轮船公司的配方。"

福雷斯蒂埃夫人搓搓手,对自己的想法感到非常满意。

她又点了一支香烟,然后站起来,在房间里踱来踱去,边口述,边把烟吐出来。她双唇紧闭,只露出唇中央一个小圆

---

① "吐根"(Ipéca),草药名,产于南美巴西,有催吐作用。

洞,烟从小圆洞里袅袅而出,先是直的,后来逐渐扩散,在空中留下一缕缕灰色的线条,像透明的雾,又像蛛丝般的水气。有时,她用张开的手掌一挥,把残留的轻烟驱散,有时用食指使劲一刹,把烟切断,然后聚精会神地注视着被斩成两段、已经模糊难辨的烟缕逐渐消散得无影无踪。

杜洛华抬起头,目不转睛地看着她的一举一动,看着在这场漫不经心的游戏中,她身体和脸部的动态。

现在,她正在脑子里编造着旅途的情况,描绘她臆想出来的旅伴,虚构一段与一位到非洲和丈夫团聚的陆军上尉的妻子发生爱情的风流韵事。

完了以后,她坐下来,询问杜洛华有关阿尔及利亚地理的问题,因为她对此一无所知。但不到十分钟,她在这方面的知识已经和杜洛华不相上下了。于是,她用不太大的篇幅,写了一章这块殖民地的政治地理,好让读者了解这方面的情况,将来能够理解随后几篇文章所提到的各种严峻问题。

接着,她叙述了一次到奥兰省①的旅行。旅行是虚构的,里面主要描写各种女性,像摩尔族女人,犹太女人,西班牙女人等。

"只有这些才使人感兴趣。"她说道。

最后,她以高原脚下赛伊达城里的一段生活作结束,还穿插了一段风流的小故事:士官乔治·杜洛华爱上了艾因哈吉勒城造纸厂的一位西班牙女工,他们夜里在光秃秃的乱石山里幽会。周围怪石林立,豺狼、鬣狗和阿拉伯犬不断地号叫,狂吠。

---

① 奥兰省(Oran),阿尔及利亚西部省份。

福雷斯蒂埃夫人快活地说了声：
"后事如何,明日分解!"
接着,她站了起来,说道：
"文章就是这么写的,亲爱的先生。现在请署名吧。"
杜洛华有点犹豫。
"您倒是署名呀!"
杜洛华这才笑起来,在稿纸下面签上自己的名字：

乔治·杜洛华

福雷斯蒂埃夫人继续抽着烟,在屋里踱来踱去。杜洛华的目光始终没有离开她,不知道说什么话来感谢她才好。能够在她身旁,他觉得很高兴,另一方面,又由于能逐渐亲近她,不仅精神上对她感激而且肉体上也感到幸福。仿佛她周围的一切,连同墙壁和壁上的书,都已经成了她身体的一部分。椅子,家具,带着烟草味儿的空气,都散发出一股来自她身上的异样的幽香,甜蜜而使人陶醉。

她忽然问他：
"您觉得我的朋友马雷尔夫人怎么样?"
他听了一愣,回答道：
"这……我觉得她……觉得她很迷人。"
"是吗?"
"当然。"
他真想加上一句："但毕竟比不上您。"可是他不敢。
福雷斯蒂埃夫人随后又说：
"您不知道,她还是一个与众不同的既活泼又聪明的女子哩!简直是个波希米亚女郎,一个地地道道的波希米亚女郎。她丈夫因此不喜欢她。他只看见她的缺点,而看不见她的优点。"

杜洛华听说马雷尔夫人已经结婚,感到非常惊讶。其实,这是很自然的事。

"哦,……她已经结婚了?"他问道,"她丈夫是干什么的?"

福雷斯蒂埃夫人轻轻耸了耸肩膀,同时又扬了扬眉毛,一脸令人难以捉摸的神态。

"噢,他是诺尔省铁路干线的督察。每个月到巴黎来住一个星期。他妻子称这段时间为'义务兵役'、'一周苦役'或者'神圣的一周'。以后,等您对她有了进一步的了解,您一定会发现她既聪明,又可爱。这几天,您就去看看她吧。"

杜洛华已经不想走了,他似乎要一直待下去,像在自己家里一样。

但就在这时,门突然悄悄地打开了,一位身材高大的绅士,不经通报便走了进来。

他发现屋里有个男人,顿时停下脚步。福雷斯蒂埃夫人显得有点窘,一阵红晕从肩膀一直升到脸上。但她很快又恢复了自然,若无其事地说道:

"您进来呀,亲爱的。我给您介绍查理的好朋友乔治·杜洛华,未来的新闻记者。"

然后,她又用另一种语调告诉杜洛华:

"这位是我们最知己、最亲密的朋友,沃德雷克伯爵。"

两个男人彼此行礼,一面相互打量着。杜洛华很快就告辞了。

他们也没有挽留他。他喃喃地说了几句感谢的话,握了握福雷斯蒂埃夫人伸给他的手,对刚来的那位绅士又鞠了一躬。绅士仍然摆出一副上层人物那种冰冷严肃的面孔。杜洛华像干了件蠢事似的,带着一脸懊恼的神色,怏怏地走了。

他闷闷不乐地走到大街上,感到很不舒服,总觉得有一股默默的哀愁。他信步往前走,心里纳闷,为什么突然产生这种忧伤的感觉。他找不到答案。但沃德雷克伯爵那副严峻的面孔不断在他的脑海里出现。伯爵虽然有点老,头发已经灰白,却还带着大富翁所特有的那种悠闲、傲慢和自命不凡的神气。

于是,他明白了,这个陌生人的到来,打断了他和福雷斯蒂埃夫人之间越来越融洽、越来越情投意合的谈话,所以他便像冷水浇背,产生了悲观失望的情绪。有时候,听到一句话,看到一种不如意的现象,或者最微不足道的事情,往往都会使我们产生这种情绪。

他觉得,不知道为什么,这个人发现他在那里就很不高兴。

三点以前再也没有什么事情要做了,可现在还不到中午十二点。他口袋里还有六法郎五十生丁,于是到一家名叫"杜瓦尔"的廉价饭馆吃了一顿午饭,然后在大街上溜达。三点钟一敲响,他便踏上了《法兰西生活报》那座兼作广告的楼梯。

办公室的杂役交叉着双臂坐在长凳上等待命令。一个传达坐在一张像讲坛似的小桌子后面,整理刚送来的信件。这种场面无懈可击,使来访者肃然起敬。所有的人都彬彬有礼,派头十足,而且举止高贵,态度潇洒,真不愧是大报馆接待厅的工作人员。

杜洛华向前问讯:

"请问瓦尔特先生在吗?"

传达回答道:

"经理正在开会。请先生稍坐片刻。"

说着,他指了指候见室,那里已经坐满了人。

这些人当中,有的表情严肃,胸前挂着勋章,一脸自高自大的神气,有的衣冠不整,连衬衫也不穿,燕尾服的扣子一直扣到脖子上,胸前的污渍斑斑驳驳,仿佛地图上犬牙交错的大陆和海洋。他们中间有三位妇女。其中一位面带笑容,很漂亮,打扮得像个妓女。坐在她旁边的那位也是浓妆艳抹,但一脸皱纹,神情凄苦,具有当过演员的女人一般都有的那种过时而造作的姿态,总想打扮得年轻,可是实际上已经人老珠黄了。

第三位穿着丧服,坐在角落里,样子像个孤苦伶仃的寡妇。杜洛华心想,这个女人一定是来要求救济的。

二十多分钟过去了,没有一个人被叫进去。

杜洛华想了个办法,回去找那个传达,对他说:

"瓦尔特先生约我三点钟来,无论如何,请您去看看福雷斯蒂埃先生在不在,他是我的朋友。"

于是,传达领着他穿过一条走廊,来到一个大厅。大厅里有四个男人,正围坐在一张绿色的大桌子旁写东西。

福雷斯蒂埃站在壁炉旁,一面抽烟,一面玩接木球游戏①。他技术高超,每次都能把球接住。他数着:

"二十二,二十三,二十四,二十五。"

---

① 接木球游戏(le bilboquet)是一种一个人玩的游戏,球是木造的,用细绳连在一根尖木棒上,球上有孔,玩时,把球向空中抛去,待球落下时,用棒尖戳进球上的孔,把球接住。

杜洛华接过去说：

"二十六。"

他朋友抬起眼睛，一面说，一面继续有规律地挥动着胳臂：

"唷，你来了！……昨天，我一口气接了五十七次球。我们这里，除了圣波坦，就数我最强了。你去见老板了吗？诺尔贝那个老家伙玩接木球逗极了，世界上再也没有比他更滑稽的了，他玩的时候张着嘴，像是要把球吞下去似的。"

一个编辑把头转过来，对他说：

"我说，福雷斯蒂埃，我知道有一副木球要卖，质量好极了，是用上等木头做的，据说是以前西班牙王后的东西。卖主要价六十法郎。并不算贵。"

福雷斯蒂埃问道：

"这副木球现在在哪儿？"

紧跟着，第三十七下，他接了个空，便停下来，打开一个木柜。杜洛华看见柜里一字儿排着二十来副高质量的木球，像套古玩似的都编了号。福雷斯蒂埃把木球放回原处以后又问道：

"这宝贝现在在哪儿？"

记者回答道：

"在滑稽剧院一个卖票的那里。如果你想看，我明天就把它带来。"

"好，一言为定。如果质量真的好，我就买下来。木球嘛，永远不会嫌多。"

说完，他转过身来，对杜洛华说：

"跟我来吧，我带你去老板那儿，要不，你非等到晚上七点不可。"

他们穿过候见厅,看见刚才那些人,仍然规规矩矩地在那儿等着。福雷斯蒂埃一出现,那个年轻的女人和另外那位上了年纪的女演员立即站起身,向他走过来。

他把这两个女人逐一带到窗前。虽然他们尽量压低声音说话,杜洛华仍然发现福雷斯蒂埃亲昵地用你称呼她们。

然后,他们推开两重装着软垫的门,走进经理办公室。

开了一个小时的所谓会议原来并不是会议,而是经理和几位戴平顶帽的绅士在打牌,这几位绅士都是杜洛华头一天见过的。

瓦尔特先生手拿纸牌,聚精会神地玩着,动作非常熟练。他的对手显然是个赌牌的行家,他灵巧而潇洒地不断把那些花花绿绿的薄纸片打出去,拿起来,或者摆弄着。诺尔贝·德·瓦兰纳坐在经理的扶手椅上写文章,雅克·里瓦尔则躺在一张长沙发上,闭着眼睛抽雪茄。

房间里弥漫着一股因长时间空气不流通而产生的闷味,掺杂着家具散发出来的皮革味、陈旧的烟草味和油墨味。所有新闻记者都熟悉这种编辑室所特有的气味。

嵌着铜花的红木桌上,放着一大堆乱七八糟的纸。里面有信件、明信片、报纸、杂志、发票,以及各种各样的印刷品。

福雷斯蒂埃和站在玩牌的人后面的那几个赌客一一握手,然后一声不响地看打牌。等瓦尔特老头一赢就急忙向他介绍:

"我的朋友杜洛华来了。"

经理的目光猛地从眼镜片上投过来,瞥了年轻人一眼,问道:

"我要您写的那篇文章带来了吗?这篇文章今天和莫雷尔在讨论中的发言同时见报,效果一定很好。"

杜洛华把折成四叠的稿子从口袋里掏出来:

"带来了,先生。"

老板非常高兴,微笑着说:

"好极了,好极了。您真守信用。福雷斯蒂埃,你要不要替我审阅一下。"

福雷斯蒂埃连忙回答道:

"不必了,瓦尔特先生。为了教他掌握业务,这篇稿子是我和他一起写的。写得很好。"

这时候,一位高大瘦削的绅士(一位中间偏左的议员)正在发牌,经理一面拿起发给自己的牌,一面漫不经心地说:

"那好极了。"

福雷斯蒂埃不等第二局开始,便俯身凑到他耳朵说:

"您知道,您答应过我,请杜洛华接替马朗博。那我就按同样待遇把他留下,您看怎样?"

"好极了。"

听了这句话,福雷斯蒂埃趁瓦尔特先生开始玩第二局的时候,挽起杜洛华的胳臂,把他带走了。

诺尔贝始终没有抬头,仿佛没看见杜洛华或者没把他认出来。里瓦尔则相反,他和杜洛华使劲握手,表示若遇到什么麻烦,他是个可以依靠的伙伴。

他们又穿过候见厅。所有的人都抬起眼睛看他们,福雷斯蒂埃故意用大家都听得见的声音对最年轻的那个女人说:

"经理一会儿就接见您。现在他正和预算委员会的两个委员开会。"

接着,他神气十足地装出一副非常忙碌的样子,匆匆走过候见厅,似乎要立刻去起草一份十万火急的电报。

他们一回到编辑室,福雷斯蒂埃马上又拿起木球玩了起来。他一面数分,一面断断续续对杜洛华说:

"就这样吧。以后你每天下午三点到这里来,我把该跑的地方,该采访的人告诉你,并决定该白天去,晚上去,或者早上去……一……我先给你写一封去见警察局第一处处长的介绍信,二……他会指定他的一个下属和你联系。你就和这个下属商量……三……好获得该处所有的新闻。当然,我指的是官方的和半官方的新闻。详细情况你可去问圣波坦,他都知道……四……你一会儿或者明天就可以去找他。特别是你必须练出这样的本事:能够从我派你去采访的那些人的嘴里把消息套出来……五……关着门的地方,你也必须想办法钻进去……六……你干这种工作的每月固定工资是二百法郎。如果你自己另外采访到有趣的新闻,每一行可以得稿费两个苏……七……如果出题目约你写文章,每一行也可以得稿费两个苏……八。"

说完,他就专心一意玩木球,继续慢慢地数下去……九……十……十一……十二……十三……第十四下没接住,于是,他喃喃地骂道:

"真他妈的十三!这个数字总叫我倒霉。将来我非死在十三号不可。"

一个编辑干完了活,到木柜里拿起一副木球。这个人身材矮小,虽然已经三十五岁,但长得还像个孩子。这时又进来了好几位记者,一个挨一个地去取自己的木球。不一会,人数就增加到六个。他们肩并着肩,背靠着墙,用同样而有规律的

57

动作,把红色、黄色,或黑色的木球向空中抛去。这些球木质不同,因而颜色各异。竞赛开始了,还在干活的那两个编辑站起来给他们当裁判。

福雷斯蒂埃赢了十一分。那位脸上还带孩子气的小个子男人输了,他按了按铃,把听差叫来,对他说:

"九杯啤酒。"

于是,大家一面等饮料,一面又玩了起来。

杜洛华和他的新同事一起喝了一杯啤酒。随后,他问他朋友:

"我该做点什么?"

他朋友回答:

"我今天没什么事给你做。你想走就走好了。"

"那……咱们的……咱们的那篇稿子……是不是今晚就付印呢?"

"对,不过你不用管了,校样由我来看。你就接着往下写好了,明天下午三点,你把稿子带到这里来,像今天一样。"

于是,杜洛华和那几位连名字也还不知道的同事一一握手告别,带着轻松愉快的心情,走下那座漂亮的楼梯回去了。

四

杜洛华急着想看到自己的文章登报,兴奋得一夜没有睡好。天刚一亮,就爬起来,在大街上转来转去。这时,报纸还没送到报亭。

他知道《法兰西生活报》要先到圣拉萨车站,然后才到他住的那个街区,便迈步向车站走去。因为时间还早,他只好在人行道上来回溜达。

忽然,他看见那个卖报的女人走来,把装着玻璃窗的铺子打开,同时,他又看见一个男人,头上顶着一大沓折好的报纸。他急忙上前看,里面有《费加罗报》《吉尔·布拉斯报》《高卢人报》《大事报》,还有另外几种晨报,却没有《法兰西生活报》。

他突然害怕起来:"《非洲从军行》会不会挪到第二天才登呢?难道这篇东西不中瓦尔特老头的意,在最后一分钟被剔了下来。"

他转身向报亭跑去,发现不知道什么时候,《法兰西生活报》已经到了,而且正在出售。他赶紧上前,扔下三个苏,打开一份,匆匆看了第一页的标题。没有。他心里怦怦直跳。翻开第二页,看见在一栏下面印着:乔治·杜洛华。五个黑体字。他无比激动,乐不可支。文章登出来了!

他迈步向前走,手里拿着报纸,帽子歪戴着,脑子里不考虑任何事情,一心只想把行人喊住,跟他们说:"买这种报吧!买这种报吧!上面有我一篇文章。"他真想像某些人晚上在街上大声叫卖那样,竭尽全力大嚷:"请看《法兰西生活报》,请看乔治·杜洛华的文章《非洲从军行》!"突然,他心里产生了一种欲望,想亲自读一下这篇文章,想在公共场所、咖啡馆里,人人都看得见的地方看这篇文章。于是,他开始寻找一个人多的地点。他走了好久,终于找到了一家酒馆,里面已经坐着几个顾客。本来按时间是应该要苦艾酒,但他没有考虑到时间,却要了一杯罗姆酒。接着,他喊道:"伙计,把《法兰西生活报》给我拿来。"

一个系着围裙的男人赶紧跑过来说:

"先生,我们没有这种报,我们只订了《号召报》《路灯报》和《小巴黎人报》。"

杜洛华怒气冲冲地叫道:

"这酒馆真够呛!快去给我买一份来!"

侍者连忙跑去买了一份。杜洛华开始看自己的文章了。为了引起身旁顾客的注意,使他们产生想知道报纸上到底刊登了什么文章的欲望,他故意多次大声说:

"好极了!好极了!"

随后,把报纸往桌上一放,径自走了。老板发现桌上的报纸,便喊他:

"先生,先生,您忘记您的报纸了。"

杜洛华回答道:

"留给你们吧,我已经看过了。今天报上有一篇很有趣的东西。"

他没有指明哪篇东西,但他走出去的时候,看见旁边一位顾客正把他留在桌上的那份《法兰西生活报》拿起来看。

他想,现在我应该做什么呢?他决定到办公室去领取当月的工资并提出辞呈。想到科长和同事们知道以后的嘴脸,他高兴得直哆嗦。尤其是想到科长惊愕的神态,他就更开心了。

他慢慢地走着,不打算在九点半以前到,因为财务科十点才开始办公。

他的办公室,是一间又大又暗的房子,冬天几乎整日都要点煤气灯,窗外是一个窄小的庭院,对面还有别的办公室。在室内办公的共有八个职员,外加一位副科长,坐在角落里一个屏风后面。

杜洛华先到出纳员那里领工资。一共是一百一十八法郎零二十五生丁,早已用信封装好,放在出纳员的抽屉里。取了工资以后,他得意洋洋地走进他那间大办公室,他在这里已经工作了不少日子了。

他一踏进门槛,副科长波泰尔先生便喊他:

"噢,您来了,杜洛华先生。科长已经问过您好几次了。您知道,没有医生证明,一连请两天病假,他是不会通融的。"

杜洛华站在办公室中间,一面收拾自己的东西,一面大声回答道:

"算了吧,我才不在乎呢!"

这句话使职员们大吃一惊,接着是一阵骚动,波泰尔先生也从盒子般的屏风后面,惊慌地探出头来。

平时,他一直坐在屏风后面,因为他有风湿病,怕穿堂风。只在屏风纸上扎两个洞监视他的下属。

办公室里顿时一片死寂,连苍蝇飞的声音也听得见。过了一会儿,副科长才犹犹豫豫地问他:

"您刚才说什么?"

"我说我才不在乎呢。我今天是辞职来了。我已经当上了《法兰西生活报》的编辑,月薪五百法郎,另外还有稿费。今天早上我已经开始上班了。"

这些话他本来想慢慢地说,好多快活一阵,但禁不住心里着急,把所有的话一下子都倒了出来。

不过他的话已经完全达到了应有的效果。大家都坐在那里一动也不动。

于是,他向大家宣布:

"我这就去通知佩蒂伊先生,回头再向诸位告别。"

说着,他走出办公室去找科长。科长一看见他就大嚷起来:

"好啊,您来了。您知道,我可不愿意……"

杜洛华打断他的话说:

"您大可不必这样大喊大叫……"

佩蒂伊先生是个大胖子,脸色红得像鸡冠一样。听见他这么说,惊讶得一时无言以对。

杜洛华接着说道:

"我在您这个小铺子里待够了。今天早上我已经到报馆上班,我在那里的待遇很不错。现在特来向您告辞。"

说完,他转身就走。他的仇总算报了。

他和同事们一一握手告别。刚才他和科长谈话的时候,门一直开着,同事们听得清清楚楚。现在他们怕连累自己,几乎都不敢和他说话。

他口袋里装着一个月的工资,走到大街上。先到一个熟悉的、又便宜又好的饭馆,吃了一顿丰盛的午饭,然后,又买了一份《法兰西生活报》,留在他刚吃过饭的桌子上。接着,他走进好几家商店,买了点零碎,目的无非是叫人送到家里,好让别人知道他的名字是——乔治·杜洛华。

另外,他还加一句:

"我是《法兰西生活报》的编辑。"

随后,他说出街道的名称和门牌号码,还小心地嘱咐:

"交给门房就行了。"

买完东西还有一点时间,他走进一家专门印刷名片,并且可以当场取货的印字店,叫人立刻印了一百张名片,在自己的名字下加上新的头衔。

然后,便到报馆去。

福雷斯蒂埃摆出一副上司的架子,大模大样地对他说:

"嗬,你来了,好极了。我正好有几件事要你办,你等我几分钟,我先把这事做完。"

说完,他继续写信。

大桌子另一头坐着一个身材矮小的男人,脸色十分苍白,有点浮肿,很胖,头顶已经秃了,白色的头皮直发亮。他正在写字,因为有深度近视,写字时鼻子几乎贴在纸上。

福雷斯蒂埃问他:

"我说,圣波坦,你几点去采访那些人?"

"四点。"

"杜洛华来了,他是个新手,你把他带去,让他也知道知道干这种职业的诀窍。"

"好的。"

福雷斯蒂埃转过身来,对他的朋友说:

"你把有关阿尔及利亚的续篇带来了吗?今天上午登的第一部分读者反映很好。"

杜洛华听了一愣,讷讷地说:

"没有……我本来以为下午有时间……可是下午我有一大堆事情要做……我没法……"

对方不满意地耸了耸肩膀:

"如果以后你还不守时的话,你就把自己的前途断送了。瓦尔特老头正等着你的稿子呢。我去告诉他,你明天才能写好算了。如果你以为可以光拿钱不干事,那你就错了。"

他停了一会儿,又接着说:

"应该趁热打铁才对,活见鬼!"

圣波坦站起来说道:

"我准备好了。"

于是,福雷斯蒂埃往椅背上一靠,摆出一副发号施令的庄严架势,转过头来,对杜洛华说:

"是这样的。两天前,巴黎来了一位名叫李登发的中国将军,住在大陆酒家,还有一位名叫塔波萨希卜·拉马德拉奥的印度王公,住在布列斯托尔饭店。你去采访采访他们。"

说完,又转身对圣波坦说:

"别忘了我告诉你的要点。你问一问这位将军和那位王公,他们对英国在远东的阴谋有何看法。他们对英国的殖民统治制度是怎样想的。对欧洲,特别是对法国干预他们国家的事务抱有什么希望。"

他停了一会儿,然后用和内部人谈话的语气继续说道:

"目前,公众舆论都非常关心这些问题,因此,我们的读者最感兴趣的莫过于同时了解中国和印度对这些问题的看法了。"

他又特地叮嘱杜洛华：

"你要仔细看看圣波坦是怎样干的。他是个优秀的外勤记者。你要学会在五分钟之内把一个人肚子里的东西全部掏出来的本事。"

说完，他又一本正经地写了起来，显然是想和下属保持一定的距离，使杜洛华这位他以前的伙伴和现在的同事恪守目下所处的地位。

一走出大门，圣波坦便哈哈大笑，对杜洛华说：

"真是个吹牛大王，这回吹到咱们头上来了。简直把咱们看成是他的读者了。"

说着，他们来到了大街上。圣波坦问杜洛华：

"您要喝点什么吗？"

"好啊，天气热极了。"

他们走进一个咖啡馆，要了点冷饮。圣波坦打开了话匣子，谈到所有的人，也谈到了报馆，真是滔滔不绝，详尽无遗。

"老板嘛，是个地地道道的犹太人！您知道，犹太人是江山易改，禀性难移。多么奇怪的种族！"

接着，他列举了种种惊人的例子来说明这些以色列子孙所特有的吝啬，如十生丁也舍不得花啦，像厨娘那样讨价还价啦，老着脸皮要人减价啦，还有整整一套放高利贷和放抵押贷款的手段。

"除此以外，他还是一个地地道道什么也不相信，什么人都欺骗的家伙。他的报纸五花八门、兼收并蓄，各种观点的文章，非官方的、天主教的、自由思想的、共和的、奥尔良派的，全都登。他办这份报的目的只是为了给他所从事的股票交易和种种企业撑腰。他在这方面很有办法,靠着几家资本不到四个苏的公司,赚了好几百万……"

他口若悬河地讲下去,把杜洛华称为"我亲爱的朋友"。

"这个守财奴,满嘴都是巴尔扎克的字眼。有一天,我在他办公室,在场的还有老古董诺尔贝和长得像堂吉诃德的里瓦尔。忽然,我们的行政科长蒙特兰来了,胳臂下挟着那个所有巴黎人都熟识的羊皮公文包。瓦尔特微微抬起头问他:有什么新闻吗?

"蒙特兰天真地回答:

"'我刚才把欠纸厂的一万六千法郎还了。'

"老板一听就蹦起来了,把我们吓了一跳。

"'你说什么?'

"'我说我把欠佩里瓦先生的纸款还了。'

"'你疯了?'

"'怎么啦?'

"'怎么啦?……怎么啦?……怎么啦?……'

"他摘下眼镜,擦了擦,然后咧开嘴笑了。每当他要说几句尖酸刻薄的话时,他那肥厚的腮帮就堆起这种狡猾的笑容。他用嘲讽而满有把握的语调说:

"'怎么啦?因为我们本来可以在这上面打他四五千法郎的折扣。'

"蒙特兰惊讶地说:

"'可是,经理先生,所有账目都清清楚楚,是由我审核,经您批准的……'

"这时候,老板又恢复了严肃的态度,他说:

"'谁也不会像您这样天真。蒙特兰先生,您要知道,债要多欠一些才能和债主谈判,讨价还价。'"

说到这里,圣波坦很内行地点了点头,说道:

"怎么样?这家伙的话是不是巴尔扎克笔下人物的语言?"

杜洛华没读过巴尔扎克的作品,但他还是很有把握地回答:

"可不是!"

接着,记者又谈到了瓦尔特夫人,说她是个蠢女人,诺尔贝·德·瓦兰纳是个老废物,里瓦尔是费尔瓦克式的人物。最后谈到了福雷斯蒂埃:

"至于这一位,他娶了现在这个妻子,真是他的造化,别的就没得可说了。"

杜洛华问道:

"他妻子到底怎么样?"

圣波坦搓了搓手:

"噢,那是个又机灵,又诡谲的女人。原来是那个老风流沃德雷克的情妇。他出嫁妆,让她嫁给了福雷斯蒂埃……"

杜洛华突然像被泼了一盆凉水,神经一阵痉挛,真想骂这个多嘴的家伙,打他的耳光。但他并没有这样做,只是打断他的话,问道:

"圣波坦是您的真名吗?"

对方不假思索地回答道:

"不是,我名叫托马斯。圣波坦是报馆里的人给我起的外号。"

杜洛华付了账说道:

"我看天不早了,咱们还有两位大人物要采访呢。"

圣波坦哈哈大笑:

"您呀,您也是够天真的。您以为我真的会去问这个中国人和那个印度人对英国有什么看法吗?他们该表示什么样的看法才能满足《法兰西生活报》的读者,难道我不比他们更清楚吗?这样的中国人,印度人,智利人,日本人和其他国家的人,我已经采访过五百个了。据我看,他们的回答都是千篇一律。所以只消把最近一次的访问记一字不漏地抄一遍就行了。需要改动的只是他们的相貌、名字、头衔、年纪和随从而已。不过,这上头不能出任何差错,否则《费加罗报》和《高卢人报》马上就会很不客气地给你指出来。这方面的情况,布里斯托尔饭店和大陆酒家的门房五分钟之内就能提供给我。我们一面抽雪茄,一面步行去。总共可以向报馆报销五法郎的车马费。瞧,亲爱的,这就是讲求实际的做法。"

杜洛华问道:

"这样说来,当外勤记者的收入一定很不错了?"

记者神秘地回答道:

"是呀,但怎么也没有《社会新闻》收入多,因为那里面有变相的广告。"

他们站起来,沿着大道向玛德莱娜教堂走去。圣波坦突然对他的同伴说:

"您要知道,如果您有事要办就请便,我不需要您陪我。"

杜洛华和他握了握手便走了。

一想到晚上要写那篇文章,他心里就烦,只好开始构思。他边走,边在脑子里搜集各种感想、看法、见解和逸事,一直来到了香榭丽舍大街尽头。那里散步的人不多,因为天气太热,巴黎城里的人都走空了。

他在星形广场的凯旋门附近一家小酒店吃了晚饭,沿着环城大街慢步走回自己的寓所,坐到桌子前面准备工作。

但他的眼光一落到摊开的白纸上,刚才搜集的素材便马上全部无影无踪,脑子里空空如也。他竭力想抓住一星半点的回忆,把它写下来。可是这些零星的回忆,随抓随跑,要不就乱糟糟地一齐涌上来,叫他不知如何下笔,如何描述,也不知道从何写起。

他搜索枯肠,花了一个小时的工夫,在五张稿纸上涂满了有头无尾的句子,然后自言自语道:

"我对这一行还不够熟练,非再去上一课不可。"

他又可以和福雷斯蒂埃夫人一起工作一个上午,进行长时间亲切、诚恳而甜蜜的会晤了。这种情景,这种希望,使他高兴得浑身颤抖。他赶紧躺下睡觉,生怕自己执笔又写,万一写成功反而不美。

第二天,他起得比平时稍晚,故意拖延时间,好事先品尝一下这次拜访会给他带来的欢乐。

当他来到他朋友家的时候,时钟已经敲过十点。他举手按铃。

仆人回答他说:

"主人正在工作。"

杜洛华万万没想到这位丈夫还在家,但他仍然坚持说:

"你告诉他是我,有要紧事。"

等了五分钟,他才被请到工作室。上一回那个如此美好的早晨就是在这里度过的。

可是,在前天他坐过的位置上,如今却坐着福雷斯蒂埃。

他穿着睡袍,趿着拖鞋,头戴一顶英国式的小圆帽,正在写字。他妻子仍然裹着那件白色晨衣,靠在壁炉上,叼着烟卷,正在口授。

杜洛华来到门口停住脚步,低声下气地说:

"非常对不起,我打搅你们了吧?"

他朋友转过头来,气呼呼地对他嚷道:

"你还要什么?快点,我们忙着呢。"

杜洛华吃了一惊,讷讷地说:

"不,没什么,对不起。"

可是,福雷斯蒂埃火了:

"真见鬼!别浪费时间了。你闯进我的家门,难道就为了跟我们说句早上好?"

杜洛华感到很尴尬,但终于打定了主意:

"不……是这样的……因为……我的文章还是写不出来……上一次……你……你们那么好……所以我希望……所以斗胆来……"

福雷斯蒂埃打断他的话:

"你简直是跟我们开玩笑!你以为你的活我替你干,月底你到出纳科领工资就行了?呸!你这个想法倒好。"

福雷斯蒂埃夫人一个劲地抽烟,没有吭声,脸上似笑非笑,似乎在一副可爱的面具后面隐藏着内心的嘲弄。

杜洛华满脸通红,讷讷地说:

"请原谅……我本来以为……我本来想……"

接着,他忽然提高了声调:

"夫人,请您千万原谅,您昨天替我写了那么好的文章,我再次向您表示最深切的谢意。"

随后,他对查理说:

"我三点钟到报馆。"

说完便走了出去。

他迈开大步往回走,嘴里不断地嘟囔:

"这篇东西我自己写,一个人写,给他们瞧瞧……"

到家以后,他怀着满腔怒火,开始写作。

他接着已经由福雷斯蒂埃夫人起了头的那段风流故事往下写,用中学生蹩脚的文体和下级军官的语气堆砌了许多从连载小说里搬来的材料,加上一些离奇的情节和夸张的描写。只用了一个小时,就把文章写好了。那是一篇语无伦次、乱七八糟的大杂烩。他很有把握地拿着稿子到报馆去了。他首先遇到的是圣波坦。此人像同党似的一面和他使劲握手,一面问他:

"我和那个中国人和那个印度人的谈话记录,您看见了吗?挺有趣吧?全巴黎都乐了。其实我连他们的面都没见过。"

杜洛华什么也没看,听了赶紧拿起报纸迅速地用眼睛扫了一遍,发现有一篇很长的文章,题目是:《印度与中国》。圣波坦在旁边不住地给他指出其中最有趣的段落。

福雷斯蒂埃突然气喘吁吁地跑进来,显得非常忙碌。

"啊!好极了,我正有事要找你们两位。"

接着,他把当晚必须采访的一连串政治新闻告诉他们。

杜洛华把写好的稿子交给他。

"这是谈阿尔及利亚问题的续篇。"

"好极了,给我吧,我替你交给老板。"

谈话到此为止。

圣波坦拉着他的新伙伴走了。到了走廊,他对杜洛华说:

"你到出纳科了吗?"

"没有,为什么?"

"为什么?去要钱呀。你知道,不管什么时候都必须预支一个月的工资,因为谁也不能预料会发生什么事。"

"那……我是求之不得啊。"

"我把你介绍给出纳员,绝对没有问题。这里给钱都很痛快。"

于是,杜洛华去领了二百法郎,外加前一天那篇文章的稿费二十八法郎。连同花剩的铁路局发的薪水,口袋里一共有三百四十法郎。

他手里从来没有过这么大一笔钱,所以觉得一下子阔起来了。

接着,圣波坦把杜洛华带到几家和他们竞争的报馆里聊天,希望自己奉命采访的新闻别人已经弄到手,这样,他便可以通过娓娓动听的谈话和狡猾的手段把新闻从别人嘴里套出来。

到了晚上,杜洛华没事可做,又想到"风流牧女娱乐场"去。他大着胆子,向检票口自我介绍:

"我叫乔治·杜洛华,是《法兰西生活报》编辑。上回我和福雷斯蒂埃先生一起来过,他答应给我弄几张门票,不知道他是否忘了。"

检票员翻了翻登记簿,上面没有他的名字,但还是很和气地对他说:

"请进吧,先生,您的要求可以直接向经理提出来,经理一定会同意的。"

他一进去几乎立刻就碰见了第一个晚上他带走的那个女人拉歇尔。她径直向杜洛华走来:

"你好,我的小猫,最近怎样?"

"很好,你呢?"

"我嘛,不错。你不知道,自从那天以后,我两次梦见过你。"

杜洛华笑了,心里乐滋滋的:

"哈哈,这说明什么呢?"

"这说明我喜欢你,大傻瓜,什么时候你愿意,咱们可以再来一次。"

"如果你乐意,今天就可以。"

"好,我乐意。"

"好,不过你听着……"

说到这里,他犹豫了,对自己要说的话觉得有点不好意思。

"这一次我没钱。我刚从俱乐部出来,钱全花光了。"

她使劲盯着杜洛华的眼睛,根据她妓女的本能和与男人讨价还价、受过男人欺骗的经验,她感到杜洛华在撒谎。她说:

"开玩笑!你要知道,跟我要这一套可是太不够朋友了!"

杜洛华不好意思地笑了笑:

"十法郎行吗?我只剩这些了。"

妓女以任性而不在乎钱的慷慨态度,悄声地说:

"随你便好了,亲爱的,我只要你。"

说罢,她抬起一双色眯眯的眼睛看着年轻人的胡子,挽起

73

他的胳臂,满怀情意地靠在他身上。

"咱们先去喝一杯石榴汁,然后去遛个弯。我想和你一起到歌剧院,好让大伙儿瞧瞧你。完了咱们早点回来,好吗?"

……

他在这个女人家里很晚才睡。等出来的时候,天已经亮了。他立即想起应该去买一份《法兰西生活报》。他用发抖的手打开报纸。上面没有他的文章。他站在人行道上,着急地用眼睛搜索着一行行印刷字,希望能发现他所找的东西。

他心情突然沉重起来,因为,经过一夜风流之后,他已经疲惫不堪,加上这件不如意的事,无异遭到了一场重大的打击。

他上楼回到自己房间,和衣倒在床上,睡着了。

几个小时之后,他走进编辑室,来到瓦尔特先生面前,对他说:

"先生,我非常惊讶,今早在报纸上没看见我写的有关阿尔及利亚的第二篇文章。"

经理抬起头,冷冷地说:

"我把它交给了您的朋友福雷斯蒂埃,叫他好好看看。他认为写得不好,您得给我重写。"

杜洛华勃然大怒,一声不吭地转身便走,冲进他朋友的办公室,对他说:

"你为什么今天早上不把我的文章登出来?"

那位记者正在抽烟,身子紧靠着扶手椅的椅背,双脚放在桌上,鞋后跟下压着一篇刚开了头的稿子。说起话来不慌不

忙,可是有点烦,声音仿佛从远方某个洞穴的深处传来似的:

"老板觉得稿子不好,责成我还给你重写。就在那儿。"

说着,他用手指了指压在镇纸下的一叠摊开的稿纸。

杜洛华很尴尬,一句话也说不出来。当他把自己的稿子塞进口袋的时候,福雷斯蒂埃又对他说:

"今天,你先到警察局去一趟……"

接着,他布置了一系列外勤任务并指定了该采访的新闻。杜洛华搜索枯肠,找不出一句辛辣的话来回敬,只好怏怏地走了。

第二天,他又把稿子带到报馆,可是又被退了回来。他第三次重写,仍然不被采用。他终于明白自己走得太快了,同时也知道,只有福雷斯蒂埃才能在前进的道路上帮助他。

从此,他再也不提《非洲从军行》这篇文章了。既然环境所需,他就下决心要变得灵活和圆滑一些,在时机未到以前,努力把外勤记者这个工作做好。

现在,剧院的后台、政治的内幕、要人们官邸的前厅、参议院的走廊,办公室职员们自命不凡的嘴脸和听差们睡眼惺忪、老大不高兴的神态,他都已经司空见惯了。

他交游广阔,部长、门房、将军、警察、亲王、老鸨、妓女、大使、主教、拉皮条的坏蛋、外国冒险家、上流人物、希腊人、公共马车车夫、咖啡馆的侍者等等,都是他结交的对象。他对这些人表面热情,内心冷淡。因为天天都和他们厮混,脑子里非此即彼,谈的也都是与记者这一行有关的事情,所以在对待他们的问题上,他总是不分贵贱,一视同仁,用同样的眼光去衡量。他把自己比做一个品尝名酒的人,一口一口地把各种酒的样品接连尝下去,结果,不到一会儿的工夫,连马尔戈堡葡萄酒和阿尔让兑葡萄酒①也都分不清了。

　　他很快就成了一名出色的外勤记者,消息可靠,报导迅速,精明,狡黠,用老练的编辑瓦尔特老头的话说,真成了报馆的台柱了。

　　可是,他的文章每行只能拿到十个生丁,虽然另外还有二百法郎固定工资,但他好逛大街,又经常流连酒肆和咖啡馆,花销很大,所以总感到手头拮据,生活困难。

　　他看到有的同行钱包里总有大把大把的金币,不知道他们使的是什么秘密方法,生活得如此阔绰。他想,非学会他们这一诀窍不可。他一方面羡慕他们,同时也怀疑他们使用谁也不知道的不正当手段,互相包庇,狼狈为奸。他必须了解其中的奥秘,打进这个心照不宣的小团体,使一直瞒着他在背地分赃的伙伴们对他肃然起敬。

　　晚上,他常常凝视着窗外奔驰而过的列车,苦苦思索应该采取的办法。

---

① 马尔戈堡(Château-Margaux)和阿尔让兑(Argenteuil)都是法国葡萄酒的著名产地。

五

两个月过去了，转眼又是九月，但杜洛华所期望的飞黄腾达却姗姗来迟。尤其使他感到苦恼的是自己职位低下，不知道通过哪条道路才能爬上顶峰，才能有钱有势，既有名誉又有地位。从事外勤记者这种卑微的职业，使他感到仿佛四面都是高墙，无法脱颖而出，别人尽管欣赏他，但对他尊敬的程度却取决于他的身份。甚至连福雷斯蒂埃也是如此。虽然福雷斯蒂埃帮过他许多忙，但现在已经再也不请他吃饭了。口头上虽然还像老朋友那样称呼他，但总的来说，却是上司对待下属的态度。

杜洛华不时抓住机会发表一两篇短文。由于经常写社会新闻，他的写作能力提高了，文笔也变得流畅起来，不像写第二篇阿尔及利亚纪事时那样笨拙了。现在，再也不必担心自己写的新闻稿会被退回来。但是，这样做和随心所欲地去写文章，或者对政治问题进行法官式的论述根本不同。好比同样在布洛涅森林的林荫大道上驾驶马车，车夫的心情和主人的心情就有很大的区别。最使他感到奇耻大辱的就是总觉得上流社会的大门关得严严实实，挤不进去，再说，他没有任何与他平等相待的朋友，也没有异性的知交，尽管不少有名的女演员偶尔也不无目的地愿意与他来往。

而且,他根据经验,知道这些女人,不管是上流社会的还是演戏的,对他的感情只不过是出于一时的冲动,短暂的钟情。至于能使他飞黄腾达的女人,他一个也没碰到。他像一匹被绊索拴住的马,心里烦躁极了。

他总想拜访福雷斯蒂埃夫人。但一想起上次见面的情形,念头就打消了。上次见面使他非常难堪,再说,他还等待着有那么一天福雷斯蒂埃夫人的丈夫会主动约他去。后来,他突然想起了德·马雷尔夫人,想起她曾经邀请自己到家里做客。于是,他趁着一天下午没事可干,登门拜访马雷尔夫人。

他记得德·马雷尔夫人以前说过:"三点以前我总在家。"

下午两点半,他来到马雷尔夫人门口,伸手揿了揿门铃。

德·马雷尔夫人住在维纳伊大街一座楼房的第五层。

听见铃声,一个女用人出来开门。她身材矮小,头发蓬松,一面系头巾一面回答:

"太太在家,但不知她起来了没有。"

说完,她推开客厅的门,门是虚掩着的。

杜洛华走进客厅。客厅相当大,但家具不多,也不太整齐。沿墙摆着一列残旧的扶手椅,是女用人随便摆的,丝毫看不出房子的女主人因热爱自己的家而讲究摆设的任何迹象。四面护墙板上悬挂着四幅蹩脚的油画。由于使用的绳子长短不一,所以都挂歪了。第一幅画着一条河,河上有一条船;第二幅是大海,海上也有一条船;第三幅是平原,有一个磨房;第四幅是树林,林里有一个樵夫。可以看出,这些画歪歪斜斜地挂在那里已经很久了,房子的女主人对它们从来就没有认真注意过。

杜洛华坐下来等候。过了好久,终于一扇门打开了。德·马雷尔夫人一阵风似的跑进来。她穿着一件日本的粉红色丝质晨衣,上面绣着金黄色的风景、蓝色的花和白色的鸟。她大声说道:

"您知道吗,我刚才还没起来哩。您真好,想到来看我,我真以为您已经把我忘了。"

她兴冲冲地把双手伸向杜洛华。杜洛华看见房子的摆设非常简陋,早已放了心。他接住伸过来的两只纤手,像诺尔贝·德·瓦兰纳那样,吻了其中一只。

德·马雷尔夫人请他坐下,然后从头到脚地端详他,说道:

"您变多了!比以前更有气派了。巴黎对您真是非常合适。好吧,给我讲讲新闻吧。"

于是两个人便立刻像老朋友似的谈了起来。仿佛一刹那间他们彼此已经非常熟悉。一股信任、亲密和爱慕的暖流使这对趣味相投、性格相仿的男女,在短短五分钟内成了莫逆之交。

突然,德·马雷尔夫人打断了自己的话,非常惊讶地说:

"真奇怪,和您在一起我觉得好像认识您已经十年了似的。我们将来一定会成为好朋友,您愿意吗?"

杜洛华微笑着,意味深长地回答道:

"当然。"

他觉得德·马雷尔夫人穿着这件鲜艳而柔软的晨衣,真是诱人极了。虽然没有那位穿白晨衣的那样苗条,那样柔媚和娇娆,但体态更加风流,使人心旌摇荡,不能自已。

福雷斯蒂埃夫人脸上总带着不动声色的微笑,仪态大方,若即若离,仿佛在说:"我喜欢你。"但同时又似乎提醒你:"当心,别放肆。"真不知道她到底是什么意思。和她在一起的时候,杜洛华只想躺在她的脚下,或者轻轻地亲吻她衬衣上的花边,慢慢地吸着大概从她的两乳间散逸出来的温热的香气。和德·马雷尔夫人在一起,他的欲念更加强烈,也更加明显,看到她的娇躯在丝质衣服下呈现出玲珑起伏的曲线,他不禁激动得双手发抖。

她滔滔不绝地说着,像惯常那样谈笑风生,仿佛一个掌握了熟练技术的工人,正在干一件大家公认难度很大的活儿,使周围的人惊讶不已。杜洛华一面听,一面心里想:"能把这些话都记住就好了。听她把每日发生的事情谈论一遍,就可以写出一篇篇动人的巴黎新闻。"

正在这个时候,门上响起了剥啄声,有人轻轻地在她刚才进来的门上敲了几下。德·马雷尔夫人喊了声:"你可以进来,小宝贝。"小姑娘一进来便径直向杜洛华走去,并把手伸给他。

母亲很惊讶,喃喃地说:"您简直把她征服了,我几乎认不出她来了。"年轻人吻了吻小女孩,让她坐在自己身旁,一本正经地轻声问她上次见面以后,她干了些什么。小姑娘用笛子般的小细嗓子回答他,神态严肃得像个大人。

壁上的挂钟敲了三下,杜洛华起身告辞。

"您常来呵,"德·马雷尔夫人对他说,"我们可以像今天这样聊聊,非常欢迎您来。对了,为什么在福雷斯蒂埃夫妇家总见不到您呢?"

杜洛华回答道:

"没什么,只不过因为工作忙。我真希望过几天能在他们家再见到您。"

说完他就告辞走了,不知为什么心里突然充满了希望。

他没有把这次访问告诉福雷斯蒂埃。

但他自己对这次拜访却一连好几天不能忘怀。不仅如此,那个女人的影子隐隐约约始终在他脑海里出现。他仿佛获得了她身上的某些东西,她的音容笑貌不断在他眼前出现,在他心灵上萦回。闭眼就看见她的形象。当你和一个人愉快地相处了几个小时之后,往往会出现这种扑朔迷离、亲切而奇怪的感觉,使你心神不宁却又感到无比甜蜜,因为这是一种神秘的感觉。

几天以后,他又去拜访德·马雷尔夫人。

女用人把他引进客厅,洛琳立刻跑出来。这回她不再把手伸给杜洛华,而是把前额送过去,一面说:

"妈妈要我请您等她一会儿,她过一刻钟就来,因为她没有穿好衣服。我先陪您坐。"

杜洛华觉得小女孩彬彬有礼的举动非常有趣,便回答道:

"好极了,小姐,能够有一刻钟和您在一起,我感到非常高兴。但是,我要预先告诉您,我是个一点也不老实的人,我整天就喜欢玩。所以,我提议,咱们来玩一次猫捉老鼠的游戏。"

小女孩愣了一下,然后像大人那样笑了,因为这个建议使她感到既突然又惊讶。她低声说:

"屋里可不是做游戏的地方。"

杜洛华接着说道:

"我不在乎,我哪里都能玩。来吧,来抓我吧。"

说完，他绕着桌子转了起来，逗小姑娘来追。小姑娘顺从地笑着跟在他身后，有时伸出手想去碰他，但总不敢放胆跑起来。

杜洛华停住脚步，俯下身子。等她迟迟疑疑地走过来的时候，便像关在盒子里的魔鬼那样一下子蹦起老高，然后一步跨到客厅的另一头。小女孩觉得这样很好玩，终于吃吃地笑了。她越玩越高兴，开始跟在他身后小步跑了起来。当她觉得快要抓住杜洛华时，便忍不住发出轻轻的又快乐又胆怯的笑声。杜洛华搬椅子堵她，逗她绕着椅子转上一分钟，然后放弃这把椅子，跑向另一把椅子。现在，洛琳跑起来了，她完全被这种新奇好玩的游戏吸引住了。她脸上泛起了红晕，每当杜洛华假装差点被捉住，然后一闪身，又狡猾地躲开的时候，她便以小孩子那种高兴的劲头向前一冲，追了过去。

突然间，就在她以为要捉住对方的一刹那，杜洛华猛地把她抱在怀里。接着，把她一直举到天花板，嘴里喊道：

"猫儿上树了！"

小姑娘高兴得两腿乱动，想挣脱杜洛华的双手，一面纵声大笑起来。

德·马雷尔夫人走进来，看到这种情形，吃了一惊：

"啊，洛琳……洛琳居然肯玩了……先生，您真是一位魔法师。"

杜洛华把小姑娘放下，吻了吻她母亲的手，然后都坐了下来。小姑娘坐在中间。两个大人正想说话，但是，平时根本不爱说话的洛琳，现在却兴高采烈，说个不停。只好把她送回房间里去。

小姑娘一声不吭地噙着眼泪走了。

等客厅里只剩下他们两人的时候,德·马雷尔夫人低声说:

"您不知道,我有一个了不起的计划,正想到了您。我的计划是这样的:因为我每星期都到福雷斯蒂埃夫妇家吃晚饭,所以,有时我就在一家饭店回请他们。我不愿意家里有许多客人。我也不会招待人家,再说,我对家里的事一点也不懂,不会做菜,什么也不会。我喜欢生活随便一些。因此,我经常在饭店回请他们。但光我们三个人在一起没什么意思,我的朋友和他们又合不来。我告诉您这个,只是想给您解释一下我这次请客有点不合常规。您明白吗,我想请您星期六七点半到里什咖啡馆来和我们吃顿便饭。您知道这个地方吗?"

杜洛华满心欢喜地答应了。德·马雷尔夫人又说:

"一共只有我们四个人,正好一桌。这种小型的寻欢作乐,我们女人平时没什么机会参加,觉得特别有意思。"

她穿着一件深栗色连衣裙。衣服紧贴着她的腰身、大腿、胸脯和双臂,显得又妩媚又撩人。杜洛华模模糊糊地感到有点惊讶,甚至不知为什么有点别扭。德·马雷尔夫人这身漂亮而讲究的打扮和她对自己住宅那种明显的不关心简直太不相称了。

她对身上的衣衫,一切直接与她的肌肤相接触的穿戴,都务求精美而雅致,但对周围的陈设却毫不放在心上。

杜洛华辞别了德·马雷尔夫人。但是,像上次一样,她的身影有如幻觉,始终在他脑际萦回,似乎触之可及。他等待着举行晚宴的那一天,心情越来越焦急了。

他还没有足够的钱买一套夜礼服,所以只好再去租一件黑色燕尾服。这一天,他到得最早,比约定的时间提前了好几分钟。

他被引到饭馆三楼一个小客厅里。客厅四面挂着红色的布幔,临街有一个窗子。

一张方桌摆着四份刀叉,桌布白得发亮,像涂上了一层白色的釉彩。两只高高的烛台上点着十二支蜡烛。玻璃杯、银制器皿和火锅,在烛光的映照下熠熠生辉。

从窗口往外看,可以看见一大片浅绿色的暗影,那是从各个雅座里射出来的强烈灯光照着树上的叶子。

杜洛华在一张很矮的长沙发上坐下。这张沙发像墙上的布幔一样,也是红的。旧了的弹簧已经失去了弹性,一坐下去,就仿佛掉进了窟窿,身子直往下陷。整座房子充满了嗡嗡的嘈杂声,那是大饭店所特有的声响:杯盘和银质器皿的碰击声,侍者在走廊柔软的地毯上快步走动的声音,还有门打开的一刹那,从各个小客厅里传出来的客人们谈话的声音。福雷斯蒂埃走进来,和他亲切握手。在《法兰西生活报》的编辑室里,他对杜洛华的态度可从来没有这样热烈。

"两位夫人马上就来,"他说道,"这样的晚饭真是有意思极了!"

说完,他看了看桌子,叫人把墙上长明的煤气灯弄灭,自己走过去关上一扇窗子,因为他怕穿堂风,然后挑一个没风的位置坐下,一面说:

"我必须加倍小心。这个月刚觉得好些,但几天前又不行了。大概是星期二从剧院出来的时候着了凉。"

这时门开了,走进来两位年轻的妇女。一个侍者跟在后面。两个女人都戴着面纱,小心翼翼地把脸遮住,走路的姿态,美妙中带着神秘感,因为在这种地方,周围可能会遇见不三不四的人,所以她们不得不防范。

杜洛华向福雷斯蒂埃夫人施礼,后者狠狠地责备了他一番,怪他那么久没去看她。然后又向她的女伴笑了笑说:

"原来您不喜欢我而喜欢德·马雷尔夫人,您倒有时间和她在一起。"

说完,大家就座。侍者把酒牌子递给福雷斯蒂埃。德·马雷尔夫人高声说:

"这两位先生要什么就给他们什么好了。至于我们,我们要冰镇香槟,要最好的上等纯香槟,其他什么都不要。"

侍者出去之后,她激动地大笑着宣布:

"今晚我不醉不离席,咱们要开怀畅饮,喝个痛快。"

福雷斯蒂埃像没有听懂似的问了她一句:

"我把窗子关上您觉得怎样?这几天我胸部有点不太舒服。"

"没关系,关上好了。"

于是,福雷斯蒂埃把还半开着的那扇窗关上,然后又回来坐下。这回他放心了,脸色也变得开朗了。

他妻子什么也没说,似乎正在想什么事情,眼睛看着桌子上的酒杯,脸上泛起一丝淡淡的若有若无的微笑。

奥斯唐德牡蛎①端上来了,又嫩又肥,在蚝壳里仿佛一只只小耳朵。一进嘴,像带咸味的酥糖一样,顺着上颚和舌头就溶化了。

喝过汤以后,上来了一道鲟鱼,粉红色的肉,像少女的皮肤。大家开始谈了起来。

---

① 奥斯唐德(Ostende),比利时城名,以产牡蛎著称。

首先谈的是一件马路新闻：据说一位上流社会的夫人在饭店一个单间里和一位外国的王子吃晚饭，不巧被她丈夫的一个朋友闯见，引起轩然大波。

这件桃色案件使福雷斯蒂埃大笑不已。两位女士认为那个不小心走漏风声的人，只不过是个不懂人情世故的懦夫。杜洛华同意她们的看法并高声发表自己的意见，说在这类事情中，一个男人，不管他是当事人，知情者还是普通的目击者，都有责任守口如瓶。他还说：

"如果我们能够相信，大家彼此为对方保守绝对秘密的话，那么，生活里会增添多少风流韵事啊。使人，而且几乎总是使女人、不敢轻举妄动的原因，往往是害怕秘密会被揭露。"

他停了一下，微笑着继续说："难道不是这样吗？如果她们不必担心短暂的欢乐会使她们付出身败名裂的代价，流下痛苦的眼泪，那么，她们中间该有多少人会顺从一时的冲动，不顾一切地去纵情享受那片刻欢愉，强烈、突然而带有梦幻色彩的爱情啊！"

他令人信服地侃侃而谈，仿佛在为自己辩护，又似乎在说："和我在一起，不必担心会发生这样的危险。不信你们就试试看。"

两位女士目不转睛地看着他。从她们的眼神可以看出，她们完全同意他的观点，觉得他言之有理。她们的默不作声，说明了如果保证秘密不会泄露，她们那种巴黎女人的坚强的道德观念是支持不了多久的。

至于福雷斯蒂埃，他几乎躺在沙发上，一条腿蜷缩在身体下面，他把餐巾塞在背心里，免得弄脏了燕尾服。这时，他突

然像一个地道的怀疑论者那样大笑起来,说道:

"此言有理,如果保证秘密不会泄露,那又何乐而不为呢。哎呀呀,做丈夫的真可怜!"

接着,他们又谈论爱情。杜洛华虽然认为爱情不能永恒,但却相信爱情可以持久,可以建立一种联系、一种温情脉脉的友谊和相互的信任。感官的结合不过是心灵结合的印记。但他反对往往随着感情破裂而产生的种种令人难堪的现象,如没完没了的争风吃醋、夫妻反目、大吵大闹等等。

他说完以后,德·马雷尔夫人叹了一口气说:

"是呀,爱情是生活中唯一美好的东西,但却往往因为我们对它提出过分的要求而被破坏了。"

福雷斯蒂埃夫人一面摆弄手里的刀,一面插话说:

"是啊……是啊……被人爱的确是件开心的事……"

她似乎想得更远,想到了一些她不敢明言的事情。

第一道菜还没上来,他们只好不时地喝香槟,啃点从小圆面包上撕下来的脆皮。随着清醇的香槟一滴滴灌进喉咙,他们的血液沸腾了,脑子感到飘飘然,于是爱情的念头油然而生,使他们如醉如痴。

侍者端来了羊排骨,又嫩又脆,下面铺着厚厚一层切成小块的芦笋尖。

"嗬,好东西!"福雷斯蒂埃喊了一声。接着大家便吃了起来。他们细嚼慢咽,尽情享受那鲜美的羊肉和滑腻如脂的配菜。

杜洛华说道:"我呀,如果爱上一个女人,我就一心向她。除了她,世界上其他一切都不放在心上。"

他说这番话的时候,心里充满了自信而且情绪激动,仿佛在津津有味地吃喝的同时,也尝到了爱情的滋味。

福雷斯蒂埃夫人装出一本正经的样子喃喃地说:

"如果两个人彼此握着对方的手,一个问:'你爱我吗?'另一个回答:'是的,我爱你。'那世界上没有比这个更幸福的了。"

德·马雷尔夫人刚刚一口气喝完了一杯香槟。她放下酒杯,快活地说:

"我可没那么多柏拉图式的想法。"

听了这句话,大家的眼睛一亮,顿时哄笑起来,表示同意。

福雷斯蒂埃躺在沙发上,双臂支着靠垫,很严肃地说:

"您非常坦白,很好,这说明您是讲究实际的女人。但请问德·马雷尔先生对此有何看法?"

德·马雷尔夫人一脸瞧不起的神态,慢慢地耸了耸肩膀,然后一字一句地说:

"德·马雷尔先生对此毫无看法。他永远是……弃权。"

于时,大家从崇高的理论谈到具体的爱情。谈话百花齐放,猥亵而放荡,但还不算粗野。

这时候,大家彼此会意,心照不宣。话语掀开了人们的面纱,仿佛撩起了裙裾,词句巧妙大胆,但隐而不露。语涉淫秽,但又假惺惺故作姿态。分明谈的是赤裸裸一丝不挂,但用的却是含蓄的字眼,刹那间使人的眼帘上和脑海中闪现出难以言传的幻象,上流人听了心里不禁产生神秘而微妙的情爱,联想到两性的接触,像拥抱那样,使人心摇意荡,欲火如炽,联想到种种隐秘难言而销魂蚀骨的事情。这时,侍者陆续端上了烤小竹鸡和鹌鹑,然后是豌豆、一钵肥鹅肝,还有一道沙拉,上面覆盖着苔藓般碧绿的花叶生菜,满满地盛在一个脸盆状的沙拉盘里。他们只顾谈话,陶醉在爱情的气氛之中,端上来的这些菜肴,他们连味也不尝,不假思索地吞了下去。

现在,两位女士的谈话,越来越直率了。德·马雷尔夫人天生大胆,字字句句似乎都带有挑逗的性质;福雷斯蒂埃夫人则比较含蓄。她的声音和语调,甚至一颦一笑,一举一动,表面看来,减轻了从她嘴里说出来的话那种大胆的程度,但实际上,更强调其中的内容,只是不那么赤裸裸罢了。

福雷斯蒂埃先生此刻完全躺卧在靠垫上,不停地笑着、喝着、吃着。偶尔说一句非常露骨的话。两位夫人听见了,表面上装出吃惊的样子,但她们不好意思的神态,只能持续两三秒钟。每当说了一句过分淫秽的话,福雷斯蒂埃先生便赶紧再加一句:

"怎么样,孩子们,如果你们继续这样,那你们最后非干出蠢事来不可。"

吃过饭后甜点,接着是喝咖啡。甜烧酒一下肚,本来已经兴奋的头脑就更加发热,更加昏乱了。

德·马雷尔夫人像吃饭前宣布过的那样,喝醉了。她快活而娇媚地承认自己已经不胜酒力,但一面还说个不停。为了使在座的人高兴,她故意把三分醉意装成了十分。

福雷斯蒂埃夫人现在一句话也不说,也许是为了谨慎起见。杜洛华觉得自己过分兴奋会有失言的危险,所以也乖乖的,不敢放肆。

大家点着了香烟。福雷斯蒂埃突然咳嗽起来。

这是非常可怕的阵咳。他喉咙像撕裂了一样,咳得满脸通红,额头冒汗,只好用毛巾捂着嘴,几乎喘不过气来。阵咳过去以后,他恼怒地嘟囔道:"这样的娱乐对我有什么好处?

太愚蠢了。"他想起自己这种可怕的病,刚才兴高采烈的心情霎时间烟消云散。

"咱们回家吧。"他说道。

德·马雷尔夫人按铃叫侍者结账。账单几乎立刻递了过来。她想看看多少钱,但上面的数字在她眼前直打转,她只好把账单递给杜洛华:

"给,您替我付吧,我醉得太厉害了,看不清了。"

说着,她把钱包扔到杜洛华手里。

一共花了一百三十法郎。杜洛华仔细看了看账单,掏出两张票子。找回零钱的时候,他低声问:"该给多少小费?"

"随您的便,我不知道。"

杜洛华在碟子里放了五个法郎,然后把钱包还给德·马雷尔夫人,问她:

"要不要我送您回去?"

"当然。我自己连家门都找不着了。"

于是他们两人和福雷斯蒂埃夫妇握手道别。杜洛华一个人陪着德·马雷尔夫人登上出租马车走了。

杜洛华感到德·马雷尔夫人紧紧地靠着他,车里只有他们两人,周围一片漆黑,只有人行道上的灯光照进来的时候,才突然亮一下。他隔着衣袖感到德·马雷尔夫人的肩膀暖乎乎的。他不知道该和她说什么好,简直无话可说,脑子里只有一种急不可待的欲望,就是把她搂在怀里。

他心想:"如果我真敢,她会有什么反应呢?"他回想起席间大家低声谈论的那些不堪入耳的话,陡然又产生了勇气。但还是不敢孟浪,生怕会闹出事来。

德·马雷尔夫人一声不吭,动也不动地靠在角落里。如果不是每当路灯照进来时都看见她闪亮的目光的话,杜洛华几乎以为她睡着了。

"她在想什么呢?"他认为不应该说话,因为只消一句话就会打破车里的沉默,而沉默一打破,他的机会也就完了。但他又没有胆量,没有采取粗暴行动的胆量。

忽然,他觉得德·马雷尔夫人的脚动了一下。这动作突然而带点神经质,也许是表示心里烦躁,也许是一种召唤。这几乎感觉不出来的姿态使杜洛华浑身上下的皮肤剧烈地颤动。他猛地转过身来,一下子扑到德·马雷尔夫人身上,用唇去吻她的嘴,两手伸到她衣服下面乱摸。

德·马雷尔夫人轻轻叫了一声,想直起身来,挣扎着要推开杜洛华。但不久就屈服了,似乎已经没有力量再抗拒。

车子很快在德·马雷尔夫人的住宅前停下。杜洛华吃了一惊,来不及说几句热情的话来谢谢她,祝福她,向她表示自己的爱情与感激。但德·马雷尔夫人没有站起来,一动也不动,似乎尚未从刚才发生的事情中清醒过来。杜洛华怕引起车夫的疑心,便先跳下车去,然后伸手扶德·马雷尔夫人下来。

德·马雷尔夫人终于跟跟跄跄,一声不吭地从车上下来了。杜洛华揿了揿门铃。门打开的时候,他战战兢兢地问道:"我什么时候可以再见到您呢?"

德·马雷尔夫人用几乎听不见的声音轻轻地说了一句:"明天到我家吃午饭。"说完,走进黑暗的前厅,砰的一声把沉重的大门关上了。

杜洛华给了马车夫五个法郎,然后得意洋洋地迈开大步,兴冲冲地朝前走。

他终于弄到一个女人了。而且是一个有夫之妇,一个上流社会的夫人!一个真正的巴黎上层社会的夫人!事情太容易了,完全出乎他的意料之外!

在这以前,他一直认为,要接近和征服一位令人垂涎三尺的女人,一定要无限的殷勤和等待,一定要小心翼翼地围着她转,甜言蜜语地向她诉说衷情,不时地叹息几句,送上一些礼物。可现在,稍作进攻,碰见的第一个女人便马上委身于他,速度之快,使他惊讶不已。

"她喝醉了,"他心里想,"明天准会变卦,大概该掉眼泪了,"想到这里,他感到很不是滋味,但不久又想道,"老天爷,不管怎样,现在我既然已经把她弄到手,就一定有办法不让她跑掉。"

他胡思乱想,希望成为大人物,风云际遇,声名烜赫,金钱美女,应有尽有。于是种种幻觉纷至沓来,他忽然看见天上的玉阁琼楼之中,出现了一队千娇百媚,有钱有势的贵夫人,花团锦簇的仙女,一个个微笑着飘然而过,消失在金色的梦幻里。

他做了许许多多的梦。

第二天,当他走上德·马雷尔夫人住宅的楼梯时,心情不免有点激动。她会怎样接待他呢?会不会不接待他?会不会预先吩咐仆人不让他进来?会不会说……?不,只要她一张嘴,不管说什么话,别人马上就会猜出全部真情。因此,杜洛华心里有恃无恐。

矮小的女用人走来开门。杜洛华本来以为她见到自己一定会惊慌失措,但现在看见她的脸色还是和平常一样,便放下心来。

"夫人好吗?"他问道。

"先生,很好,和平时一样。"女用人回答,说着,她把杜洛华引进了客厅。

他径直向壁炉走去,对着镜子检查一下自己的头发和身上的打扮。他正在整理领带时,忽然在镜子里瞥见了德·马雷尔夫人。她站在卧室门口,正目不转睛地打量着他。

杜洛华装作没看见她。就这样,两个人在见面以前先在镜子里彼此观察和窥探了好几秒钟。

杜洛华转过身来。德·马雷尔夫人动也没动,似乎在等待着。杜洛华趋前一步,讷讷地说:"我真爱您!我真爱您!"她张开双臂,一下扑在杜洛华胸前,然后抬头向他,两个人吻了好久。

杜洛华心想:"这比我预料的容易多了,一切顺利。"两个人的嘴唇分开以后,他微笑着,一句话也不说,竭力装出无限深情的样子看着德·马雷尔夫人。

德·马雷尔夫人也微笑着。那是女人芳心默许并决意委身相就的表示。她低声说:"家里只有咱们两人,我把洛琳打发到一个朋友家吃饭去了。"

杜洛华叹了口气,一面吻着她的手腕,一面说:"谢谢,我真爱您。"

于是,德·马雷尔夫人像对待丈夫那样,挽起他的胳臂,走到长沙发前面,和他肩并肩地坐了下来。

杜洛华想找一个巧妙而有吸引力的话题开个头,但是找不到,只好讷讷地说:

"这样说来,您不怨我?"

德·马雷尔夫人赶紧用手捂住他的嘴:

"别说话!"

他们默默地坐在那里,四目相视,彼此紧握着对方炽热的手指。

"我真想您啊!"杜洛华说道。

她又重复刚才那一句:"别说话!"

女用人在隔壁房间里摆弄盘子的声音,清楚地传了过来。

杜洛华站起身来说道:"我不能离您那么近,否则我会神魂颠倒的。"

门打开了,传来女用人的声音:

"夫人,饭准备好了。"

杜洛华一本正经地向德·马雷尔夫人伸出胳臂,挽着她走进饭厅。

他们面对面地坐下来吃饭,不断地相视微笑,旁若无人,沉浸在两情初洽的醉人的气氛里。他们虽然在咀嚼,但却不知道吃的是什么。杜洛华觉得有一只脚,一只纤小的脚在桌子下来回晃动,便用自己的双脚捉住它,不让它跑,并使劲把它夹住。

女用人出出进进,无精打采地把菜端上来,又把盘子撤走,似乎什么也没发现。

吃完饭,两人回到客厅,又肩并肩坐在原来的位置上。

杜洛华逐渐往她身上靠,想搂抱她。但她冷静地把他推开了:"当心有人进来。"

他低声问:"什么时候我才能单独和您在一起,向您倾诉我对您的爱慕之情呢?"

德·马雷尔夫人把嘴凑到他的耳边,悄声说:"一两天内,我到你住的地方去看你。"

杜洛华觉得自己的脸唰地红了："我……我住的地方……可是简陋得很。"

德·马雷尔夫人微微一笑："没关系，我去看的是你，又不是你的房子。"

杜洛华追问她什么时候来。她定了下星期的一天，时间比较远。杜洛华死乞白赖地恳求她把日子提前一些。他目光灼灼地一面说，一面摆弄着，捏着她的手，满脸通红，火辣辣地，一副欲火难熬迫不及待的样子。大凡男女幽会，酒足饭饱之后总会出现这种现象。

德·马雷尔夫人见他这样苦苦哀求，觉得很有趣，便不时地稍作让步，提前一天。但杜洛华一再要求："明天……你快说……明天。"

最后，她终于同意了："好。明天。五点。"

杜洛华高兴地长长透了一口气。接着，他们几乎是心平气和地谈了起来，样子十分亲热，仿佛是已经认识了二十年的老朋友。

突然，一声铃响，把他们吓了一跳，两个人霍地分开了。

德·马雷尔夫人喃喃地说："一定是洛琳。"

孩子出现了。看见杜洛华，她先是一愣，然后喜出望外地拍着小手，向他奔过去，嘴里喊道："噢！漂亮朋友！"

德·马雷尔夫人哈哈大笑：

"嗬，漂亮朋友！洛琳给您起名了！这是对您表示友谊的爱称，我以后也叫您漂亮朋友！"

杜洛华把小姑娘抱起来放在腿上，和她玩上次教会她的游戏。

两点四十分，他起身告辞，准备到报馆去。走到楼梯上，他还回头朝着半掩的门低声说:"明天,五点。"

年轻妇人嫣然一笑,仿佛回答:"好吧。"然后转身进去了。

白天的工作一结束,杜洛华便开始考虑怎样布置房间,好接待他的情妇,并尽量掩盖自己住处的穷酸相。他在墙上钉一些日本的小玩意儿,又花五个法郎买了一整套日本版画,还有小扇子和小彩屏,盖住糊墙纸上太显眼的污点。又在窗玻璃上贴几张透明的画片,上面画的无非是河上扁舟、落霞归鸟、阳台上花枝招展的贵夫人、雪原上一队队黑色的小人等等。

不一会儿,他那个大小仅能坐卧的房间就变成了彩纸灯笼的内壁。他感到很满意,花了足足一个晚上用剩下的彩纸剪了许多鸟雀,贴在天花板上。

然后,他便脱衣上床,在火车的尖啸声中沉沉睡去。

第二天,他很早就回家,从食品店买回一袋点心和一瓶马德拉葡萄酒。接着,又去买了两只碟子和两只酒杯。他将点心放在梳妆台上,用大毛巾把肮脏的台面蒙住,脸盆和盛水的罐子一古脑都塞到台子下面。

然后,他等着。

五点一刻左右,德·马雷尔夫人来了。看见周围彩色缤纷的图画,她高兴地嚷道:"嗬,你住的这个地方真不错,就是楼梯上人多了点。"

他一把搂住她,隔着面纱,热烈地吻着从她帽子下露出来、披在额上的秀发。

一个半小时以后,他把德·马雷尔夫人送到罗马大街的出租马车站。等德·马雷尔夫人坐进马车,杜洛华悄声对她说:"星期二,还是这个时间。"

她回答:"还是这个时间,星期二。"她趁当时已经天黑,把杜洛华的头拉进车窗,吻他的双唇。车夫扬鞭策马时,她喊道:"再见!漂亮朋友!"于是疲倦的白马拖着破旧的马车慢慢地走了。

一连三个星期,杜洛华都这样每隔两三天接待德·马雷尔夫人一次。有时在上午,有时在晚上。

一天下午,他正在等待德·马雷尔夫人,突然,楼梯上传来一阵喧闹声。他开门去看。一个孩子正在哇哇大哭,一个男人气冲冲地大嚷:"这个小兔崽子怎么又哭了?"一个女人愤怒地尖叫着回答:"那个不要脸的女人来找楼上的新闻记者,在楼梯口把尼古拉撞倒了。这种上楼梯都不注意小孩的臭婊子,难道还应该让她进来!"

杜洛华大吃一惊,赶紧后退,因为他已经听见从下面一层楼梯传来了裙裾的窸窣声和急促的脚步声。

他刚把门关上,便有人来敲门。他赶紧打开,德·马雷尔夫人面无人色地冲了进来,上气不接下气地说:

"你听见了没有?"

他假装什么也不知道。

"没有,怎么啦?"

"你知道他们是怎样骂我的?"

"他们是谁?"

"住在下面的那帮混蛋。"

"没听见,到底是怎么回事,快告诉我!"

德·马雷尔夫人放声大哭,一句话也说不出来。

杜洛华只好替她把帽子摘下来,解开胸衣的带子,把她扶到床上躺下,用湿布轻轻地拍她的太阳穴。她仍然泣不成声。过了一会儿,她激动的情绪稍稍平静以后,满腔的怒火便一下子爆发出来。

她要杜洛华马上下楼去和他们拼命,把他们都杀掉。

杜洛华不住地劝她:"他们都是工人,大老粗。你想想,如果和他们打架,就要上法院,你就会被人认出来,被拘留,弄个身败名裂。和这种人计较会连累自己,犯不上。"

她又转起另一个念头:"现在咱们怎么办?我是不能到这里来了。"

他回答道:"简单得很,我搬家好了。"

德·马雷尔夫人喃喃地说:"是啊,不过时间太长。"接着,她突然想出一个计策,心情顿时平静下来:

"不,你听着,我有办法了。让我来,你什么也不用管。明天早上,我叫人捎个小蓝条儿给你。"

她把当时巴黎城里很流行的密封电报称做"小蓝条儿"。

现在,她笑了,很高兴自己发明了一个新办法。这办法,她暂时不宣布。接着,便疯了似的和杜洛华胡闹起来。

下楼的时候,她心情非常紧张,觉得两腿发软,使劲把身子靠在情人的胳臂上。

他们没遇见任何人。

第二天,他起得很晚。当送电报的邮差把德·马雷尔夫人答应他的那个"小蓝条儿"送来的时候,他还在床上。

他把电报拆开,看见上面写着:

> 五点钟到君士坦丁堡街一二七号,叫门房给你打开杜洛华夫人租的那套房间。吻你。
>
> 克洛

五点整,他走进一座连家具出租的公寓大楼,找到了门房,问道:

"杜洛华夫人在这里租了一套房间,是吗?"

"是的,先生。"

"请领我去看看。"

门房大概已经习惯了这种微妙的局面,知道必须谨慎从事。他定睛看了看杜洛华,然后掏出一长串钥匙,找出其中一把。问道:

"您就是杜洛华先生吗?"

"正是。"

说着,门房打开楼下的一套小公寓。一共两间,正对着门房的住处。

客厅墙上裱着带花枝图案的糊壁纸,还相当新,有一张桃花心木的桌子,上面铺着带黄色图案的绿底棱纹台布。还有一条花地毯,很薄,脚踩上去可以感觉到下面的木板。

卧室很窄,一张床就占了房间三分之二的地方。床放在房间的尽里,头尾都顶着墙,是带家具出租的公寓房间里常见的那种大床。沉甸甸的蓝色帷帐也是棱纹布的,床上铺着一条厚厚的红色绸鸭绒被,被上有一些可疑的污渍。

杜洛华心里很不高兴。他想:"这套房子一定很贵,将来我还得借钱。她办的这件事可真蠢。"

这时,门突然开了,克洛蒂尔德裙裾窸窣,一阵风似的跑了进来。她张开双臂,高兴地说:"这房子好吗?你说,这房子好吗?不用上楼,又临街,就在楼下!你可以从窗口出入,看门的看不见你。咱们在里面可以尽情欢乐。"

他冷冷地吻了吻她,不敢把到了嘴边的问题提出来。

她把一大包东西往圆桌上一放,把它打开,从里面拿出一块香皂、一瓶香水、一块海绵、一盒发卡、一个扣钮钩,还有一个小小的烫发夹子,因为每次她都把额上的短发弄乱,这个夹子就是用来卷头发的。

她摆这摆那,兴高采烈地把东西一一放好。

她一面打开抽屉,一面说:"我应该带点衣服来,需要的时候好替换。这样方便多了。如果我上街买东西遇上大雨,可以到这里来换件干衣服。咱们每人有把钥匙,另外留一把给门房,否则万一咱们都忘带就进不来了。这套房子我租了三个月,当然是用你的名义,因为我不能把我的名字说出来。"

杜洛华问道:

"告诉我什么时候付房租。"

她回答得很干脆:"亲爱的,房租已经付过了!"

杜洛华又问:"那么我该把钱还给你了?"

"不,我的小猫咪,这跟你没关系,是我故意这么做的。"

他装出不高兴的样子:"噢,那不行,我可不答应。"

德·马雷尔夫人走到他面前,两手搭着他的肩膀,恳求道:

"我求求你了,乔治,我高兴这样做,高兴极了,因为这样一来,这房子就是我的了,是咱们的窝,只属于我一个人。你总不会为这个生气吧?干吗生气呢?我只不过想在我们的爱情里增加这么点东西。你说你同意了,我的小乔乔,你就说你同意了好吗?"

她用她的眼睛,她的嘴唇和她整个身子哀求他。

他任她一再哀求,只是不答应,装出恼怒的样子。最后才让步,觉得这样做,归根结底是合理的。

德·马雷尔夫人走后,杜洛华搓着两手喃喃地说:"不管怎样,她还是不错的。"并没有仔细去想为什么这天突然会产生这种想法。

几天以后,他又接到了一个小蓝条儿,上面写道:

> 我丈夫在外面视察了六个星期,今晚回来。所以咱们得暂停一个星期。真是苦差事。亲爱的。
>
> 　　　　　　　　　　　你的克洛

杜洛华看了目瞪口呆。说真的,他已经忘了这个女人是有夫之妇。现在,他真想见见她的丈夫,哪怕只瞧一眼,看他是什么样子。

但他还是耐心地等她丈夫离开。在这期间,他到风流牧女娱乐场消磨了两个晚上,两次都在拉歇尔家过夜。

一天早上,他又接到了一封电报,上面写着几个字:

"五点见。——克洛。"

两个人都提前赴约。德·马雷尔夫人情不自禁地扑到他的怀里,热烈地捧着他的脸吻了个够。然后对他说:

"咱们先乐个痛快,然后,你带我去找个地方吃晚饭,好吗?我终于脱身了。"

这时正好是月初,虽然杜洛华的工资一般都是预支,而且靠东筹西措过日子,但那天碰巧口袋里还有钱。他觉得有机会花钱请她一次,心里也很高兴,所以就回答道:

"好啊,亲爱的,你要上哪儿都行。"

七点钟左右,他们离开了公寓,来到了环城大街。德·马雷尔夫人紧紧靠着杜洛华,凑到他耳边说:"你知道吗？我多么喜欢挽着你的胳臂和你一道出来啊！感到你就在我身旁,我真高兴！"

他问道:"到拉杜伊老头那个饭馆怎么样？"

她回答:"噢,不,那儿太讲究了。我想到有趣一点,普通一点的地方,像职员和工人常去的饭馆。我喜欢到小咖啡馆！啊！咱们能到乡下就好了。"

但杜洛华对区里这些地方都不熟悉,他们只好在大街上瞎逛,最后走进一家小酒馆,酒馆旁边单有一个餐厅供应饭菜。德·马雷尔夫人透过玻璃门看见两个没戴帽子的女郎陪着两个军人面对面地坐着吃饭。

餐厅又窄又长,最里面有三个马车夫在吃饭,另外还有一个不知道干什么职业的家伙在抽烟斗,他两手插在裤袋里,伸着两条腿,身子几乎躺在椅子上,头仰靠在椅背上。穿的那件夹克污渍斑斑。口袋鼓得像个大圆肚子,从里面露出一个酒瓶、一截面包,一个用报纸卷着的包裹,还垂着一根小绳子。一头又厚又乱的鬈发,因为太脏而成了灰色。鸭舌帽扔在椅子下面的地板上。

克洛蒂尔德华丽的衣着一进来就引起了大家的注意。那两对男女不再窃窃私语,三个马车夫停止了交谈,抽烟斗的那个家伙也从嘴里拔出了烟斗,朝面前吐了口唾沫,稍稍掉过头来瞧着。

德·马雷尔夫人低声说道:"好极了！咱们在这里一定很舒服,下次我一定穿上工人的服装。"

说完,她毫不拘束地在漆木桌前坐下。桌上油腻腻的,满是饭菜和泼洒的饮料留下的污迹,堂倌只是随随便便一擦,根本没擦干净。但这一切丝毫也没引起她的反感。杜洛华倒有点不自在,觉得不太好意思。他想找个衣钩挂他的礼帽,但是找不到,只好放在椅子上。

他们吃了一个羊肉杂烩汤,一块羊腿和一盘沙拉。克洛蒂尔德说了好几次:"我呀,我就喜欢这些,我是下等人的口味。我觉得在这里比在英国式的咖啡馆舒服。"

接着,她又说:"如果你真的想要我高兴,就带我到小舞厅去。我知道这里附近有一个挺有意思的舞厅,叫做'白皇后'。"

杜洛华觉得很奇怪,问道:"谁带你到那里去过?"

他定睛看着她。德·马雷尔夫人的脸忽地红了,显得有点不好意思,仿佛这个突如其来的问题,在她内心里勾起了一段十分微妙的回忆。可是女人的这种犹豫只是一刹那,不去猜是发现不了的。德·马雷尔夫人稍为踌躇了一下,回答道:"是一个朋友……"她沉默了一会儿,又加了一句,"他已经死了。"说着,垂下了眼睛,一脸悲伤的样子,装得非常自然。

于是,杜洛华开始猜想这个女人过去的生活经历,关于这方面,直到目前为止,他一无所知。他想她一定有过情人。是哪种人呢?哪个阶层的人呢?他心里顿时产生一种模模糊糊的嫉妒情绪。这个女人的心灵和生活中凡是他不知道的、不曾属于他的一切都使他感到不快。他目不转睛地看着这个女人,对深藏在这个美丽的面孔后面,不愿告人的秘密感到愤怒。也许此时她正惆怅地怀念着以前那个或那几个情人哩。他多想看透她的情思,在她的回忆里仔细搜索,了解她内心所想的一切啊……

她一再问他:"你愿意带我到'白皇后'去吗?咱们在那

儿一定可以玩个痛快。"

他心想："算了！以前的事有什么关系？为此而烦恼太不值得了。"

于是，他微笑着回答道："当然，亲爱的。"

走到街上，她用倾诉知心话时那种神秘的声调，悄悄地对他说："我一直不敢对你提出这样的要求，不过，你一定想象不到我多么喜欢看看单身汉们在女人一般不去的地方是怎样胡闹的。到了狂欢节，我一定要化妆成男学生。我装男学生像极了。"

走进舞厅时，她紧紧地靠着杜洛华，心里又惊又喜，两眼高兴地盯着那些妓女和那些拉皮条的男人。有时，她仿佛担心会发生什么危险，故意安慰自己，看见一个保安警察庄严肃穆，一动不动地站在那里，她就说："瞧，这个警察长得真结实。"一刻钟之后，她就看腻了。于是杜洛华便把她送回家。

从这次开始，他们陆续逛了所有下层人常去寻欢作乐的不三不四的地方。杜洛华发现自己的情妇有一种非常强烈的爱好，就是喜欢像喝醉了酒的大学生那样闲逛。

她每次来与杜洛华幽会，都穿一件粗布连衣裙，头上戴一顶滑稽剧中侍女常戴的那种便帽，尽管衣着朴素，淡雅大方，她还是戴着戒指，手镯和镶钻石的耳环。杜洛华要求她把这些东西摘掉时，她就这样解释："没关系，人家会以为这些不过是莱茵河里的小石头。"

她自以为伪装得很巧妙，实际上只不过像鸵鸟把头藏在沙堆里一样自欺欺人。就这样，她经常到名声最坏的下等酒馆里去。

她曾经要求杜洛华打扮成工人，但杜洛华不肯，仍然像在林荫道上散步的绅士那样,穿得整整齐齐,甚至不肯把他的大礼帽换成软呢帽。

对杜洛华这种固执的态度,她只好用下列的解释来安慰自己:"人家会以为我是一个普通侍女,运气好,遇上了一位上流社会的年轻人。"她觉得这样的喜剧很有意思。

就这样,他们经常出入老百姓常去的小酒店,坐在四壁被烟熏得黑黑的下等咖啡馆的角落里。破旧的木桌,四脚不齐的椅子。周围烟雾弥漫,夹杂着一股炸鱼的腥味。几个穿工作服的男人一面喝着烧酒,一面高声谈笑。吃惊的侍者打量着这对奇怪的男女,在他们面前放下两杯樱桃露酒。

她浑身发颤,又惊又喜,小口地喝着红色的果汁,亮晶晶的两眼不安地打量着周围。每吞下一颗樱桃,她都觉得犯了一个过失,每喝下一滴辛辣灼喉的烧酒,她都感到苦中有乐,仿佛在偷尝禁果,虽犯天条,但其味无穷。

然后,她小声说:"咱们走吧。"于是,他们就走了。她低着头,迈着女演员下场时的碎步,在喝酒的客人中间匆匆走过,大家都用怀疑、不满的眼光看着她。迈出门槛,她长长地舒了一口气,仿佛逃过了一场大祸。

有时,她颤抖着问杜洛华:"如果在这种场合有人侮辱我,你怎么办?"

杜洛华勇敢地回答:"我当然保护你!"

她听罢心里乐滋滋的,紧紧挽着杜洛华的胳臂,隐隐约约希望真的有人来侮辱她,又有人来保护她,希望看到男人们为她大打出手,甚至希望这帮人和她的心上人打起来。

每星期他们总要去逛两三次。但渐渐地杜洛华感到厌烦了,尤其是因为最近连付马车费和酒费的那半个路易也不好弄了。

眼下他的生活非常困难，比他当诺尔铁路局职员的时候拮据多了，因为在他做新闻记者的头几个月，他大肆挥霍，总以为很快就能赚一大笔钱，结果把全部积蓄花得一干二净，简直是罗掘皆空了。

最简单的办法就是向出纳科借钱，但这个办法很快就不灵了，因为他已经向报馆预支了四个月的薪水和六百法郎的稿费。此外，他还欠福雷斯蒂埃一百法郎。雅克·里瓦尔出手大方，杜洛华也欠他三百法郎。还有许多小笔借款，五法郎、二十法郎不等，说也说不清。

圣波坦虽然点子多，但当杜洛华问他有什么办法再弄一百法郎的时候，他也束手无策。杜洛华对自己手头拮据感到非常恼火，现在他比以前更穷了，因为他的需要越来越多。他怒火中烧，恨所有人。而且这种火气越来越大，随时随地，遇见一点点小事便爆发出来。

有时，他也反躬自问，怎么搞的，既没有过分挥霍，又没有花天酒地，居然平均一个月开支一千法郎！这到底是怎么搞的？后来，他发现每顿午饭八个法郎，到外面的大馆子吃一顿晚饭十二个法郎，加起来就是一个路易，连同莫名其妙就花掉的零用钱十几个法郎，一共三十法郎。每天三十法郎，到月底就是九百法郎。衣服鞋袜、床单被褥和浆洗费用尚未包括在内。

所以，到了十二月十四日，他口袋里已经不名一文，脑子也是空空的，想不出任何弄钱的办法。

他按照以前常用的办法，不吃午饭，整个下午都在报馆，憋着满肚子火，专心一意地埋头苦干。

四点左右,他接到了情妇寄来的小蓝条儿,上面写着:"咱们一起去吃晚饭好吗?吃完饭咱们去逛一次。"

他马上答复她:"去吃晚饭不行。"接着,他转念一想,放弃和这个女人在一起的欢乐时刻,未免太傻了。于是,他加了一句:"但是,九点我在咱们那个小屋里等你。"

为了节省打电报的钱,他叫一个听差把条子送去。然后,他开始想办法解决晚饭的问题。

一直到七点也想不出名堂来。这时,他已经饥肠辘辘了。绝望之余,他只好拿出最后一招。等同事们一个个都走了,屋里只剩下他一人的时候,他猛地按了一下电铃。留下来看办公室的那个老板的听差赶紧跑了过来。

杜洛华站在屋里,拼命翻着口袋,粗声粗气说:"你瞧,福卡尔,我把钱包忘在家里了。我还要到卢森堡宫出席宴会。你借给我五十个苏做车费吧。"

听差从背心口袋里掏着三个法郎,问他:

"杜洛华先生,这不够吧?"

"不,不,够了,谢谢你。"

杜洛华把那几个白花花的钱币一把抓了过来,接着飞步跑下楼梯,到一家小饭馆里胡乱吃了一顿。没钱的日子他经常到这里来。

九点钟,他坐在小客厅里,一面伸着腿烤火,一面等待他的情妇。

她冒着大街上的寒气来了,兴致勃勃地对他说:

"如果你同意,我们先出去转转,十一点回到这里。这样的天气,去散步多好。"

他嘟囔着回答道:"为什么要出去?在这里就挺好。"

她连帽子也不摘,接着说:"你知道吗,今晚月光好极了。去散步简直是一种享受。"

"可能,不过,我不打算去散步。"

他说这句话的时候,像是憋了一肚子气。德·马雷尔夫人感到很不是味儿。杜洛华的话伤了她的自尊心。她问道:"你怎么了?你为什么这样?我只不过想去转转。我看不出这有什么可以惹你生气的。"

杜洛华勃然大怒,霍地站起来说:"我不是生气,而是觉得烦透了。就这个原因。"

德·马雷尔夫人是这样一种女人,你违抗她,她就恼火,你对她不礼貌,她就怒不可遏。

她非常生气,一脸瞧不起的样子,冷冷地对他说:

"我不习惯别人对我这样讲话,我一个人去好了,再见!"

杜洛华知道事情严重,赶紧跑过去,握着她的双手,一面吻,一面喃喃地说:

"原谅我吧,亲爱的,原谅我吧。今晚,我情绪不好,容易生气。因为我遇到了不顺心的事,遇到了麻烦,你知道,都是工作上的事。"

德·马雷尔夫人的气消了点,但还没有平静下来:

"这跟我毫无关系,但你心情不好,把气撒在我身上可不行。"

杜洛华把她搂在怀里,拥着她往长沙发走去。

"你听我说,我的小美人,我一点也没想伤你,我的话是信口说的,欠考虑。"

他按着她坐下来,然后跪在她的面前:

"你原谅我了吗?跟我说,你已经原谅我了。"

她冷冷地低声说道：

"好吧，不过下次别这样了，"接着，她站起来，又说了一句：

"现在，咱们去转转吧。"

杜洛华跪着不肯起来，用手搂着她的双腿，喃喃地说："我求求你，咱们就留在这里吧，我求求你，答应我吧。今晚，我多么想把你留在身边，你只属于我一个人，咱们一起坐在炉旁共度良宵。说，你同意了，我求你说，你同意了。"

她斩钉截铁地回答："不，我一定要出去，你说怎样就怎样，我可不干。"

杜洛华还是一个劲地说："我求求你了，我是有原因的，而且是重要的原因……"

德·马雷尔夫人又说："不，如果你不愿意和我一起出去，那我自己走。再见。"

她猛地挣脱杜洛华的怀抱，走到门口。杜洛华赶紧奔过去，用双臂把她搂住。

"你听我说，克洛，我的小克洛，你听我说，答应我吧……"

她没有吭声，只是一个劲地摇头不答应，并且避开杜洛华的吻，挣扎着要走。

杜洛华讷讷地说："克洛，我的小克洛，我是有原因的。"

听了这句话，她停下来，盯着杜洛华的脸说："你撒谎……什么原因？"

杜洛华满脸通红，不知道说什么才好。德·马雷尔夫人气极了，她说："你心里也明白你在撒谎……不要脸的东西……"说完，她含着眼泪把身子一挣，甩开了杜洛华。

杜洛华再一次抱着她的肩膀。为了避免决裂，他万般无奈,准备把一切都告诉她,声音充满了绝望:"因为我身无分文……就是这个原因。"

德·马雷尔夫人听了一怔,目光紧紧盯住杜洛华,想从他眼睛深处探索他说的是否真情:"你说什么?"

杜洛华连头发根也红了:"我说,我身无分文,你明白吗?别说一个法郎,连半个法郎也没有。如果咱们进咖啡馆,我甚至连一杯黑莓果子露的钱都付不起。这样的事真丢人,但你逼着我非说不可。我不能和你出去,不能等坐下来要了两杯饮料以后,才不慌不忙地告诉你我没钱付账……"

德·马雷尔夫人目不转睛地看着他:"如此说来……这一切……都是真的啰?"

杜洛华很快地把裤子、背心和夹克上衣的口袋,所有的口袋都翻过来,一面嘟囔:

"瞧吧……现在……你满意了?"

德·马雷尔夫人突然张开双臂,热情奔放地搂住他的脖子,断断续续地说:

"噢,我可怜的宝贝……我可怜的宝贝……我要是早知道该多好!你怎么会弄成这个地步?"

她要杜洛华坐下,自己坐在他的腿上。然后,搂着他的脖子,不住地吻他,吻他的胡子,他的嘴,他的眼睛,一定要他讲,他是怎样落到这般田地的。

杜洛华编了一个感人的故事,说他父亲有困难,他不得不帮助。他不仅把自己所有的积蓄都给了父亲,而且因此负债累累。

他还说:"今后起码有六个月我要挨饿,因为我已经山穷水尽了。但没关系,生活里总免不了有困难的时刻。说到底,为钱苦恼实在太不值得。"

德·马雷尔夫人凑到他耳边说:"我借点钱给你怎样?"

他非常庄严地回答:"你真好,亲爱的,不过,我们别谈这个了,我求求你。那会伤我的自尊心的。"

德·马雷尔夫人没有再说什么,只是用胳臂搂住他,喃喃地说道:

"你永远不会知道,我是多么爱你。"

这天晚上,他们度过了他们爱情史上最美满的一夜。

临走,德·马雷尔夫人微笑着说:

"喂!处在你目前这样的境地,如果突然发现以前忘记在口袋里的钱,或者不知什么时候滑进衣服衬里的一块硬币,那该多开心呀!"

杜洛华完全相信她的话,说:"噢,那当然喽。"

她借口月光很好,要走着回去。她看着皎洁的月色,不禁悠然神往。

这是一个初冬的寒夜,天气晴朗,路上结着薄霜。行人和车马冒着寒气匆匆走过,人行道上响起橐橐的脚步声。

分手的时候,德·马雷尔夫人问道:"咱们后天再见,你说好吗?"

"当然好。"

"还是原来的时间?"

"还是原来的时间。"

"再见了,亲爱的。"

他们温柔地亲吻,然后便分手了。

在回去的道上,杜洛华一面迈着大步,一面心里盘算,第二天该想个什么办法渡过难关呢。当他推开房门,伸手到背心口袋里找火柴的时候,突然指头碰到了一块硬币,他不禁怔住了。

把灯点着以后,他抓起那块硬币仔细一看,原来是一块相当于二十法郎的路易!

他拿着钱币,翻来覆去地看,心里纳闷,背心口袋里居然有钱,岂不是奇迹。当然,这块钱币不可能从天上掉到他的口袋里。

后来,他突然猜到了。不禁勃然大怒。是呀,他情妇刚才谈到过,一个人在穷困的时候会在衣衬里找到以前不经心滑进去的钱币。原来是她的施舍,真丢人!

他恨恨地说道:"好啊!后天,她还要来,我要叫她好看!"

他怀着被侮辱而异常愤怒的心情,上床睡觉去了。

他醒得很晚,觉得肚子饿,想再睡一会儿,到两点再起来。但是,转念一想:"这样做也无济于事,我终究还是要弄到点钱才行。"于是,他走出家门,希望在大街上能想出个办法。

办法始终没想出来。可是,每经过一个饭馆,强烈的要吃饭的欲望使他馋涎欲滴。到了中午,他还是一筹莫展。突然,他下了决心:"算了!我先拿克洛蒂尔德那二十个法郎吃饭,明天我把二十法郎还给她。"

于是,他在一家啤酒店,花两个半法郎吃了一顿午饭。到了报馆又把三个法郎还给了听差。

"给,福卡尔,把你昨晚借给我坐马车的钱还给你。"

他一直工作到七点然后去吃晚饭。从那笔钱里再拿出三个法郎。晚上又喝了两大杯啤酒。这一天他一共花了九法郎零三十生丁。

他没办法在二十四小时之内想出什么生财之道,也没有地方再去赊欠告贷。第二天,只好又从晚上该还的二十法郎中再借六个半法郎。这样一来,到了预定赴约的时候,他口袋里只剩下四个法郎零二十生丁了。

他脾气暴躁得像条疯狗,下决心立刻把事情说个一清二楚。他准备对他的情妇说:"你知道,我在口袋里发现了你那天放进去的二十个法郎。这二十个法郎我今天不能还给你,因为我的境况还没什么变化,也没有时间考虑钱的问题。不过,下次见面,我一定还给你。"

她来了,既温顺又体贴,但心里却忐忑不安。杜洛华会怎样对待她呢?她一个劲地吻着杜洛华,以避免一见面就来一番解释。

杜洛华则心里想:"一会儿就该谈这个问题了。我得找个机会。"

但是机会总找不到,他只好闭口不谈这个棘手的问题,话到了嘴边又咽了回去。

德·马雷尔夫人绝口不提外出,对杜洛华百般温存。

他们午夜分手,约好星期三才相会,因为德·马雷尔夫人在城里一连好几个晚上有宴会。

第二天,杜洛华吃完午饭要付账的时候,伸手去掏剩下的那四个硬币,突然发现钱币一下子变成了五个,其中一个还是金的。

起初他以为前一天别人找钱给他的时候不小心找错了。后来才恍然大悟,心怦怦直跳。总受人周济,简直是耻辱。

他真后悔当时没有说话!如果他说得硬一些,这种事情一定不会发生。

一连四天,他多方设法,想弄到五个路易,但是都失败了。只好把克洛蒂尔德施舍的第二个路易也吃掉。

虽然他怒气冲冲地对德·马雷尔夫人说:"你要明白,别再开那几个晚上的玩笑了,我会生气的。"但德·马雷尔夫人仍然想办法在下次会面的时候,往他裤子口袋里又塞进二十个法郎。

他发现这二十个法郎,嘴里骂了一声:"他妈的!"然后把这二十个法郎放到背心口袋里,好随时掏出来,因为他身边连一个生丁也没有了。

他用这个理由来安慰自己:"将来我统统还给她。现在就算是她暂时借钱给我好了。"

经他再三哀求,报馆出纳员终于同意每天给他五个法郎。这些钱刚刚够他吃饭,而不够还六十个法郎。

由于克洛蒂尔德又故态复萌,热中于夜里到巴黎各个乱七八糟的地方游逛,杜洛华对她所给予的施舍,逐渐也不觉得过分反感了。每次这种具有冒险性质的夜游之后,他都在口袋里发现一枚黄澄澄的金币。有一天在靴子里,又有一天,甚至在表盒里发现金币。

既然杜洛华目前还不能够满足德·马雷尔夫人的某些欲望,那么她出点钱使自己如愿以偿,总比全部放弃来得好,这难道不是很自然的事吗?

再说,他把用这种方式收到的钱都一一记在账上,准备有朝一日全部还给她。

一天晚上,她对杜洛华说:"我从来没去过'风流牧女娱乐场',你信不信?你带我去好吗?"他有点犹豫,担心会碰见拉歇尔,接着又想:"怕什么,不管怎么说,我又没结婚。万一碰上了,她也会明白我的处境,不会和我说话的。我们坐的又是包厢。"

他这样决定还有另一个理由。就是乐得趁这个机会请德·马雷尔夫人坐一次包厢,就算是报答她吧,再说,又不用自己花钱。

他让克洛蒂尔德坐在车里,自己先去取票,免得她看见票是剧场送的。取完票,他返回来接她,然后两个人一起入场。检票员对他们鞠躬行礼。

过道里挤得水泄不通,他们好容易才穿过一大群熙熙攘攘的男人和东游西荡的妓女,来到包厢坐下。他们的位置正好在安静肃穆的乐队和走廊上汹涌的人潮之间。

但德·马雷尔夫人并不怎么看戏,而只是注意在她背后走来走去的女人。她不断地转过身去看她们,想碰一碰她们,摸摸她们的衬衣、脸颊和头发,想知道这些娘儿们到底是用什么材料做的。

她突然说:"有一个棕色头发的胖女人一直在看着我们。刚才我真以为她要和我们说话哩。你看见了吗?"

杜洛华回答道:"没看见。你一定弄错了。"但事实上他早就瞥见那个女人了。她就是拉歇尔。她眼含怒火,嘴里骂骂咧咧地在他们身边转来转去。

刚才穿过人群的时候,杜洛华和她擦肩而过。她低声对杜洛华说了句:"你好。"一面使了个眼色,意思是说:"我明白。"但是,杜洛华担心被他情妇发现,没有回答拉歇尔这种友好的表示,反而高视阔步,摆出一副不屑一顾的神态,冷冷地走了过去。那女人由于嫉妒,本来就窝了一肚子火,见了这种情形,便转了回来,再次擦着他的身子走过去,把声音更提高一些:"你好,乔治。"

他还是不回答。于是,那女人把心一横,非要他认出自己并和自己打招呼不可。她在他们包厢后面转来转去,伺机而动。

她一看见德·马雷尔夫人注意她,便用指尖轻轻地碰了碰杜洛华的肩膀:"你好,最近怎么样?"

但是,杜洛华连头也不回。

她又问:"怎么啦?星期四以后,你就变成聋子了?"

杜洛华不回答,装出一副瞧不起的神态,仿佛和这个女人哪怕说一句话也会有损自己身份。

拉歇尔先是生气,接着大笑起来,说道:

"你难道变哑巴了?是不是这位夫人把你的舌头咬掉了?"

杜洛华怒不可遏,愤愤地说道:

"谁允许你这样说话的?滚开!否则,我叫人把你抓起来。"

拉歇尔两眼冒火,胸脯一起一伏。她破口大骂:

"好啊,原来这样,去你的吧,你这不要脸的东西!和一个女人睡过觉,起码见面也该和她打个招呼吧。今天你和另一个女人在一起就翻脸不认识我了,真是岂有此理。刚才我经过你身边的时候,你只要稍微有点表示,我就不会和你闹了。可你倒摆起来了,你等着吧!看我来伺候你!好啊!我碰见你,你连个招呼都不打……"

她真想一直骂下去,但是德·马雷尔夫人已经一把推开了包厢的门,在人群中夺路而逃,慌慌张张地寻找剧场的出口。

杜洛华跟在她身后跑，拼命想追上她。

拉歇尔看见他们逃走，便得意地高喊："抓住她！抓住她！她偷了我的情人！"

观众哄然大笑。有两位先生开玩笑地一把抓住正在逃跑的德·马雷尔夫人的肩膀，要把她拖走，一面竭力想吻她。但杜洛华已经赶到，奋力把她解救出来，拉着她往大街奔去。

她钻进了一辆停在剧场门口的空马车。杜洛华跟着也跳了上来。车夫问："先生，上哪儿去？"他说："随你的便。"

马车在石头路上一颠一簸地走了。克洛蒂尔德神经受到了巨大刺激，她双手掩面，觉得胸中发闷，透不过气来。杜洛华不知道怎么办，也不知道说什么好。后来，他听见她在哭，便讷讷地说："你听我说，克洛，我的小克洛，让我给你解释！这不是我的错……这个女人是我很早以前的时候……认识的……"

她被心上人欺骗，怒火填膺，愤恨使她恢复了说话的能力。她突然把手从脸上挪开，上气不接下气地说，声音断断续续，又快又不连贯："啊！……你这个混蛋……混蛋……真是个无赖！……这难道是可能的吗？……真丢人！啊！我的上帝！……真太丢人了！……"

随着神智逐渐清醒，她的话变得有条有理，但她的火气也越来越大了："你拿我的钱去供养她是不是？我的钱倒给了她……给了这个女人……，唉，你这个混账东西！……"

她停了几秒钟，想找一个更强烈的字眼，但是没有找到。忽然，她作势啐了一口，吐出了下面这番话："啊！……简直是猪……猪……猪……你用我的钱去养她……猪……猪！……"

她找不到别的词,只好连声地骂:"猪……猪……"

突然,她探出身子、抓住车夫的衣袖,对他说:"停下!"说完,推开车门,跳到大街上。

乔治也想跟着跳下来,但她大喊一声:"我不许你下来!"这一声非常响,引得行人都围过来观看。杜洛华怕事情闹大,一动也不敢动。

德·马雷尔夫人从口袋里掏出钱包,就着路灯寻找零钱。她拿出两个半法郎,交给车夫,用颤抖的声音对他说:"给……这是你的车钱……由我来付……替我把这个坏蛋送回到巴蒂尼奥尔区布尔索街。"

围观的人顿时发出了一阵快活的笑声。一个男的说:"小妞儿,好样的!"另一个小流氓跑到马车的两个车轮中间,把头伸进开着的车窗,尖着嗓子喊道:"晚安,乖乖。"

马车开动了,车后传来阵阵笑声。

六

第二天,乔治·杜洛华醒来的时候,心情非常沮丧。

他慢慢穿上衣服,坐在窗前沉思。他觉得浑身酸痛,仿佛前一天挨了一顿棍子。

后来,他想到非弄点钱不可,便打起精神,先去找福雷斯蒂埃。

福雷斯蒂埃正伸着腿在炉旁烤火。他在书房里接待了杜洛华。

"你这样早起来干什么?"

"有一件非常严重的事。我欠人家一笔债,这关系到我的名誉。"

"是赌债?"

他犹豫了一下,承认说:"是赌债。"

"数目大吗?"

"五百法郎!"

福雷斯蒂埃不大相信,问道:

"你欠谁五百法郎?"

杜洛华一时回答不上来。

"……嗯,欠……欠……欠一位从卡勒维尔来的先生。"

"是吗?他住在什么地方?"

"住在……住在……"

福雷斯蒂埃大笑起来:"在无中生有大街,是吗?我认识这位先生,亲爱的。如果你需要二十法郎,我倒可以借给你,再多就没有了。"

杜洛华收下了借给他的那枚金币。

然后,他挨家挨户地到所有他认识的人家里串门。到了下午五点,终于凑了八十法郎。

还缺二百法郎。他一横心,把筹来的款子留着,嘟囔说:"得了,我犯不着为这个婊子着急。什么时候能还再还给她好了。"

一连两个星期,他省吃俭用,生活很有规律,也没去找女人胡闹,满脑子是坚定不移的决心。但不久,他又动了邪念,打熬不住,像已经有好几年没接近女人似的,一看见女人的裙子就像水手重见陆地,激动得直发抖。

于是,一天晚上,他又来到了"风流牧女娱乐场",希望能碰见拉歇尔。果然一进去就瞥见了她,因为拉歇尔很少离开此地。

他微笑着向她走去,并把手伸给她。但她上下打量了他一眼说:"您找我有什么事?"

他装出想笑的样子说:"得了,别装蒜了。"

拉歇尔一面把身子转过去,一面说:"我不和靠女人吃饭的人来往。"

她特意找出这种最损人的叫法来称呼杜洛华。杜洛华顿时热血上涌,面颊绯红,只好怏怏地回家去了。

体弱有病而整天咳嗽的福雷斯蒂埃,在报馆里也不让他安生,总挖空心思,找一些烦人的累活叫他干。有一天,福雷斯蒂埃心情烦躁,咳了好长时间。因为杜洛华没有把他需要的消息带来,他就骂:"真是活见鬼,你比我原来想象的还要笨。"

杜洛华差点给他一个耳光,但终于忍住了。他一面走开,一面悻悻地嘟囔:"将来一定给你点厉害看看。"说到这里,他脑子里飞快地闪过一个念头。于是,又加了一句,"老兄,我非让你戴绿帽子不可。"他对自己这个计划感到非常满意,便搓着双手走了。

第二天,他便想开始执行这个计划,到福雷斯蒂埃夫人那里拜访一次,摸摸情况。

福雷斯蒂埃夫人正躺在长沙发上看书。

看见杜洛华,她身子动也没动,只是转过头来,把手伸给他,说:"您好,漂亮朋友。"

他像挨了一记耳光,问道:"您为什么这样称呼我?"

福雷斯蒂埃夫人微笑着回答道:"上星期我见到了德·马雷尔夫人。所以我知道您这个外号是怎样得来的。"

看见福雷斯蒂埃夫人态度和蔼,杜洛华才放了心。再说,他有什么可害怕的呢?

福雷斯蒂埃夫人又说:"您把她惯坏了,至于我,想到来看我的人简直是凤毛麟角,难道不是吗?"

杜洛华在她身旁坐下,好奇地重新打量她,就像鉴赏家在细看一件古玩。她长得很迷人,一头金发温馨细软,仿佛生来就是为了让人爱抚似的。杜洛华心里想:"她肯定比那位更有意思。"他认为,毫无疑问,自己一定能成功,一伸手臂就能像摘果子一样,把她弄到手。

他果断地说道:"我不来看您,因为我觉得这样做更好一些。"

福雷斯蒂埃夫人不明白他的意思,问道:

"什么?为什么?"

"为什么?难道您猜不出来吗?"

"是的,一点也猜不出来。"

"因为我爱上了您……噢!有一点儿,只是一点点……而且我不愿完完全全地爱上您……"

福雷斯蒂埃夫人听了既不惊讶,也不感到唐突,更没有沾沾自喜,显得很不在乎。她安详地回答道:

"噢!您还是可以来。谁爱我也爱不长。"

她说话的声调比她的话本身更使杜洛华感到奇怪。

杜洛华问道:"为什么?"

"因为这是白费心机。而且我马上就会教他明白这一点。如果您把您的担心早点告诉我,那我一定会使您放心,并且相反,会要您尽量多来。"

杜洛华失声悲叹起来:"如果一个人能这样控制自己的感情就好了!"

福雷斯蒂埃夫人转过身来,对他说:"亲爱的朋友,对我来说,一个男子如果钟情于一个女子,他就和死人没什么两样。因为他会变得又傻又笨,不仅又傻又笨,而且十分危险。凡是出于爱情而爱我,或者想这样做的人,我都和他们断绝来往,因为首先,我讨厌他们;其次,我认为他们不可靠,就像染上了狂犬病随时都会发病的疯狗。于是,我对他们实行思想隔离,直到他们病好为止。这一点,您可千万别忘了。我知道,你们男人的爱情只不过是一种欲望,而我则相反。对我来说,爱情是心灵的结合,这是男人所不能理解的。你们只了解爱情的表面,而我则参透它的实质。可是……请您正面看着我。"

她已经收起了笑容,面色安详而冷漠,一字一顿地说:"我永远,永远也不会成为您的情妇,您明白了吗?如果您还这样想,那只不过是白费劲,对您决没有什么好处……好,现在话已经谈开了……您愿意不愿意我们成为朋友,好朋友,真正的、没有私心杂念的朋友呢?"

杜洛华明白大局已定,任何企图都是白费,便当机立断,心里非常高兴在生活里能结识这样一位异性知己。他向她伸出双手,说:

"愿听您的吩咐,夫人,您说怎么办就怎么办。"

福雷斯蒂埃夫人从他的声音里听出,他的确是一片赤诚,便把纤手伸给他。

杜洛华吻了吻她的手,然后抬起头,说道:"唉,如果我早遇见一个像您这样的女人,并且娶了她,那该多么幸福啊!"

这一回,她感动了。所有女性听见激动人心的恭维话心里都是美滋滋的。她也一样,听了杜洛华的话,觉得很舒服,迅速地向他投去一瞥感激的目光,简直叫人无法抗拒。

杜洛华接不上原来的话题,她便把一个指头放在杜洛华的胳臂上,柔声对他说:

"好,现在我作为您的朋友,要向您指出一点。亲爱的,您太不灵活了……"

说到这里,她犹豫了一下,问道:"我可以随便说吗?"

"可以。"

"完全可以?"

"完全可以。"

"那好！您去看瓦尔特夫人,她很欣赏您,您要博得她的欢心。虽然她很正经,您明白吗,她是个正经的女人,但您也完全可以施展您的恭维手段。可是,别指望从她那里捞到点什么。您如果表现得好,将来获得的东西会更多。我知道,您在报馆的地位还很低。不过,别担心,他们对所有编辑人员都是很和气的。去吧,相信我好了。"

杜洛华微笑着对她说:"谢谢,您真是个天使……我的保护神。"接着,他们又说了点别的事情。

他坐了好久,想对她表明自己非常愿意和她在一起。临走,又再次问她:

"一言为定,我们是朋友了,对吗?"

"一言为定。"

他觉得刚才恭维的话起了作用,便故意再加一句:

"如果万一您成了寡妇,我愿报名候补。"

说完,不容她来得及生气,便赶紧逃掉了。

去拜访瓦尔特夫人这件事,使杜洛华有点为难,因为他从来没有到她家去的机会。他不愿贸然从事,怕闹笑话。老板对他倒挺好,很欣赏他的工作,有困难的任务,总是首先找他。为什么不利用这个好机会打进去呢?

于是,他找一天,大清早就起床,趁市场刚开门的时候,花十几个法郎,买了二十多个上等的好梨,放在筐里用绳子捆好,使人以为是从远处运来的。然后,拿着梨来见老板的门房,递上一张名片,上面写着:

"今晨收到诺曼底寄来水果若干,特奉上,祈瓦尔特夫人哂纳。"

第二天,他在报馆自己的信箱里,发现了一个信封,内有瓦尔特夫人的回帖："感谢乔治·杜洛华先生的馈赠,瓦尔特夫人每星期六都在家,欢迎大驾光临。"

到了星期六,杜洛华便登门拜访。

瓦尔特先生住在马勒泽布大街,那儿有两座楼房,彼此相连,都是他的产业,其中一座租给别人,这是讲求实惠的人的经济做法。两家合用一个门房,住在两座大门之间,如有客人来访就拉铃通知房主或者房客。这个门房穿着教堂侍卫的漂亮装束,白色长袜裹着粗粗的小腿,制服上缀着金色纽扣,加上大红衬里,使两所房子看上去俨然是有钱人家富丽堂皇的宅第。

客厅在二楼,前面有候见室,室内有门帘,四壁有挂毯。两个听差坐在椅子上打盹。其中一个接过杜洛华的大衣,另一个接过他的手杖,接着,推开一道门,急行几步,然后把身子一闪,把客人让进去,一面对着空无一人的房间,高声通报客人的名字。

年轻人感到有点尴尬。他朝四面看了看,突然在一面镜子里发现远处有几个人坐着。最初,他认错了方向,镜子把他弄糊涂了。接着,又穿过两个空无一人的客厅,来到了一个颇有贵族气派的小客厅。房间周围挂着蓝色丝绒,上面缀着金色的小花。四位夫人正围坐在一张圆桌旁低声谈话,桌上摆着几杯茶。

尽管杜洛华在巴黎生活了很久,外勤记者这门职业又使他经常能和有名的人物接触,遇事已比较镇定,但这次看见进门时那种排场和刚才穿过的那几间没有人的客厅,不禁也有点胆怯。

他讷讷地说道:"夫人,我非常冒昧……"一面用目光寻找屋子的女主人。

瓦尔特夫人把手伸给他。他弯腰行了一个吻手礼。夫人对他说："先生,您来看我,真是太好了。"接着,指给他一把椅子。杜洛华往上一坐,差点摔倒,因他本以为椅子还要高得多。

大家都不说话。突然,一位夫人开口了。她谈到天气越来越冷,但还未冷到制止伤寒病蔓延和能够溜冰的程度。于是,大家就巴黎开始霜冻这个问题纷纷发表意见。后来,又谈到自己喜欢什么季节,举出的理由都是些老生常谈,像屋子里的灰尘一样索然寡味。

门轻轻地响了一下,杜洛华把头转过去。透过两层没有镀汞的玻璃,看见来了一位胖胖的夫人。这位夫人刚在小客厅里出现,就有一位女客站起来,和其他人握了握手走了。年轻人目送她走过其他客厅,看见她黑色的后背上闪耀着一颗颗墨玉的珠子。

人来人去乱了一阵。等安静下来以后,大家突然自动谈起摩洛哥和东方的战争问题,也谈到英国在非洲南部遇到的麻烦。

几位夫人根据记忆讨论这些问题,仿佛在背诵她们经常排演的社交界文明喜剧的台词。

一位小巧玲珑的金发夫人走了进来。她一到,在座的一位瘦高身材的中年女客便告辞了。

大家开始谈论林内先生进入法兰西学院①的可能性。新

---

① 法兰西学院(Académie française)是法国最高学术机构,成立于一六三五年,院士名额四十人,通过推荐及选举产生。

来的那位夫人坚信他一定竞争不过那位把《堂吉诃德》改编成法语诗剧的作家卡巴农·勒巴先生。

"你们知道吗？这个诗剧今年冬天要在奥代翁剧院上演。"

"啊，真的？我一定要去欣赏一下这种很有文学价值的尝试。"

瓦尔特夫人回答得非常得体。她态度安详，不动声色，一切都胸有成竹，所以对该说的话从来不犹豫。

她发现天渐渐黑了，便按铃叫人掌灯，一面倾听大家滔滔不绝的谈话。她想起忘了到刻字店去印下一次晚宴的请帖。

她虽然有点胖，但仍然漂亮，不过，离人老珠黄的年纪已经不远了，现在全靠保养和调理，注意卫生，以及使用各种润滑皮肤的香脂来维持。她处理一切事情似乎都很得体，有理有节。这种女人的思想就像一个整整齐齐的法国花园。这种花园无任何惊人之处，但却有某种魅力。她不擅空想，很有理智，聪明、谨慎，而且稳重，心地善良，待人热诚，对人对事都宽宏大量。

她发现杜洛华一句话也没有说过，别人也不和他交谈，坐在那里有点发窘，而在座的女士们还在大谈法兰西学院，因为那是她们津津乐道的问题，一谈就没个完。于是，瓦尔特夫人故意问他："杜洛华先生，您一定比任何人都了解情况，您赞成谁当选呢？"

杜洛华毫不犹豫地回答："夫人，在这个问题上，我绝不从候选人的优点去考虑，因为对于优点，各有各的看法。我考虑的是他们的年龄和健康。我不问他们的头衔，而只问他们有什么疾病。我并不去研究他们是否用韵文翻译过洛卜·

德·维加①的作品,而只注意了解他们的心、肝、肾和脊髓的现状。据我看,得了心脏肥大症,蛋白尿症,特别是初期脊髓痨,都比写四十部论述柏柏尔人②诗歌中有关祖国概念的离题万里的著作要好上百倍。"

听了这番议论,大家都惊讶得说不出话来。

瓦尔特夫人微笑着问道:"那为什么呢?"

杜洛华回答说:"因为,在任何事情上,我从来只注意它是否给女士们带来欢乐。可是,夫人,只有当一个院士死了的时候,法兰西学院才真的引起你们的兴趣,院士死得越多,你们大概就越高兴。但为了使他们死得快一些,就必须选举一些年老有病的人当院士。"

看到大家仍然有点错愕不解,他又继续说下去:"老实说,我也和你们一样,很喜欢在巴黎本地新闻中看到院士去世的消息。我心里立刻就想:'谁来补这个缺呢?'于是,我就排名单。这是一种游戏,每当一个永垂不朽的人物③去世的时候,巴黎各个沙龙里就玩起这种有趣的小游戏,人们称之为:'死神与四十个老叟的游戏'。"

夫人们虽然还有些困惑,但脸上已经开始露出笑容,因为杜洛华的话很有道理。

最后,杜洛华站起来,作出结论:

"夫人们,任命院士的是你们,而你们之所以任命他们,只不过是为了能眼看着他们死去。那么,你们就选一些老的,非常老的人当院士吧,而且越老越好。其他的事你们就不必

---

① 洛卜·德·维加(Lope de Vega,1562—1635),西班牙剧作家。
② 指北非诸伊斯兰国家的人。
③ 指法兰西学院院士。

管了。"

说完,杜洛华非常潇洒地转身走了。

他刚走,一位夫人就问:"这个年轻人真有意思,他是谁呀?"

瓦尔特夫人回答道:"他是我们的一个编辑,目前在报馆只干点小差事,但我相信,他很快就会青云直上。"

杜洛华踏着轻快的步子,心情舒畅地沿着马勒泽布大街走去,对刚才这样退场感到很得意,自言自语道:"首战告捷。"

那天晚上,他又与拉歇尔和好了。

第二个星期,他遇到了两件大喜事。首先,他被任命为社会新闻栏主编,其次,瓦尔特夫人邀请他到家里吃晚饭。他一眼就看出这两件事的内在联系。

《法兰西生活报》,首先是一份营利的报纸,老板是一个见钱眼开的人。办报和当众议院议员是他的生财之道。表面假装仁慈,经常笑容满面,但骨子里另有心计。不管什么事情,他都只交给他亲自了解过、考验过和观察过,证明是足智多谋、胆大心细的人去做。他认为杜洛华是不可多得的青年,便任命他做社会新闻栏的主编。

这个职务一直由编辑部秘书布瓦斯勒纳先生担任。这是一个规规矩矩、办事认真、像普通职员那样谨小慎微的老报人。三十年来,在十一家报馆的编辑部当过秘书,但思想方法和办事方式一成不变。他从一个报馆转到另一报馆,仿佛从一家餐厅来到另一家餐厅,饭菜的味道已经不大一样,但他几乎觉察不出。什么政治主张,宗教见解,他一概不管。无论在哪个报馆,他都忠心耿耿,既内行又有经验。工作起来就像一个看不见的瞎子、听不见的聋子,那种不哼不哈、埋头苦干的劲头,简直像头骡子。可是,他有强烈的职业责任感,从他的职业这个特殊角度来看,凡是他认为不正当、不诚实和不正确的事情,他绝对不做。

瓦尔特先生虽然很赏识他,但还是想另找一个人来负责社会新闻。根据他的说法,社会新闻是报纸的精髓,通过它,可以发布消息,传播谣言,对公众和金融施加影响。在报导社交界举行的晚会时,必须装出若无其事的样子,暗示而不明言,把重要的新闻塞进去。必须用含蓄的方法,让人猜出你的弦外之音,借辟谣的机会肯定谣言或者鼓其如簧之舌,使人不相信已经宣布的事实。必须使所有的人每天都在社会新闻这一栏里,至少能看到几行自己感兴趣的消息。这样大家才愿意看。必须考虑到所有事情,所有的人,各个阶层和各行各业。从巴黎到外省、从军队到画家、从教会到大学、从法官到妓女,要面面俱到。

负责社会新闻栏和指挥外勤记者组的人应该头脑清醒,处处小心,不轻信,有远见,狡黠、机敏、灵活、诡计多端、嗅觉灵敏,能一眼辨别消息的真伪,判断出哪些事情该说,哪些不该说,哪些能对公众产生影响,还应该知道如何报导才能产生事半功倍的效果。

布瓦斯勒纳先生虽然从事报业多年,但不够冷静,点子也不多,尤其是天生缺心眼,不会察言观色,猜出老板内心的想法。

杜洛华做这工作是最合适不过了。他可以大大加强编辑部的阵容。这份报纸,根据诺尔贝·德·瓦兰纳的说法,好比是一条船,航行在国家的金融大海之中,经常会遇到政治的暗礁和浅滩。

《法兰西生活报》的幕后操纵者和真正的编辑是半打左右的议员。他们和报馆老板所策划或者支持的所有投机事业都有关系。在众议院，人们称他们为"瓦尔特帮"。大家都羡慕他们，因为他们可以和瓦尔特合伙，或者通过瓦尔特来赚钱。

政治编辑福雷斯蒂埃不过是这些实业家的傀儡，他们意图的执行人。他们授意他写最重要的文章而他总是把文章带回家去写，据他说，家里安静。

但是，为了使报纸具有文学气息和巴黎风味，又聘请了两位以不同形式创作的著名作家，一位是雅克·里瓦尔，时事专栏编辑，另一位是诺尔贝·德·瓦兰纳，诗人兼文艺编辑，或者用新派的说法，是短篇小说家。

此外，还低价雇了一些艺术、绘画、音乐和戏剧方面的评论家，一位刑法学编辑和一位负责赛马专栏的编辑。其他还有一大群花钱雇的各种各样的作者。两位绰号"红衣女"和"素手夫人"的上流社会妇女经常寄来一些有关社交界的花边文章，论述时装、高雅生活、礼貌和处世之道等方面的问题，并报导一些闺秀名媛的秘闻逸事。

驾驶着《法兰西生活报》这艘航船在金融大海与礁石浅滩中前进的就是这样一些形形色色的人。

正当杜洛华为自己任命为社会新闻栏主编而兴高采烈的时候，突然又接到一张刻字的名片，上面写着："瓦尔特先生暨夫人于一月二十日星期四在家中谨备薄酌，敬请乔治·杜洛华先生光临。"

老板在恩宠之上又加恩宠，杜洛华喜出望外，像收到情书似的,拿着请帖吻了又吻。然后,去找出纳商谈有关经费的重大问题。

社会新闻栏的负责人,一般都有个人的专门预算。外勤记者的工资和他们送来的新闻稿的酬金,都从预算中支付。新闻稿的质量就像果农卖给鲜果商人的水果一样,有的是上品,有的却平平。

开始时,每月拨给他一千二百法郎。这笔款,他打算自己留下一大部分。

经他再三恳求,出纳终于同意预支给他四百法郎。他起初想先把欠德·马雷尔夫人的二百八十法郎还掉,但马上又考虑到,这样一来,手里就只剩下一百二十法郎了。这点钱用来搞好他刚担负的工作,是绝对不够的。因此,他决定过些时候再还。

他用了两天的时间来安排布置,因为他在编辑室公用的大房间里接管了一张专门供他使用的办公桌和好几个放信的格子。他占了房间的一头,而年纪虽大,头发仍然乌黑,整天伏案工作的布瓦斯勒纳则占据另一头。

中间那张长桌留给不坐班的编辑。平时作条凳使用,大家垂着腿往上一坐,或者干脆盘腿坐在中央。有时五六个人一起,像中国的瓷娃娃那样盘坐在上面,一个劲儿地玩接木球的游戏。

杜洛华终于也迷上了这种娱乐,而且,在圣波坦的指导下,玩得越来越好。

福雷斯蒂埃的病每况愈下。他最近买了一副用安的列斯群岛出产的优质木料制造的木球,虽然漂亮,可是他嫌它太重,便送给了杜洛华。杜洛华甩开有力的臂膀,耍动那个系在绳端的大黑球,一面低声数着:"一——二——三——四——五——六。"

到瓦尔特夫人家里赴宴的那天,他正好第一次一口气连得二十分。他心想:"今天是个好日子,万事顺利。"因为,在《法兰西生活报》各个办公室里,如果你木球玩得好,说老实话,你的地位就能高人一等。

他很早就离开编辑室,回家换衣服。他沿着伦敦路往前走,忽然看见前面有一个身材矮小的女人,迈着碎步,行色匆匆,姿态很像德·马雷尔夫人。他顿时感到脸上发热,心也怦怦直跳。赶紧穿过马路,想从侧面仔细看看。正好那个女人也停下脚步准备横过马路。原来是看错了人,他长长地舒了一口气。

他常常问自己,万一和她狭路相逢,该采取什么态度?是和她打招呼?还是装作没看见?

"我不会碰见她的。"他心里想。

天气很冷。路旁的污水冻了厚厚一层冰。在昏暗的路灯下,人行道灰蒙蒙的,一片萧索。

杜洛华走进自己的房间,心里想:"我必须换个住处。这间房现在已经不够用了。"他觉得又兴奋,又快活,恨不得跳上房顶乱跑一阵。他离开床向窗口走去,不断高声说道:"难道时来运转了?真的运气来了?我要写信告诉爸爸。"

他经常给父亲写信。他父亲在山间公路旁开一家小酒店,从高高的山坡上可以俯瞰卢昂和宽阔的塞纳河谷。儿子的信总是给这个小小的诺曼底酒店带来极大的欢乐。

杜洛华也经常收到来信。蓝色的信封上用粗笨而颤抖的字体写着他的地址。父亲的信开头千篇一律,总是这几行:

"爱儿,今去信非为别事,乃是告诉你,你母和我身体健康。家乡一切如旧,无大变化。但我还要告诉你……"

杜洛华对村里的事情、邻居的景况、田地和收成,都很关心。

现在,他一面对着小镜子系白领带,一面暗自思忖:"明天一定要写信告诉爸爸。如果他今晚在我去赴宴的那所房子里看见我,老头子准会大吃一惊!哼,我一会儿要吃的那顿晚饭,他一辈子也做不出来。"想到这里,他仿佛突然又看见咖啡店空空的店堂后面那个黑魆魆的厨房。挂在墙上的平底锅发着惨淡的黄光。一只猫蹲在壁炉前,头冲着火,像传说中狮头羊身的怪兽。木桌上布满倾洒的饮料留下的痕迹,黏糊糊的,桌子当中有一个冒着气的汤盆,两个盘子中间点着一支蜡烛。杜洛华看见两个动作迟钝的农民,一男一女——他的父亲和母亲——在小口小口地喝汤。他们苍老的脸上的每一道皱纹,他们的头,他们胳臂的每一个最细微的动作,他都非常熟悉,甚至还知道每天晚上他们面对面喝汤时所说的话。

他还想:"将来不管怎样我也要回去看看他们。"他装束停当,便把灯吹灭,下楼去了。

他沿着环城大街往前走。几个妓女过来和他搭讪,他一面把胳臂挣脱出来,一面对她们说:"滚开!"他的声音带着强烈的蔑视,仿佛她们侮辱了他,看不起他似的……她们把他当成什么人了?这些骚货难道连人也分不清?他身穿黑礼服,到声名显赫、有钱有势的人家里赴宴,觉得自己与以前大不相同,成了另一个人,一个上流社会的人、地地道道的上流社会的绅士了。

他满怀信心地走进被高高的青铜烛台照得通明的前厅,

把手杖和大衣交给迎上来的仆人，态度非常自然。

所有客厅都灯火辉煌。瓦尔特夫人在第二个，也是最大那个客厅接待来宾。她笑容可掬地欢迎杜洛华。杜洛华接着和比他先到的两位先生一一握手，这两个人是菲尔曼先生和拉罗舍-马蒂厄先生，两位众议员，同时也是《法兰西生活报》的匿名编辑。拉罗舍-马蒂厄先生在众议院有很大影响，所以在报馆里有特殊的威望。谁也不怀疑，他总有一天会当部长。

接着，福雷斯蒂埃夫妇来了。女的穿一身粉红色的衣服，十分迷人。杜洛华看见她和那两位全国代表态度亲密，心里不禁吃惊。她和拉罗舍-马蒂厄先生在壁炉旁低声谈了五分多钟。福雷斯蒂埃样子很疲乏，一个多月来，他又瘦了许多。他不停地咳嗽，一个劲地说："今年，我非下决心到南方去过冬不可了。"

诺尔贝·德·瓦兰纳和雅克·里瓦尔同时出现。然后，客厅尽头的一扇门打开了，瓦尔特先生走了进来。和他在一起的是两位十六到十八岁，高身材的少女，一个长得丑，另一个却很漂亮。

杜洛华虽然知道老板有儿女，但这时却也不禁吃了一惊。因为，对他来说，老板的女儿好比那些一辈子也不可能见到的遥远国度，所以很少想到她们。再说，在他想象中一直以为她们是小姑娘，可现在一看却是大人。眼前的变化使他颇有点迷惘感。

经过介绍，她们逐个向他伸出手，然后走到大概是专门留给她们的一张小桌子旁边坐下，开始摆弄放在柳条筐里的大堆丝线轴。

还有客人要来,大家默默地等着,显然有点拘束。这是晚宴前经常出现的现象,因为每个人白天的工作都不一样,所以,此刻的思想情绪也各有不同。

杜洛华没事可做,抬起眼睛看了看墙。瓦尔特先生显然想卖弄自己的财产,隔着很远便对他说:"您在看'我的'油画吗?我给您看。""我的"这两个字说得很响。接着,他拿起一盏灯,让大家看个仔细。

"这些是风景画。"他说道。

壁板中央是一幅基耶梅①的油画,《暴风雨中的诺曼底海滩》。下面是一幅阿尔毕尼②的《森林》,然后是基约梅③的《阿尔及利亚平原》,画的是天边一匹骆驼,身高腿长,像一座奇怪的古代建筑。

瓦尔特先生指着旁边另一面墙,像典礼的司仪那样严肃地宣布:"名家杰作"一共有四幅油画:热尔韦斯④的《医院探视》,巴斯蒂安·勒巴热⑤的《收割的农妇》,布格罗⑥的《寡妇》,和让-保尔·洛朗⑦的《行刑》。这最后一幅画上画的是一个旺代⑧的教士背靠着他教堂的墙,被一队穿蓝军装的共和军执行枪决。

老板表情严肃的脸上掠过了一丝微笑,他指着下面一块

---

① 基耶梅(Guillemet,1842—1918),法国风景画家。
② 阿尔毕尼(Harpignies,1819—1916),法国风景画家。
③ 基约梅(Guillaumet,1840—1887),法国风景画家。
④ 热尔韦斯(Gervex,1852—1921),法国画家。
⑤ 巴斯蒂安·勒巴热(Bastien-Lepage,1848—1884),法国画家。
⑥ 布格罗(Bouguereau,1825—1925),法国画家。
⑦ 让-保尔·洛朗(Jean-Paul Laurens,1838—1921),法国画家。
⑧ 旺代(Vendée),法国省名。一七九三年,王党勾结教会作乱,反对资产阶级革命政权,此地一度成为反革命的巢穴。

护墙板说:"这些是想象派的作品。"大家先是看见让·贝罗①的一幅小油画,名叫《上面和下面》,画的是一个漂亮的巴黎女人正走上行进中的有轨电车的扶梯。她的头刚刚在顶层出现,坐在长凳上的先生们用贪婪而满足的目光看着这张向他们迎面走来的年轻的脸,而站在下面一层的男人则表情截然不同,他们恼恨而又垂涎三尺地盯着这位少妇的双腿。

瓦尔特高举着灯,一面淫猥地笑着,一面不住地说:"怎么样?有意思吗?有意思吗?"然后,他继续解说,"这一幅是朗贝尔②的《救援》。"

一张已经撤去杯盘的桌子中央,蹲着一只小猫,惊讶而困惑地注视着一只掉在水杯里的苍蝇。它抬起一只爪子,想一下子把苍蝇捞起来,但又没有决心,正在犹豫。该怎么办呢?

接着,老板又指给大家看一幅德达伊③的画:《上课》。上面画的是军营里的一个士兵,正在教一只鬈毛狗敲鼓。他说:"构思得多好!"

杜洛华大笑起来,表示同意。他非常兴奋地说:"画得真好,画得真好,画得……"说到这里,他突然听见身后传来了德·马雷尔夫人的声音,便马上把话止住了。德·马雷尔夫人刚刚走进客厅。

老板继续照着墙上的画,一面继续解释。

现在,他给客人看一幅莫里斯·勒鲁瓦④的水彩画《障碍》。画的是一乘轿子停在马路中央,因为有两个巨人般的

---

① 让·贝罗(Jean Beraud,1849—?),法国画家。
② 朗贝尔(Lambert,1825—1900),法国画家。
③ 德达伊(Detaille,1848—1912),法国画家。
④ 莫里斯·勒鲁瓦(Maurice Leloir,1843—1884),法国画家。

平民大汉正在打架,把路堵住了。从轿里探出一张美人的脸,目不转睛地……看着……看着那两个莽汉厮打,既不着急,也不害怕,还带有一定程度的欣赏。

瓦尔特不停地说:"我还有另外一些画,在别的房间,不过都是些不太出名,水平也不太高的画家的作品。这间是我的展览厅。我目前正购买一些年轻的、十分年轻的画家的作品,存放在内室,等以后他们出了名的时候再展出。"

接着,他又悄悄地说:"现在买画正是时候。画家们都饿着肚子,因为他们身无分文,身无分文。"

但杜洛华这时已经什么也看不见,什么也听不进去了。德·马雷尔夫人正站在他背后。他该怎么办呢?如果和她打招呼,她会不会把身子转过去,或者给他一句难堪的话呢?如果不走过去,别人又会怎么想呢?

他想:"且拖过这一阵再说。"他心情非常紧张,甚至产生过这样的念头,想假装突然感到不舒服,借故溜掉。

墙上的画看完了。老板把灯放下,和最后到的那位女客打招呼。只有杜洛华一个人又去看画,装作还没有看够。

他心慌意乱,不知如何是好。他听见大家的声音,知道大家在谈什么。福雷斯蒂埃夫人喊他:"杜洛华先生,请您过来。"他赶紧跑过去。原来福雷斯蒂埃夫人想介绍他认识自己的一位女友。这位女友要举行宴会,想在《法兰西生活报》的社会新闻栏里登一条消息。

杜洛华讷讷地说:"当然可以,夫人,当然可以……"

这时候,德·马雷尔夫人就站在他身旁,他不敢转身走开。

突然,他觉得自己几乎要疯了,因为德·马雷尔夫人竟高声对他说:"您好,漂亮朋友,您不认识我了?"

他霍地转过身来。德·马雷尔夫人正满脸堆笑地站在他面前,用快活而含情脉脉的目光注视着他,并向他伸出手来。

他战战兢兢地握着她的手,担心她会耍什么把戏来捉弄他。但德·马雷尔夫人坦然地说:"您怎么了?最近总看不见您。"

他一下子恢复不了镇静,只好支支吾吾地说:"因为最近事情多,夫人,最近事情多。瓦尔特先生给我一个新差事。把我忙得不亦乐乎。"

"这我知道,可是不能因为这个理由就把您的朋友都忘了。"说这句话的时候,她一直注视着杜洛华。杜洛华发现她的目光里除了善意并无其他。

这时,一个肥胖的女人进来了,他们只好分开。这个胖女人袒胸露肩,红胳臂,红脸颊,衣着和发型都十分讲究,走起路来步子很重,看她走路的样子,几乎可以感觉到她那又肥又粗,沉甸甸的大腿。

看见大家对这位胖女人很殷勤,杜洛华问福雷斯蒂埃夫人:

"这位是谁?"

"佩尔斯缪子爵夫人,笔名叫'素手夫人'。"

杜洛华听了一怔,差点没笑出来:"素手夫人!素手夫人!我心目中还以为是一位像您那样的年轻女子哩!素手夫人难道就是这样?哎呀呀,真是妙极了!太妙了!"

这时,一个男仆来到门口报告:

"夫人,饭准备好了。"

晚饭平淡无奇,但大家都很快活,说东道西。杜洛华的座位被安排在老板丑陋的大女儿萝丝小姐和德·马雷尔夫人之间。虽然德·马雷尔夫人态度非常自然,谈吐也和平时一样有风趣,但坐在这位邻座身旁,杜洛华感到有点不舒服。最初觉得惶惑、拘束和犹豫,像弹走了调的乐师,但后来,逐渐恢复了镇静。两人的目光不断相互接触,彼此询问,和从前一样眉来眼去,非常亲密,几乎到了色眯眯的程度。

突然,他觉得桌子下有什么东西把他的脚蹭了一下。他轻轻地把腿伸过去,碰到了邻座女客的腿,可对方并没有把腿缩回去。这时,他们两人没有说话,都把身子转向旁边的客人。

杜洛华的心怦怦直跳。他把膝盖又往前推了推,感到对方轻轻的压力。于是,他明白,他们马上就要旧情复续了。

他们后来又说了些什么?他们的话不多,但每当他们四目相视的时候,他们的嘴唇就微微发抖。

年轻人想对老板的女儿献点殷勤,偶尔也和她说一两句话。她回答了,像她母亲一样,该说什么就说什么,从不犹豫。

佩尔斯缪子爵夫人坐在瓦尔特先生右侧,举止态度像个公主。杜洛华看着好笑,便低声问德·马雷尔夫人:

"您认识另外那位吗?就是笔名叫'红衣女'的那位。"

"当然认识,您说的是里瓦尔男爵夫人吧?"

"也是一路货?"

"不,但是也一样滑稽。又瘦又高,六十岁,假鬈发,一口英国式的牙齿,复辟时代①的思想,连装束也是那个时代的。"

"这些文坛怪物,他们是从哪里挖来的?"

---

① 指一八一四至一八三〇年,法国波旁王朝复辟时代。

"贵族的残渣余孽总会被资产阶级暴发户收留的。"

"没有其他原因?"

"没有。"

接着,老板和那两位议员,以及诺尔贝·德·瓦兰纳和雅克·里瓦尔之间,发生了一场政治辩论,一直延续到吃饭后甜点的时候才算告一段落。

大家回到客厅。杜洛华又走到德·马雷尔夫人身旁,紧盯着她的眼睛问她:

"今晚我送您回去好吗?"

"不。"

"为什么?"

"因为拉罗舍-马蒂厄先生住在我隔壁,每次我在这里吃晚饭,都是他把我送到门口。"

"我什么时候才能再见到您呢?"

"明天到我家吃午饭吧。"

他们没再说什么就分手了。

杜洛华觉得宴会太单调,不想久留。下楼的时候,他赶上了诺尔贝·德·瓦兰纳。他也刚刚出来。老诗人挽起杜洛华的胳臂。由于已经不必担心报馆里有人会和他竞争,他和杜洛华的工作又各有不同,所以,现在他对这个年轻人像对小孩子那样慈祥。

"怎么,你愿意陪我走一段路吗?"他问道。

杜洛华回答道:"乐意奉陪,亲爱的老师。"

于是,他们沿着马勒泽布大街缓步而行。

那天夜里,巴黎几乎没有行人。寒夜漫漫,似乎比以往更辽阔,更荒凉,星星显得更高。风仿佛从比星星更远的地方吹来一股股冰冷的寒气。

起初,两个人都没有说话。后来,杜洛华为了找点话说,先开了腔:

"那位拉罗舍-马蒂厄先生看样子很聪明,很有学问。"

诗人轻轻说了一句:"你是这样认为?"

年轻人吃了一惊,有点犹豫:"是的。而且大家公认他是众议院最有能力的议员之一。"

"可能。在瞎子的国度里,独眼龙就是国王。所有这些人,你知道吗?都是碌碌庸才,因为他们的头脑被夹在金钱和政治这两堵墙中间。他们都是些学究。亲爱的,和他们什么也谈不来,凡是我们喜欢的东西都没法和他们谈。他们的聪明才智都在污泥下面,或者在化粪池底,就像阿斯尼埃①那段塞纳河的浊水一样。

"唉!要找到一个思想开阔的人真不容易,这种人的思想使你有这样的感觉,好像站在海边上,呼吸到远洋吹来的阵阵海风。我认识过几个这样的人,但他们都死了。"

诺尔贝·德·瓦兰纳说这番话的时候,声调铿锵,但颇有节制,否则,他的声音一定会响彻寂静的夜空。他显得异常激动和忧悒,这种忧悒常常降临到人类的心灵上。于是,人类的心灵便像冰雪覆盖下的大地,发出微微的战栗。

接着,他又说:"既然到头来万事皆空,聪明智慧,多一点或者少一点又有什么关系!"

他没有再说下去。这天晚上,杜洛华心里觉得很快活,他微笑着说:"今天,您有点悲观。亲爱的老师。"

---

① 阿斯尼埃(Asniéres),市镇名,在巴黎西郊。

诗人回答道："我总是悲观的,孩子,若干年后,你也会和我一样悲观。生活就像一个山坡。眼望着坡顶往上爬,心里会觉得很高兴,但一旦登上峰顶,马上会发现,下坡路就在眼前,路走完了,死亡也就来了。上坡很慢,但下坡却很快。人在你这样的年纪都是快活的,有很多希望,但这些希望永远不能实现。到了我的年纪,除了死……就再也没盼头了。"

杜洛华大笑起来："天啊!听了您的话,我的心都凉了。"

诺尔贝·德·瓦兰纳接着又说:"不,你现在并不了解我,但以后你会想起我今天这番话的。

"你要明白,总有一天,而对许多人来说,这一天会来得很早,那时候,用句俗话说,笑也笑不起来了,因为你会看到,在眼前一切的后面,只有死亡。

"唉,你甚至不知道死亡这个词到底意味着什么。在你这样的年纪,死亡这两个字,毫无意义。但到了我的年纪,那就太可怕了。

"是的,不知道是什么原因,也不知道从哪一方面,人们会一下子明白过来。于是,生活中的一切全都变了样。十五年前我就已经感觉到,死亡在折磨着我,就像我怀里揣着的一只老鼠,不断地啃啮着我。我觉得,它一个月又一个月地,每时每刻,都在毁坏我的躯体。我成了一座逐渐坍塌的房子。它使我面目全非,连我自己也难以辨认。三十岁的时候,我是一个神采奕奕、身强力壮的人,可现在,这一切都无影无踪了。我眼看着它逐渐把我满头的黑发变成一堆银丝。多么巧妙,多么恶毒!它夺去了我结实的皮肤、我的肌肉、我的牙齿,我以前的整个身体,留给我的只是一个绝望的灵魂,就连这个灵魂也很快就会被它抢走。

"是的,这个无赖把我零切细剐。它不放过一分一秒,终于缓慢而可怕地完成了毁坏我的躯体这项长期的工作。现在,无论做什么事情,我都感到我正在死亡。走一步就离它近一步。我每一个动作,每一口气都在加速它那可恨的工作。呼吸、睡眠、吃喝、工作、梦想等等,我们所做的一切,都意味着死亡。总之,活着就是死亡!

"唉,这些你将来会明白的。只要你好好思索一刻钟,你就会完全了解。

"你期待什么?爱情吗?再接几次吻,你就精疲力尽了。

"你还期待什么?金钱吗?要钱做什么?为了供养女人?真是艳福不浅!为了大吃大喝变成个大胖子,被风湿症折磨得整夜叫唤?

"你还追求什么?荣誉吗?如果不能以爱情的形式获得荣誉,那荣誉又有何用?

"荣誉之后,又有什么?到头来还不是一死了事?

"现在,我看见死神离我已经很近了,所以我常常想伸手把它推开。死亡充塞天地,无所不在。公路上被碾死的虫豸,树下的枯叶,从朋友胡子里发现的一根白须,都使我心碎,都在向我高喊:'死亡就在这里!'

"死亡破坏我所作的一切。我的所见所闻,我的饮食,以及我所爱的一切,像皎洁的月色,灿烂的朝霞,浩瀚的大海,美丽的河川还有仲夏夜沁人心脾的晚风,统统都被它破坏了!"

诗人缓缓地走着,稍稍有点气喘。他完全进入了梦幻世界,几乎忘记了身旁有人在洗耳恭听。

他继续说道:"人死不能复生,永远不能复生……塑像会留下模子,万物会留下痕迹,根据这些模子和痕迹,可以重新塑造出同样的东西。但我的躯体、我的面孔、我的思想、我的欲望永远不能再现,天地间会有亿万人类诞生,他们在几平方厘米的脸上,都长着一个鼻子、一双眼睛、一个额头、两片面颊和一张嘴,也像我一样有一个灵魂。但我,我却不能复生了。在这无数表面几乎相同,实际上并不一样,完全不一样的生物身上,连一丁点可以辨认出是属于我的东西也看不见。

"有何依凭?向谁呼救?我们能相信什么?

"一切宗教都是愚蠢的。它们宣传的道德观念非常幼稚,它们所许的诺言不仅自私,而且极端无聊。

"唯一可信的,只有死亡。"

他停下脚步,抓住杜洛华大衣领子的两端,慢声慢调地对他说:

"这一切你要好好地想想,年轻人,想它几天,几个月,甚至几年,那时你对生活的看法就不一样了。要设法摆脱一切束缚,要使出非凡的力量,趁活着的时候,从你自己的躯体、你的利益、你的思想,从整个人类中解放出来,看看别的地方。那你就会明白,浪漫主义者和自然主义者之间的争吵和财政预算的讨论简直是无足轻重。"

说到这里,他又走了起来,脚步稍微加快了一些。

"但同时,你会感到绝望者那种可怕的苦恼。你惊慌失措,六神无主,茫然地挣扎。你向四面八方高喊'救命',但没有人回答。你伸出双手,恳求别人援助你、爱你、安慰你、拯救你,但谁也不会来。

"我们为什么这样痛苦呢?毫无疑问,因为我们生来本应根据物质的条件,而不是按照精神的条件去生活,但是,由于我们不断思索,我们日益增长的聪明才智和我们生活的一成不变的条件之间就出现失调的现象。

"看看那些庸碌之辈吧。除非大难临头,祸从天降,否则他们总是十分满足,对世上的不幸没有任何痛苦之感。飞禽走兽也是这样。"

他又停下来,想了一会儿,然后带着厌倦和听天由命的神情,说道:

"我嘛,我是一个没有希望的人。我没有父母,没有兄弟姊妹,没有妻子儿女,也没有上帝。"

停了一会儿,他又说:"我只有诗的韵律。"

接着,他仰望苍穹,对着中天的皓月高声朗诵:

> 冷月孤悬,长天辽阔而暗淡,
> 我上穷碧落,寻找这道难题的答案。

说话间,来到了协和大桥。他们默默地过了桥,沿着波旁宫走去。诺尔贝·德·瓦兰纳又说话了:"结婚吧,我的朋友,你不知道,到了我这样的年纪,独身是什么滋味。现在,孤独使我无比忧伤。晚上,我对着炉火,独守空房,似乎大地上只有我一个人,孑然一身,周围隐隐约约充满难以捉摸的危险和可怕的、见所未见的东西。我不认识我的邻居,我们之间只有一墙之隔,但此刻我感到他离我之远,仿佛窗外天际的繁星。我浑身发热,既痛苦又害怕。四壁没有任何声响,更增加我恐惧的心理。这种寂静,这种独身者房中所特有的寂静,既深沉又凄凉。不仅肉体周围一片死寂,灵魂周围也是一片死寂。每当一件家具发出轻微的干裂声,你的身心便会一阵颤抖,因为在这死一样沉寂的空房里,谁也意料不到会发出任何声音。"

说到这里,他又停了一会儿,然后继续说:"当一个人老了,有几个孩子总是好的。"

他们说话间来到了勃艮第大街中间的地段。诗人在一幢高大的楼房前面停下,揿了揿门铃,然后和杜洛华握手,对他说:

"年轻人,忘掉老年人这些啰嗦的废话,按照你的年龄去生活吧。再见!"

说罢,便在黑暗的走廊里消失了。

杜洛华心情沉重地踏上归途。仿佛刚才别人指给他看了一个白骨累累的深坑,他自己总有一天难免也要掉进这个坑里去。他低声自语道:"活见鬼,在他家里一定也高兴不了。即使让我舒舒服服地坐在剧场包厢的扶手椅上,看他谈的这一幕幕景象,我也不干,去他的吧!"

这时候,一个浑身洒满香水的女人从马车上下来,正往家里走。他停住脚步,让这个女人走过去,一面贪婪地使劲呼吸她身上散发出来的马鞭草和蝴蝶花的香水味。他的心脏和肺叶突然颤动起来,充满希望和欢欣,对德·马雷尔夫人的想念不禁油然而生。明天又可以见到她了。

他一切顺利,生活张开慈爱的臂膀欢迎他。多好呀,希望已经变成了现实!

他满心欢喜地入睡了。第二天,他很早起床,步行到布洛涅森林大道转了一圈,然后赴约会去了。

风向变了,夜里,天气稍稍暖和了一点,现在空气湿润,阳光普照,好像已经到了四月。晴朗明媚的天空召唤着森林的常客。这天早晨,他们全都出来了。

杜洛华慢慢地走着,尽情吮吸着像春天糖果般香甜的空气。他穿过星形广场的凯旋门,踏上林荫大道,在骑马散步的人对面走着。看见那些男女骑士,有的策马小跑,有的纵辔奔驰。他们都是上流社会的有钱人,但现在,杜洛华却并不十分羡慕他们。他几乎知道他们所有人的名字、他们财产的数目和他们生活的秘史,因为他所担任的职务使他对巴黎的名人和巴黎社会的丑闻了如指掌。

女骑手们过来了。她们身材苗条,穿着绿色紧身的呢料服装,面部带着许多妇女在骑马时常有的那种高傲和难以接近的神态,杜洛华像在教堂里默诵祈祷文那样,津津有味地默数着她们过去的情人或者现在传闻中情人的名字、头衔和职务。有时,他并不这样数:

德·唐克莱男爵,

图尔-昂格朗亲王,

而是低声念叨:属于莱斯博斯的有:

滑稽歌舞剧院的路易丝·米绍

歌剧院的萝丝·马克婷。

他觉得这种游戏很有趣,仿佛看到了在人类的岸然道貌之下,不过是永恒而丑恶的男盗女娼。发现这一点,他心里感到快乐、兴奋,甚至安慰。

于是,他高喊了一句:"一帮伪君子!"

说着,他用目光在骑马的绅士中寻找丑闻最多的那几位。

他看见许多在赌博中有作弊嫌疑的人。对他们来说,不管怎样,俱乐部是重要的收入来源,唯一的生财之道,当然是不正当的生财之道。

另外一些人很有名,但完全靠妻子的年金过活,这是人所共知的事实；还有一些人，据说靠情妇供养。许多人把欠债还清了（这是值得称道的事），但谁也猜不出还债所必需的钱他们是从哪里弄来的（这倒是值得怀疑的秘密）。他还看见一些金融界的人物，他们拥有巨大的财富，但都是偷盗所得。他们到处受人款待，最高贵的家庭也把他们待如上宾。还有一些人非常受人尊敬，看见他们经过，小市民们便纷纷脱帽行礼，但他们在国营大企业中无耻的舞弊行为，对知道内情的人来说，已经不是什么秘密。

所有这些人态度都十分傲慢，嘴角流露出骄矜，目光更是飞扬跋扈。有的留着络腮胡子，有的则蓄着髭须。

杜洛华一面笑，一面不住地说："真卑鄙！好一群酒色之徒！一伙强盗！"

正在此时，一辆低矮而漂亮的敞篷马车，由两匹苗条的白马拉着，飞驰而来。马鬃和马尾迎风飘荡。驾车人是一位金发少妇，当时的名妓，身后还坐着两个青年马夫。杜洛华停下脚步，真想对这个爱情的暴发户致敬，喝彩，因为她敢于在这个贵族伪君子们散步的地点和时间，把自己在枕席之上获得的奢侈豪华大胆地展现出来。也许，杜洛华觉得，他和这位金发少妇之间有某些共同之处，有一种天然的联系，是同一类人，有着共同的灵魂。他未来的成功大概也会采取同样的大胆手段。

他又慢步踱了回来，心里暖乎乎的，非常高兴。他比约定的时间提前到达他旧日情妇的门口。

德·马雷尔夫人殷勤地接待他，向他献上自己的双唇，好像他们之间从来不曾出现过裂痕。有一阵子，她甚至对他们之间的温柔爱抚忘记了采取明智的谨慎态度。她一面亲吻着杜洛华卷曲的胡子尖,一面对他说:"亲爱的,你不知道我现在心里有多烦。我本来打算好好度一个蜜月,不料我丈夫请假回来,我不得不辛辛苦苦陪他六个星期。但我不愿意六个星期见不着你,尤其是那次吵过之后。所以我作了这样安排,星期一,我们请你来吃晚饭。我已经在他面前谈到过你。我把你介绍给他。"

杜洛华犹豫不决,觉得有点为难,因为占有一个人的妻子而又要和这个人见面相处,这种情形,他还从来没经历过,担心哪怕一点点的拘束,一个不慎重的眼神,或者其他什么动作,会使自己露出马脚。他讷讷地说:

"不,我想还是不认识你丈夫的好。"

德·马雷尔夫人非常惊讶地站在他面前,睁着一双天真的眼睛,一再坚持道:

"为什么?有什么好奇怪的?这样的事天天都有!真没想到你会那么傻!"

杜洛华受不了,只好说:"那好吧,我星期一来吃晚饭。"

她又说道:"为了装得自然,我请福雷斯蒂埃夫妇也来。其实,我并不喜欢在家里招待客人。"

星期一以前那段时间,杜洛华并没把这次会见放在心上。但当他踏上楼梯,往德·马雷尔夫人家里走的时候,心里突然翻腾起来。并不是因为他厌恶和这位丈夫握手,喝他的酒,吃他的面包,而是由于胆怯,究竟害怕什么,他自己也不知道。

他被引进客厅,像从前那样等着。不久,房间的门开了,一位身材高大、胸前挂着勋章、态度严肃、衣着整齐的白胡子男人,彬彬有礼地朝他走来:

"我妻子经常在我面前谈起您。能认识您,我很高兴。"

杜洛华迎上前去,竭力装出非常诚恳的样子,使劲握着主人伸给他的手。但坐下来以后,却找不出话说。

德·马雷尔先生往壁炉里添了块木柴,问道:

"您干新闻工作已经很久了吗?"

杜洛华回答:"只不过几个月。"

"啊!您升得真快。"

"是的,相当快。"接着,他便天南海北地谈了起来,对谈话的内容并没有多加思索,无非是一些彼此不了解的人在一起常谈的无关重要的琐事。现在,他已经定下心来,开始觉得这种场合十分有趣。看着德·马雷尔先生那张严肃而可敬的脸,真想开怀大笑,心想:"你呀,我让你戴上绿帽子了,老兄,我让你戴上绿帽子了。"他感到一种恶意的满足,像一个成功地偷到了东西,又没有被人怀疑的小偷那样满心欢喜。骗子得了手,心里总是感到美滋滋的。他忽然产生一种欲望,想成为这个人的朋友,取得他的信任,要他推心置腹,把生活的秘密全部吐露出来。

德·马雷尔夫人突然走了进来,用笑眯眯而又令人捉摸不透的目光瞥了他们一眼,径直向杜洛华走去。杜洛华当着她丈夫的面,不敢像往常那样吻她的手。

她安详而快活,对一切似乎都已司空见惯。她从天生的狡黠心理出发,认为这次会见是件自然而又简单的事。这时,洛琳也出来了,她比平时更乖巧,走到杜洛华面前,把额头伸给他,因为父亲在场,她显得有点胆怯。她母亲对她说:"怎么,今天你不叫他漂亮朋友了?"孩子的脸一下子红了。好像别人说漏了嘴,透露了一件不该说的事情,揭发了她不该有的隐私似的。

福雷斯蒂埃夫妇到了。大家看见查理的样子,不禁大吃一惊。刚刚一个星期,他就瘦了许多,脸色苍白得吓人,而且还不住地咳嗽。他宣布,遵照医生的嘱咐,下星期四,他们夫妇到戛纳①去疗养。

他们很早就告辞了。杜洛华摇摇头,说道:

"我看他情况不妙,活不了多久。"

德·马雷尔夫人泰然地表示同意:"噢,他完了!他总算运气好,讨到一个像他妻子那样的女人。"

杜洛华问道:"他妻子帮了他不少忙吧?"

"什么都是他妻子干的。这女人什么都知道,表面看,她谁都不见,但实际上谁都认识。她要什么就有什么,不管什么时候,用什么方式。啊!这个女人比谁都聪明,比谁都能干,比谁主意都多。对一个想飞黄腾达的男人来说,她真是个宝贝。"

杜洛华又问:"她大概很快又会结婚的吧?"

德·马雷尔夫人回答说:"当然。她心目中已经有了人选,……一个议员……这一点我并不觉得奇怪……除非这位议员不愿意……因为……因为……也许会遇到很大的障碍,道德方面的……,就是这样,我也不知道。"

德·马雷尔先生渐渐不耐烦了,嘴里嘟囔着:

"你总让人东猜西猜,去想一大堆我不喜欢的事。我们还是少管闲事的好。我们自己的事就已经够我们操心的了。这对任何人来说,都应该是一个原则。"

杜洛华告辞走了。他心里很乱,脑子里充满模模糊糊、还

---

① 戛纳(Cannes),法国南部滨海城市,疗养胜地。

没定型的打算。

第二天,他去拜访福雷斯蒂埃夫妇。他们正在准备行装。查理躺在长沙发上,做出呼吸很困难的样子,不住地说:"我一个月以前就该走了。"接着,他就报馆的工作给了杜洛华一连串的嘱咐。其实,一切他都和瓦尔特先生商量和安排好了。

乔治走时,使劲握住朋友的手,对他说:"好了,老朋友,希望很快就能再看到你!"

福雷斯蒂埃夫人送他到门口,他热诚地对她说:"您没忘记咱们的誓约吧,咱们既是朋友,又是伙伴,对吗?所以,不管在哪方面,如果您需要我的话,可千万别犹豫啊。一个电报,或者一封信,我就唯命是从。"

她低声说:"谢谢,我不会忘记的。"说这句话的时候,她的目光也在向他表示感谢,不过显得更深沉,更温柔。

杜洛华下楼时,遇见了慢步走上来的沃德雷克先生。他在她家里已经见过这位伯爵一面。但今天这位伯爵满面愁容,难道是因为福雷斯蒂埃夫妇要走的缘故?

新闻记者想表现自己的绅士风度,便殷勤地向他施礼。

对方也很客气地还了礼,但态度却有点傲慢。

星期四晚上,福雷斯蒂埃夫妇动身走了。

七

查理走后，杜洛华在《法兰西生活报》编辑部中的地位变得更重要了。签发社会新闻的时候，他在几篇主要的文章后面署上自己的大名，因为，老板要求每一个人都对自己的文章负责。杜洛华和别人进行了几次论战，都能应付裕如。由于经常和政治家们来往，他逐渐也变成一个能干而敏锐的政治编辑了。

他只有一个眼中钉，就是一份和他闹对立的小报。这份小报不断攻击他，其实是想通过他来攻击《法兰西生活报》的主编。这份小报名叫《笔报》。根据该报一位匿名编辑的说法：瓦尔特先生的社会新闻栏所登载的完全是危言耸听的消息。于是，它每天都进行恶意诽谤，尖酸刻薄，含沙射影，无所不用其极。

一天，雅克·里瓦尔对杜洛华说："你真沉得住气。"

杜洛华喃喃地说："有什么办法？又不是直接攻击。"

但是，一天下午，他走进编辑室的时候，布瓦斯勒纳递给他一份《笔报》，对他说：

"瞧，又有一篇针对你的按语。"

"啊！什么内容？"

"没什么，关于一个名叫奥贝尔的女人被风化警察逮捕的事。"

杜洛华接过递给他的报纸,看见一条标题:《杜洛华在开玩笑》,下面写道:

> 《法兰西生活报》鼎鼎大名的记者杜洛华今日扬言,本报所载臭名昭著的风化警察曾派员逮捕一位名叫奥贝尔女士一事纯属捏造。但奥贝尔女士确有其人,住蒙马特尔区埃居勒伊大街十八号。其次,瓦尔特银行的代理人对一贯包庇他们的警察局长的代理人表示支持,到底出于何种动机,能获得何种利益,我们完全清楚。至于上文提到的那位记者,他最好还是给我们报导一些只有他才知道其中底蕴的激动人心的好消息,像第二天就被人辟谣的某某人死亡的消息啦,无中生有的战斗新闻啦,某某国王根本没有作过的重要讲话啦,总之,一切符合"瓦尔特利益"的新闻,或者披露一点交际名花在晚会上的某些风流轶事,宣传一下对我们某些同行极为有利的某些优秀产品等等。

年轻人看罢不仅愤怒,而且感到吃惊,知道这里面有些东西对自己非常不利。

布瓦勒斯纳又问:"这条消息是谁给你的?"

杜洛华苦苦思索,想不起来,后来突然记得了:

"啊!对!是圣波坦。"说完,他把《笔报》那篇文章又看了一遍。忽然脸涨得通红,对别人指责他被收买,感到很气愤,大嚷道:

"什么?我被人收买……"

布瓦斯勒纳打断他的话说:"当然,这真够你头疼的。老板很注意这个问题。社会新闻栏里经常会发生这类事情……"

恰巧圣波坦走进来,杜洛华跑过去问他:

"你看见《笔报》那篇按语了吗?"

"看见了,我刚到那位名叫奥贝尔的女士家去过。这位女士,确有其人,但没有被捕。那个谣言毫无根据。"

杜洛华立即跑去找老板。老板态度冷淡,目光流露出怀疑。听杜洛华把事情讲完以后,他回答道:"你亲自到这位女士家里去一趟,然后辟谣,想办法使别人不再写类似的攻击你的文章。我说的是以后,因为这对我们的报纸、对我和对你,都是件麻烦事。一个新闻记者,像恺撒的妻子一样,不应该让人有一丝一毫的怀疑。"

杜洛华请圣波坦作向导。他们跳上一辆出租马车,杜洛华大声对车夫说:"蒙马特尔区,埃居勒伊大街十八号。"

他们去的地方是一幢大楼,要爬六层楼梯。一个穿着羊毛上衣的老妇人走来开门。她一眼看见了圣波坦,便问:

"您又来干什么?"

圣波坦回答道:"我带来一位便衣警察,他想了解关于您的那件事。"

老妇人一面把他们引进屋里,一面说:"您走了以后,来了两个人,说是一家报馆的,我也不知道是哪家,"说着,她转过身来问杜洛华,"是这位先生想了解吗?"

"是的。您是不是被风化警察逮捕过?"

老妇人高举双臂说:"从来没有过,先生,从来没有过的事。事情是这样的:我常到一个肉铺买肉,卖肉的态度挺好,可肉总不够分量。我常常发现,但什么也没说。那天,因为我女儿和女婿要来,我到他铺子里买两磅排骨,我发现,他净给些碎骨,说老实话,排骨倒是排骨,但不是我要的那种。再说句老实话,这些碎骨只可以做杂烩,但我买的是排骨,给我一些乱七八糟的碎骨可不成。所以我不干。他就骂我是老耗子,我也骂他是老骗子。总之,我们吵得不可开交,铺子前面围了一百多人,一边看,一边笑个没完。后来,招来了一个警察,他要我们到警察局说理。我们去了。后来,又把我们轰了出来。从此以后,我就到别的铺子买肉。为了避免争吵,我甚至不从他的门口走过。"

老妇人讲完了。杜洛华问道:"这就是全部经过?"

"先生,这就是事情的全部真相。"说着,老妇人递给他一杯黑茶藨子酒。杜洛华没有喝。老妇人一定要他在报告里写上卖肉的不给足斤两的事。

回到报馆以后,杜洛华便提笔写了答辩。

> 《笔报》的一个无聊文人从身上拔下一根鹅毛①舞文弄墨,对我横加攻击,就一位老妇人的问题大做文章,说什么老妇人曾被风化警察逮捕。我可以肯定,根本没有此事。我亲自走访了奥贝尔女士,这位至少有六十岁的女士向我叙述了她与一个肉店老板因排骨问题发生口角,不得不到警察局解决纠纷的详细经过。
>
> 这就是事情的全部真相。
>
> 对该《笔报》编辑的其他含沙射影的中伤,我一笑置之。此等不署名的攻击,我向来不屑作答。
>
> 乔治·杜洛华

---

① 十九世纪末,欧洲人仍然削鹅毛为笔,蘸墨水写字。鹅又是愚笨的象征,有"笨得像鹅"的说法,此句语义双关,有挖苦的意思。

正好里瓦尔也来了,他和瓦尔特都觉得这样写已经够了,于是,决定当天发排,登在社会新闻栏后面。

杜洛华很早就回家了。他心里有点焦灼,也有点忐忑不安。对方会怎么回答呢?这个人到底是谁呢?他为什么这样粗暴地攻击我呢?按照新闻记者的急脾气,这种蠢事会越闹越大。他一夜没有睡好。

第二天,他把他那篇登在报纸上的东西又看了一遍,觉得印出来比手写更咄咄逼人。心想,某些词句应该缓和一些才对。

整整一天,他心神不定,晚上又没睡好。一清早就起来去买当天的《笔报》。报上该有反驳他的文章了。

天气又变冷了。大地冰封,污水沟里的水,边流边冻,沿着人行道铺开两条冰带。

报亭里的报纸还没有来。杜洛华回想起他的《非洲从军行》第一次见报的情形。他手脚都冻僵了,疼得很,尤其是指尖。于是,他绕着四面嵌着玻璃的报亭跑了起来。报亭里那个卖报女人蹲在脚炉上。从窗口望进去,只看见羊毛斗篷里露出她那冻得通红的鼻子和面颊。

送报人终于把大家盼望的那捆报纸从玻璃窗开口处塞了进去。卖报的女人,把一份翻开的《笔报》递给杜洛华。

他匆匆看了一眼,寻找自己的名字。起初什么也没看见。正想透一口气的时候,突然发现两个破折号之间,有这样一段文字:

《法兰西生活报》的杜洛华先生登了一则辟谣的消息。但是,在否定我们的说法的同时,他本人就撒了谎。

他倒是承认奥贝尔女士确有其人,并且曾经被带到警察局。因此,只消在警察局这个词前面加上"风化"二字,事实便完全和我们说的一样了。

某些新闻记者的良心和他们本人的才能是完全一致的。

顺告一声,本人名叫路易·朗格拉蒙。

杜洛华心跳得很厉害。他跑回家穿衣服,连自己也不知道在做什么。别人既然侮辱了他,他就不应该再有所犹豫。到底为什么?没有任何原因。只不过因为一个老妇人和一个肉店老板吵架。

他匆匆把衣服穿好,便去找瓦尔特,尽管当时只不过是早上八点。

瓦尔特先生已经起床,正在看《笔报》。看见杜洛华,他把脸一沉,说道:

"你不会后退吧?"

年轻人没有回答。经理又说:

"你立即去找里瓦尔,让他负责替你出面安排。"

杜洛华低声嘟囔了几句,然后转身到里瓦尔家去了。那位专栏编辑还在睡觉。听见铃响,一骨碌爬起来。看完那条新闻以后,说道:

"活见鬼,不去不行了。另外那位证人你打算找谁?"

"我,我不知道。"

"布瓦斯勒纳,你看怎样?"

"好,就找布瓦斯勒纳。"

"你剑术好吗?"

"一点也不好。"

"哎呀！真糟糕！手枪怎么样？"

"会一点。"

"好吧。你去练练，其他一切事由我来管。你等我一分钟。"

他走进盥洗室，很快又走了出来，脸洗了，胡子也刮了，穿得整整齐齐。

他住在一个小旅馆的楼下。现在，他把杜洛华带到地下室。这个地下室很大，朝街的窗口全部堵死，成了练习击剑和射击的场所。

沿墙有一排煤气灯，一直通到第二间地下室的另一端。他把这些煤气灯依次点着。地下室里矗立着一个涂着红蓝两色的铁人。里瓦尔把一对从后面上子弹的新式手枪放在桌上，然后开始喊口令，声音简短有力，仿佛就在决斗场上。

"准备好了？"

"放！——一、二、三。"

无精打采的杜洛华只好服从。他抬起胳臂，瞄准，然后扣动扳机。他在少年时代常常用他父亲的老式马枪在院子里打鸟，所以现在他多次击中假人的肚子。里瓦尔满意地说："好……好极了……好极了……你一定行……你一定行。"

说完，他就走了。临走对杜洛华说：

"就这样练下去，一直到十二点。子弹在这里。打完了也没关系。到吃午饭的时候，我来接你，并把消息告诉你。"

说完，他走出了地下室。

杜洛华一个人又打了几枪，然后，坐下来，开始思索。

干这样的事真是太愚蠢了！到底能证明什么？一个骗子经过决斗之后，难道就不是骗子了？一个被侮辱的正人君子和一个坏蛋拼命有什么用？他在黑暗中左思右想，回忆起诺尔贝·德·瓦兰纳那番话，他说，人类思想贫乏、志趣平庸，道德也很幼稚。

杜洛华大声说道："妈的，他的话真有道理！"

他觉得口渴，听见背后有滴水的声音，看见一个带喷头的装置，便把嘴凑过去喝水。喝完又继续想。地下室阴森森的，跟坟墓一样。隐隐约约传来马车驶过的隆隆声，好像远处暴风雨的震颤。现在到底是几点钟呢？在地下室里，时间过得像在监狱里一样慢。监狱中既没有报时的钟，也没有任何标志时间的东西，只有看守按时把饭送来。杜洛华等了很久，很久。

突然，他听到了脚步声和说话声。里瓦尔回来了。和他一起的还有布瓦斯勒纳。他一见杜洛华便大叫道："一切都解决了！"

杜洛华以为收到了道歉信，事情已经了结。高兴得心里怦怦直跳，讷讷地说："噢！……谢谢。"

这位专栏编辑接着又说："朗格拉蒙这人真痛快，我们所有的条件他都接受。距离二十五步，听口令抬胳膊各放一枪。从下面甩臂向上打比从上往下打要准得多。喂，布瓦斯勒纳，刚才我是这样说的吧。"

他拿起武器，放了几枪，把如何抬胳膊更能取得直线的做法，表演了一番。

然后，他说："现在咱们去吃午饭吧，十二点都过了。"

他们来到隔壁一家饭馆。杜洛华一句话也不说，只是埋头吃饭，装出毫不害怕的样子。吃完饭，他陪布瓦斯勒纳到报馆。他心不在焉，机械地处理日常工作。大家都觉得他很勇敢。

下午快过了一半的时候,里瓦尔走来,和他握手。两人说好,证人第二天上午七点坐马车到他家接他去韦济内森林。决斗将在那里进行。

这一切进行得如此突然,他既没有插手,没有说一句话,也没有发表过意见,表示接受或者反对。而且,一切安排得这样迅速,使杜洛华目瞪口呆,心里害怕,却又不十分明白周围发生了什么事情。

布瓦斯勒纳对他忠心耿耿,整整一天没有离开他。杜洛华和他一起吃了晚饭,九点左右,回到自己家里。

等屋子里只剩他一个人的时候,杜洛华急促地大步在房间里来回踱了好几分钟,只觉得心乱如麻,什么也思考不了。脑子里只有一个念头:明天决斗。心里茫无头绪,只感到异常不安和激动。他以前当过兵,向阿拉伯人开过枪,但那时候有点像在狩猎中打野猪,对他没有多大危险。

总之,该干的他都干了,也做出了应有的表现。将来,人们一定会谈到这一点,也一定会同意和赞扬他的做法。想到这里,他的思想仿佛受到强烈的震动,大喊一声:"此人真是蛮不讲理!"

他坐下来,开始思索。刚才里瓦尔已经把他对手的名片交给他,好让他把地址记住。当时他把名片扔在自己的小桌子上。现在他又拿起来看。一天之内,他已经看过十二次了。名片上只写着:路易·朗格拉蒙。蒙马特尔街一百七十六号。除此以外,什么也没有。

他仔细端详排在一起的这几个字,觉得很神秘,字的意义也非常令人不安。"路易·朗格拉蒙",这到底是谁呢?他有多大年纪？身材多高？长得怎样？一个你所不认识的陌生人，纯粹出于任性，突然毫无道理地，为了一个和肉店老板发生过争吵的老妇人而扰乱你的生活，这怎能不叫人气愤呢？

他又高声说了一句："此人真是蛮不讲理！"

说完，他待在那里，一动不动地思索着，眼睛始终盯着那张名片。越看这张纸片就越生气，在愤怒和仇恨之中还掺杂着一种异样的难受。简直岂有此理！他拿起桌上放着的一把修指甲的剪子，往名片上印着的名字一戳，像是扎进了一个人的身体。

这样说来，他真的要去决斗，用手枪决斗了？为什么早不选择用剑呢？如果用剑，胳臂上或者手上被刺一下也就完了，用枪的话，谁知道会产生什么样的后果呢。

他说道："算了，应该勇敢一点。"

他被自己的声音吓了一跳。他看看周围，觉得自己太紧张了。于是，喝了一杯水，上床睡觉。

一上床，他便吹熄了灯，把眼睛闭上。

虽然房间很冷，但他盖着被却觉得很热，怎么也睡不着。他辗转反侧，仰面朝天躺了五分钟，然后又侧躺，从左侧转到右侧。

他还觉得渴，便起来喝水。突然感到一阵不安："难道我害怕了？"

为什么房间里每一个熟悉的声响都使他的心像疯了似的怦怦直跳？连杜鹃钟报时前发条的轧轧声，也把他吓得一哆嗦，他胸口发闷，只好张开嘴，长长地透了几口气。

于是，他像哲学家那样对这种现象作了一番解释。"我会害怕吗？"

当然不会。他不会害怕,因为他已经决定干到底,已经立志决斗,绝不发抖。但他还是非常紧张,于是,他问自己:"害怕会不会是不由自主的呢?"这种怀疑攫住了他的心,变成了不安和恐惧!如果一种比他的意志更强大的力量,一种压倒一切的,难以抗拒的力量把他征服了,那么,会发生什么事情呢?是呀,会发生什么事情呢?

毫无疑问,既然他愿意决斗,他就一定去。但是,如果他发抖了,吓得失去了知觉,那又怎么办?于是,他想到他的地位、名誉和前途。

突然,他感到一种迫切的需要,想起床照照镜子。于是他又点着了蜡烛。当平滑的镜面照出他的面容时,他几乎认不出自己了,仿佛从来没见过似的。他的眼睛看上去非常大,脸色苍白,是的,他脸色苍白,苍白极了。

猛然,一种想法像子弹一样钻进他的脑海:"明天这个时候,也许我已经死了。"想到这里,他的心又剧烈地跳了起来。

他转身看了看床,好像清楚地看见自己仰面朝天躺在刚离开的被窝里。脸凹进去像死人一样,白白的双手一动不动。

他怕他的床。为了不再看到这张床,他把窗子打开,向外面看。

一股寒气吹了进来,像刀子一样吹得他浑身发痛,他倒吸了一口冷气,连忙后退。

他忽然想生火,便慢慢地把火拨旺,但不敢回头看。他的手不管碰到什么东西,都神经质地微微颤抖。他头昏眼花,天旋地转,思想断断续续,捉摸不定,痛苦极了。脑子里糊里糊涂,像喝了酒一样。

他不断问自己:"我该怎么办?我会变成什么样子?"

他又踱了起来,一面机械地反复说:"我必须坚强,非常坚强。"

他又自言自语道:"我要写信告诉爸爸、妈妈,如果发生意外……"

他又坐下来,拿起一叠信纸,写道:"亲爱的爸爸,亲爱的妈妈……"

写完,又觉得在这悲壮的气氛下,这种字眼未免太不严肃,便把第一页撕掉重写:"亲爱的父亲,亲爱的母亲:天一亮,我就要去决斗了。我可能会……"

他不敢继续往下写,猛地站了起来。

现在,有一种思想紧紧压在他的心头。他要去决斗了,再也躲不过去了。他心里在想什么?他愿意决斗。他有这种愿望,并且早已下定了决心。但是,他觉得,尽管使出了全部意志的力量,但很可能到时候连走到决斗场的力气也保不住。

他的牙齿不时在嘴里上下打战,发出细微而清脆的声音。他心里想:

"我的对手以前决斗过吗?他是否经常到靶场练习射击?他有名吗?有地位吗?"他从来没听到过这名字。可是,如果这个人不是一位出色的射手,他绝对不会毫不犹豫地一口答应使用这种危险的武器。

于是,杜洛华脑子里想象他们会面的情形,他自己的态度和他对手的姿势。他绞尽脑汁,拼命想象决斗的每一个细节。他似乎忽然看见面前出现手枪那个又小又深的黑魆魆的枪口,一颗子弹就要从这里射出来。

他突然产生一种可怕的绝望情绪,浑身发抖,一阵阵哆嗦。他咬紧牙关,没有喊出声来,他像疯了似的想在地上打

165

滚,想撕东西,想咬。他瞥见壁炉上一个玻璃杯,记起衣柜里还有差不多满满一公升烧酒,因为他保留着军人的习惯,每天早上都要空腹喝上一杯。

他抓住酒瓶,嘴对着瓶口,贪婪地、大口大口地喝,等透不过气的时候才把瓶子放下,一口气喝了三分之一。

不久,他觉得胃里火辣辣的。这种热的感觉顷刻间传到了四肢,使他脑子发木,但心情倒镇定下来了。

他自言自语道:"我有办法了。"这时,他感到皮肤发热,便又把窗子打开。

天色渐明,周围一片宁静。寒气袭人,群星仿佛逐渐隐没在晴朗的天穹后面。深深的铁路壕沟里,绿色、红色和白色的信号灯,也逐渐淡了下去。

第一批机车离开了车库,嘶叫着,前来拖引头班列车。远处,其他机车从沉睡中醒来,不断尖叫呼唤,像四野的雄鸡在打鸣。

杜洛华暗想:"我也许再也看不到这一切了,"他担心自己的感情马上又会变得脆弱,便努力振作起来,"在双方见面以前,什么都不应该想。这是保持临阵不怯的唯一办法。"

他开始梳洗。但在刮脸的时候,他的心一下子又软弱了起来,暗想,这也许是最后一次看到自己的脸了。

他又喝了一口烧酒,把衣服穿好。

以后的时间就更难熬了。他踱来踱去,实际上是竭力想稳定内心的情绪。但是,当他听见有人敲门,便顿时吓得几乎仰面朝天倒在地上,因为精神上的震动实在太大了。敲门的原来是他的证人。来得好早啊!

两位证人身上都裹着厚厚的皮大衣。里瓦尔握了握他这

位被保护人的手,说道:

"天气冷得像西伯利亚一样,"接着又问,"身体怎样?"

"很好。"

"镇定吗?"

"非常镇定。"

"那行。你吃了点东西没有?"

"吃了。现在我什么也不需要。"

为了这个场合,布瓦斯勒纳特意佩上了一枚绿黄两色的外国勋章。杜洛华从未见他佩戴过这个勋章。

他们一起下了楼。一位先生在马车里等他们。里瓦尔介绍说:"勒·布吕芒医生。"杜洛华一面和他握手,一面喃喃地说:"谢谢您。"他想坐到前排座位上,但是,一件硬邦邦的东西使他像弹簧似的蹦了起来。原来是放手枪的匣子。

里瓦尔连声说:"不,往后坐,决斗的人和医生都坐到后面去。"杜洛华终于明白了,便往医生身旁一靠,坐了下去。

两位证人也上了车。车夫策马走了。他知道应该到哪里去。

手枪匣子非常碍事,尤其是妨碍杜洛华,他真不愿看见这个匣子。他试着把它放在背后,又嫌硌着腰;把它竖起来,放在里瓦尔和布瓦斯勒纳中间,又总是倒下来。最后,只好塞在脚底下。

大家都不怎么说话。虽然医生讲了几个故事,但只有里瓦尔和他搭腔。杜洛华本想卖弄一下自己的机智,可是,又怕讲得不连贯,流露出不安的情绪。他忧心忡忡,总害怕自己会发抖。

车子很快就到了野外。现在大概是九点。这是一个严冬的早晨,大自然仿佛是一块又硬又脆、闪闪发亮的水晶。树木披着寒霜,像是渗出了冰雪。大地在脚下轧轧作响。空气很干燥,一点点声音都能传出很远。蔚蓝色的天空像镜子一样明净。太阳在天际运行,虽然明亮耀眼,却是冷冰冰的,不能给冰冻的万物带来任何温暖。

里瓦尔对杜洛华说:"手枪是我在加斯蒂纳·勒内特的店里买来的。他亲自装了子弹。匣子已用火漆封好。再说,这两支枪一会儿和我们对手带来的那两支放在一起抽签。"

杜洛华机械地回答道:

"谢谢你。"

里瓦尔把许多应该注意的地方一一告诉了他,因为他不愿他的被保护人有任何闪失。每一个细节他都反复说好几遍:

"当别人问:'先生们,你们准备好了吗?'你要响亮地回答:'准备好了!'"

"当口令一喊:'放!'你就迅速抬胳臂,不等喊到三,你就开枪。"

杜洛华心里反复念叨着:"当口令一喊放,我就抬起胳臂,当口令一喊放,我就抬起胳臂,当口令一喊放,我就抬起胳臂。"

马车驶进了树林,往右拐进一条林荫道,然后再往右拐。里瓦尔忽然打开车门,向车夫喊道:"那边,顺着这条小路。"马车驶上一条车辙纵横的公路,两旁是矮矮的树丛。树上的枯叶边上结了冰,在微风中颤抖。

杜洛华仍然口中念念有词:

"当口令一喊放,我就抬起胳臂。"他心想,如果马车失事,一切就解决了。啊!要是翻车,那该多好!如果能摔断一条腿……

但是,他看见林中空地的另一头,停着一辆马车,有四位先生正不住地跺脚取暖。他顿时感到呼吸困难,只好把嘴张开。

证人们先下车,后边是医生和参加决斗的人。里瓦尔拿起手枪匣子,和布瓦斯勒纳一道向两个陌生人走去。两个陌生人也正向他们走来。杜洛华看见他们四个人很客气地彼此施礼,然后一起在林中空地上走,时而看看地上,时而又看看树丛,仿佛在找掉在地上或者飞走了的什么东西。他们接着又计算步数,并吃力地把两根手杖插到冻土里。然后他们又聚在一起。从他们的动作来看,像几个孩子在做掷硬币猜正反的游戏。

勒·布吕芒医生问杜洛华:

"您感觉好吗?不需要什么吗?"

"不,什么也不需要,谢谢。"

他觉得自己像疯了一样,仿佛正在睡觉,正在做梦,被一种突如其来的、不可思议的东西团团裹住。

他害怕吗?可能。但他不知道。他周围的一切全变了。

里瓦尔跑回来,满意地悄悄对他说:

"一切就绪。在手枪问题上,咱们运气不错,占了便宜。"

杜洛华对此毫无反应。

别人帮他脱了大衣。他听任摆布。别人又摸了摸他燕尾服的口袋,确信他身上没带任何证件或皮夹子。

他像祈祷一样,心里默诵:"当口令一喊放,我就抬起胳臂。"

随后,他们把他带到一根插在地上的手杖旁边,并交给他一支手枪。他看见面前很近的地方,站着一个身材矮小而大腹便便的男子,秃头、戴着眼镜。这就是他的对手。

这个人他看得很清楚,可他一心只想着这句话:"当口令喊放的时候,我就抬起胳臂,开枪。"正在这个时候,仿佛从很远的地方传来了一个声音,打破了周围的沉寂。这声音问道:

"先生们,你们准备好了吗?"

杜洛华喊道:"准备好了。"

于是同一个声音下令:"放!……"

他只注意这一声,别的毫不理会。他没有任何感觉,什么也不知道,只觉得自己抬起胳臂,用尽全身力量,猛扣扳机。

他什么也没听见。

但很快就看见从自己的枪口,升起了一缕轻烟。他面前那个人依然站着,保持同样的姿势。他还看见对方头上,同样也飘着一缕白烟。

他们两人都开了枪。事情结束了。

他的证人和医生在他身上东摸摸,西拍拍,解开他衣服的扣子,忧心忡忡地问他:

"您没受伤吧?"

他随便回答了一句:

"没有,我想没有。"

朗格拉蒙和他的对手一样,一点伤也没有。里瓦尔不满地低声嘟囔:

"见鬼,用手枪总是这样。不是双方都打不中,就是双方都被打死。什么玩意儿。"

杜洛华一动也不动,心里又惊又喜:"完事了!"他仍然拿着手枪不放,别人只好把枪从他手里夺下来。他仿佛同整个宇宙进行了一场决斗。现在,决斗已经结束。他高兴极了,突然感到浑身是劲,敢向任何人挑战。

两边的证人在一起商量了几分钟,约好当天找个时间碰头,起草这次决斗的记录。然后大家登上马车。车夫在自己的座位上放声大笑,把鞭子甩得啪啪直响,赶着车走了。

他们四个人在街上吃了饭。边吃边谈这件事。杜洛华谈了自己的感受:"我一点也不紧张,毫不紧张。你们大概看得出来吧?"

里瓦尔回答说:"当然,你表现得很出色。"

决斗记录写完后交给了杜洛华,准备登在本地新闻栏上。他看见记录里写着他和路易·朗格拉蒙先生互相开了两枪,感到很奇怪,便有点不安地问里瓦尔:

"可是,我们只开了一枪。"

对方微微一笑:"是一枪……每人一枪……加起来就是两枪。"

杜洛华对这种解释感到满意,便不再坚持。瓦尔特老头拥抱他说:

"好样的,好样的,你保卫了《法兰西生活报》的旗帜,真是好样的!"

当晚,乔治在各主要报馆和大街上各大咖啡馆里露面。他两次遇见他的对手,他也和杜洛华一样,在公共场合露面。

他们彼此不打招呼。如果他们中间有一个人受了伤,他们就会互相握手了。两个人都赌咒说,听见对方的子弹呼啸飞过的声音。

第二天上午十一点左右,杜洛华收到了一个小蓝条:

"上帝,真吓死我了!立即到君士坦丁堡街来吧,让我亲吻你,我的心上人,你真勇敢,我热爱你。——克洛。"

杜洛华如约前往。德·马雷尔夫人纵身投进他的怀里,拼命吻他:

"啊!亲爱的,你知道吗?我今天早上看报的时候,激动极了。啊!给我讲讲。把一切都告诉我。我想知道。"

杜洛华只好把经过情形详细告诉她。她问道:

"决斗前的那个晚上,你准一夜没睡吧?"

"才不哩。我睡得好极了。"

"如果是我,我一定睡不着。还有,到了决斗地点以后呢?快把经过情形告诉我。"

杜洛华作了一番戏剧性的叙述:

"当时,我们彼此面对面地站着,相隔二十步,只有这个房间四倍宽的距离。雅克问我们准备好了没有,接着就喊口令,放。我立即把胳臂抬起来,成一条直线。但我错就错在想瞄准他的头。我那支手枪的扳机很紧,而我平时却习惯用扳机很松的枪,所以,后坐力把子弹抬高了。不过,没关系,也偏不了多少。他呢,他枪法也很好,这混蛋。子弹紧贴着我的太阳穴飞过去。我连它的风声也听见了。"

德·马雷尔夫人坐在他的腿上,用胳臂搂着他,仿佛想分担他的危险。她喃喃地说道:

"噢!我可怜的亲人,我可怜的亲人……"

杜洛华讲完以后,她对杜洛华说:

"你不知道,我已经不能没有你!我非见你不可。但我丈夫在巴黎,很不方便。有时我早上有一个钟头空闲,你还没起床,我本来可以去吻吻你的,但我不愿到你那座讨厌的楼里去。怎么办呢?"

他突然灵机一动,问道:

"这套房间你付多少租金?"

"每月一百法郎。"

"那好,这由我来付。我干脆搬过来好了。我有了新的职位,现在住的那间房不够用了。"

德·马雷尔夫人想了想,回答道:

"不,我不愿意。"

杜洛华很奇怪:

"为什么?"

"因为……"

"这不是理由。这套房间对我再合适不过了。既来之,则安之,我不走了。"

他大笑道:

"再说,这套房间是用我的名义租的。"

但德·马雷尔夫人还是不同意:"不,不,我不愿意……"

"到底为什么?"

她含情脉脉地低声对他说:

"因为你会带女人到这里来,我可不愿意……"

杜洛华生气了:"绝对不会,我向你保证……"

"不,你还是会带女人来的。"

"我向你起誓。"

"真的?"

"真的。以名誉担保。这是咱们的家,只属于咱们两个人。"

她热情奔放地紧紧拥抱他:

"这样,我就愿意了,亲爱的。不过,你要知道,只要你欺骗我一次,哪怕一次,我们就永远不再来往。一刀两断。"

杜洛华又嘟嘟囔囔地赌起咒来。最后谈妥,杜洛华当天就搬过来。这样,只要她经过门口,便可以随时来看他。

随后,她又对杜洛华说:

"不管怎样,你星期天来吃晚饭。我丈夫觉得你很可爱。"

杜洛华受宠若惊地说:

"噢,真的?……"

"真的,你已经把他征服了。还有,你听着,你告诉过我说,你是在乡下一座别墅里长大的,是吗?"

"是呀,怎么啦?"

"那你一定懂点耕作的事了?"

"对。"

"那么,你就和他谈谈园艺和庄稼,他可喜欢这个了。"

"好,我一定忘不了。"

德·马雷尔夫人又拥抱他,吻了他好久,然后才走。这场决斗使她对杜洛华的爱情变得更热烈了。

杜洛华往报馆去,一路上心里想:"真是个怪人!莫名其妙!谁能知道她想些什么,爱什么?她的家庭也够古怪的!也不知是谁异想天开地把那个老头和这个没心没肺的女人配成一对?更不知道这位督察当初出于什么考虑,决定娶这个女学生,简直是个谜!谁知道?难道是出于爱情?"

他终于得出结论:"不管怎样,这个情妇很不错,我如果放弃她,就太愚蠢了。"

八

这次决斗使杜洛华一跃而成《法兰西生活报》领头的几位专栏编辑之一。但是,由于他经常搜索枯肠而毫无所获,所以只好专门大呼小叫地高喊什么世风日下啦,道德沦丧啦,爱国情绪低落啦,法兰西荣誉患了贫血症啦(他想出"贫血症"这个词感到非常得意)。

德·马雷尔夫人具有所谓巴黎人的脾气,好嘲弄,爱怀疑,有时又很天真。她经常嘲笑并一语道破杜洛华那些长篇大论。每遇到这种情形,杜洛华就笑着回答:"你别看不起,将来我出名就靠这些东西。"

他现在已经住进了君士坦丁堡街,把自己的箱子、牙刷、刮脸刀、肥皂等等家当一股脑儿搬了过来。德·马雷尔夫人每星期总要来两三次。来的时候,杜洛华尚未起床。她只消一分钟就把衣服脱掉,带着外面的寒气,浑身哆嗦地钻进杜洛华的被窝。

杜洛华则每星期四都到她家里吃晚饭。同她的丈夫大谈农业,竭力博取他的欢心。由于他自己也对农事很感兴趣,所以他们常常谈得兴高采烈,把他们那位坐在长沙发上打盹的夫人忘到九霄云外。

洛琳有时坐在她父亲腿上,有时坐在漂亮朋友腿上,听着听着也睡着了。

德·马雷尔先生平时事无大小都爱发表议论,新闻记者走后,他总用教训人的口吻说:"这小伙子真讨人喜欢。很有学问。"

二月将尽,早晨,当卖花姑娘拉着车在街上走过的时候,行人已经闻到了紫罗兰的香味。

杜洛华的生活犹如万里晴空,没有一丝乌云。

一天晚上,他回来的时候,发现从门下塞进来的一封信。他看了看邮票,上面有"戛纳"字样。他把信打开,看见信上写道:

> 亲爱的先生和朋友:您不是对我说过,无论在什么事情上,您都可以帮助我吗?现在我有一件令人痛心的事情需要您帮忙。请您快来协助我,别让我在查理临终的时刻一个人留在他身旁。他快死了,虽然目前他还可以起床,但医生告诉我,也许过不了这个星期了。
>
> 我日夜看着这弥留的景象,已经心力交瘁。想到最后的时刻即将来临,便恐惧不已。这样的事情,我只能向您求援,因为我丈夫已经没有亲人。您过去是他的同伴,他曾为您打开报馆的大门。来吧,我求求您。除了您,再也没有人能帮助我了。
>
> 请相信我——您忠诚的朋友。
>
> 玛德莱娜·福雷斯蒂埃于戛纳若丽别墅

一种异常的感觉像一股风吹进了杜洛华的心,他仿佛突然得到了解脱,面前豁然开朗。他低声说道:"当然,我一定去。可怜的查理!我们每个人都免不了这样的结局!"

他把福雷斯蒂埃夫人这封信的内容告诉了老板。老板嘟嚷着,只好同意他去,但是再三说:

"不过要快点回来,我们这里缺不了你。"

杜洛华拍了个电报通知德·马雷尔夫妇,第二天便坐七点的快车动身了。第三天下午四时左右,抵达戛纳。

一个带路的人领他到若丽别墅。别墅坐落在半山坡上一个枞树林里,附近还有许多白色的房子。树林逶迤,从戛纳一直伸展到于昂湾。

别墅并不高,小巧玲珑,是意大利式的建筑。旁边有条公路,曲曲弯弯穿过树林,每一拐弯,都是一幅秀丽的景色。

仆人前来开门,看见杜洛华,不禁失声喊道:

"哎呀!先生,太太等您都等急了。"

杜洛华问:"你主人怎么样?"

"哎呀,不好啊,先生。他活不多久了。"

杜洛华走进客厅,客厅四面挂着粉底蓝花的布幔。窗子又高又大,凭窗外望,城市与大海尽收眼底。

杜洛华喃喃地说:"妈的,这别墅真不错。这些钱,他们是从哪里弄来的?"

这时,传来了一阵裙裾声,他转过身来。

福雷斯蒂埃夫人向他伸出双手说:"您真好,您来了真太好了!"她突然吻了杜洛华一下,然后两个人彼此端详着。

福雷斯蒂埃夫人脸色略显苍白,人瘦了一些,但仍然和从前一样鲜艳。也许由于看上去很娇弱的缘故,显得更漂亮了。她低声说道:

"他可怕极了,您明白吗?他知道自己不行了,便残酷地折磨我。我已经把您要来的消息告诉他了。可是您的箱子呢?"

杜洛华回答说:"我把它存在车站了,因为我不知道您打算要我住哪个旅馆,好离您近一些。"

福雷斯蒂埃夫人犹豫了一下,然后说:

"您就住到这里来吧。再说,您的房间已经准备好了。他随时会死,如果是晚上,您不来,就只有我一个人了。我叫人去取您的行李。"

杜洛华欠身说:"任从尊便。"

"现在,咱们上楼吧。"她说道。

杜洛华跟着她到了二楼。她推开一扇门。杜洛华看见窗子旁边一把扶手椅上,坐着一个死尸般的人,身上裹着厚厚的被子,在晚霞的余晖中,显得面无血色。这个人看着杜洛华。杜洛华几乎认不出他了,只是凭猜想知道他就是自己那位朋友。

房间里有股怪味,一闻就知道有高烧病人,加上汤药、乙醚和柏油的气味,又重又浊,难以名状。肺病患者的房间里经常可以闻到这种气味。

福雷斯蒂埃缓慢而吃力地把手抬起来。

"你来了,"他说道,"你来给我送终。我感谢你。"

杜洛华勉强笑了笑说:"给你送终!这可不是叫人开心的场面,我也不会挑选这样一个机会来游览戛纳。我来一方面是为了看望你,另一方面也想借此机会休息休息。"

福雷斯蒂埃喃喃地说:"你坐吧。"说完,把头低了下去,仿佛陷入了绝望的沉思。

他呼吸短促,喘吁吁地,有时还发出几声呻吟,似乎想提醒别人,他病得多么厉害。

他妻子看见他不说话,便走过来靠在窗前,头向天边点了点,问杜洛华:

"您瞧这个!好看吗?"

展露在他们面前的是一片山坡,点缀着星罗棋布的小别墅,一直延伸到城市的边缘。整个城市横卧在海岸上,呈半圆形,右面是它的头,伸向防波堤,高处是旧城,上面耸立着一个古老的钟楼;左面是城市的脚,伸向科瓦赛特岬角,面对着名叫莱兰的两个小岛。像两个小绿点,嵌在湛蓝的海水里。从高处往下看,两个小岛显得很平,仿佛是水上漂着的两片大树叶。

远处,港湾对岸的地平线上,在防波堤和钟楼上方,黛色的群山在火红的天幕中,描绘出一条古怪而迷人的曲线,峰峦起伏,时圆时尖,有时呈钩形,最后是一座金字塔形的大山,居高临下,直泻大海。

福雷斯蒂埃夫人指着那座山说:"这就是埃斯特莱山。"

灰暗的山峦背后是一片血红的晚霞,金光闪闪,绚丽夺目。

面对这种宏伟的日落景象,杜洛华不禁目眩神迷。他找不到适当的形容词来表达心中的赞美,只好喃喃地说:

"啊!是呀,这太美了!"

福雷斯蒂埃抬起头,对妻子说:

"让我透透气吧。"

他妻子回答说:"你要小心,天太晚了,太阳下山了,你又会着凉的。你知道,像你目前的健康状况,这样做没什么好处。"

他用右手做了一个微弱而不耐烦的动作,似乎想挥一下

拳头。他气得直抽搐,加上薄薄的嘴唇,消瘦的面颊,突出的骨头,完全是一副临终时的模样。他咧着嘴嘶声说:

"我跟你说,我憋死了。我早一天死或者晚一天死对你有什么关系,我反正完了……"

她只好把窗子整个打开。

吹进来的风轻拂着他们的面颊。这是一股湿润、柔和的风,一股暖洋洋的春风,已经带着山坡上灌木和野花的芬芳气息,夹杂着松脂浓烈的香气和桉树刺鼻的辣味。

福雷斯蒂埃狂热而急促地吮吸着这股气息。他的指甲痉挛地抓着椅子的扶手,恼怒地低声嘶叫:"把窗关上,我受不了。我干脆死在地窖里算了。"

他妻子慢慢地把窗子关上,然后,把前额贴在玻璃上,凝视着远方。

杜洛华感到很不自在,他想和病人聊天,使病人放心。

但是想不出合适的话来安慰他,只好讷讷地说:

"这样说来,你到这里以后,身体一直不见好?"

对方耸了耸肩膀,显得很不耐烦:

"你不是已经看到了。"说完,头又耷拉下去。

杜洛华又说:"没说的,比起巴黎来,这里太好了。巴黎那边,现在正是隆冬,又是雨,又是雪,又是冰雹。下午三点,天就黑得要点灯了。"

福雷斯蒂埃问道:"报馆里没什么新闻吗?"

"没有,找了一个叫拉克兰的年轻人接替你,他是伏尔泰学院的毕业生,还不成熟。你快点回来吧。"

病人喃喃地说:"我?我就要到六尺深的地下去写专栏了。"

这个执拗的念头就像钟声,遇到任何事情都会敲响,在每个想法和每句话里都反复出现。

接着是长时间的沉默,一种深沉而使人痛苦的沉默。夕阳灿烂的余晖逐渐隐去,满天的红霞也慢慢地淡了下来,群山成了乌黑一片。夜开始降临,彩色的暗影带着余烬的微光,映入房间,把家具、帷幕和各个角落染成了深浅不同、彼此相间的红色和黑色。壁炉上的镜子反照着天边,像一摊殷红的鲜血。

福雷斯蒂埃夫人仍然一动不动地站在那里,背对着房间,脸贴在窗玻璃上。

福雷斯蒂埃气喘吁吁,用断断续续,听了使人心碎的声音说:

"我还能看见几次这样的落日呢?……八次……十次……十五次……还是二十次……也许三十次,不会再多了……你们还有时间……我呢,完了……我死以后……一切会继续下去……就像我还活着一样……"

他沉默了几分钟,又说:

"眼前的一切都在提醒我,几天以后,我就再也看不见了……真可怕……我快要看不到任何东西了……任何现存的东西都看不见……连目前正在使用的最微小的东西……像杯子……盘子……还有那么舒服的床……马车。黄昏坐马车去兜风真舒服……我多么喜欢这一切啊!"

他神经质地用十个指头轻轻敲着椅子的扶手,仿佛在弹钢琴。他每次沉默比他说话更使人难受。因为人们可以感觉到他一定在想许多可怕的事情。

杜洛华突然记起几星期前,诺尔贝·德·瓦兰纳对他说过的那番话:"现在,我看见死神已经离我很近了。所以我常常想伸手把它推开。死亡充塞天地,无所不在。公路上被碾死的虫豸,树下的枯叶,从朋友胡子里发现的一根白须,都使我心碎,都在向我高喊:死亡就在这里。"

这些话,那天他一点也不明白。现在看见福雷斯蒂埃,他完全明白了,不禁一阵心酸。这种感觉是他从来没有过的,难受极了,仿佛就在近处,自己伸手可及的地方,椅子上坐着的不是一个喘着气的病人,而是面目狰狞的死神。他真想站起来跑开,立即返回巴黎!唉!早知如此,他是绝对不会来的。

此刻,夜幕已经笼罩着整个房间,像一块尸布,匆匆盖上这个即将死去的人。只有窗口还依稀可辨,发白的方形窗框中,隐约现出福雷斯蒂埃夫人一动不动的身影。

福雷斯蒂埃恼怒地问:"怎么,今天不掌灯了?这叫照料病人?"

窗玻璃上的人影消失了,只听见一声电铃,在屋里响亮地回荡。

很快进来了一个仆人,把一盏灯放在壁炉上。福雷斯蒂埃夫人对丈夫说:"你要睡觉,还是下楼去吃晚饭?"

丈夫喃喃地说:"我要下楼去。"

为了等候这顿晚饭,他们三个人一动也不动地足足坐了将近一小时,只是偶尔说一句普普通通、不痛不痒的话,仿佛如果沉默持续过久,或者这个死神徘徊的房间里沉闷的空气继续下去的话,就会产生危险,一种神秘的危险。

晚饭终于准备就绪。杜洛华觉得这顿饭吃了很久,没完没了。三个人谁也不说话,只是无声地吃着,用指尖轻轻将面包捻碎。仆人在一旁侍候,走来走去,脚下没有半点声响。因为查理一听见鞋底触地的声音便恼火,所以仆人穿的是软底拖鞋。只有挂钟那机械而有规律的嘀嗒声打破四壁的寂静。

一吃完饭,杜洛华便借口疲倦,回到自己房间。他靠在窗前,仰望中天。一轮明月像一个又大又圆的灯球,把朦胧的光线冷冷地投向别墅的粉墙,又将轻柔摇曳的粼粼波光洒落在海面。杜洛华在思索,想找个理由,施展计策,借口接到电报,瓦尔特先生要他回去等等,尽快离开这里。

但第二天醒来的时候,他觉得准备脱身的那些办法更加难以实行,因为福雷斯蒂埃夫人绝对不会相信他的诡计,此外,他还会由于怯懦而失去他的忠诚能带来的全部好处。他心想:"唉!真烦人。算了,认倒霉吧,生活里总有不愉快的时候,再说,也许用不了多长时间了。"

这一天,万里无云,南方这种蔚蓝的晴空使人心花怒放。杜洛华觉得去看福雷斯蒂埃现在还嫌过早,便信步走下山坡,一直来到海边。

回来吃饭时,仆人对他说:

"夫人已经问过先生两三次了。请先生上楼去看看主人吧。"

杜洛华往楼上走去。福雷斯蒂埃坐在扶手椅上,仿佛已经睡着了。他妻子躺在长沙发上看书。

病人抬起头来。杜洛华问道:

"你怎么样?我觉得你今天早上精神挺好。"

对方喃喃地说:"是啊,好一些,我又有点劲了。你和玛德莱娜快去吃饭吧,一会儿咱们坐车去转转。"

玛德莱娜等没有旁人的时候,对杜洛华说:

"看见了吗?他以为自己又有了希望,一大早就盘算好了。一会儿,我们到于昂湾买彩陶,装饰巴黎那套房子。他坚持非出去不可,但我很担心出事。他受不了路上的颠簸。"

马车来了,福雷斯蒂埃由仆人搀扶着,一步步走下楼梯。他一看见马车,就要人把车篷掀掉。

他妻子反对说:"你疯了?你会着凉的。"

但他仍然坚持:"没关系,我好多了。我自己感觉得出来。"

起初,马车在林荫道上奔驰,两旁都是花园。整个戛纳城仿佛成了一个英国式的公园。马儿踏上通往安狄波的公路,沿着海边驰去。

福雷斯蒂埃介绍当地的景物。他先指出巴黎伯爵的别墅,然后又指出别的,样子显得很快活,但这种快活只是虚弱的假象,是病入膏肓的人故意装出来的。他没有力气抬起胳臂,只好用指头指指点点。

"瞧,那是圣玛格丽特岛,巴赞元帅①就是从上面那个小堡里逃出来的。留下这个古堡,就是为了纪念这件事情!"

他又回忆起军队里的生活,提到几个军官的名字,联想起不少和他们有关的故事。忽然,山回路转,整个于昂湾一下子出现在眼前。远处是湾里白色的村庄,另一端是昂蒂布港突出的岬角。

福雷斯蒂埃忽然高兴得像孩子一样,低声说:

"啊!舰队,你瞧,舰队快出来了!"

果然,在宽阔的海湾里,有六条大军舰,远远看去像几块

---

① 阿希尔·巴赞(Achille Bazaine,1811—1888),法国元帅,一八七〇年指挥洛林军团,在梅茨被围,投降普鲁士,一八七三年,被判死刑,后改为无期徒刑。不久越狱,逃往马德里。

长满树木的岩石,奇形怪状,巨大无比。舰上各部分丰隆突出,塔楼和冲角一直伸入水中,仿佛深深扎进海里。

这些船只看上去非常笨重,好像牢牢拴在海底,怎么也想不到它们还会移动。一个又圆又高、形状像观察哨的水上炮台,活像一座建筑在礁石上的灯塔。

一条巨大的三桅船,鼓满白色的风帆,欢快地从它们旁边经过,向外海驶去。比起这艘美观大方的三桅船,那几条巨型军舰简直就像蹲伏在水上的一群丑陋的钢铁怪物。

福雷斯蒂埃竭力想把它们辨认出来。他逐一喊出它们的名字:"科贝尔号""絮弗朗号""杜佩莱海军上将号""无畏号""毁灭号"。接着他又更正说:"不对,我弄错了,'毁灭号'是那一条。"

他们来到一幢样子像大别墅的建筑前面,只见上面写着:"于昂湾艺术彩陶。"马车绕过一片草地,在门前停下。

福雷斯蒂埃想买两个花瓶摆在书橱上,但他不能下车,别人只好把样品逐个拿来给他看。他挑了很久,一面征求他妻子和杜洛华的意见:"你知道,这是放在我书房靠里面那个书橱上的。这样,我坐在扶手椅上便可以随时看见。我要古色古香、希腊式的。"

他仔细察看样品,叫人拿另外一些来,接着又要最初看过的那几个,好不容易才作出决定。付款以后,他要人立即给他送到家里。又说:

"过几天我就回巴黎。"

回去的路上,突然有一阵冷风,沿着海湾,从山坳里朝他们吹来。病人马上咳嗽了。

最初只是轻咳,没什么,但后来越咳越厉害,连续不断,紧接着是打嗝和喘息。

福雷斯蒂埃几乎窒息。每当他想呼吸的时候,就迸发出一阵撕喉裂肺的咳嗽,怎么也不能安静下来,什么也减轻不了他的痛苦。大家只好把他从马车上直接抬到房间里。杜洛华抬他的腿,感到每当他的肺叶一抽搐,他的双脚便不住地抖动。

温暖的床铺也丝毫不能减轻他的病情,这样一直持续到午夜。最后还是麻醉药暂时止住了这种致命的咳嗽和抽搐。病人睁着眼睛,坐在床上,一直到天亮。

他开口说的第一句话是要理发师来,因为他坚持每天早上必须刮脸。但当他起床准备刮脸的时候,又不得不立即躺回床上去。他的呼吸又短促又困难,福雷斯蒂埃夫人慌了手脚,赶紧叫人把刚躺下的杜洛华唤醒,请他去找医生。

杜洛华立即请来了加沃医生。医生开了一剂汤药,还嘱咐了几句。杜洛华送他出来,顺便询问他病人的情况怎么样。医生说:"他不行了,过不了明天上午。请您告诉那位可怜的夫人,叫她派人去找神甫吧。我没有什么办法了。当然,有事还是可以找我的。"

杜洛华叫人把福雷斯蒂埃夫人找来,对她说:

"他快死了。医生建议派人去找神父。您看怎么样?"

她犹豫了好久。盘算了半天,才慢声慢调地说:

"对,从各方面考虑……这样做也好……我先让他做好思想准备,告诉他,神父要来看他……说实在的,我也不太懂。请您替我找一位神父,挑选一下,要找一位不太装腔作势的。让他仅仅负责忏悔,其他事情由咱们来做。"

年轻人领来一位老教士。这位教士态度和蔼,办这种事再合适不过了。教士一走进垂死人的房间,福雷斯蒂埃夫人便立即退出,和杜洛华一起,坐在隔壁的屋子里。

"真把他吓坏了,"她说道,"我一提到神父,他的脸便露出一种可怕的神情……仿佛已经……已经有所……预感……您知道……他明白这回完了,没几个小时可活了……"

她脸色异常苍白,接着又说:"我永远忘不了他面部的表情。他肯定已经看见死神了。一定看见了……"

他们听见神父在说话,他有点聋,所以声音比较高。只听他说:

"不,不,您还不到那个程度。您有病,但是,毫无生命危险。我现在作为朋友和邻居来看望您,这就是很好的证明。"

他们听不清福雷斯蒂埃是怎样回答的。老头儿接着又说:

"不,我不让您领圣体。这个问题,等您好点以后我们再谈。如果您想趁我来看您的机会作忏悔,那我倒非常欢迎。我是牧羊人,我要抓紧每一个机会,把我的羊群引导到正道上来。"

接着是长时间的沉默。福雷斯蒂埃大概正用沙哑的声音气喘吁吁地在说什么。

突然,神父换了一种声调,像祭坛上的祭司那样高声念诵:

"上帝无比仁慈。背诵悔罪经吧,我的孩子——你也许忘记了,让我来帮助你吧——跟着我念:Confiteor Deo omnipotenti... Beatæ Mariæ semper virgini... ①"

---

① 拉丁文:我向万能的天主忏悔……向贞洁的圣母马利亚忏悔……

187

他不时停下来,好让临终的人跟上。最后他说:

"现在,你忏悔吧……"

年轻的妇人和杜洛华屏息不动,心里异常困惑,激动而又忧虑地等待着。

病人低声咕哝了几句,神父又说:

"你有过不正当的欢乐……我的孩子,那是属于什么性质的呢?"

福雷斯蒂埃夫人站起来,说道:"咱们到下面花园里走走吧,不应该偷听他的秘密。"

他们走到门前一条长凳上坐下,头上是一株繁花满枝的玫瑰,前面,一丛石竹花发散着甜蜜的浓香。

沉默了几分钟,杜洛华问道:

"您是否要等很久才回巴黎?"

她回答道:"噢,不!事情一完,我就回去。"

"大概十天以后?"

"是的,最多十天左右。"

杜洛华又问:

"他没有任何亲属?"

"没有,只有几个远房亲戚。他很小的时候就父母双亡了。"

他们两人都注视着一只蝴蝶在石竹花上采蜜。蝴蝶迅速地拍着双翅,从这朵花飞到那朵花。停在花上时,一对翅膀还继续缓缓地扇动。他们久久没有说话。

仆人来通知他们说:神父先生已经办完事了。于是,两人又回到楼上。

福雷斯蒂埃比前一天更瘦了。

神父握着他的手说:"再见,我的孩子,明天早上我再来。"

说完就走了。

神父刚出去,那垂死的人便喘着气,吃力地向妻子伸出双手,断断续续地说:

"救救我……救救我……我亲爱的……我不愿意死……我不愿意死……啊!救救我吧……你说该怎么办?去把医生找来……要我吃什么药都行……我不愿意……我不愿意……"

他哭了,大滴大滴泪珠从眼里滚落到凹陷的脸颊上,干瘪的嘴角也皱起来,像个伤心的小孩子。

他的双手重又落到床上,开始做一种有规律的缓慢而持续的动作,仿佛想在床单上抓什么东西。

他妻子也哭了,泣不成声地说:

"不,这没什么,你不过是一时不舒服,明天你会好起来的,昨天你出去玩得太累了。"

福雷斯蒂埃的呼吸比一条刚跑过的狗还要短促,快得无法计算,微弱到几乎听不见。

他一再说:"我不愿意死……啊,我的上帝……我的上帝……我的上帝……我会出什么事呢?我就要什么也看不见了……永远……什么也看不见了……啊,我的上帝!"

他直勾勾地看着前面,似乎盯着某种别人看不见的、可怕的东西,眼睛流露出恐惧的表情。两只手继续吃力地做着可怕的动作。

突然,他打了一个冷战,全身一阵战栗,嘴里含糊不清地说:"公墓……我……我的上帝!"

他再也不说话了,一动不动躺在那里,呼吸短促,脸色异常难看。

时间慢慢流逝,附近一个修道院的钟敲响了正午十二点。杜洛华离开房间去吃点东西。一小时以后,又回到房间里。福雷斯蒂埃夫人什么也不想吃。病人依旧躺在原处,瘦弱的手指仍然在床单上抓来抓去,仿佛要把床单抓起来盖在脸上。

他妻子坐在床脚一张扶手椅上。杜洛华也拉过一把椅子,坐在她身旁。两人默默地等待着。

医生派来的那位看护在窗子旁边打盹。

杜洛华正要蒙眬入睡,突然感到事情不妙,赶紧睁开眼睛,恰好看见福雷斯蒂埃的眼睛像两盏正在熄灭的灯火,慢慢地闭上了。垂死者的喉咙里轻轻响了一阵,嘴角淌出了两道鲜血,流到衬衣上,双手也不再可怕地来回移动。他就这样停止了呼吸。

他妻子明白了,哀叫一声,跪倒在地,头埋在床单上,放声恸哭。乔治猝不及防,惊骇不已,机械地画了个十字。看护醒来了,走到床边一看,说:"完了。"杜洛华恢复了镇静,像获得了解脱似的长出一口气说:"真没想到会这么快。"

第一阵惊惶过去,第一把眼泪洒过以后,大家忙着料理后事,办理各种手续。杜洛华来回奔波,一直忙到晚上。

等回来的时候,他已经饥肠辘辘。福雷斯蒂埃夫人也吃了点东西。饭后,两人坐在房间里守灵。

床头桌子上点着两支蜡烛,旁边放了一个碟子,泡着一支金合欢,因为到处都找不到必需的黄杨树枝。

他们一男一女两个人守在死者身旁,一声不吭地思索着,眼睛看着死去的人。

夜幕降临,杜洛华守在遗体旁,忐忑不安地注视着死者,目光和精神全部被死者干瘦的面孔吸引住了。在摇曳的烛光下,这张面孔显得更加凹陷。这就是他的朋友,昨天还和他说过话的查理·福雷斯蒂埃!一个人的生命就这样完结了,彻底完结了。多么奇怪,多么可怕的事情!啊,那个不断被死亡的恐惧所折磨的诺尔贝·德·瓦兰纳曾经说过:"人死不能复生。"现在,杜洛华又想起他这番话来了。世界上会有亿万个人生出来,他们长得几乎完全一样,也有眼睛、鼻子、嘴巴和脑袋,脑袋里面也有思想,但是躺在这张床上的那个人,却永远不能再活过来了。

多年以来,他曾经像所有的人那样活着、吃饭、欢笑,有过爱,也有过希望。可现在,对他来说,一切都完了,永远完结了。一辈子就那么几天,然后,一切都化为乌有!一个人生下来,长大,享受欢乐,期待,然后,永别了,不管你是男人,还是女人,永远不能再回到这个世界上!可是,每一个人都怀着热切而无法实现的愿望,想获得永生。每一个人都自成天地,生活在宇宙之中。每一个人转眼间便形亡神灭,化为粪土,再育新芽。花草树木,飞禽走兽,人类星辰,大千世界,一切的一切,有生必有死,然后化为异物。昆虫也好,人类也好,星球也好,任何生物都是一去不能复返!

杜洛华心情沉重,感到无比惶惑与恐惧。他惧怕那无限而难以规避的空虚。这种空虚默默地摧毁着一切短暂而可怜的生命。杜洛华已经在它的威胁下低头。他想到生命只有几个小时的蚊蚋和只能活上几天的虫豸,想到人类的生命不过几个春秋,即使土地也仅能存在几百个年头,他们之间到底有什么差别?多活几个晨昏而已。

他把目光转过去,不再看那个尸体。

福雷斯蒂埃夫人低着头,似乎也在想痛苦的往事。她面带愁容,满头金发显得格外美丽。年轻人心里不禁产生一种甜蜜感。仿佛眼前闪现出一线希望。既然来日方长,那又何必悲伤呢?

杜洛华出神地凝视着她。但她只顾沉思,丝毫没有觉察。杜洛华心想:"生活中唯一美好的东西是爱情!怀里搂着心爱的女人!人生之乐莫过于此了。"

这个死去的人真走运,遇到了这样一位聪明漂亮的伴侣。他们是怎样认识的呢?她又怎么会同意下嫁这个言不出众,貌不惊人的穷小子的呢?她到底使用什么办法使这个穷小子变成个人物的呢?

他联想到生活里的种种奥秘,回忆起人们私下谈到的有关那位沃德雷克伯爵的各种传闻。据说她的嫁妆就是这位伯爵给的,她的婚事也是这位伯爵安排的。

现在,她会怎么办呢?会嫁给谁呢?像德·马雷尔夫人估计的那样,嫁给一位议员?还是一个有前途的小伙子,一个比福雷斯蒂埃更强的福雷斯蒂埃?她是否已经有所打算和计划?是否已经胸有成竹?他多么想知道啊!他反躬自问,暗自思忖:为什么我这样关心她未来的行动呢?他发现自己的不安情绪来自一种模糊而神秘的自私心理。这种心理人们往往自欺欺人地不承认,而只有在灵魂深处仔细搜索,才能发现。

是啊,为什么不试一试,把她弄到手呢?如果得到这个女人,他一定能平步青云,前途无量!一定力大无穷,成为使人望而生畏的人物!

他怎能不成功呢？他知道这个女人喜欢他,对他并不只是有好感,而是怀有惺惺相惜的爱慕之情。既出于相爱相怜,也由于彼此灵犀相通。她知道杜洛华聪明、果断、坚韧不拔,是可以信赖的人。

在如此紧要关头把杜洛华请来的不正是她吗？她为什么单叫杜洛华来呢？难道,不应该把这种召唤看作是一种选择、一种自白、一种决定吗？如果她恰恰在即将成为寡妇的时刻想到杜洛华,大概是因为她已经想到了谁可以成为她新的伴侣、新的盟友了。

杜洛华迫不及待地想弄清楚,想询问她,想知道她的意图。后天,他就要走了,因为他不能单独和这位少妇留在这所房子里,所以,他必须抓紧时间,必须在返回巴黎以前,巧妙地识破她的计划,而且不能让她说了不算,去答应另外什么人的追求,造成无可挽回的局面。

房间里一片寂静,只听见壁炉上座钟的钟摆发出金石般有节奏的嘀嗒声。

杜洛华悄声说道:

"您一定很累了吧?"

她回答道:

"是的,不过我主要感到难受。"

他们的声音在这座阴森森的房子里古怪地回响,把他们吓了一跳。他们不由自主地同时看了看死者的脸,仿佛以为会看见死者重新动弹起来,能听见他和他们说话,就像几个小时以前那样。

杜洛华说:

"唉,这件事对您是个重大的打击,给您的生活带来了根本的变化,使您整个身心都受到极大的震动。"

她长叹了一声,没有回答。

杜洛华继续说道:

"您这样一个女人,年纪轻轻,就落得孑然一身,真是可悲可叹。"

说到这里,他停了下来。福雷斯蒂埃夫人默默不语。杜洛华讷讷地说:"不管怎样,您知道,我们是有约在先的。我完全听从您的吩咐,我是属于您的。"

福雷斯蒂埃夫人把手伸给他,瞥了他一眼。这一瞥凄凉而又满含情意,令人销魂蚀骨。

"谢谢,您真好,您太好了。如果我有胆量,能为您做点事情的话,我也一样会对您说:请相信我好了。"

杜洛华握住她伸过来的手,紧紧地握着,十分渴望吻它一下。他终于下了决心,把这只手慢慢地送到唇边,久久地吻着那细嫩温馨的皮肤。

他觉得这种友好的爱抚不宜延续过久,便松开了她的纤手。福雷斯蒂埃夫人把手轻轻地放回膝盖上,表情严肃地说:

"是的,只剩下我一个人了。但是,我一定会鼓起勇气来……"

杜洛华不知如何才能使她明白,他很乐意,非常乐意接替死者,娶她为妻。诚然,此时此地,当着死人的面,他不能向她明说。但他认为,可以拐弯抹角,用模棱两可而语义双关、含蓄得体而又恰到好处的一两句话向她暗示。

但是那具直挺挺躺在他们面前的尸体,似乎横亘在他们之间,使他感到很不自在。再说,他在这窒闷的房间里,早就闻到了一股可疑的气味,那是一种从腐烂的胸腔里呼出来的臭气,是死人从灵床上向周围守灵的亲属喷出来的第一阵恶臭。所有装殓着死人的棺材里面都会很快充满这种令人恶心的气味。

杜洛华问道:

"不能开一下窗吗?我觉得空气里有股味儿。"

她答道:

"是啊。我也闻到了。"

杜洛华上前把窗子打开。一阵清凉的晚风挟带着一股香气吹了进来,把床前那两支蜡烛吹得摇摇曳曳。月亮像前天晚上一样,静静地把银光洒在别墅的粉壁和波光粼粼的海面上。杜洛华深深地吸了口气,觉得心里突然充满了希望,好像幸福之神正姗姗地向他走来。

他转过头,说道:

"来,吸点新鲜空气吧,天气好极了。"

福雷斯蒂埃夫人缓缓走到窗前,站在他的身旁。

杜洛华低声对她说:

"您听我说,我希望您明白我的意思。在这种时刻,我对您说这番话,请您千万别生气,因为后天我就要离开您了。如果等您回到巴黎,那就太晚了。我想说的是……我只不过是个穷小子,又没有地位,这您是知道的。但我有志气,自认为还有点小聪明,而且已经找到了前进的道路,一条光明大道。跟一个发了迹的人能得到什么好处,这一点谁都清楚;可是,跟一个刚刚开始奋斗的人,前途就难卜了,也许会糟糕,也可能会很好。其次,我曾经有一天在您家里对您说过,我最大的理想就是娶一个像您这样的女人。今天,我再次把我的愿望告诉您。您先别回答我,让我说下去。我并不是向您提出要求,因为此时此地,提出这种要求实在是太不成体统。我只不过想让您知道,我的终身幸福全在您一句话。您可以按照您的意思,使我成为您的知己,或者您的丈夫。我的整个身心都是属于您的。我不希望您现在就回答我,更不愿意在此地谈这件事。等我们在巴黎再度相遇的时候,您再把决定告诉我。从现在起一直到那时为止,不要再提这件事,好吗?"

他滔滔不绝地说下去,眼睛根本没看着她,仿佛这番话只是对着面前的黑暗倾诉。她也似乎根本没有听见,一动不动地站在那里,茫然的目光直勾勾地看着前面月光下惨白的原野。

他们就这样并肩站在窗前,久久没有说话,默默地思索着。

福雷斯蒂埃夫人轻声说了一句:"天有点冷了。"说完,她转过身子回到床前。杜洛华也跟着走了过去。

等走近的时候,他发现福雷斯蒂埃的尸体真的已经发臭了。他把扶手椅挪远一些,因为他再也受不了这种腐烂的气味。他说:

"明天,一定要把他入殓了。"

"是,是,已经说好了。木匠八点左右就来。"

杜洛华叹了口气说:"可怜的小伙子!"

福雷斯蒂埃夫人也悲哀而又无可奈何地长叹了一声。

现在,他们不大看这具尸体了。对福雷斯蒂埃的死,他们已经逐渐习惯。刚才,他们对他的去世还感到抵触和不满,但慢慢地,也就开始接受现实,因为总有一天,他们也是要死的。

他们不再说话,继续一本正经地,睁大着眼睛守灵,但到了午夜,杜洛华首先睡着了。等他醒来的时候,看见福雷斯蒂埃夫人也在打盹。他换了个舒服点的姿势,重又把眼睛阖上,嘴里嘟囔道:"活见鬼,还是躺在被窝里舒服。"

突然,一种响声把他从梦中惊醒。看护进来了。天色已经大亮。坐在对面扶手椅上的福雷斯蒂埃夫人看来也和他一样被惊醒了。她的脸色稍微有点苍白。尽管坐在椅子上过了一夜,但仍然是那样漂亮、鲜艳和妩媚。

杜洛华看了看尸体,忽然打了个冷颤,惊叫了起来:"哎呀!他的胡子!"原来在几小时内,胡子已经在这块开始腐烂的肉体上长了出来,就跟在活人脸上长出来一样。看到死人身上仍然存在着生机,他们惊呆了,仿佛看见了可怕的奇迹,僵尸即将复活,又似乎看见了非同寻常、令人魂飞魄散的可怖景象。

接着,两人去休息,一直到十二点。然后,把查理入殓。入殓工作一完,他们顿时感到轻松和平静了。他们面对面坐下来吃午饭。既然死者的后事已经告一段落,他们便想些使人舒坦和高兴的事情,产生了回到现实生活里来的欲望。

和煦的春风透过大开的窗子带来了门前花坛上盛开的石竹花的香气。

福雷斯蒂埃夫人建议到花园里散步。他们在小草坪周围慢慢地走着,尽情呼吸那充满枞树和桉树香味的湿润的空气。

福雷斯蒂埃夫人突然首先开口。她像杜洛华头天晚上在楼上说话时那样,并不转过头来对着杜洛华,而且说得很慢,声音不高,但非常严肃:

"您听我说,亲爱的朋友,您的建议……我已经……考虑了。我不想不回答您就让您走。但我不会告诉您我是接受,还是拒绝。我们还需要等一等,看一看,这样彼此会更加了解。您也要好好考虑,别凭着一时的冲动。我之所以在可怜的查理尚未入土以前和您谈这个问题,原因是既然您已经对我提出来了,就必须让您知道我是怎样一个人。如果您不能了解我,觉得和我在一起受不了的话,就不必继续抱着您曾经向我表白过的那种想法了。

"您要明白,婚姻对我来说,并不是一条锁链,而是一种联合。我要自由,要有行动、交往,和出入的绝对自由。我不能容忍别人监视我,嫉妒我,或者议论我的行为。当然,我会向娶我的男人保证绝对不辱没他的名声,使他受到嫌恶或耻笑。但是这个男人也必须保证平等地对待我,把我当做盟友,而不是一个下级、一个唯命是从、百依百顺的妻子。我知道,我的这些想法和所有人都不一样,但我绝不改变。这就是我要说的话。

"我再补充一句:你现在不必回答我,回答没有用,而且也不是时候。我们将来肯定还会见面,这一切也许晚些时候我们再谈更好。

"现在,您自己去转转吧。我守灵去了。晚上见。"

他执着她的手吻了很久,然后,一句话也没说就走开了。

晚上,一直到吃饭的时候,他们才见面。两人都疲乏不堪吃完饭便各自回到房间休息去了。

第二天,查理·福雷斯蒂埃被安葬在戛纳公墓,仪式非常简单。乔治·杜洛华打算乘一点半经过戛纳的快车返回巴黎。

福雷斯蒂埃夫人一直把他送到车站。他们在月台上慢慢地踱步,等候着开车的时刻,一面随便闲聊。

列车进站了,车厢很少,一共只有五节,是一列名副其实的快车。

　　新闻记者选好座位,又走下车来,和她继续谈了一会儿。不知怎的,他忽然感到悲从中来,深悔不该离开她,仿佛从此一别便将永远失去她似的。

　　列车员喊道:"去马赛、里昂、和巴黎的旅客,请上车!"杜洛华上了车,手凭车窗,又和她说了几句话。汽笛长鸣,列车慢慢开动了。

　　年轻人把身子探出车外,看见福雷斯蒂埃夫人默默地站在月台上目送他远去,当快要看不见她的时候,杜洛华双手贴唇,向她遥遥飞吻。

　　她也飞吻作答,但动作比较含蓄,有些犹豫,只不过是表示点意思罢了。

第二部

一

乔治·杜洛华又恢复了以前的全部生活习惯。

现在,他搬进了君士坦丁堡街楼下那套小小的公寓,规规矩矩地,准备另起炉灶,重新生活,甚至连他和德·马雷尔夫人的爱情也披上了夫妇关系的色彩,仿佛他正在提前练习,好应付即将发生的事情。他的情妇常常对他俩在一起的时候那种过分循规蹈矩的气氛感到惊讶,多次大笑说:"你比我丈夫还没意思,当初真没必要换一个。"

福雷斯蒂埃夫人一直留在戛纳,迟迟不归。杜洛华收到过她一封信,说她要到四月中旬才能回来,至于他们离别的事,信里一句也没有提。他耐心地等着。现在,他已下定决心,如果发现她犹豫,就使出一切手段,说什么也要把她弄到手。他相信自己运气好,相信自己有诱惑力,有一种任何女人都难以抗拒的、潜在的魅力。

他收到一个简短的便条,知道决定性的时刻来了。

我已抵巴黎。请来一聚。

玛德莱娜·福雷斯蒂埃

这就是信的全部内容。杜洛华上午九时收到便条,当天下午三时,便登门拜访福雷斯蒂埃夫人。她妩媚地微笑着,向杜洛华伸出双手。两人四目相视,彼此看了好一会儿。

然后,福雷斯蒂埃夫人轻轻地说:"您在那样可怕的情况下到我们那里去,您真好。"

杜洛华回答说:"您命令我做什么我都会做的。"

他们坐了下来。她打听各种消息,询问瓦尔特一家和报馆同人的情况。

"我想念这一切,非常想念。"她说,"我在思想上已经变成了新闻记者。有什么办法呢?我喜欢这种职业。"

说到这里她停住了。杜洛华从她的微笑,她的声调,和她所说的话本身,似乎意识到和感觉到某种暗示。虽然他下过决心,不要操之过急,但他还是嗫嗫嚅嚅地说:

"那么,……为什么……为什么您不以……不以杜洛华的名字……来重操旧业呢?"

她突然严肃起来,把手放在杜洛华的胳臂上,轻轻地说:"我们还是别谈这个吧。"

但杜洛华猜出她是同意的,便双膝跪倒,拼命吻她的手,一面结结巴巴地说:"谢谢,谢谢,我是多么爱您啊!"

福雷斯蒂埃夫人站了起来,杜洛华跟着也站起来。他发现夫人的脸色异常苍白。于是,他明白了,也许很久以前她就已经爱上他了。这时,他们面对面站着,杜洛华突然拥抱她,并且温柔而严肃地在她前额上吻了很久。

她轻轻一闪,挣脱了杜洛华的拥抱,一本正经地说:

"您听着,我的朋友,我还没做出任何决定。但我很可能同意。不过您要答应我绝对保守秘密,一直到解除您履行诺言的义务为止。"

杜洛华发誓一定遵守诺言,然后,满心欢喜地走了。

从此以后,他去看福雷斯蒂埃夫人时,非常小心谨慎,不要求她明确地表示同意,因为,她事事都提到将来,老说"以后"怎样怎样,而且在订各种计划的时候,总把他们两个人连在一起。这种做法常常比正式表示接受显得更好,也更加巧妙。

杜洛华努力工作,节约开支,准备省下点钱,好在结婚的时候不致两手空空。过去,他挥金若土,现在却非常吝啬。

夏天过去了,转眼又是秋天。由于他们很少见面,见面时态度又非常自然,所以没有引起别人丝毫的怀疑。

一天晚上,玛德莱娜紧盯着他的眼睛,问他:"您还没有把我们的计划通知德·马雷尔夫人吧?"

"没有,我的朋友。我答应过您保守秘密,从未告诉过任何人。"

"那好,现在该告诉她了。我呢,我负责通知瓦尔特夫妇。这个星期把事办完,好吗?"

他脸一红,说道:"好,明天就通知。"

福雷斯蒂埃夫人把目光稍稍偏到一旁,似乎为了避免看他的窘态,接着又说:

"您如果愿意,我们可以五月初结婚,这个时间很合适。"

"我非常高兴,愿意服从您的一切安排。"

"我喜欢五月十日,那是个星期六,正好是我的生日。"

"好的,五月十日。"

"您父母住在卢昂附近,是吗?这是您告诉我的。"

"是的,住在卢昂附近的康特勒。"

"他们是做什么的?"

"他们是……他们靠微少的利息过活。"

"是吗？我真想认识认识他们。"

杜洛华大为犹豫，显得很窘：

"不过……因为，他们……"

接着，他打定主意，勇敢地说出来：

"亲爱的朋友，他们是乡下人，是开酒吧的，终年胼手胝足，供我上学。我并不为他们感到脸红，可是，他们……头脑简单……谈吐粗鲁，可能会使您不舒服。"

福雷斯蒂埃夫人妩媚地微微一笑，脸上闪耀出温柔而善良的光辉。

"不，我会喜欢他们的。咱们一起去看望他们，我一定要去。这件事以后再谈。我也是小户人家的女儿……但我已经父母双亡，世界上再也没有别的亲人……"说到这里，她把手伸给杜洛华，紧跟着又加了一句，"除了您。"

杜洛华心情激动，思绪翻腾，从来没有一个女人这样征服过他的心。

"我考虑过一件事，"她说道，"不过很难说得清楚。"

杜洛华问道："什么事？"

"好吧，我告诉您，亲爱的。像所有女人一样，我也有我的弱点和庸俗的一面，我喜欢荣华富贵。我希望有个贵族称号。难道您不能在我们结婚的时候……弄个贵族头衔吗？"

这次轮到她脸红了，仿佛建议杜洛华去弄虚作假似的。

杜洛华的回答很简单："这件事我也经常考虑。但看来不容易办到。"

"为什么？"

他大笑起来："因为我担心会闹笑话。"

福雷斯蒂埃夫人耸了耸肩膀说：

"绝对不会，绝对不会。谁都能这样做，没有人会笑话。把您的姓一分为二：杜·洛华①，完全没问题。"

他立即用内行人的口吻回答道：

"不，不行。这种做法太简单、太普遍了，谁都知道。我倒想过用我家乡的名字，先作为文学上的化名，然后逐渐加到我的名字里。过些时候，再像您刚才建议的那样，把我的姓一分为二。"

福雷斯蒂埃夫人问道："您老家是康特勒吗？"

"是的。"

她犹豫起来："不。我不喜欢这个词的结尾。嗳，咱们难道不能把康特勒这个词……稍微改一下吗？"

她拿起桌上的一支笔，写了好几个名字，一面仔细端详。突然叫了起来："有了，有了，瞧这个。"

说着，她把纸递给杜洛华，只见上面写着："杜洛华·德·康泰尔夫人"。

杜洛华考虑了几秒钟，然后，郑重宣布：

"好，非常好。"

福雷斯蒂埃夫人很高兴，一再说：

"杜洛华·德·康泰尔夫人，杜洛华·德·康泰尔夫人，杜洛华·德·康泰尔夫人。妙，真是妙极了。"

她满怀信心地继续说：

"您看吧，这个名字一定很容易得到大家的承认。但是

---

① 按照法国人名的习惯，姓氏中单写的杜（du）字含有表示贵族姓氏的词"德"（de）的成分，因此把杜洛华写成杜·洛华便成了贵族的姓。

要抓紧时机,否则就太晚了。从明天起,您的专栏文章就署名D.德·康泰尔,而本地新闻则只简单地签上杜洛华。这是报纸上常见的事,谁也不会因您使用笔名而感到惊讶。结婚的时候,我们还可以再作一点小小的改动,告诉朋友们说,您当初放弃姓氏中的'杜'字,完全是由于谦虚,或者干脆什么也不说。您父亲的名字叫什么?"

"阿历山大。"

她低声一连重复了两三次:"阿历山大,阿历山大。"并仔细听着这个字的每一个音节。然后在一张雪白的纸上写道:

"阿历山大·杜·洛华·德·康泰尔先生暨夫人之子乔治·德·康泰尔与玛德莱娜·福雷斯蒂埃夫人结为终身伴侣,谨此敬告。"

写好以后,她把纸放到远一点的地方,仔细端详,觉得效果不错,满心欢喜地说道:

"只要略施小计,想做什么都能成功。"

杜洛华告辞出来,走到大街上,他决心今后就用杜·洛华,甚至杜·洛华·德·康泰尔这个名字。想到这里,觉得自己已经身价十倍,于是骄傲地翘着胡子,昂首阔步,俨然一位贵族绅士的模样。他心里高兴极了,真想告诉每一个过路的人说:

"我的名字是杜·洛华·德·康泰尔。"

回到家里,他猛地想起德·马雷尔夫人,心里感到一阵不安,便立刻给她写了个条子,约她第二天见面。

"这回可不得了,"他心里想,"我非被她臭骂一顿不可。"

终于,他打定了主意,因为他天性玩世不恭,对生活中不如意的事情并不放在心上。接着,他异想天开地写了一篇文章,建议征收新税以维持预算平衡。

在文章里他建议:姓氏中有贵族标记的,每年征税一百法郎,另外,从男爵到亲王,凡是有爵位的,课税五百到五千法郎不等。

落款他写了:D.德·康泰尔。

第二天,他收到他情妇寄来的小蓝条,说她一点钟来。

他心里有些紧张,决心单刀直入,把事情全盘告诉她。等最初那阵激动过去以后,再好好地对她讲明道理,让她知道,他不能永远是单身汉。既然德·马雷尔先生老也不死,他只好另找一个女人作为合法的伴侣。

但尽管如此,他紧张的情绪仍然平静不下来。门铃一响,心就突突直跳。

德·马雷尔夫人纵身投进他的怀抱:

"你好,漂亮朋友。"

后来发现他的拥抱并不热烈,便仔细端详他,问道:

"你怎么了?"

"你坐下,"杜洛华说道,"咱们好好谈谈。"

她坐了下来,没脱帽子,只是把面纱撩到额前,等待着。

杜洛华垂下眼睛,考虑该如何开头。接着,他慢声慢调地开始说了:

"亲爱的,你看见了,现在我心绪很乱,很发愁,也很为难,因为我有一件事要告诉你。我非常爱你,打心眼里爱你,所以,想到要告诉你这个消息,我就很难受。想到这个消息会给你带来的痛苦,我心里就不是滋味。"

德·马雷尔夫人听罢脸色发白,不觉颤抖起来。她吃力地说:

"发生什么事了?你快说呀!"

当一个人要宣布一项令人痛苦的幸福消息,表面总是装作心情沉重。杜洛华此刻正是如此。他用伤心而坚决的语调说:

"我要结婚了。"

她哀叹了一声,几乎昏厥过去,这是女人发自肺腑的悲啼。她喉咙里像塞了什么东西,说不出话来,只是一个劲地喘着。

杜洛华见她不吭声,便继续说下去:

"你想象不到,我在做出这个决定以前经受过多大的痛苦!我既没有钱,也没有地位,在巴黎孤零零的,无依无靠。我需要身边有个人给我出主意,安慰我,支持我。我一直在寻找伙伴和盟友,现在总算找到了!"

说到这里,他暂时停住,希望她有所表示,以为她会勃然大怒,暴跳如雷,或者破口大骂。

她用手按着心,仿佛想制止它剧烈跳动。呼吸断断续续,非常困难,胸脯一起一伏,头也跟着抖动起来。

杜洛华拿起她搭在椅子扶手上的那只手,但她猛地把手抽了回去,像突然变成痴呆似的,嘴里喃喃地说:"啊!……我的上帝……"

杜洛华跪倒在她面前,但是不敢碰她。她的沉默比大发雷霆更使杜洛华感到难受。他结结巴巴地说:"克洛,我的小克洛,你要明白我的处境,我目前的地位。唉!如果我能娶你为妻,那该多么幸福!但你已经是有夫之妇,我有什么办法?你想一想,请你想一想!我要立足于社会,而这样做非有个内助不成,你不知道,……有时,我真想杀死你丈夫……"

说这番话的时候,他的声音温柔而低沉,充满魅力,像音乐一样动听。

他看见他情妇目光呆滞,眼里涌出了两颗泪珠,越来越大,流到脸颊上。接着又是两颗。

杜洛华喃喃地说:"啊,别哭,克洛,别哭,我求求你。你使我心都碎了。"

德·马雷尔夫人拼命克制着,想保持自己的尊严和矜持。她用颤抖的,几乎要哭出来的声音问道:

"她是谁?"

杜洛华犹豫了一下,知道必须告诉她,只好说道:

"玛德莱娜·福雷斯蒂埃。"

德·马雷尔夫人浑身一震,一句话也没说,凝神思索着,似乎已经忘记杜洛华还跪在她脚下。

两颗晶莹的泪珠从她眼睛里涌出,然后又是两颗,不断簌簌地往下掉。

她站起身子。杜洛华知道,她要走了。她不会和他说任何话,既不责备,也不原谅。杜洛华的自尊心受到了损害和屈辱。他想挽留她,用双臂抱住她的裙子,隔着衣服紧紧搂着她圆圆的双腿。他感到这双腿绷得直直的,毫不退让。

他哀求道:

"我求求你,别这样就走。"

她定睛看着杜洛华,上下打量他,湿润而绝望的眼睛是那样美丽,那样忧郁,流露出一个女人内心的全部痛苦。她断断续续地说:

"我没有……没有什么可说的……我没有……任何办法……你说得对……你……你选择得很好,应该如此。"

说着,她往后一缩,挣脱身子走了。杜洛华没有企图再挽留她。

屋里只剩下杜洛华一个人。他站起来,迷迷糊糊的像头上挨了一棒。接着,他定了定神,喃喃地说:

"我的天,不管是好是歹,总算完事了……没有大吵大闹。我就喜欢这样。"

他如释重负,感到突然自由了,解放了,可以无拘无束地过新的生活了。他舞动双拳,猛击墙壁,为自己的成功和力量而感到陶醉,仿佛刚刚和命运之神打了一仗。

当福雷斯蒂埃夫人问他:"您通知德·马雷尔夫人了吗?"他平静地回答说:"通知了……"

福雷斯蒂埃夫人用明亮的眼睛询问他:

"她不觉得意外?"

"不,一点也不,相反,她觉得好极了。"

消息很快传开了。有人惊讶,有人说早已料到,有人微笑不语,意思说,这个消息并没有使他们感到意外。

现在,杜洛华写专栏文章时,用 D. 德·康泰尔这个名字,写本地新闻则署名杜洛华。他偶尔也写些政治文章,落款是杜·洛华。他每天都在未婚妻那里消磨半日,未婚妻待他情同手足,但亲密之中隐藏着一股真正的感情,像掩盖弱点那样掩盖着一种内心的欲望。她决定婚礼秘密举行,只邀请几位证人参加,当晚就动身去卢昂,第二天去看杜洛华年迈的双亲,在老人身边住上几天。

杜洛华竭力想使她打消这个计划,但是没有成功,最后,只好依她。

到了五月十日这一天,新婚夫妇认为既然没有邀请任何客人,就不必举行宗教仪式了。他们在市政府只作了短暂的停留,便回家收拾行装,到圣拉萨车站,登上了晚上六时开往诺曼底的列车,匆匆走了。

现在车厢里只有他们两个人,在这以前,他们几乎没有说上二十句话。当他们感到列车已经开动的时候,他们便相视而笑,以掩盖他们不愿让别人觉察的窘态。

列车缓缓穿过长长的巴蒂尼奥车站,接着驰过巴黎旧城墙的遗址和塞纳河之间的疮痍满目的平原。

杜洛华和妻子不时说几句无关痛痒的话,然后,转过头去,观看窗外的景色。

列车驶上阿斯尼埃桥,他们看见河上船如蚁聚,船上有撒网的渔夫和荡桨的游客。两人不禁心花怒放。五月的骄阳斜照着船只和波平浪静的水面。塞纳河没有一丝涟漪,半点急流,连漩涡也不见一个。温暖灿烂的余晖下,河水一动不动,仿佛凝住了。河中央一条小船迎着微风,张开舷旁两片巨大的三角形白帆,活像一只振翅欲飞的巨鸟。

杜洛华轻声说道:"我最爱巴黎的郊区。我记得在那儿吃过炸鱼,真是人生一乐呀。"

他妻子跟着说:"还有那些小艇!在斜阳里,驾着一叶扁舟轻轻滑过水面,真是太有意思了。"

说完,两人都沉默下来,似乎不敢继续提起过去的生活。他们一言不发,也许正在回味令人惆怅而销魂的往事。

杜洛华坐在妻子面前。他拿起妻子的手。

"等咱们回来以后,"他说道,"可以经常到沙图吃晚饭。"

他妻子低声说:

"咱们要做的事情太多了!"口气似乎在暗示:"应该牺牲舒适的生活去做有益的事情。"

杜洛华始终握着她的手,心里焦灼地盘算,怎样进一步去爱抚她。即使在天真未凿的少女面前,他也没有像现在这样困惑。他觉得玛德莱娜聪明、机敏,而又狡黠,因此不知如何是好。他担心在她眼里显得幼稚,不是太腼腆就是太鲁莽,不是太迟钝便是太急躁。

杜洛华时松时紧地握着她这只纤手,但她毫无反应。他说道:

"您成了我的妻子,我觉得很奇怪。"

玛德莱娜露出惊讶的神情:"为什么?"

"我不知道。我只是觉得奇怪。我想吻您,但我惊讶的是我居然有这种权利。"

玛德莱娜一声不响地把脸颊伸给他,他像吻自己的妹妹那样吻她。

然后,他又说:"我第一次见到您的时候,您知道,就在福雷斯蒂埃请我吃晚饭的那一次,我就想:'唉,如果我能找到这样一位女性就好了。'得,现在成了,找到了。"

玛德莱娜悄声说道:"真好。"一面用她那永远含笑的目光,妩媚地凝视着他。

杜洛华心想:"我太冷淡了。我真笨。我应该比现在更进一步。"于是,他问道:"您是怎样认识福雷斯蒂埃的?"

玛德莱娜俏皮而略带挑逗地回了他一句:

"咱们到卢昂,难道就为了谈他的事?"

杜洛华脸一红,回答道:

"我真蠢。您把我吓糊涂了。"

她听了非常高兴:"我?不可能吧?何以见得?"

杜洛华来到她身旁,紧挨着她坐下。她忽然叫了一声:"噢!一只鹿!"

列车正穿过圣热尔森林。她看见一只受惊的小鹿,蹦跳着,跃过了一条小路。

她正从开着的车窗往外看的时候,杜洛华俯下身,像情人一样,久久地吻着她颈部的头发。

她半晌没动,然后,抬起头来说:"您把我弄得怪痒的,别闹了。"

但杜洛华并不走开,继续热烈地吻她,把鬈曲的唇髭,不停地在她白嫩的肌肤上蹭来蹭去。

她扭了扭身子说:"别闹了。"

杜洛华把右手伸到她背后,把她的头扳过来。接着就像老鹰搏兔一样,扑到她的嘴上。

她挣扎着想把他推开,脱离他的怀抱。

她终于挣脱了身子,连声说:

"别闹了。"

杜洛华不由分说,把她一把搂住,用贪婪而颤抖的嘴唇拼命吻她,想把她按倒在车厢的垫子上。

她猛一使劲,终于挣脱了。接着,霍地站了起来。

"啊,得了,乔治,别闹了。咱们已经不是小孩子了。等到了卢昂也不晚。"

杜洛华仍然坐着,满脸通红。这些合情合理的话给他浇了一盆凉水。他冷静下来了。

"好吧,我等着,"他高高兴兴地说道,"不过,我已经没有心思,恐怕在到达以前,再也说不上二十句话了。您想想,咱们现在才经过普瓦西①。"

① 普瓦西(Poissy),巴黎西面塞纳河畔的城镇。

"那由我来说好了。"说着,她温柔地坐到杜洛华身边。

她历数回来后他们该做的事情。他们要保留她和前夫住过的那套公寓,杜洛华要继承福雷斯蒂埃在《法兰西生活报》中的职务和待遇。

而且,在他们结合以前,她已经像实业家一样,精确地算好了将来家里财务的详细账目。

他们虽然合了伙,但是采取财产分开的做法,对将来可能发生的任何情况,全都估计到了,例如:死亡,离婚,生一个或者好几个孩子等等。男方声称带来四千法郎,但其中一千五百法郎是借的,余下那部分则是花了一年的时间为结婚节省下来的积蓄。女方也带来四千法郎,据她本人说,是福雷斯蒂埃留给她的遗产。

玛德莱娜又谈起福雷斯蒂埃,举他作例子,说他是非常勤劳、节俭,生活也非常规矩的小伙子,如果不死的话,很快就会发迹。

杜洛华心不在焉地听着。

有时,玛德莱娜想起某件心事,便停下来,然后又接着说:

"不出三四年,您每年就能挣三万到四万法郎。如果查理不死的话,这笔钱本来应该是他挣的。"

杜洛华对她这番说教开始感到不耐烦了,便回了她一句:

"我认为,咱们这次去卢昂的目的,并不是为了谈论他。"

玛德莱娜在他脸上轻轻地拍了下:"您说得对,我错了。"说罢笑了起来。

他把手放在膝盖上,装出一副乖孩子的样子。

"您这样,真像个傻孩子。"玛德莱娜说道。

杜洛华反驳道:"这是您刚才提醒我要扮演的角色。我就这样扮演下去好了。"

她问道:

"为什么?"

"因为当家做主的是您,甚至我本身也要听您指挥。的确,您是寡妇,您有这个责任!"

玛德莱娜吃了一惊:

"您这是什么意思?"

"我的意思是说,您有经验,可以消除我的无知,您有结婚的实践,可以开导我这个一窍不通的单身汉。这就是我的意思!"

她失声叫了起来:

"太不像话了!"

杜洛华回答道:

"情况就是这样。我不了解女人,对吗?而您,您却了解男人,因为您是寡妇,对吗?所以今晚……就由您来教我,对吗?……如果您愿意,甚至现在就可以开始,对吗?"

她高兴得大叫起来:

"那好!只要您在这方面相信我!……"

杜洛华像中学生背书那样,结结巴巴地说:"当然,我相信……我甚至相信,您一定会扎扎实实地教我……一共分二十课……前十课教基础知识……阅读和语法……后十课是提高和修辞……我什么也不懂,真的。"

她乐不可支地说:

"你真笨。"

"既然你已经用你①来称呼我,我就马上学习你的榜样。我要告诉你,亲爱的,我对你的爱,每秒钟都在增加,我觉得卢昂实在太远了!"

这番话,杜洛华说得抑扬顿挫,像个演员,加上面部滑稽的表情,使这位看惯了风流文人那种装腔作势、谈笑风生的少妇十分开心。

她从侧面看着杜洛华,觉得他实在迷人,就像看见树上的果子,恨不得立刻啃一口,但她还是有所克制,因为理智告诉她,应该等到饭后吃果点的时候再吃。

想到这里,她脸上泛起了红晕。说道:

"我的小学生,请相信我的经验,我这过来人的经验。在车厢里接吻毫无意思,会倒胃口的。"

她悄声说:"麦子未熟,割之可惜。"说着,脸变得越发红了。

从她樱唇里吐出来的这些暗示,使杜洛华怦然心动。他憨笑着,用手画了个十字,嘴里念念有词,像在祈祷。然后宣称:"我刚刚求得反诱惑的天神圣安东尼②的庇护。我已经心如铁石了。"

夜幕逐渐降临,透明的暮色像一袭轻纱,笼罩着右面广阔的平原。列车沿着塞纳河飞驰。河水像一条光滑宽阔的金属带子在铁路旁边延伸。车里的两个年轻人凝视着水面红色的

---

① 按照法国的习惯,父母子女,兄弟姊妹,夫妇或亲朋好友之间彼此用"你"(tu)称呼,但对初次见面的朋友或需要表示客气、尊敬和有礼貌时,则用"您"(vous)。
② 圣安东尼(Saint-Antoine,251—356),古埃及泰巴依德地区的修士,以淡泊苦修、不受任何诱惑著称。

闪光,那是被夕阳染成火赤色的天空洒下来的点点光雨。闪光渐渐模糊、暗淡,终于凄凉地熄灭了。原野上一片黑暗。大地照例在苍茫的暮色中凄惶地发出一阵死亡的战栗。

黑夜愁苦的气氛,从窗口漫进车厢,感染了这对年轻夫妇。刚才他们还那样快乐,现在却默默无语了。

他们紧紧地靠在一起,眼看这五月风和日丽的白昼气息奄奄,逐渐暗淡下去。

车过芒特①,车厢里点起了小小的油灯。颤悠悠的黄光,洒落在长椅垫灰色的罩布上。

杜洛华搂着妻子的腰,使她紧紧挨着自己。刚才那种强烈的欲火,现在变成了脉脉柔情。他心里产生了一种隐隐约约的希望,希望得到爱抚,得到哄孩子入睡时那种温柔的爱抚。

他悄声说道:"我真爱你,我的小玛德。"

这温柔的话语使玛德莱娜大受感动,一阵战栗迅速传遍全身。这时,杜洛华已经把脸颊靠在她温柔的胸脯上,她俯下身子,把双唇凑了上去。

他们一言不发地吻了很久。忽然全身一震,疯狂地拥抱起来。接着是一阵短暂而气喘吁吁的搏斗。就这样,他们粗暴而笨拙地交合了。事毕,两人还互相搂抱,心里都有点失望,既感到疲乏,却又余情未已,一直到汽笛长鸣,宣布列车即将抵达下面一站。

玛德莱娜用指头轻轻理着太阳穴上蓬乱的秀发,说道:

"咱们真笨,像爱闹的孩子一样。"

---

① 芒特(Mantes),塞纳河畔的城市。

杜洛华狂热地频频吻着她的双手,吻了这只又吻那只,一面回答道:"我爱你,我的小玛德。"

他们动也不动地待在那里,脸贴着脸,眼睛望着窗外。漆黑的夜色中偶尔有几家灯火在窗前闪过。他们沉浸在梦幻之中,感到对方就在身旁而心满意足。他们越来越迫切地期待着一次更亲昵,更自由的拥抱。

他们找了一家窗子正对码头的旅馆住下,胡乱吃了点晚饭,便上床了。第二天,刚过八点,女仆就把他们唤醒。

他们喝完放在床前小桌上那杯茶以后,杜洛华看了看他的妻子,突然像发现了什么珍宝似的,喜出望外地把妻子搂在怀里,喃喃地说:"我亲爱的玛德,我觉得我非常……非常……非常爱你。"

玛德莱娜信任而满足地笑了。她一面回吻杜洛华,一面低声说:"也许……我也是。"

但杜洛华对这次探亲一直担着心事。他已经多次提醒他的妻子,要她做好思想准备,并且告诫过她。现在,他认为有必要再说一次。

"你知道,他们是农民,是乡下的农民,而不是喜剧中的农民。"

她笑了起来:"我知道了,你告诉过我多少遍了。好,现在你起来吧,让我也起来。"

杜洛华跳下床,一面穿袜子,一面说:

"咱们在家里一定会感到很不舒服,非常不舒服。我房间里只有一张带草垫的旧床。康特勒的人不懂什么叫弹簧床。"

她听了似乎高兴极了:"太好了。在你……在你身旁……睡不着,早上还有公鸡打鸣把人叫醒,多有意思。"

她穿上晨衣。这件衣服很宽大,是用白色法兰绒缝制的,杜洛华立刻就认出来了,看见她穿这件衣服,心里有点不高兴。为什么?因为,他知道,他妻子足足有一打这样的晨衣。难道不能把这些统统扔掉,另外买一件新的?算了。杜洛华真希望她把和前夫在一起时用过的晨衣、睡衣、内衣全都换成新的,因为他觉得那些柔软、温暖的衣服,仿佛还保留着福雷斯蒂埃的体温。

他点了一支烟,向窗口走去。

他看见了港口。宽宽的河面上帆樯如林,起重机隆隆作响,挥动铁臂,从庞大的轮船上往码头卸货。尽管这一切他早已见过,但今天却仍然打动了他的心。他失声喊了起来:

"天哪!这太好看了!"

玛德莱娜闻声跑了过来,双手搭着丈夫的肩膀,整个身子靠着他,心情既愉快又激动,不住地说:"啊!太好看了!真没想到有那么多的船!"

一小时以后,他们又动身了,因为几天前通知了老人,要到他们那里吃午饭。他们登上一辆敞篷马车。车已经生了锈,走动起来,声音像铜壶铁锅般叮当乱响。他们先是沿着一条又长又难看的大路走。接着,穿过一片草原,草原上有一条河。然后,开始爬坡了。

玛德莱娜累了,靠在这辆旧马车的后座上。暖烘烘的太阳轻抚着她,使她感到异常舒服,仿佛沐浴在温煦的阳光和原野的熏风中,慢慢地睡着了。

突然,她丈夫把她唤醒,对她说:

"你瞧。"

马车载着他们已经走完了斜坡的三分之二路程,刚刚停了下来,这里风景秀丽,是游人常到的地方。

从坡上俯瞰,下面是巨大的峡谷,又长又宽,一条大河流贯其间。河水清澈,波涛起伏,从远处奔腾而来,河上小岛,点点可辨。在抵达卢昂以前,大河轻轻一拐,然后穿城而过。城在河的右岸,笼罩在晨雾之中。灿烂的阳光照射在屋顶上。千百个钟楼,或尖或圆,或粗或细,玲珑精巧,像一件件巨大的珍宝。方形和圆形的角楼,仿佛戴着饰满纹章的王冠。还有小钟楼和尖塔,一大片哥特式教堂的屋顶。而矗立在这一切之上的是大教堂的青铜尖顶,形象古怪,又大又难看,大概是世界上最高的尖顶了。

河对面是圣塞韦尔①广阔的郊区,烟囱林立,又细又高,像一根根顶部隆起的圆柱。

烟囱的数目比它们的钟楼兄弟多得多,这些高高的砖砌圆柱一直延伸到远处的原野,把黑色的煤烟喷向蓝天。

在这所有的烟囱之中,最高的要数富德尔工厂那个巨大的烟囱了。它与人工建造的第二大高峰、凯奥波斯②的金字塔不相上下,几乎可与大教堂傲然屹立的尖顶比美。在整天喷吐黑烟的工厂群中,它是至高无上的君主,而河对岸那位芳邻则是尖顶的宗教建筑中唯我独尊的皇帝。

那边,在工业区背后,有一片枞树林。塞纳河在两个城区之间穿过,继续向前流去。沿岸山峦起伏,峰顶树木葱茏,偶尔露出白色的岩石。接着,河水拐了一个长长的圆形大弯,在

---

① 圣塞韦尔(Saint Sever),法国名城。
② 凯奥波斯(Chéops),公元前二三〇〇年的埃及国王,建造了世界上最大的金字塔。

天边消失了。河上,驳船穿梭来往,拖曳它们的汽艇小得像苍蝇,突突地喷吐着浓烟。水上的岛屿有的首尾相连,有的彼此相隔很远,仿佛一串碧绿的、大小不等的念珠。

车夫耐心地等着,让这些乘客饱览这美丽的风光。他根据经验,知道每一类游客需要欣赏多少时间。

车夫重又策马前进的时候,杜洛华突然看见数百米外有两个老人向这边走来。他立刻从车上跳下,一面高喊:"他们来了。我认得出他们。"

来的是两个农民,一男一女,摇摇晃晃,步履蹒跚地走着,有时彼此碰着对方的肩膀。男的五短身材,面色红润,有点发福,尽管年纪大,身子却很结实。女的又瘦又高,背有些驼,神情忧郁,是一个从小就干活的地道的农村妇女,她从来没笑过,而丈夫则与顾客说说笑笑,饮酒聊天。

玛德莱娜也下了车,看见走过来的这两个可怜人,不由得心里一阵难过,这种悲伤的情绪是她所没有料到的。两位老人一定也认不出这位漂亮的绅士原来就是自己的儿子,怎么也猜不出这位穿浅绿色衣裙的漂亮夫人就是他们的儿媳妇。

他们一言不发,匆匆向前赶路,去迎接盼望已久的儿子,没有注意这几位后面有马车跟着的城里人。

他们正要擦肩而过的时候,杜洛华笑着喊了一声:"你好,杜洛华爹爹。"

两位老人猛地停了下来,先是一愣,接着惊讶得不知所措。还是老妇人首先明白过来,没有往前走,嘴里喃喃地说:"儿子,真的是你?"

年轻人回答道:"是啊,是我,杜洛华妈妈!"说着,向老妇人走去,在她脸颊上使劲吻了两下。然后,用鬓角蹭了蹭父亲的鬓角。父亲已经把头上那顶卢昂式的便帽摘下来。这顶丝质帽子高高的,像牛贩子戴的帽子一样。

接着,杜洛华介绍说:"这就是你们的儿媳。"两个乡下人看着玛德莱娜,就像在打量一件稀罕玩意儿,心里又惊又疑。除此以外,父亲的神情还掺杂着赞许和满意,而母亲则带着明显的嫉妒和敌意。

老头子是乐天派,加上喝了苹果酒和烧酒,心里很快活。他鼓起勇气,挤眉弄眼地问道:

"我吻她一下可以吗?"

儿子回答道:"当然可以。"

于是玛德莱娜很不好意思地把脸颊伸过去,让乡下人亲了两下响吻。吻完之后,老头儿用手背擦了擦嘴。

现在轮到老妇人了。她带着含蓄的敌意,亲了亲她的儿媳。不,这决不是她想象中的媳妇:一个粗壮结实、精神饱满、红得像苹果、圆得像传种母马那样的农家姑娘。这位夫人不像良家妇女,浓妆艳抹,身上还有麝香的味道,因为,老妇人把所有的香味都当成是麝香。

大伙儿重又上路,马车载着新婚夫妇的箱子在前面走,其他人跟在后面。

老头儿挽着儿子的胳膊,故意让其他人先走。他关心地问道:

"喂,混得怎么样?"

"唔,很好。"

"这就成,好极了!告诉我,你媳妇儿有钱吗?"

乔治回答道:"有四万法郎。"

父亲羡慕地轻轻吹了声口哨,低声说了句:"好家伙!"便再也不言语了。这笔款子数目之大把他吓了一跳。接着他又一本正经地说:"说真的,这媳妇真漂亮。"因为他觉得玛德莱娜很合他的口味,想当年,他在这方面还是个行家哩。

玛德莱娜和婆婆并肩走着,一句话也没说。两个男人从后面赶了上来。

他们来到村里。村子很小,坐落在公路旁。路两边各有十来幢房屋。除了一般市镇的老房子,就是破旧的农舍,有砖砌的,也有土垒的。至于屋顶,有的用茅草盖成,有的则是石板瓦。杜洛华老头那爿小酒店名叫"美景酒店",十分简陋,只有一层,外带一个阁楼,在村口左侧,门上挂着一根松枝,用古老的方式告诉来往行人,谁渴了可以进去喝一杯。

店里,刀叉已经摆好。两张桌子并在一起,上面铺两条大毛巾,餐具就放在上面。特地来帮忙的那位邻居老大娘,看见这么漂亮的夫人,赶紧深深施礼,接着,她认出了乔治,便喊了起来:"耶稣基督,是你呀,小子!"

杜洛华高兴地回答道:"对,是我,布律兰妈妈!"

他立刻像刚才亲吻父母那样,吻了这位老大娘。

然后,他转过身去对妻子说:"到咱们房间里,把帽子摘了吧。"

他把妻子领进右面那扇门,来到一个铺着方砖的冷飕飕的房间,四壁用石灰刷过,雪白雪白,床上挂着棉布幔帐。有一个圣水缸,缸上挂着一个十字架。另外还有两幅彩画。其中一幅画的是保尔和维吉妮①,站在一棵蓝色的棕榈树下。

---

① 贝那丹·德·圣彼埃尔(1737—1814)的小说《保尔和维吉妮》中的主人公。

另一幅画的是骑在一匹黄骠马上的拿破仑。这就是屋里的全部陈设。总的来说,房间虽然很干净,但气氛却并不使人感到愉快。

等屋里没有旁人的时候,杜洛华吻了吻玛德莱娜,对她说:

"你好,玛德。见到两位老人,我很高兴。在巴黎并不想他们,但见了面,心里还是挺快活的。"

这时,老头子用拳头捶着墙板喊道:

"喂,喂,饭做好了。"

该去吃饭了。

这顿饭吃了很长时间,菜上完一道又一道,搭配得很蹩脚,先是羊腿,接着是大香肠,然后是摊鸡蛋。杜洛华老爹喝了几杯苹果酒和葡萄酒,心里非常快活,像打开了的水龙头,滔滔不绝地讲他感到最得意,只有喜庆场合才说的笑话,一些低级下流的故事。据他说,是朋友们亲身经历的事情。乔治虽然全都知道,但还是哈哈大笑,陶醉在家乡的气氛里。故里旧宅以及孩提时熟悉的地方,各种感觉和回忆,纷至沓来,当年景物,哪怕是最微小的东西,像门上的刀痕,四腿不齐、闹过笑话的椅子,泥土的气息,从邻近森林里吹来的一阵阵松脂和树木浓烈的芳香、房舍、溪流和粪肥的气味,一股脑儿又涌进了他的脑海。

杜洛华妈妈一声不响,闷闷不乐地耷拉着脸。她斜眼看着儿媳妇,憎恨之情油然而生。她,一个终年劳累、胼手胝足的农村老太婆,对城里来的这个女人自然非常反感,甚至深恶痛绝,认为这女人生来就是游手好闲,专做坏事,不干不净的骚货。她不住地站起来,端盘端菜,把玻璃瓶里黄色发酸的饮料,或者酒瓶里赭红色带沫的甜苹果酒倒进各人的杯子里。酒瓶的塞子像柠檬汽水的瓶塞那样,一下子就能蹦掉。

玛德莱娜没怎么吃,也不大说话。待在那里,闷闷不乐。尽管唇上还带着平常那种微笑,但显得没精打采,无可奈何。她感到失望,苦恼。为什么?是她自己要来的,她明明知道她来看的是乡下人,而且是贫苦的乡下人。她向来并不喜欢幻想,这一次,她是如何想象这些乡下人的呢?

这一点她知道吗?难道女人所希望的往往是脱离现实的东西?未见以前,她是否把他们想象得更有诗意一些呢?不是。也许把他们想象得更文雅一些,更高贵一些,更温情一些,也更有风度一些。可是,她丝毫不要求他们像小说中的人物那样与众不同。那么,为什么他们种种难以察觉的细枝末节,无从捉摸的粗野心理,甚至他们的乡土气,他们的谈吐,他们的举止,他们快活的性格等等,都使她如此反感呢?

她想起了母亲。她从来没有和任何人谈起过自己的母亲。这个女人在圣德尼寄宿学校里长大,当上了中学教师,后来被人引诱失身。当她在贫困和悲哀中死去的时候,玛德莱娜只有十二岁。一个陌生人把她养大。难道就是她的父亲?这个人到底是谁?玛德莱娜模模糊糊地猜到一点,但是毫无把握。

这顿饭还没有吃完,已经陆续进来了几位顾客。他们和杜洛华老爹握手,看见他们的儿子便不住口地称赞,一面斜眼注视着年轻的妇人,狡猾地递着眼色,意思在说:"好家伙!乔治·杜洛华的媳妇儿真不错!"

另外几个不那么熟的顾客坐到桌子旁,喊道:"来一升!""一杯啤酒!""两杯白兰地!""一杯拉斯拜葡萄酒!"接着便开始玩多米诺骨牌,把黑色和白色的方形骨牌甩得乒乓乱响。

杜洛华妈妈不停地来回走动,一脸愁苦的样子,伺候着客人,一面收钱,一面用蓝围裙的一角揩拭桌子。

陶制的烟斗和只值一个苏的廉价雪茄把屋子弄得烟雾腾腾。玛德莱娜呛得直咳嗽,问道:"咱们出去好吗?我受不了啦。"

饭还没有吃完。杜洛华老爹有点不高兴。玛德莱娜站起来,拿了把椅子走到门前,对着大路坐下,等她的公公和丈夫把咖啡和烧酒喝完。

不一会儿,乔治来找她,对她说:

"咱们从这里下去,一直到塞纳河边好吗?"

玛德莱娜快活地回答道:"好极了,咱们走吧。"

他们走下山去,在克瓦塞租了条船,沿着一个小岛慢慢地划。暖洋洋的春风轻轻吹拂,河里微波荡漾,两人不禁睡意蒙眬。就这样,他们在岛边柳荫下,度过了午后的时光。

傍晚,他们回到了山上。

烛光下的这顿晚饭,对玛德莱娜来说,比早上那顿饭更叫人难受。杜洛华老爹余醉未消,一言不发,而老妈妈则仍然是满脸不高兴。

烛影摇摇,灰色的墙上出现了一个个头影。鼻子显得很大,动作也古怪得出奇。偶尔,某个人微微转过去,侧身对着摇曳不定的黄色火焰,这时,便可以看见一只巨手拿起一把干草杈大小的叉子,往一个张开的血盆大口里送。

一吃完晚饭,玛德莱娜便把丈夫拉到外面,不愿继续留在这个阴暗的屋子里,因为那里烟雾弥漫,到处是倾洒的饮料,气味实在呛人。

到了外面,杜洛华说:

"你已经烦了。"

玛德莱娜正想否认,杜洛华止住了她:

"你不用说,我看出来了。如果你愿意的话,咱们明天就回去。"

玛德莱娜讷讷地说:

"好,我同意。"

他们慢慢地信步走去。那天晚上,天气不冷也不热。柔和而深沉的夜色里,仿佛充满各种细微的声音,窸窸窣窣;又像有人在轻轻地呼吸。他们走进一条狭窄的林中小径。头上是挺拔的大树,两旁是漆黑的灌木丛。

玛德莱娜问道:

"咱们到了哪儿啦?"

杜洛华回答:

"到了森林了。"

"森林大吗?"

"很大,是法国最大的森林之一。"

小径上弥漫着泥土、树木和苔藓的气息。这是茂密的树林中经常能够闻到的清新而又陈腐的香气。在芽苞浆液的芬芳中混合着矮树丛里枯枝败叶的霉味。玛德莱娜抬头仰望,只见树梢间繁星点点。虽然没有风,树枝纹丝不动,但她感到,周围无数的树叶正在微微地颤抖。

不知怎的,她心里突然一阵战栗,接着,全身皮肤也战栗起来。胸臆间涌起了一股默默的哀愁。为什么?她不知道。但她似乎觉得自己迷了路,掉进了大海,周遭危机四伏,身旁一个人也没有,孤零零地站在这微微颤动着的绿叶的拱顶之下。

她喃喃地说:

"我有点害怕,我想回去了。"

"那好,咱们回去吧。"

"还有……咱们明天就回巴黎?"

"对,明天。"

"明天早上。"

"明天早上,如果你愿意的话。"

他们回到家里的时候,两位老人已经睡了。玛德莱娜一夜没有睡好,不断被各种声音吵醒,乡下这些声音都是她从来没听见过的。猫头鹰不断地叫唤,墙外猪圈里的猪一直在哼哼,午夜刚过,一只公鸡便开始打鸣了。

天刚麻麻亮,她便起来,准备走了。

乔治告诉父母说要走,老两口听罢一怔,接着,便明白了他们要走的原因。

父亲只简单地问了一句:"你不久还要回来吧?"

"当然,夏天吧。"

"唔,那就好。"

老妈妈嘟囔道:

"但愿你将来对自己做过的事情不感到后悔。"

为了平息他们的不满,杜洛华给他们留下了二百法郎作礼物。一个小孩去找马车,十点左右,马车来了。于是新婚夫妇吻别了两位老人,动身回去了。

车下坡的时候,杜洛华笑了起来:

"你瞧,"他说道,"我早预料到了。真不该让你认识我父母杜·洛华·德·康泰尔先生①和夫人。"

玛德莱娜也笑了。并且反驳道:"我现在非常高兴。他们都是好人,我开始喜欢他们了。将来我寄些巴黎小点心给他们。"

她又轻声说:"杜·洛华·德·康泰尔……你看吧,将来谁收到咱们的结婚通知书都不会感到奇怪的。咱们可以说在你父母的庄园里住了一个星期。"

说着,她凑到杜洛华身边,轻轻地吻了吻他的胡子尖说道:"你好,乔!"

杜洛华回答道:"你好,玛德。"一面伸手搂住她的腰。

从车里举目远眺,只见峡谷深处,大河在朝阳的映照下,像一条银色的丝带,伸向远方,工厂的烟囱向天空喷吐着团团煤烟,旧城尖尖的钟楼巍然耸立,直插云天。

---

① 杜洛华本是平民,出于虚荣,故意把杜洛华分开,让人误以为其出身贵族。

二

杜·洛华夫妇回到巴黎已经两天了。新闻记者重操旧业,一面准备离开社会新闻编辑部,把福雷斯蒂埃的职务全部接过来,专搞政治。

一天晚上,他兴冲冲地回到他的前任住过的寓所吃饭,迫不及待地想亲吻他的妻子。他为妻子美丽的容貌倾倒,不知不觉地对她唯命是从。路过洛雷特圣母街一家花店时,他忽然想买一束花给玛德莱娜,于是,买了一大把刚开的玫瑰,和一堆香喷喷的花蕾。

上楼走向新居的路上,每经过一层楼他都要停下来,得意地照照镜子。看见镜子就不禁想起自己第一次走进这所房子时的情景。

他忘了带钥匙,只好按铃。给他开门的还是原来那个仆人。他听从妻子的劝告把这个仆人留了下来。

乔治问道:"太太回来了吗?"

"回来了,先生。"

经过饭厅的时候,他发现摆了三份刀叉,觉得很奇怪。客厅的门帘没有放下来,只见玛德莱娜手里拿着一束玫瑰正往壁炉上一个花瓶里插。这束玫瑰和他买的那束一模一样。他一肚子不高兴,仿佛有谁故意抢先向他妻子献殷勤,夺走了他期待的一切快乐。

他边走进去边问:"你请客人了?"

玛德莱娜头也没回,继续摆弄着花,一面回答道:"可以说请,也可以说没请。来的是我的老朋友沃德雷克伯爵,按习惯,他每星期一都到这里来吃晚饭。像往常一样,他今晚要来。"

杜洛华喃喃地说:"是吗!好极了。"

他站在玛德莱娜背后,真想把手里拿着的那束玫瑰藏起来,或者扔掉。最后还是说了一句:

"瞧,我给你带回了玫瑰花!"

玛德莱娜霍地转过身来,笑容满面地喊道:

"啊!你想到这一点,你真好!"

说着,她向杜洛华伸出双臂,把嘴唇凑过去。这种出自内心的喜悦,使杜洛华稍稍感到安慰。

她拿起花闻了闻,然后,高兴得像小孩子似的,立即把花插在刚才那个花瓶前面另一个还空着的花瓶里。插好后,一面端详,一面喃喃地说:

"我真高兴!现在,我的壁炉可真打扮停当了。"

接着,又满有把握地说:

"你知道吗,沃德雷克是个很可爱的人,你们很快就会熟起来的。"

一声铃响,伯爵到了。他缓缓地走进来,毫无拘束,仿佛在自己家里一样。先潇洒地吻了吻少妇的手,然后转过身来,热情地把手伸给她的丈夫,一面客气地问道:

"您好吗?亲爱的杜·洛华?"

他一反严肃生硬的态度,变得和蔼可亲,说明情况已发生了变化。新闻记者吃了一惊,赶紧也笑脸相迎。五分钟以后,两个人仿佛已经成了相识十年,彼此爱慕的莫逆之交了。

于是,玛德莱娜容光焕发地对他们说:

"你们两人谈吧,我到厨房看看。"

说完,转身走了。两个男人目送着她的背影。

她回来的时候,发现他们正在谈戏剧,讨论一出新戏。两个人的看法完全一致,觉得彼此的观点没有任何分歧,目光里很快便流露出情投意合的神态。

晚饭十分丰富,气氛亲切而融洽。伯爵一直到深夜才告辞,因为他觉得在这所房子里,和这对漂亮的新婚夫妇在一起,简直是一种享受。

他一走,玛德莱娜便对丈夫说:

"他好极了,是吗?越了解他就越觉得他好。这个朋友不错,可靠、热情、忠诚。唉,要不是他……"

她还没把话说完,杜洛华便回答道:

"是啊,我觉得他很可爱。我相信将来我们一定非常合得来。"

她马上又接下去说:"你不知道,今晚睡觉以前,咱们还有工作要做哩。本来这件事早就应该告诉你,但因为当时沃德雷克马上就要到,所以没来得及。刚才,我得到了重要的消息,来自摩洛哥的消息。是现在的众议员,未来的部长拉罗舍-马蒂厄提供给我的。咱们应该写一篇文章,一篇激动人心的文章。我有事实和数字。咱们马上动手。来,你拿灯。"

杜洛华拿起灯,两个人走进工作间。

书橱里仍然摆着以前那些书。书橱上面,现在又放上了福雷斯蒂埃去世前一天在于昂湾买的那三个花瓶。桌子下面,死者的暖脚套正等待着杜·洛华的双脚。他一坐下来,便拿起那支象牙制的蘸水笔,笔杆上还留着被福雷斯蒂埃用牙咬过的痕迹。

玛德莱娜靠着壁炉,点起了一支烟,先口述她知道的新闻,然后发表看法,拟订她打算写的那篇文章的大纲。

杜·洛华仔细听着,一面匆匆记录。玛德莱娜说完以后,他提出一些不同的看法。接着又言归正传,把问题扩大并加以发挥。他根本不是在准备文章的提纲,而是在拟订计划,要掀起一个反对目前内阁的运动。这次攻击就是个信号。他妻子已经把烟放下,因为这种攻击引起了她的兴趣。随着乔治的思路,她看得更深,更远。

她不时喃喃地说:"……对……对……很对……好极了……很有分量……"

等杜·洛华讲完了,她说:

"现在,咱们写吧。"

但杜·洛华开头总有困难,只好拿着笔苦苦思索。玛德莱娜看见这种情形便悄悄走过来,俯身在他肩膀上,对着他的耳朵,轻声提他几句。

有时,她踌躇一下,问道:

"你的意思是不是这样?"

杜·洛华答道:"对,正是这样。"

她词锋犀利,用女人所特有的刻毒语言中伤总理,把对他相貌的嘲弄和对他政策的讥讽结合在一起,诙谐幽默,使人捧腹,观察细腻、扣人心弦。

杜·洛华有时也加上几行,使攻击的范围更广,也更加有力。另外,他还有一种恶毒的旁敲侧击的本领,那是他写本地新闻时锻炼出来的。每当玛德莱娜提供一个千真万确的事实,而他觉得还不太牢靠,会出问题的时候,他总非常巧妙地想办法让读者去猜,使他们不得不相信。这样做比直截了当地说出来更有力量。

文章写完以后,乔治从头检查,高声朗读了一遍。两人都认为写得不错,彼此相视而笑,感到既惊讶又高兴,仿佛刚刚了解了对方的内心。他们惺惺相惜,含情脉脉地你看着我,我看着你。紧接着,从灵魂到肉体闪过一阵强烈的冲动,狂热地拥抱起来。

杜·洛华拿起桌上的灯,目光灼灼地说道:"现在,咱们去睡吧。"

玛德莱娜回答道:"既然您掌灯带路,那就请您先走,我的主人。"

于是,杜·洛华在前,她在后,往房间里走去。她边走边用指尖轻轻挠着杜·洛华脖子上衣领和头发间裸露的地方,催他快走,因为杜·洛华最怕别人这样挠他。

文章以乔治·杜·洛华·德·康泰尔的名字发表以后,引起轩然大波,轰动了整个众议院。瓦尔特老头对作者表示祝贺,任命他为《法兰西生活报》政治编辑部主任。本地新闻则仍归布瓦斯勒纳负责。

于是,该报对内阁展开一场巧妙而猛烈的攻势。抨击的文章写得非常高明,举出大量事实,真是嬉笑怒骂,打得又准又狠,而且接二连三,像连珠炮一样,使人惊讶不置。其他报纸不断援引《法兰西生活报》的文章,整段整段地转载。大官们彼此商议,看是否能把这个顽固而素不相识的敌人封为省长,用这个办法堵住他的嘴。

杜·洛华逐渐在政治集团中崭露头角。从别人和他握手时使用的力量和向他脱帽行礼的姿态,他感到自己的影响越来越大了。但他妻子才思的敏捷,消息的灵通,知识的渊博,却使他佩服得五体投地。

不管什么时候,只要他回家,总会发现客厅里有客人。不是一位参议员,就是一位众议员,或者一个法官,再不就是一位将军。他们对待玛德莱娜像对待老朋友一样,严肃中带着亲切。这些人她是在哪里认识的呢?据她说,在社交场合。但又是如何获得他们的信任并博得他们欢心的呢?这一点,杜·洛华始终不清楚。

他心里想:"她真可以做一个能干的外交家。"

她每次回来都过了吃饭的时间。气喘吁吁地满脸通红,身子还微微发颤。往往连面纱也来不及摘,便说:"今天可是有好吃的,你知道吗?司法部长刚刚任命了两个参加过混合委员会的法官。咱们给他一闷棍,好让他永远也忘不了。"

他们果然给了部长一闷棍,第二天又是一棍,第三天再来一棍。每星期二都到封丹街来吃晚饭的那位众议员拉罗舍-马蒂厄(沃德雷克伯爵是每星期一来)欣喜若狂地使劲握住他们夫妇的手,不住声地说:"好家伙,多厉害的攻击。这一来,咱们还能不成功吗?"

事实上,他非常希望把他觊觎已久的外交部长这个职位弄到手。

他是一个多面派的政客,没有政治信仰,也没有什么大本事,缺乏胆量,更谈不上真知灼见。他原先是外省的律师,地方上的一位风流人物,生性狡猾,在各个极端的党派间搞折中,是个伪装拥护共和的耶稣会会员,可疑的自由主义者。这类渣滓像粪堆里丛生的毒菌,数以百计地乘普选的机会钻进了政界。

他那种乡下人的善于钻营的手段使他在同僚中,在所有失意潦倒、一事无成的众议员中,俨然成了强者。他衣着相当讲究,仪态也颇为大方,既亲切,又和蔼,因而左右逢源,在社交界和当时鱼龙混杂、粗野不文的达官显宦之中颇为得志。

人们到处都在谈论:"拉罗舍将来一定能当部长。"他也和大家一样,坚信自己将来一定能当部长。

他是瓦尔特老头的报馆主要的股东之一,又是瓦尔特老头的同行,两个人合伙做过不少金融生意。

杜·洛华满怀信心地支持他,模模糊糊地感觉到,这样做日后会有好处。再说,杜·洛华只不过继续福雷斯蒂埃未竟的事业。拉罗舍答应过福雷斯蒂埃,一旦自己当上了部长,就授予他十字勋章。现在,除了这枚勋章将来佩戴在玛德莱娜新丈夫的胸前之外,其他一切,总的来说,没有任何改变。

同事们都知道情况没有任何改变,因此,总爱拿这个和杜·洛华开玩笑。杜·洛华逐渐沉不住气了。

现在,大家都不叫他的名字而叫他福雷斯蒂埃。

常常他一到报馆,就有人喊:"喂,福雷斯蒂埃。"他假装没有听见,直接到放信的格子里拿自己的信件。但刚才那个声音喊得更响了:"喂,福雷斯蒂埃。"其他人再也憋不住了,一下子哄笑起来。

杜·洛华往经理室走去,刚才喊他的那个人拦住他说:"噢,对不起,刚才我喊的是你,真糟糕,我总把你和可怜的福雷斯蒂埃弄混,因为你写的文章和他的文章太相像了。谁也分不出来。"

杜·洛华什么也没说,窝着一肚子火,要往死者身上发泄。

大家发现这位新到的政治编辑所写的专栏文章,无论在文笔上,或者构思上,都和他的前任没有任何区别。而当有人提到这一点并表示惊讶的时候,瓦尔特老头便说:"是啊,很像福雷斯蒂埃,不过文章的内容更充实,也更泼辣了。"又有一次,杜·洛华偶然打开放毕尔波克木球的那个柜子,发现他前任使用过的木球柄上裹了块黑纱,而自己当初在圣波坦手下工作时玩的那个木球柄上却缠了条粉红色的缎带。所有木球都按体积大小整整齐齐地摆好,上面放了一块博物馆里常见的木牌。木牌上写着:"此处展出之木球乃福雷斯蒂埃及其同人之珍藏,全归无政府正式认可之继承人福雷斯蒂埃—杜·洛华所有。此物经久耐磨,用途广泛,居家旅行,无不适宜。"

杜·洛华看罢不动声色地一面把柜子关上,一面大声说道:

"无能的笨蛋和嫉妒鬼真是到处都有。"

但不管怎样,他的自尊心和虚荣心到底受到了损害。一个耍笔杆的人如果自尊心和虚荣心受到损害,便会经常处于多疑和易怒的心理状态。普通的记者也好,天才的诗人也好,无不如此。

"福雷斯蒂埃"这个名字刺痛了他的耳朵。他怕听这个名字,一听见就觉得脸红。

对他说来,这个名字是一种辛辣的嘲讽。甚至比嘲讽还厉害,简直是辱骂。仿佛在他耳边大喊:

"你的活儿都是你老婆干的。她现在帮你的忙就像以前她帮另外那位的忙一样。没有她,你什么都不是。"

他完全相信,没有玛德莱娜,福雷斯蒂埃什么也不是,可是他呢?算了!

回到家里,这种想法仍然继续折磨他。现在,整幢房子,所有的家具和摆设,一切他接触到的东西都使他想起死去的那个人。最初他并不太考虑这些事,但同事们所开的玩笑在他的心里留下了一道伤痕。以前一直不注意的各种小事情,现在都刺痛着他这个创疤。

他每拿一件东西,都仿佛看见上面有查理的手印。他所看到的,或者使用的所有东西都是查理以前使用过的,是查理买的,也是查理喜欢过和拥有过的。现在,乔治甚至一想到他这位朋友和他妻子以前的关系,心里就觉得恼火。

有时,他对自己这种莫名其妙的反感也觉得很奇怪。心想:"怎么搞的?对玛德莱娜的朋友,我并不嫉妒。对她的行为,我从来都是放心的。她可以随意出入,我并不过问。可是为什么一想到查理这个畜生,我的火就一个劲往上冒呢?"

他又想:"归根结底,他只不过是个笨蛋。也许正因如此,我才觉得窝囊。玛德莱娜竟然嫁给这样一个蠢材,真叫人生气。"

他反复思忖:"这女人居然一度看上这么个畜生,这到底是怎么一回事呢?"

许许多多微不足道的小事都在逐日加深他这种怨恨。他的心像针扎一样。玛德莱娜、仆人,或者女用人的一言一语都不断使他想起那个人。

杜·洛华喜欢吃甜食。一天晚上,他问:

"为什么没有甜食?你从来没有叫人准备过甜食。"

玛德莱娜快活地回答道:"真的,我没想到这个。主要是因为查理讨厌吃甜的……"

他听了不由自主地做了一个不耐烦的手势,打断了她的话。

"喂,你知道吗,查理把我烦死了。总是这也查理,那也查理。查理喜欢这个,查理喜欢那个。既然查理已经死了,就让他安静安静吧。"

玛德莱娜吃惊地看着丈夫,不知他为什么突然发脾气。但她是个聪明人,很快就猜到了杜·洛华的心理。她知道,虽然那个人已经死了,但一切能使人想起他的事物,每时每刻都使杜·洛华产生嫉妒的心理。

也许她觉得杜·洛华这样很幼稚,但心里却是美滋滋的。因此,她一句话也没说。

杜·洛华按捺不住发了这通脾气,感到很后悔。那天晚上,他吃完饭,正在写第二天需要的一篇文章。他把脚伸进暖脚套里,但觉得不舒服,想把它翻过来,但没有成功,便一脚把它踢开,笑着问道:

"查理以前总觉得脚冷是吗?"

玛德莱娜也笑着回答道:"噢,他总怕得感冒,因为他肺弱。"

杜·洛华恶狠狠地说:"他自己倒已经证明了这一点。"接着,又讨好地加了一句:"这倒是我的运气。"说着,他吻了吻妻子的手。

到了睡觉的时候,他还念念不忘地问:"查理是不是怕穿堂风灌进耳朵,总戴着棉布帽睡觉?"

玛德莱娜任凭他开玩笑,回答道:

241

"不,他包一块纱布,在额头上系个结。"

乔治耸了耸肩膀,装出一副看不起的神态,说道:

"真是个傻瓜!"

从此以后,查理便成了他谈话中没完没了的主题。他一有机会就提到他,而且无限怜悯地称之为"可怜的查理"。

如果报馆里有人喊了他两三次福雷斯蒂埃,那么,他回家以后,就怀着仇恨,百般嘲弄坟墓里的死者,以资报复。还谈到他的缺点,他闹过的笑话,他的小气,把这些事情一一列举出来,而且津津乐道,甚至加以发挥,夸大,仿佛想把这个劲敌的影响,从妻子心里全部排除掉。

他一再说:"玛德,你还记得吗?有一天,福雷斯蒂埃这个傻瓜说要向我们证明胖人比瘦人更有劲。"

他还想知道死者私生活的种种秘密。玛德莱娜害羞不愿说,但杜·洛华坚持非要她说不可。

"得了,得了,给我讲讲吧。在那节骨眼上,他一定很可笑,对吗?"

她翕动嘴唇,喃喃地说:

"算了,饶了他吧。"

杜·洛华穷追不舍:"不,你一定要告诉我!这畜生在床上一定也是笨手笨脚的!"

最后,他总得出这样的结论:"真是个畜生!"

一天晚上,他站在窗前抽烟。当时正是六月底,天气很热,他忽然想去散散步。

他问:"我的小玛德,你愿意去布洛涅森林走走吗?"

"当然愿意。"

他们叫了一辆敞篷马车,来到香榭丽舍大街,然后转入通往布洛涅森林的大道。当晚一丝风也没有,天热得像蒸笼,巴黎的空气滚烫滚烫的,吸到肺里像烤炉里冒出的蒸汽一样。成队的马车一辆跟着一辆,把一对一对情侣送往森林。

乔治和玛德莱娜非常感兴趣地看着这一对对坐车经过的互相搂抱着的情侣,女的穿着浅色连衣裙,男的穿着深色的衣服。在炎热的星空下,这股恋人的洪流滚滚向森林流去。除了车轮沉闷的隆隆声以外,没有任何其他声音。马车一辆接一辆地经过,每辆车上都坐着一男一女,他们一声不响地彼此依偎着躺在坐垫上,被欲火烧得迷迷糊糊。他们的身子微微发抖,期待着即将到来的拥抱。温暖的暗影中似乎有无数情人在热吻。柔情飘荡,兽欲横流,空气变得更重浊,更令人难以呼吸了。所有这些成双成对的人都陶醉在同样的思想、同样的激情之中,使周围也受到狂热气氛的感染。所有这些满载着千般情爱,万种温柔的马车一路上散发着淫荡的气息,使人心旌摇摆,不能自已。

乔治和玛德莱娜两人也受到这种爱情的感染,一言不发地、轻轻地握着对方的手,只觉得气氛沉重,不禁意马心猿。

到了旧城拐弯的地方,他们猛地抱吻起来。玛德莱娜心迷意乱,嗫嗫嚅嚅地说:

"咱们现在就像那次去卢昂的路上那样调皮。"

马车的洪流进入矮树丛中以后便散开了。沿着青年人散步的湖边小路,马车逐渐稀疏起来。树荫浓密,叶影婆娑,树下小溪流水潺潺,空气变得既湿润又清新,夜空中繁星点点,这一切使车中情侣的热吻更加销魂蚀骨,而夜色也变得更为神秘了。

乔治紧紧地搂着玛德莱娜,低声说了一句:"啊,我的小玛德!"

玛德莱娜也对他说:"你还记得你家乡的那个树林吗?阴森森的。我总觉得那林子大得看不见边,里面有许多面目狰狞的野兽。可这里,一切都那么迷人。连风也在温柔地轻拂着你。我知道森林那一边就是塞夫勒河。"

杜·洛华回答道:"噢!我家乡的森林没有别的东西,只有鹿、狐狸、狍子和野猪。偶尔可以看见一所看林人的屋子。"

他失口说出了亡友的名字①,连自己也吓了一跳,仿佛这个名字不是他说出来的,而是某个人从树丛深处向他喊出来。他猛地顿住,不再往下说,觉得浑身有说不出的难受。长久以来一直咬啮着他,使他坐卧不宁,而又挥之不去的恼怒和嫉妒心理重又冒了上来。

过了一会儿,他问玛德莱娜:"以前你和查理晚上也到这里来吗?"

玛德莱娜回答道:"当然,经常来。"

他听了神经突然一震,心像被什么揪住似的,真想立刻回去,但福雷斯蒂埃的形象已经深深印进他的脑海,钳制着他,甩也甩不掉。无论想什么或者说什么都离不开福雷斯蒂埃。

他不怀好意地问道:

"你说说,玛德。"

"说什么,亲爱的。"

"你让这个可怜的查理戴过绿帽子没有?"

玛德莱娜轻蔑地低声嘟囔:"你真没意思,老是这一套。"

︴︴︴︴︴︴︴︴︴︴︴︴︴︴︴︴

① 法语"看林人"这个词的写法和发音正好是"福雷斯蒂埃"。

但他还是紧追不放。

"得了,我的小玛德,你老实点吧,你承认不承认?你说,你是不是让他戴过绿帽子?你承认让他戴过绿帽子,对吗?"

玛德莱娜没有吱声。她像所有女人一样,听到绿帽子这个字眼便觉得有伤自己的自尊心。但杜·洛华还是一个劲地说:"他妈的,如果世界上有谁像戴过绿帽子的话,那就是他。对,对,肯定就是他。我真想知道福雷斯蒂埃是否戴过绿帽子。喂,瞧他那呆头呆脑的样子,像不像?"

他觉得玛德莱娜每次回忆起这种事的时候,似乎都高兴得直笑,于是,更紧紧追问:"得了,说了吧。这有什么关系?相反,如果你告诉我你欺骗过他,向我承认这一点,那不是挺有意思的吗?"

他的确兴奋得浑身颤抖。他希望,也恨不得那个讨厌的查理,那个可恨而又可恶的死鬼查理,真的蒙受过这种耻辱成为笑柄。可是……可是,使他急着想知道的却是另一种说不出来的激动心情。

他一再说:"玛德,我亲爱的玛德,我求求你,你说了吧。这是他罪有应得。你不这样对待他反而是你的不对。算了吧,玛德,你就承认了吧。"

她看杜·洛华一味坚持,大概觉得很有意思,因为她听着听着,不由得发出一阵阵的笑声。

杜·洛华把嘴凑到妻子耳边:"得了……得了……承认了吧。"

但妻子猛地躲开他,冷不丁地这样说:"你真笨。提这样的问题,人家会回答吗?"

她说这句话的时候,声调非常奇怪,使她丈夫倒抽一口冷气,连血液似乎也凉了。他惊慌失措地待在那里,微微有点儿喘,精神仿佛受到了剧烈的震动。

此时,马车正沿着湖边缓缓驰去。点点繁星从天空洒落在水面。夜色朦胧,隐约有两只天鹅在水上慢慢地游动。

乔治向车夫喊道:"回去吧。"于是,马车掉转头往回走。迎面还不断有马车嘚嘚地驰来,车上的巨大马灯像一只只眼睛在黑暗的森林里闪烁。

玛德莱娜刚才那句话有点蹊跷!杜·洛华暗自思忖:"这是否等于承认呢?现在,几乎完全可以肯定,她欺骗过第一个丈夫。"想到这里,杜洛华气极了,真想狠狠地打她一顿,把她活活掐死,揪掉她的头发!

啊,如果她这样回答:"不过,亲爱的,如果我真的欺骗过他的话,那我的情夫就是你。"那该多好。杜·洛华会怎样热烈地亲吻她,拥抱她,爱恋她啊!

他交叉着双臂坐在那里,一动也不动,眼睛看着天空,脑袋发胀,什么也想不下去。心里又气又恨,怒火一个劲地往上冒。每当丈夫知道妻子不贞的时候,总会产生这种感觉。他第一次体会到一个怀疑妻子有外遇的丈夫那种复杂的忧虑心理!总之,他感到嫉妒。为亡友,为福雷斯蒂埃感到嫉妒。这种奇怪而强烈的嫉妒心理,使他突然恨起玛德莱娜,既然她欺骗过前夫,杜·洛华又怎能相信她呢?

逐渐地,他的心情平静下来。他强忍着痛苦,这样想:"所有女人都是妓女,只能利用,丝毫不能相信。"

内心的痛苦化作轻蔑和厌恶的话语涌到唇边,但他丝毫没有说出来。心里不住地重复这几句话:"世界只属于强者。一定要成为强者,凌驾于一切之上。"

马车走得越来越快,又穿过了旧日的城墙。杜·洛华看见前面天空上有一团红光,像一座硕大无朋的铁匠炉。隐约听见无数不同的噪音汇聚成一片巨大而沉闷的嗡嗡声,时远时近,持续不断。这是模糊而又响亮的生命的脉搏,是巴黎的呼吸。在这个夏天的夜里,巴黎像一个筋疲力尽的巨人,在大声地喘息。

乔治暗想:"我如果生气,岂不是个傻瓜。人人都为自己。谁有胆量,谁就胜利。一切离不开自私这两个字。为名利而自私总比为女人和爱情而自私来得好。"

星形广场上的凯旋门出现了,它劈开巨大的双腿,站在城市的入口,像个丑陋的巨人,准备迈开大步,踏上伸展在它面前的林荫大道。

乔治和玛德莱娜又进入了马车的洪流。一辆辆马车正把情侣们送回寓所。这一对对情侣彼此搂抱着,默默无言,心儿早飞到了床上。乔治和玛德莱娜觉得整个人类都陶醉在欢乐和幸福之中,在他们身旁轻轻流过。

玛德莱娜预感到她丈夫一定在想什么心事,便柔声地问他:

"亲爱的,你在想什么?你一言不发已经有半个钟头了。"

杜·洛华冷笑着回答道:"我在想那些互相拥抱亲吻的笨蛋。我心想,说真的,生活里还有别的事情可做。"

玛德莱娜喃喃地说:"对……不过,有时这样也挺好。"

"这样也挺好……这样也挺好……当你没有更好的事情可做的时候!"

乔治继续想下去。他撕开了生活外面那层诗一般的外衣,恨恨地说:"我如果像最近那样,总是缩手缩脚,不敢有任何非分之想,一个人苦苦思索,弄得神魂颠倒,自己折磨自己,那实在是太笨了。"想到这里,福雷斯蒂埃的影子突然在他脑子里闪过,但他丝毫不觉得反感,似乎他们已经言归于好,又成为朋友了。他真想对福雷斯蒂埃大喊一声:"你好,老朋友。"

玛德莱娜看他沉吟不语,觉得有点尴尬,便问道:"咱们到多尔多尼咖啡馆吃杯冰激凌,然后再回家好吗?"

杜·洛华斜眼看了看她。这时,车子正好经过一家表演歌舞的咖啡馆门前,强烈的煤气灯光照在玛德莱娜金灿灿的头发上,好一个秀丽的侧影。

杜·洛华心想:"她真漂亮。算了,这样也好。伙计,咱们是棋逢对手。不过,如果你对不起我,使我再次在别人面前丢脸,我非闹个地覆天翻不可。"于是,他回答道:"好啊,亲爱的。"为了不让她猜到自己的心事,杜·洛华还吻了吻她。

玛德莱娜感到丈夫的嘴唇冷得像冰一样。

杜·洛华若无其事地微笑着,一面把手臂递给她,和她一起下了车,走上咖啡馆的台阶。

三

第二天,杜·洛华一走进报馆便去找布瓦斯勒纳。

"亲爱的朋友,"他说道,"我想请你帮个忙。最近,大家都叫我福雷斯蒂埃,觉得这样做很好玩。可我,我倒有点烦了。请你悄悄地关照同事们一声,以后谁还敢再跟我开这样的玩笑,我就给谁一个耳光。

"请他们考虑一下,为开这样的玩笑而挨一剑,到底值得不值得。我之所以请你帮忙,是因为你是一个冷静的人,能制止在我们中间发生不愉快的激烈事件,还因为你在那次决斗中做过我的证人。"

布瓦斯勒纳答应照办。

杜·洛华说完便出去采访了。一小时以后,他回到报馆。再也没有人喊他福雷斯蒂埃了。

他回到家的时候,听见客厅里有女人的声音。他问道:"谁来了?"

仆人回答:"瓦尔特夫人和德·马雷尔夫人。"

杜·洛华的心扑通扑通地跳了一阵。接着,自言自语道:"没关系。"说着便推开了门。

克洛蒂尔德在壁炉旁站着,窗外射进来的阳光正好照着她。乔治似乎觉得她一看见自己进来脸就白了。他先向瓦尔

249

特夫人和她那两个像哨兵一样坐在母亲两侧的女儿躬身施礼,然后转向他以前的情妇。克洛蒂尔德把手伸给他。他满含情意地握着这只手,仿佛在说:"我仍然爱你。"她也使劲握杜·洛华的手,以示回答。

杜·洛华问她:"上次一别,如隔百年。您身体好吗?"

德·马雷尔夫人从容地回答:"很好,您呢?漂亮朋友。"

说罢,她转过身来,对玛德莱娜说:"我还是叫他漂亮朋友,你允许吗?"

"当然,我亲爱的,无论你想做什么,我都允许。"

这句话似乎带点讽刺的味道。

瓦尔特夫人谈到雅克·里瓦尔这个单身汉要在自己寓所里举行一次娱乐会,一次有社交界的名媛贵妇参加的大型剑术表演。她说:"这一定很有意思。但遗憾的是,没有人领我们去,因为,那天我丈夫有事去不了。"

杜·洛华立刻自告奋勇说可以领她们出席。她同意了:"那我和我的女儿对您可是感恩不尽了。"

杜·洛华看着瓦尔特夫人那个最小的女儿,心里想:"苏姗这小妞儿很不错,真的,很不错。"苏姗看起来像个弱不禁风的洋娃娃,金头发,身材略嫌矮些,但小巧玲珑,大腿和胸部都很发达。脸不大,一双明亮的蓝灰色眼睛,像是一位精细而富有幻想的画家用笔描出来似的。白净细嫩的皮肤,光洁无瑕。蓬松的鬈发,错落有致,仿佛轻烟淡云,活像小女孩怀里抱着的、比小主人还大的高级洋娃娃的头发。

姐姐叫萝丝,生得面容丑陋,没有任何曲线,毫无特色,属于不引人注目的那种女孩子。谁都不愿意和这种女孩子说话,也不愿意谈论她们。

母亲站起来,把身子转向乔治,一面说:

"就这样说定了,下星期四两点钟,我们等您。"

乔治回答道:"放心好了,夫人。"

她刚走,德·马雷尔夫人也站了起来:

"再见,漂亮朋友。"

她使劲握住乔治的手,久久没有放下。这种沉默的倾诉使乔治大为感动,突然对这位风流、活泼、也许还是真心爱他的女人重又产生了眷恋之情。他暗想:

"我明天就去看她。"

当客厅只剩下他们夫妇两人的时候,玛德莱娜爽朗而快活地笑了起来,眼睛紧盯着他说:

"你知道吗?你已经使瓦尔特夫人动心了。"

他不相信地回答道:"你得了吧。"

"真的,我敢向你保证。她和我谈起你的时候,激动极了。她是很少这样的!她还想给她的两个女儿找两个像你那样的丈夫哩!……幸亏是她,这样的事倒不要紧。"

杜·洛华不明白她这句话的含义。

"什么?不要紧?"

她很有把握地回答道:"噢,瓦尔特夫人很正派,从来没有人说过她半句闲话,你明白吗?从来没有,从来没有。她在各方面都是挑不出毛病的。她的丈夫嘛,你和我都知道是怎么一个人。可她却完全不同。她嫁了一个犹太人,心里够痛苦的,但她对丈夫始终如一,所以,她是一个正派的女人。"

杜·洛华很惊讶地说:"我以为她也是犹太人哩。"

"她?才不是哩,每年七月二十二日圣玛德莱娜节举办的慈善事业,她都是大施主。甚至她的婚礼也是在教堂里举行的。我不知道老板是否假装受过洗,也不知道教会是否对此眼开眼闭。"

乔治喃喃地说:"是吗!……这样说来……她……看上我了?……"

"肯定是这样,一点没错。如果你还没结婚,我一定劝你向她的女儿求婚……当然是向苏姗,而不是向萝丝喽,对吗?"

他一面卷着胡子,一面回答道:"嗯,那个做母亲的也还可以。"

玛德莱娜有点不耐烦了:

"乖乖,你知道吗?那位母亲嘛,我倒希望你试一试。不过,我并不担心,因为像她那样的年纪,是不会失足的。早一点倒有可能。"

乔治心想:"难道我真能娶苏姗?……"

接着,他耸了耸肩膀:"算了!……简直是异想天开……那位做父亲的会答应么?"

尽管如此,他还是决定,以后要仔细观察瓦尔特夫人对他的态度,但并没有考虑从中会得到什么好处。

整整一个晚上,他不断回忆起和克洛蒂尔德那一段缠绵香艳的爱情。想到她滑稽而温柔的举动,和他们两人结伴出游的情景。他私下反复说:"她实在太好了。对,我明天非去看她不可。"

第二天,刚吃完午饭,他就到韦尔内依街去。开门的还是原来那个女仆。她用一般小康之家的女仆那种随便态度问杜·洛华:"您好吗?先生。"

他回答道:"很好,我的孩子。"

说着,他走进客厅。客厅里有人在弹钢琴,弹得很不熟练。原来是洛琳。杜·洛华以为洛琳看见他一定会跑过来搂住他的脖子,但她非常庄重地站起来,像大人那样一本正经地施了个礼,便很严肃地退了下去。

小姑娘这种态度像是一位被冒犯了的妇女,使杜·洛华大吃一惊。她母亲进来了。杜·洛华趋前握住她的双手,轻轻地吻着。

"我多么想你啊。"他说道。

"我也是。"她回答道。

他们坐下来,微笑着,彼此你看着我,我看着你,真想在对方的嘴唇上接个吻。

"我亲爱的小克洛,我爱你。"

"我也是。"

"那么……那么……当时你不恨我吗?"

"也恨,也不恨……我一度觉得很痛苦,但后来,我知道你这样做的原因,于是我就对自己说:'得了,总有一天,他会回来的。'"

"我本来不敢回来,不知道你会给我什么脸色看。我一直不敢,但心里非常想来。对了,告诉我,洛琳今天怎么了。她刚给我行了个礼便气冲冲地走了。"

"我不知道,但自从你结婚以后,谁也不能在她面前提起你。我想她准是嫉妒了。"

"你得了吧。"

"真的,亲爱的。她再也不称你为漂亮朋友了。她叫你福雷斯蒂埃先生。"

杜·洛华脸红了。接着,他把身子凑过去:

"把嘴给我。"

她把嘴迎了上去。

"咱们在什么地方见面?"他问道。

"当然在……君士坦丁堡街啰。"

"什么!……那套房子没租出去吗?"

"没有,我一直留着!"

"你一直留着?"

"是啊,我想你会回来的。"

听了这句话,杜·洛华心里既高兴又骄傲。这个女人的确爱他,而且是真心实意,一往情深。

他低声说了一句:"我爱你,"然后又问道,"你丈夫好吗?"

"很好。他刚刚在这里待了一个月。前天走了。"

杜·洛华不禁大笑道:"这太巧了!"

克洛蒂尔德天真地回答道:"啊!是的,太巧了。不过,即使他在这里,也不碍事。你知道吗?"

"这倒是实话。再说,他也很讨人喜欢。"

"你呢,"她说道,"你觉得你现在的新生活怎么样?"

"不好也不坏。我妻子是我的同志和合作者。"

"没有任何别的关系?"

"没有任何别的关系……至于感情……"

"我知道了。不过,她倒是很可爱的。"

"是的,但她可不能使我神魂颠倒。"

说着,他凑到克洛蒂尔德身旁,低声说:

"咱们什么时候见面?"

"嗯……如果你愿意就……明天吧。"

"好,明天。两点?"

"两点。"

杜·洛华站起来准备走,但接着又有点不好意思地说:"你知道,我打算一个人把君士坦丁堡街那套房子租下来。我一定要这样做。如果继续由你来付房租,就太不像话了。"

克洛蒂尔德听罢深情地吻着他的双手,悄声地说:"你喜欢怎么做都成。只要把房子留下来,咱们能在那里见面,我就心满意足了。"

于是,杜·洛华兴冲冲地走了。

经过一家照相馆的时候,他看见橱窗里摆着一个女人的照片,高高的个子,大大的眼睛。他忽然想起了瓦尔特夫人。他暗想:"她和这个没什么区别,一定还挺不错。我怎么以前从来没注意到她呢?我倒要看看星期四她对我的态度。"

他边走边搓着手,心里美滋滋的,因为一切都进行得很顺利。一个能干的男子获得成功以后,私心窃幸之余,常常会喜形于色。这种快乐,一半来自虚荣心的满足,另一半则来自女性的柔情所引起的感官上的喜悦。

到了星期四,他对玛德莱娜说:"你不到里瓦尔家里去看剑术表演吗?"

"噢,不。我对这个不感兴趣。我要到众议院去。"

于是,杜·洛华便去接瓦尔特夫人。他叫了一辆敞篷马车,因为那天天气好极了。

见到瓦尔特夫人,他暗暗吃惊,觉得她既年轻又漂亮。当然,瓦尔特夫人穿着一套浅色礼服,上衣的前胸微微敞开,露出金黄色的花边。花边下,丰满的乳房高高耸起。杜·洛华从来没见过她像今天这样鲜艳,这样诱人。她态度安详,举止大方,在风流男子的眼里,只不过是个规规矩矩的母亲,几乎没有值得注意的地方。她谈的虽然都是人所共知、平淡无奇的琐事,但她思想敏锐,说得有条不紊,头头是道,而且恰到好处。

她的女儿苏姗穿一身粉红色的衣服,仿佛是一幅华托①的新作,而她姐姐则像负责陪伴这位漂亮小姑娘的女教师。

里瓦尔门前整整齐齐地停着一排马车。杜·洛华把胳臂递给瓦尔特夫人,和她一起走了进去。

这次剑术表演赛是一些与《法兰西生活报》有关系的参议员和众议员的妻子发起的,目的是为巴黎第六区的孤儿募捐。

瓦尔特夫人答应带她的两个女儿一起来,但拒绝做这次募捐的主持人。除了教会组织的活动,她一般都不出面。这样做并非是因为她十分虔诚,而是由于她嫁给了犹太人,觉得自己的行为非带点宗教色彩不可。而里瓦尔组织的这次表演赛却有点共和主义的味道,很可能被认为是反教会的。

三个星期以来,各种倾向的报纸都一直刊登着下列这条消息:

我们杰出的同事雅克·里瓦尔有一个慷慨而别开生面的想法:为了救济巴黎第六区的孤儿,他准备在他寓所旁边一个属于他本人所有的漂亮的击剑练习厅,组织一次大型的剑术表演赛。

请柬将由拉洛瓦涅、勒蒙泰尔、里索兰等参议员的夫

---

① 华托(Wattteau,1684—1721),十八世纪法国著名画家,以色调鲜艳、描写细腻著称。

人和著名的众议员拉罗舍-马蒂厄、佩塞罗尔、菲尔曼的夫人发出。表演赛中间休息时将进行一次简单的募捐,所得款项将立即送交第六区区长或其代表。

这则大型广告,是里瓦尔这位灵巧的新闻记者自行设计的。

雅克·里瓦尔在寓所门口迎接客人。屋里还设立一个小吃部,这方面的支出,将从收入里扣除。

他很客气地用手指了指通往地下室(剑术练习厅和赛场就设在那里)的小楼梯,说道:"在下面,夫人们,在下面。剑术表演赛在下面的房间里举行。"

他看见经理夫人,便急忙向前迎接,然后和杜·洛华握手:"你好,漂亮朋友。"

杜·洛华吃了一惊,问道:"谁告诉你……"

里瓦尔赶紧打断他的话:"今晚莅临的瓦尔特夫人觉得这个绰号非常好。"

瓦尔特夫人红着脸说:"是的,我承认,如果我和您再熟一些,我也会像洛琳那样,叫您漂亮朋友的。这个名字对您太合适了。"

杜·洛华大笑道:"那就请便吧,夫人,您叫好了。"

夫人垂下了眼睛:"不,我们还不够熟。"

杜·洛华低声说:"我希望将来我们能更熟一些,不知您是否允许?"

"那将来看吧。"她说道。

一盏煤气灯照着狭窄的楼梯。到了楼梯口,杜·洛华将身子一闪,让瓦尔特夫人先下去。从明亮的太阳光中突然走到昏黄的灯下,总有点凄凉的感觉。一股地下室的气味从螺旋梯下面涌上来,又闷又潮。为举行这次集会而临时擦过的墙壁发出霉味,混合着举行宗教仪式时常常闻见的那种安息香的香味,还有女人身上发散出来的马鞭草香精、鸢尾香粉和紫罗兰的香气。

在这个洞穴里,人头攒动、语声嘈杂。

整个地下室用彩灯照明。除了彩灯,还有灯笼,藏在起硝的石头墙上一簇簇的叶丛下面。目光所及,到处都是树枝。天花板装饰着蕨薇,地上则铺着树叶和鲜花。

大家觉得这样的布置真是别开生面,很富有想象力。最里面的小地下室里搭着比赛台,两侧排着裁判员坐的椅子。

整个地下室左右两边都摆着长凳,十条一排,约莫可以坐二百个人。但请的来宾却有四百位。

比赛台前有一群穿着击剑服的年轻人。都是细挑身材,长胳臂长腿。他们挺起胸脯,翘着胡子,开始在观众面前摆弄姿势。大家低声念叨他们的名字,说这个是职业剑师,那个是业余的。总之,所有剑术界的知名人士都来了。他们周围是一大群穿燕尾服的绅士,有年轻的,也有年老的,正在那里谈话,看来是那些穿击剑服的选手们的亲友。他们也想引起别人的注意,让别人认出并说出自己的名字。他们都是穿便服的剑术大师和击剑专家。

几乎所有的长凳上都坐满了妇女。她们裙裾窸窣,笑语喧哗,像在剧院那样扇着扇子,因为这个铺满树叶的洞穴热得像蒸笼一样。一个爱开玩笑的人不时喊道:"杏仁露!柠檬水!啤酒!"

瓦尔特夫人和她的两个女儿走到第一排保留席上坐下。杜·洛华把她们安置好以后,便准备走开。他低声说:

"我只好失陪了,因为这些长凳是不许男人坐的。"

瓦尔特夫人拿不定主意,对他说:

"我还是希望您能留在这里,这样,您可以告诉我比赛的人叫什么名字。对了,如果您站在长凳旁边,就不会挡着别人了。"

她用温柔的大眼睛看着杜·洛华,一个劲地说:"行了,留在我们这里吧……先生……漂亮朋友先生。我们需要您。"

杜·洛华回答道:

"我……遵命,夫人。"

这时候,只听见四面八方人们都在谈论:"这个地下室真有意思,布置得真好。"

这个拱形大厅,杜·洛华熟悉极了!他记得在那次决斗前夕,他独自一人在这里度过了整整一个上午。面对着一个用旧纸板作的靶子。这个靶子像一只大得吓人的眼睛,在里面那个地下室的尽头,死死地盯着他。

忽然,从楼梯那儿传来了雅克·里瓦尔响亮的声音:

"女士们,表演赛就要开始了。"

六位绅士穿着紧紧绷在身上的衣服,挺胸凸肚地登上比赛台,在裁判席上坐下。

他们的名字不断地口口相传:那位个子不高、唇髭很浓的是裁判长雷纳尔迪将军;那位身材高大,秃顶长髯的是画家约瑟芬·卢德;另外三位服饰华丽、少年英俊的是马泰奥·德·于雅尔,西蒙·拉孟塞尔,彼埃尔·德·卡尔文;最后一位是剑术教师加斯帕尔·梅勒隆。

地下室的两侧挂着两块牌子。右面那块牌子上写着:克莱夫克尔先生。左面那块牌子上写着：普律莫先生。

这两位都是二级剑术教师中的佼佼者。威风凛凛地迈着略嫌僵硬的步伐，登上比赛台，像木头人那样举手挥剑，彼此行礼，接着便开始交手。他们穿着帆布做的击剑服和护身的白色皮套衣，仿佛是两个舞台上的丑角，为了逗乐在模仿士兵打架。

不时可以听到有人喊："中了！"于是，裁判席上那六位先生便点点头，装出十分内行的样子。观众只看见一对活木偶伸长胳臂来回乱动。虽然谁也看不懂，却都心满意足。大家觉得那两个家伙，姿势并不优美，而且多少有点可笑，不由得想起每年元旦大街上卖的那种打架的小木人。

第一对赛完了，接着上场的是普朗东先生和卡拉平先生。一个是民间的剑术教师，一个是军队的教官。普朗东先生身材矮小，卡拉平先生则是个大胖子，像个气球，又仿佛是一只用肠衣吹起来的大象，一剑就能刺瘪。大家全都乐了。普朗东先生上蹿下跳，有如猴子。卡拉平先生只动胳臂，身体的其他部分却因为太胖而无法移动。他隔五分钟就单膝前屈，使尽全身力量一剑刺去，像是要破釜沉舟，孤注一掷。刺完以后，要费很大劲才能把身子再直起来。

行家们都说他赛得很坚定，很顽强。观众也相信这种说法，对他表示欣赏。

接着上场的是波里雍先生和拉帕尔姆先生，一个是职业剑术教师，一个是业余选手。两人像疯了似的腾挪跳跃，拼命搏击，使裁判员们不得不把椅子搬开，躲到一旁。他们在比赛台上，一来一往，难解难分。一个进攻，另一个便跃身躲过，样子非常滑稽。他们时而急步后退，惹得夫人们哈哈大笑，时而大步向前冲去,却又颇使人提心吊胆。这哪里是斗剑,简直是在表演体操。不知哪个顽童一语道破地喊了一声:"你们别累坏了!是按钟点算的!"这句外行话触怒了观众,大家一片声喊"嘘"!内行人议论纷纷,都说比剑的人虽然十分有劲,但有时却缺乏随机应变的能力。

上半场最后一局是雅克·里瓦尔对著名的比利时剑术教师莱贝格。表演十分精彩。里瓦尔深得女士们的欢心。他仪容俊美,身材匀称,灵活而敏捷,动作也比前面所有的选手都漂亮。他防守和劈刺的姿势潇洒大方,使人看了非常舒服。他的对手则恰恰相反,动作虽然有力,但不离俗套。大家都说,里瓦尔到底是有高度教养的人。

最后,他胜利了。大家纷纷向他鼓掌。

但在这以前几分钟,从楼上传来了一阵奇怪的声音,使看表演的人感到很不安。上面闹哄哄的又是跺脚,又是哈哈大笑。可能是那二百位没办法到地下室里来的客人自己想办法寻开心吧。螺旋形的小楼梯上挤着五十个左右的男人。下面闷热得很。人们不断喊:"透不过气了!""给点水喝吧!"刚才那个爱逗乐的人又尖叫着:"杏仁露!柠檬水!啤酒!"他这声音盖过了嗡嗡的谈话声。

里瓦尔连击剑服也没脱,满脸通红地跑过来说:"我去叫人弄点清凉饮料来。"说着,便向楼梯跑去。但是到一楼去的道路已经完全堵死。每一级楼梯都站满了人,要穿过这堵人墙比打通天花板还难。

里瓦尔大喊:"给女士们递点冰水过来!"

五十个声音跟着高喊:"来点冰水!"终于出现了一个托盘,但上面只有几个空玻璃杯:清凉饮料在半路就给人拿走了。

一个洪亮的声音大吼道:"里面气都透不过来了,咱们快点结束,走吧。"

另一个声音说:"还要募捐哩!"大家虽然热得直喘气,但仍然快活地跟着喊:"募捐……募捐……募捐……"

于是,六位女士在长凳之间来来往往,只听见银币落在钱袋里,发出清脆的声音。

杜·洛华把著名人士一一指给瓦尔特夫人。都是些社交界的人物、各大报的记者。这些老牌记者从自己的经验出发,对《法兰西生活报》始终持保留态度,根本看不起,因为这样的政治金融报纸都是阴谋的产物,往往随着某个部长的垮台而销声匿迹。对此,他们已经司空见惯。人群中可以看见几个诗人和雕刻家,他们一般都喜欢运动。还有一位荣获法兰西学院院士头衔的诗人,大家不住地对他指指点点。除此以外,还有两位音乐家和许多外国贵族。杜·洛华在这些贵族的名字后面都加上拉斯特的称呼(意思是绅士),据他说,这样做是为了模仿英国人,因为英国人在自己的名片上都印有Esq① 的字样。

有人向他喊了一声:"您好,亲爱的朋友。"原来是德·沃德雷克伯爵。杜·洛华向女士们说了声对不起,便走过去和他握手。

回来的时候,他说:"沃德雷克风度翩翩,很有气派。"

瓦尔特夫人没说什么。她有点累,随着每次一呼一吸,她的胸脯不断起伏,把杜·洛华的眼睛吸引住了。他不时和这

---

① Esq,英语 Esquire,"君"字的缩写。一般放在姓名后面。

位"老板夫人"的目光相遇。瓦尔特夫人显然方寸已乱,和他的目光一接触便马上躲开了。杜·洛华心里想:"嗯……嗯……难道这女人对我真的动心了?"

募捐的女士们走过去了。她们钱袋里已装满了金币和银币。这时台上又挂起一块牌子,上面写着:惊人消息。裁判员又回到了自己的位置。大家都鸦雀无声地等着。

两位女士各持花剑登场。她们身穿击剑服,上身是一件绿色运动衣,下身是一条仅及大腿一半的短裙。胸前护甲高耸,使她们不得不把头仰起来。她们既年轻又漂亮,微笑着向观众施礼。大家报以经久不息的掌声。

在一片议论和开玩笑的喁喁细语声中,她们各就各位,摆好了架势。

裁判员们面带笑容,对她们击出的每一剑都轻轻地点头称赞。

观众十分欣赏这场比赛,一个劲地向她们喝彩。男人的心里燃起了欲火,女人也看得津津有味。她们感兴趣的程度不亚于一般巴黎观众对咖啡店的卖唱女郎和通俗歌剧的喜爱。那是些俏皮而略嫌放肆,优美而显得俗气,附庸风雅,矫揉造作的表演。

击剑的女郎每次进击都给观众带来一阵喜悦。他们大张着嘴,睁圆了眼睛,死死地盯着背朝大厅的那个女郎,目光集中在她那丰腴的后背,而对她手腕上的功夫反而不太注意。

大家向她们热烈鼓掌。

击剑完毕,接着是赛刀。但是谁也不看了,大家的注意力都被楼上发生的事情吸引了过去。只听一阵挪动家具、把家具在地板上拖过来,推过去的声音,仿佛有人在搬家似的。这样持续了几分钟。突然,透过天花板传来了钢琴的声音,接着是一阵有节奏的脚步声。原来上面的人为了补偿看不到表演的损失,自动跳起舞来了。

击剑厅里的观众先是爆发出一阵大笑,接着,女士们心里燃起跳舞的欲望。她们再也无心观看台上的比武,高声谈论起来。

迟到的人居然产生组织舞会的想法,大家觉得很有意思。那些人真是自得其乐。大家都恨不得自己也在上面。

这时候,又有两位选手上场了。他们彼此施礼已毕,便威武地摆开了架势,于是,众人的目光又转向他们的动作。

他们弓着腿向前突刺,然后又矫健地直起身子。出手准而有力,恰到好处,动作干净利落,姿势优美正确,一进一退,均有法度,外行的观众看得目眩神迷,赞叹不已。

两位选手态度镇定,反应迅速,矫健而敏捷,动作非常准确,表面看来似乎很慢,但实际上慢中有快,技艺达到了炉火纯青的程度,仅此一点就足以把人们的目光全部吸引住了。观众感到这种场面美不胜收,实在不可多得。两位剑术大师堪称行家里手,他们施展浑身解数,发挥全部智慧与技巧,表演之精彩,使人叹为观止。

全体观众鸦雀无声,都聚精会神地注视着他们。当最后一击结束这场比赛,两人彼此握手的时候,全场爆发出一阵欢呼。人们又是跺脚又是高声喊叫。大家都知道,他们就是塞尔尚和拉维尼亚克。

大家头脑发热,变得爱吵爱闹。男人们看着自己邻座,总想和他吵上几句。甚至微笑一下也会挑起一番争论。从来没拿过剑的人也挥动手杖,模仿进攻和防守的姿势。

人群逐渐从楼梯往上走,都想去喝点什么。但大家到楼上一看,不由得勃然大怒,原来小吃部的东西已经被跳舞的人全部吃光了。那些人吃完以后一哄而散,还骂骂咧咧地说:让二百人老远跑来,又没有任何节目招待,简直是缺德。

哪怕一块点心、一滴香槟、果子露,或者啤酒也没有剩下。连一块糖,一个水果也找不到。什么都没有了。他们把一切都抢光、糟蹋光、扫荡光了。

大家要仆人叙述一下详细经过。仆人们装出无可奈何的样子,但私下里却不禁好笑。他们说:"那些女士比男人还凶,又是吃,又是喝,直到撑不下为止。"听这些仆人的谈话,简直使人以为战争年代城市被洗劫一空,几个幸免于难的人在叙述当时的惨象。

大家只好走了。有些人后悔刚才捐了二十法郎。楼上的人大吃大喝一顿,却什么钱也没掏,岂不叫人恼火?

主办这次表演赛的女士们一共募捐了三千法郎。扣除所有费用以后,还剩下二百二十法郎给第六区的孤儿。

杜·洛华陪着瓦尔特一家出来等候马车。在送她们回去的路上,他正好坐在老板夫人对面。杜·洛华再次碰到了她那含情脉脉而又躲躲闪闪、局促不安的目光。他心想:"嗯,我相信她已经上钩了。"想到这里,他笑了,承认自己对女人的确有办法。因为,德·马雷尔夫人自从与他言归于好以后,似乎更爱他了。

他高高兴兴地回到家。

玛德莱娜正在客厅里等他。

"我打听到一个消息,"她说道,"摩洛哥事件变得复杂了。今后几个月内,法国很可能派远征军到那里去。不管怎样,他们一定会利用这件事来推翻目前的内阁,到时候,拉罗舍一定会趁机把外交部长的位置弄到手。"

杜·洛华故意逗弄妻子,假装不相信她的话。他说,在突尼斯问题上那种愚蠢的做法不会重演了,谁也不会疯狂到那种程度。

玛德莱娜不耐烦地耸了耸肩膀:"我告诉你,会的!我告诉你,会的!你不明白,对他们来说,这是一个非常重要的钱的问题。亲爱的,在今天钩心斗角的政治斗争中,不应该说:'在女人身上想办法,'而应该说:'在事件上想办法。'"

杜·洛华装出一脸不相信的样子,故意激她:"你算了吧!"

她果然火了:"嗨,你和福雷斯蒂埃一样头脑简单。"

玛德莱娜故意拿这话伤他,心想他一定会生气。但他只是笑了笑,回答道:"和那个戴绿帽子的福雷斯蒂埃一样?"

玛德莱娜听了一怔,喃喃地说:"噢!乔治!"

杜·洛华洋洋得意,语带嘲弄地说:"怎么啦?福雷斯蒂埃戴过绿帽子这件事,那天晚上,你不是已经承认了吗?"

玛德莱娜把身子转过去,不屑回答他。沉默了片刻,才继续说:"星期二咱们有客人。拉罗舍-马蒂厄夫人和佩尔斯缪子爵夫人来吃晚饭。你去邀请里瓦尔和诺尔贝·德·瓦兰纳好吗?我明天约瓦尔特夫人和德·马雷尔夫人。也许还可以请到里索兰夫人。"

最近,她利用丈夫的政治影响,交了一些朋友。连请带拉把一些需要《法兰西生活报》支持的参议员和众议员的夫人弄到家里来。

杜·洛华回答道:"好极了。我负责里瓦尔和诺尔贝。"

他满意地搓着手,因为他终于找到了一个好办法,既可以折磨他的妻子,同时也能够满足他那种阴暗的报复心理。自从上次他们在布洛涅森林散步以后,他产生了一种模糊而强烈的妒忌心理,这一下可有办法解除了。每次谈起福雷斯蒂埃,他都称之为戴绿帽子的人。他心里明白,这样做的结果一定会使玛德莱娜火冒三丈,因此整个晚上,他都想尽办法用轻松愉快的嘲笑口吻反复提到这位"戴绿帽子的福雷斯蒂埃"。

现在,他已经不再恨这个死去的人,而是要为他报仇。

他妻子假装没听见,在他面前总是笑容可掬,毫不在乎。

第二天,玛德莱娜要去邀请瓦尔特夫人。杜·洛华想抢在她前面,先单独去拜会这位老板夫人,看看她对自己是否真的有意。他觉得很有趣,心里美滋滋的。再说……如果可能的话……为什么不呢。

时钟刚敲响两点,他便来到了马勒泽布大街。仆人把他引进客厅。他静静地等着。

瓦尔特夫人出来了,一见杜·洛华便高兴地立即把手伸了过去。

"是哪阵好风把您吹来的呀?"

"不是因为风,而是因为我希望看到您。似乎有一种力量促使我到您这里来,我不知道为什么,其实也没有什么话要对您讲。反正我来了!我这么早来拜访您并且如此坦率地向您解释,您能原谅我吗?"

杜·洛华半开玩笑地把这番话说得娓娓动听。唇上始终带着微笑,声音里却透着真诚。

瓦尔特夫人听了有点惊讶,脸上泛起了红晕,讷讷地说:"不过……说真的……我不明白……您的话使我感到意外……"

杜·洛华接着说:"我这番表白用的是欢快的调子,免得您听了害怕。"

他们紧挨着坐了下来。瓦尔特夫人开玩笑地问道:"这么说,您这番表白……是真的啰?"

"当然!我早就想,甚至很久以来,就一直想向您表白我的心迹。但我不敢。听人家说,您冷若冰霜……"

瓦尔特夫人恢复了镇静,又问道:

"那您为什么偏偏选择今天呢?"

"我不知道,"接着,他压低声音,"也许是因为从昨天起,我一心想着您的缘故。"

瓦尔特夫人脸色煞白,结结巴巴地说:"得了,别孩子气了,咱们还是谈别的吧。"

但杜·洛华突然双膝跪倒,把瓦尔特夫人吓了一跳。她想站起来,但杜·洛华用双臂把她拦腰抱住,不让她起来,一面用激动的声音不住地说:

"真的,我早就爱上您了,爱得简直都发疯了。您不要说话。有什么办法呢?我已经神魂颠倒了!我爱您……啊!您知道就好了,我是多么爱您呀!"

瓦尔特夫人感到呼吸困难,气喘吁吁,想开口说话,却一句也说不出来。她用双手撑拒着,抓住杜·洛华的头发,不让他的嘴向自己双唇伸过来,并且把头迅速地左右来回摆动,一面把眼睛闭上,不愿再看见他。

杜·洛华隔着衣服接触到她的身体,不住地抚摸她。在这种强烈而粗暴的爱抚下,她逐渐支持不住了。杜·洛华猛地站起来,想把她搂在怀里,但就在他松手这一刹那,瓦尔特夫人往后一缩挣脱了,从一把椅子逃到另一把椅子。

杜·洛华觉得这样追逐太可笑了,便颓然跌坐在椅子上,两手捧着头,假装抽抽噎噎地哭了起来。

接着,他站起来,喊了两声:"永别了!永别了!"便逃了出去。

到了前厅,他从容地拿起手杖,走到大街上,一面自言自语道:"哼,我想这回行了。"于是,他走到电报局,给克洛蒂尔德发了个本市电报,约她第二天见面。

他按平常时间回家。一进门就对妻子说:"喂,你邀请的人都请到了吗?"

妻子回答道:"都请了,只有瓦尔特夫人,她不一定有空。她有点犹豫,和我净谈一些莫名其妙的事,什么保证呀,良心呀等等。总之,我觉得她的表情很奇怪。不管怎样,我还是希望她能够来。"

杜·洛华耸了耸肩膀:"那当然,她一定会来的。"

可是,他并没有把握,所以一直到举行晚宴的那一天,他都放不下心来。

那天早上,玛德莱娜收到老板夫人一个便条,上面写道:"我好不容易才挤出时间,我一定来。但我丈夫可是要失陪了。"

杜·洛华心想:"我没再到她那里去是对的。现在,她已经冷静下来了。我可要当心。"

他怀着多少有点不安的心情等待瓦尔特夫人的光临。她来了,神态很安详,但有点冷淡和傲慢。杜·洛华装出一副非常谦逊、非常谨慎和顺从的样子。

拉罗舍-马蒂厄夫人和里索兰夫人是和丈夫一起来的。

269

佩尔斯缪子爵夫人一到就大谈上流社会的新闻。德·马雷尔夫人穿着别出心裁的、黄黑相间的西班牙礼服,格外迷人。这套服装紧紧裹住她美丽的腰身、丰满的胸脯和滚圆的双臂,使她那小鸟般顾盼生姿的头颅显得更好看了。

杜·洛华安排瓦尔特夫人坐在自己右侧。吃饭的时候,只和她谈一些严肃的事情,而且态度毕恭毕敬。他不时看看克洛蒂尔德,心里想:"说真的,她更漂亮,更水灵。"接着,他的眼睛又回到妻子身上。尽管他暗中一直不怀好意地生她的气,但还是觉得她也很不错。

可是,老板夫人仍然使他意马心猿,原因是这个女人很难弄到手,其次也是出于男人喜新厌旧的心理。

瓦尔特夫人想早点回家。杜·洛华说:"我送您回去吧。"

她赶紧推辞,但杜·洛华坚持说:"您为什么不愿意呢?您太伤我的自尊心了。难道您还在生我的气吗?您看,我现在冷静得很。"

她回答道:"您不能就这样把客人扔下不管啊。"

杜·洛华微微一笑:"没什么!我只出去二十分钟,大家甚至不会发觉。如果您拒绝我的请求,那就伤透我的心了。"

瓦尔特夫人低声说:"好吧,我同意了。"

但他们刚在车里坐下,杜·洛华便抓住她的手,激动地吻了起来:

"我爱您,我爱您。让我告诉您,我爱您。我绝不碰您。我只想对您说,我爱您。"

瓦尔特夫人讷讷地说:"噢……刚才您不是答应过我吗?……这样不好……这样不好。"

杜·洛华装出尽力克制的样子,压低声音说:"您看,我不是克制住了吗。不过……还是让我对您说吧,只说一句,我爱您……让我每天都对您说这句话……是的,让我到您家里,跪在您脚下五分钟,看着您那可爱的面庞说:'我爱您。'"

她任凭杜·洛华握着自己的手,一面气喘吁吁地回答:"不,我不能,我不愿意。您想想,别人会怎么说,想想我的仆人,我的两个女儿。不,不,绝对不行。"

杜·洛华说:"看不见您,我简直就活不下去。不管在您家里也好,在别的地方也好,我一定要见您,哪怕每天只见一分钟。我要碰一碰您的手,闻一闻您裙子拂动的空气。我要欣赏您身体的曲线和您那双使我发狂的、漂亮的大眼睛。"

她听着这番庸俗不堪的爱情独白,身体不禁微微发抖,结结巴巴地说:"不……不……这不行。您别说了!"

杜·洛华在她耳边低声说着。他知道要把这个思想单纯的女人弄到手,必须慢慢来,一定要使她下决心同意和自己约会,先由她决定地点,然后逐渐过渡到由自己决定地点。

"您听我说……必须这样……我非见您不成……我会像一个穷人一样……在您门口等着……如果您不下来,我就上去找您……可是,我一定要见您……明天我一定要见您。"

瓦尔特夫人再三说:"不,不,您别来,我不会接待您的。您要考虑到我的两个女儿。"

"那么,您说吧,我到哪儿见您……在街上……不管什么地方……您愿意什么时间都行……只要我能见到您……我会向您施个礼……说一句:'我爱您,'然后我就走开。"

她心里很乱,犹豫着没有回答。当马车驰进府邸的大门时,她压低声音匆匆说了一句:"好吧,明天三点半,我到圣三

271

会教堂。"

说完,她走下车,高声对车夫说:

"送杜·洛华先生回府。"

杜·洛华回到家里,妻子问他:"你上哪儿去了?"

他低声回答道:"我到电报局发一封急电。"

德·马雷尔夫人走了过来:"漂亮朋友,您送我回去吧,您知道吗?这是我从那么远的地方来吃晚饭的条件。"

接着,她转向玛德莱娜:"你不吃醋吧?"

杜·洛华夫人慢条斯理地回答:

"不,我不大爱吃醋。"

客人们陆续辞去。拉罗舍-马蒂厄夫人身材矮小,像外省的女用人。她原来是公证人的女儿,后来嫁给了当时还默默无闻的律师拉罗舍。里索兰夫人虽然上了年纪,却仍然自命不凡,给人的印象仿佛以前当过接生婆,在阅览室的书本里学到了点知识。佩尔斯缪子爵夫人根本看不起她们。当她伸出自己的"素手",和这些普普通通的女人握手的时候,显得十分勉强。

克洛蒂尔德披上饰满花边的大披肩,穿过大门向楼梯走去。她对玛德莱娜说:"你的晚饭好极了。不久你就可以在巴黎办起第一个政治沙龙了。"

当她身旁只剩下杜·洛华的时候,她立刻张开双臂把杜·洛华搂在怀里:"啊,亲爱的漂亮朋友,我一天比一天更爱你了。"

他们的马车像船一样左右摇晃。

"这可比不上咱们的房间。"她说道。

杜·洛华回答说:"噢,比不上。"但他此时想的却是瓦尔特夫人。

四

在七月的骄阳下,圣三会广场几乎没有行人。巴黎又闷又热。空气仿佛烧烤过,沉甸甸的,从上面向这个城市直压下来,火辣辣的,吸进肺里使人觉得很不好受。

教堂前面,从水池里喷出来的水缓慢地洒落下来,懒洋洋地,似乎也不想再动弹。留在池里的水绿中带蓝,上面漂着碎纸和落叶,稠乎乎的。

一条狗越过石砌的池边,跃进脏水里洗澡。教堂门口环形的小花园里有几个人坐在长凳上,羡慕地看着这条狗。

杜·洛华掏出表看了看,还不到三点。他早来了整整三十分钟。

想到这次约会,他不禁笑了起来,自言自语道:"对她来说,教堂可以派各种用场。她嫁给犹太人,教堂对她是一种安慰;对政界,上教堂等于是一种姿态;在上流社会,教堂使她显得高贵而有教养;与情人约会,教堂又成为她的掩蔽所。人们惯常把宗教当做一把多用雨伞:天气好的时候,它是手杖;有太阳的时候,它是阳伞;下雨天,则又成了雨伞;如果不出门,它就被扔在过道。数以百计的妇女根本不把上帝放在眼里,但又不愿意别人说上帝的坏话,有时还要上帝给她们拉拉皮条。如果请她们去开房间,她们觉得是奇耻大辱,但在祭坛下面和人眉来眼去,她们却认为是小事一桩。"

杜·洛华沿着水池慢慢地踱着。然后,又看了看教堂的钟,上面的时间是三点五分,比他的表快两分钟。

他觉得还是在里面等好一些,于是走了进去。

一股凉气扑面而来,像从地窖吹来的一阵风。他高兴地深吸了一口,然后绕着大殿走了一圈,看看地形。

他的脚步声在高高的拱顶下橐橐作响,但在宽阔的殿堂深处,同时也传来了一阵有规律的、时断时续的步履声。他很奇怪,想知道这个人到底是谁,便循着响声找去。原来是一位身体肥胖的秃顶绅士。他高昂着头,倒背着的手拿着帽子,独自在散步。

沿着座位走去,不时可以看见一位老妇人,手捂着脸跪在凳子上祈祷。

周围的气氛使人产生一种孤独、荒凉而宁静的感觉。光线透过彩色玻璃窗照进来,显得十分柔和。

杜·洛华觉得这里面"好极了"。

他回到大门附近,又看了看表。才三点十五分。他在中间那条过道的入口处坐下,很遗憾不能抽烟。从教堂深处,靠近唱诗班站的地方,继续传来那位胖绅士缓慢的踱步声。

有人进来了。乔治转身一看,是一位穿着粗呢裙子,满面愁容的普通妇女。这个女人走到第一把椅子旁边双膝跪倒,十指交叉,眼睛望着天空,动也不动地祈祷。

杜·洛华很感兴趣地注视着她,心里想,到底是什么烦恼、痛苦,或者失意的事情折磨着这颗脆弱的心呢?她一贫如洗,这一点从她的外表也看得出来。也许她还有丈夫,但丈夫一定经常打她,也许还有一个孩子,但很可能这个孩子已经生命垂危,奄奄一息。

他心里暗自念叨:"可怜的人。世界上可真有受苦的人啊。"想着想着,一阵无名火起,觉得老天爷太残酷无情了。接着又想,"这些穷人至少相信天上一定有人怜悯他们,他们的名字已登上天录,这样,他们在人间欠下的债,到了天上就能还清了。但是,'天',到底在哪里呢?"

教堂里静悄悄的,杜·洛华想得很多很多。逐渐对世间万物产生了一种看法,不禁低声嘟囔道:"这一切都无聊极了。"

突然,一阵窸窣的裙裾声把他吓了一跳。她来了。

杜·洛华赶紧站起来,迎上前去。她没有把手伸给杜·洛华,只是低声说:"我没有多少时间。马上就要回去,您跪在我身边,省得别人注意。"

她径直往大殿走去,像一位对屋里各处都非常熟悉的家庭主妇在寻找一个合适而安全的地方。她脸上戴着厚厚的面纱,步履很轻,几乎没有任何声音。

走到祭坛附近,她转过头来,用在教堂里说话时惯用的那种神秘语调悄悄地说:"到旁边过道好些,这里太显眼了。"

她在祭坛的圣体龛前深深一躬,接着,行了个屈膝礼,然后向右转,往回朝入口处走了几步。她打定了主意,拿过一个祈祷用的小凳子,跪了下来。

乔治跟着也跪在旁边一个小凳子上。等两人都跪好不动的时候,他装出祷告的样子低声说:"谢谢,谢谢。我非常爱慕您。我希望能够永远对您说这句话,向您诉说我是如何爱上您的,如何在第一次看到您的时候便对您一见钟情……您能让我有一天把这一切,把我心里的话全部向您倾诉么?"

她仔细听着,但看她的样子又仿佛正在沉思,杜·洛华说的话一点也没听进去。她透过指缝回答说:"我疯了,居然让您这样对我说话。我简直疯了,居然到这里来,做出现在这样的事,让您以为……这……这种感情能发展下去。忘掉这一切吧,必须这样,请您永远别再向我谈起这件事了。"

说完,她等着对方的反应。杜·洛华想找几句坚决果断而又热情洋溢的话来回答她,但又找不出合适的言词,只好呆呆地在那里发愣。

后来他还是说了:"我不期待什么……也不希望什么。我爱您。不管您态度如何,我一定耐心而热情地向您反复强调这一点,您总有一天会明白的。我要把满腔的爱倾泻在您的身上,灌进您的心房,一字一句,时时刻刻,朝朝暮暮,我的爱情像醇酒,点点滴滴,浸透您的灵魂,使您意动,使您心软,使您最终不得不回答我说:'我也是,我爱您。'"

他觉得对方靠着他身体的肩膀在颤动,胸脯不断起伏。她终于也迅速地悄声说:"我也是,我爱您。"

杜·洛华浑身一震,头上像遭到了猛烈的打击。他长出了一口气:"噢!我的上帝!……"

她气喘吁吁地接着又说:"我对您说这样的话难道是应该的吗?我觉得自己犯了罪,我真卑鄙……我……我已经是两个女儿的母亲了……但是我不能……我不能……我真不敢相信……我真没想到……我受不了……真受不了。您听我说……您听我说……除了您……我从来没有爱过任何人……我敢向您发誓。我在内心深处,偷偷地爱您已经一年了。啊!我太痛苦了,我曾经进行过斗争,可现在我已经支持不住了,我爱您……"

她双手掩面哭了起来,激动得浑身发抖。

乔治喃喃地说:"把您的手给我,让我抚摸一下,轻轻地摸一摸……"

她慢慢把手从脸上挪开。乔治看见她满脸泪痕,睫毛上还噙着一颗晶莹的泪珠。

他拿起瓦尔特夫人的手,紧紧地握着:"啊!我真想把您的眼泪喝下去。"

她像呻吟一样,有气无力地说:"别破坏我的贞节……我算完了!"

杜·洛华忍不住想笑。他怎能在这种地方破坏她的贞节呢?他把瓦尔特夫人的手放在自己心上,一面问:"您觉得我的心跳吗?"因为他再也想不出其他带感情的话了。

刚才已经传来了那位胖绅士的有规律的脚步声,现在,声音越来越近了。他已经绕着祭坛走了一圈,至少是第二次从右面的偏殿走了回来。瓦尔特夫人听见他走近自己藏身的柱子,便猛地把手从乔治那里抽回来,重又把脸捂住。

他们两人一动不动地跪在那儿,仿佛一起虔诚地向上天默祷。胖绅士走过他们身旁,漫不经心地看了他们一眼,然后朝教堂里面走去,帽子仍然拿在倒背着的手里。

杜·洛华希望再有一次约会,但是地点不在圣三会教堂,而在别处。于是,他悄悄问道:"明天我们在什么地方见面?"

她没有回答,似乎已经失去了知觉,变成一尊跪着祈祷的塑像。

杜·洛华接着说:"明天,我在蒙梭公园等您好吗?"

瓦尔特夫人把手再次从脸上挪开,转过身来。铁青色的脸抽搐着,内心非常痛苦,断断续续地说:"让我一个人……

277

现在让我一个人,待一会儿……请您走开……请您走开……只要五分钟……您在我身旁,我太痛苦了……我想祈祷……我不能……您走吧……让我一个人……祈祷……五分钟……我不能……您就让我祈求上帝饶恕我……拯救我吧……让我独自待一会儿……只要五分钟……"

她的脸色是那样难看,面容又是那样痛苦,杜·洛华只好一声不吭地站起来,犹豫了一下,问道:"我一会儿还回来吗?"

瓦尔特夫人点了点头,意思是说:"对,一会儿回来。"于是,杜·洛华向祭坛走去。

瓦尔特夫人想祈祷。她拼命呼唤上帝,战战兢兢,失魂落魄地朝天上高喊:"可怜可怜我吧!"

她愤怒地闭上眼睛,不再看刚刚走开的那个人!挣扎着不去想他,把他赶出自己的脑海。可是,在伤心绝望之中,她眼前出现的并不是她所期待的上帝,而总是年轻人唇上那两撇鬈曲的胡须。

一年以来,她就这样日夜挣扎,抗拒这种越来越强烈的诱惑,和这个使她梦寐难安、身心不宁的形象作斗争。她觉得自己仿佛是一只陷进罗网的母兽,被人捆住,扔进这只公兽的怀抱。而这只公兽只凭着嘴上的胡须和眼睛的颜色,便将她征服,使她俯首就范。

现在,在这个教堂里,上帝距离她这样近,她反而感到比在家里更加软弱,更加孤立无依和不知所措。她再也祈祷不下去了,一心只想着他。杜·洛华走开时,她已经很痛苦,但她仍然绝望地挣扎,拼命反抗,从灵魂深处发出呼救的声音。她从未失足,因此,她宁死也不愿就此堕落。她神志昏乱地不断祈求上苍,但她耳朵里却清楚地听见乔治的脚步声逐渐远去,消失在拱顶下。

她知道一切都完了,斗争也是徒劳!但她并不甘心。她的精神突然紧张起来,这种紧张会使女人四肢抽搐,躺倒在地,喊叫着把身体蜷成一团。果然,她浑身发抖,感到自己即将倒在地上,尖声叫着,在椅子间打滚。

这时,一个人快步走了过来。她回头一看,原来是位神父。于是,她站起来,向神父跑去,双手合起来,伸向神父,嘴里喃喃地说:"啊!救救我吧!救救我吧!"

神父吃了一惊,停下脚步:"夫人,您要干什么?"

"我要您拯救我。可怜可怜我吧。如果您不帮助我,我就完了。"

神父定睛看着她,心里纳闷,这女人是不是疯了。接着又问她:"我能为您做些什么呢?"

神父是一个身材高大的年轻人,略显肥胖,丰腴的两颊直往下垂,腮帮子发青,胡子刮得很干净,样子也很神气,是城市或富裕的街区里惯常给有钱人做忏悔的堂区助理司铎。

"请接受我的忏悔吧,"瓦尔特夫人说,"给我出出主意,帮助我,告诉我该怎么办!"

神父回答道:"我每星期六,三点到六点听忏悔。"

瓦尔特夫人紧紧抓住他的胳臂,连声说:"不!不!不!马上就听!马上!非马上听不可!他就在这里!在这个教堂内!他还等着我哩!"

神父问道:"谁在等您?"

"……一个男人……他要使我堕落……如果您不搭救我,我非被他俘虏不可……我已经躲不开他了……我太软弱

279

了……太软弱了……我一点力气……也没有了!"

她拽住神父的黑袍,不让他走。神父不放心地向周围看了看,生怕有不怀好意的人或者虔诚的教徒看见这个女人跪在自己脚下。

最后,神父知道跑也跑不掉,便对瓦尔特夫人说:"您起来吧,我正好带着忏悔室的钥匙。"说着,他翻了翻口袋,掏出一串钥匙,挑出其中一把,然后快步向一排木制的小房间走去。这些小房间是灵魂的垃圾箱,教徒们在这里把自己所犯的罪恶全部倾倒出来。

神父走进中间那扇门,然后把门关上。瓦尔特夫人冲进旁边的小房间,用紧张、激动而充满希望的声音喃喃地说:

"我有罪,愿天父保佑。"

……

杜·洛华沿着祭坛走了一圈,然后折向左面的偏殿。刚走到殿中央,便看见那位仍然在安详地漫步的秃头绅士。他心里纳闷:"这家伙到这里来到底要干什么?"

那位散步的绅士也放慢了脚步,看着乔治,显然是想和他说话。走到近前,他鞠了个躬,很有礼貌地说:"请原谅我打扰您,先生,您能告诉我这座教堂是哪个朝代修建的吗?"

杜·洛华回答道:

"天啊,我也不太清楚。我想是二十年前或者是二十五年前修建的吧。我是第一次到这里来。"

"我也是。以前从没到教堂里来过。"

新闻记者觉得很有意思,便接着说:

"我看您参观得很仔细,每个地方都要研究一番。"

对方露出无可奈何的神态:"先生,我并不是来参观的。

我在等我的妻子,她约我到这里会面,可她却姗姗来迟。"

说到这里,他停住了。过了一会儿,又说:"外面暖和极了。"

杜·洛华端详了他一会儿,觉得他相貌和善,突然又想起了福雷斯蒂埃。

"您是外省人吧?"他问道。

"对,我是雷恩①人。您呢,先生?您是出于好奇才到这个教堂里来的吗?"

"不,我在等一位女士。"说完,新闻记者向他一鞠躬,微笑着走开了。

走到大门,看见那个穷苦的女人仍然跪在那里祈祷,他心想:"活见鬼!没完没了地祷告。"刚才他那点恻隐和怜悯之心现在已经无影无踪了。

他经过那个女人的身旁,缓步走向右面的大殿,去找瓦尔特夫人。

他从远处看了看刚才他离开瓦尔特夫人的地方,发现她已经不在,吃了一惊,以为自己看错了柱子,便一直数过去,走到最后一根柱子,然后再折回来。她真的已经走了!杜·洛华感到既惊讶,又愤怒。但转念一想,她可能正在找自己。于是,他又在教堂里转了一圈,还是没有找到。他走回来,坐在她刚才坐过的椅子上,希望瓦尔特夫人会回到这里找他。就这样,他静静地等着。

不久,一阵喁喁细语声引起了他的注意。刚才,他并没有

---

① 雷恩(Rennes),城市名,法国西部布列塔尼的首府,距巴黎三百六十公里。

在这个角落发现任何人,那么,这阵低语声是从哪里传来的呢?他站起来去找,一眼瞥见旁边小祭坛里忏悔间的那一排门。其中一扇门下面露出一角衣裙,拖在地上。他走近前去仔细观看那个女人,认出来了,原来是她在忏悔!

杜·洛华心里突然产生一种强烈的欲望,想一把抓住她的肩膀,把她从那个木匣子里拖出来。但他转念一想:"算了!今天让神父来,明天看我的。"于是,他安静地坐在忏悔间的小窗口前面等着,想起刚才那番经历,心里不禁一阵冷笑。

他等了很久很久。瓦尔特夫人终于站起来了。她转过身子,看见了杜·洛华,便朝他走过来,脸色冰冷而严峻。

"先生,"她说道,"我请求您不要缠着我,不要跟着我,今后再也不要单独一个人到我家里来。我是绝对不会接待您的。再见!"

说罢,她非常严肃地转身走了。

杜·洛华没有拦她,因为他的原则是凡事不宜操之过急。这时,满脸困惑的神父也从他那个小房间里走出来了。杜·洛华径直向他走去,盯着他的眼睛,恨恨地对他说:

"您,如果您不是穿着这件长袍,我非在您这张可憎的脸上扇两个耳光不可。"

说完,他就地一转身,吹着口哨走出了教堂。

那位胖绅士头上戴着帽子,倒背着手,站在门廊下,已经等得不耐烦了。他用眼睛不断往空旷的广场和通到广场来的各条街道上张望。

杜·洛华经过他身旁的时候,两人彼此躬身施礼。

新闻记者甩开他,向报馆走去。一进门,他就从听差们的脸色上知道,发生了不寻常的事情,于是,快步走进了经理室。

瓦尔特老头神经紧张地站在那里,断断续续地口述一篇文章。每说完一段,便向聚集在他周围的外勤记者布置任务,嘱咐布瓦斯勒纳几句,或者拆看几封信。

杜·洛华一进来,老板便高兴地叫道:"啊!说巧也真巧!漂亮朋友来了!"

说到这里,他突然停住,有点不好意思,抱歉地说:"请原谅我这样称呼你,今天发生的事把我脑子弄糊涂了。再说,我听见我妻子和我的女儿从早到晚都这样叫你,最后连我也习惯了。你不会介意吧?"

乔治笑道:"绝对不会。给我起这个绰号我丝毫也不生气。"

瓦尔特老头说:"好极了,那我就叫你漂亮朋友,和大家一样。好,我现在告诉你,发生了一件大事情。内阁以三百零二票赞成,三百一十票反对被推翻了。我们的假期又要往后延,无限期往后推延了。今天是七月二十八日。西班牙在摩洛哥问题上发了火,于是杜朗·德·莱纳和他那一伙就垮台了。我们已经深深地卷了进去,马罗奉命组阁。他任命布丹·达克勒将军为国防部长,我们的朋友拉罗舍-马蒂厄为外交部长。他本人任内政部长兼总理。我们就要成为半官方的报纸了。我正在写头版文章,大致表表态,同时也给部长们指指路。"

说到这里,他笑了笑,又接着说:"当然是他们打算走的路喽。但在摩洛哥问题上,我们必须写点有趣的东西,一篇新鲜的、能产生效果的、动人心弦的专题文章,诸如此类的吧。你给我琢磨琢磨。"

283

杜·洛华略一思索便回答道："有办法了。我们在非洲的殖民地是这样分布的：左面是突尼斯，中间是阿尔及利亚，右面是摩洛哥。我准备给您写一篇文章，谈谈这些殖民地的政治形势和生活，在这一大片领地上的各民族的历史，另外还叙述从摩洛哥边境到迄今欧洲人尚未插足、目前正引起纠纷的菲居伊绿洲的一次旅行。您看行吗？"

瓦尔特老头叫了起来："好极了！什么题目？"

"从突尼斯到丹吉尔①。"

"妙。"

于是，杜·洛华从《法兰西生活报》合订本里把他写的第一篇文章《非洲从军行》找出来。这篇文章只要稍加改动，换个标题，用打字机重新打一遍，就非常合适，因为通篇内容都是谈殖民地的政策，阿尔及利亚的居民和到奥兰省旅行的经过。

三刻钟以后，文章修改完，重打一遍就定了稿。改动过的稿子显得很新鲜，对新内阁赞扬备至。

老板看了之后说："好极了……好极了。你真是个不可多得的人才。我祝贺你。"

于是，杜·洛华便回家去吃晚饭。他觉得这一天过得不错，尽管在圣三会教堂遭到了挫折，但他认为，从全局来看，他已经赢了。

他妻子已经等得有点不耐烦，一见他回来便大声嚷道："你知道吗？拉罗舍已经当上外交部长了。"

---

① 突尼斯（Tunis），北非国家突尼斯的首都；丹吉尔（Tanger），摩洛哥的港口。

"知道,而且还刚刚就这个问题写了一篇有关阿尔及利亚的文章。"

"什么?"

"你一定记得,就是咱们合写的那第一篇文章:《非洲从军行》。我把它重新校对和修改了一遍,发出去了。"

妻子笑了:"哦,对!很合适。"

她思索了一会儿,接着又说:"我现在想,你当时应该把续篇也写出来,可你却……半途而废。现在,咱们可以动手干,结合形势写它几篇。"

杜·洛华一面坐下来喝汤,一面回答道:"好极了。现在那个戴绿帽子的福雷斯蒂埃已经去世,再也没有什么妨碍了。"

这句话伤了他妻子的自尊心,她很不耐烦地立刻反驳道:

"这种玩笑开得太不是时候了,我要求你马上停止,这样的玩笑已经开得太多了。"

杜·洛华正想反唇相讥,突然有人给他送来一封电报,上面只有一句话,没有落款:

"我一时头脑发昏,请您原谅。明天四点,请来蒙梭公园。"

他完全明白了,顿时喜不自胜,一面把那张蓝纸片塞到口袋里,一面对妻子说:

"亲爱的,我再也不开这样的玩笑了。我承认,这样做是愚蠢的。"

说完,便开始吃晚饭。

他边吃,边琢磨这几句话:"我一时头脑发昏,请您原谅。明天四点,请来蒙梭公园。"这样看来,她让步了。这分明等于说:"我投降了,一切都听您的,您愿意在哪里,在什么时候都行。"

想到这里,他不禁笑了起来。玛德莱娜问道:

"你怎么了?"

"没什么。我想起刚才遇见的一位慈眉善目的神父。"

第二天,杜·洛华准时赴约。公园的长凳上坐满了热得喘不过气来的市民和半睡半醒的保姆。这些女人似乎正在做梦,任由孩子们在沙土路上打滚。

公园里有座古代的小废墟,一条小溪流贯其间。杜·洛华就在这里找到了瓦尔特夫人。她正忐忑不安地沿着废墟周围那一圈小圆柱走来走去。

杜·洛华刚和她打招呼,她就说:

"这公园里人真多!"

杜·洛华趁机说:"您说得对,到别的地方好吗?"

"可是到哪里去呢?"

"随便什么地方,譬如坐在马车里面。您可以把您那边的窗帘拉上,这样谁也看不见您了。"

"对,这样好点,在这里,我害怕极了。"

"好吧,五分钟以后,您到通往环城大街的那个门来找我,我去叫辆马车。"

说完,他飞快地走了。不久,瓦尔特夫人来和他会合。她刚把身旁的窗帘拉上便问道:

"您告诉车夫把我们送到哪儿?"

乔治回答道:"您什么也不用管,他知道。"

原来他已经把君士坦丁堡街他那套房间的地址告诉马车夫了。

瓦尔特夫人又说："您不知道，您害得我好苦啊，为了您我在精神上受到了多大的折磨。昨天，在教堂里，我态度不好，但我这样做的目的是想尽量躲开您。我害怕和您在一起。您原谅我了吗？"

杜·洛华紧紧握着她的双手："当然，当然。我这么爱您，有什么事不能原谅您呢？"

瓦尔特夫人带着央求的神情看着他："您听我说，您一定要保证尊重我……不……不，否则，我就不再和您见面。"

杜·洛华最初没有回答，只是从胡子下露出一丝狡黠的，使女人神魂颠倒的微笑。后来，他终于低声说了一句："完全听您的吩咐。"

于是，瓦尔特夫人告诉他，如何在获悉他要和玛德莱娜·福雷斯蒂埃结婚的时候，忽然发现自己一直在爱他。瓦尔特夫人讲得很详细，连日期和当时自己的内心活动也都告诉了杜·洛华。

突然，她不吭声了。马车刚刚停了下来。杜·洛华打开车门。

"咱们现在在什么地方？"瓦尔特夫人问道。

杜·洛华回答说："请您下车到屋里坐坐，屋里安静一些，不会有人打扰我们。"

"这到底是什么地方？"

"我的家呀。我结婚前就住在这里，现在我又把它租了下来……只租几天……这样咱们就有地方见面了。"

瓦尔特夫人想到要单独和他在一起，心里非常害怕，抓住马车的坐垫不肯下来，嘴里喃喃地说：

"不，不，我不干！我不干！"

杜·洛华厉声说:"我向您发誓,一定尊重您。来吧。您瞧,别人都看着我们,人马上就要围上来了。快点……快点……下来。"

他一再说:"我向您发誓,一定尊重您。"

果然有一个酒铺老板站在门口好奇地看着他们。瓦尔特夫人着了慌,赶紧冲进了楼里。

她正想上楼梯,杜·洛华一把抓住她的胳臂:"这里,在楼下。"

说着,他把瓦尔特夫人推进自己屋里。

他一把门关好,便像老鹰捉小鸡似的抓住瓦尔特夫人。瓦尔特夫人一面挣扎和抵抗,一面气喘吁吁地说:"啊!我的上帝……啊!我的上帝!……"

杜·洛华使劲吻她的脖子、眼睛和嘴唇,疯狂地在她身上乱摸。瓦尔特夫人躲闪不迭,拼命抗拒他,躲开他的嘴,但不知不觉地也回吻他。

突然,她停止了挣扎,也不再抗拒,服服帖帖地,一任杜·洛华替她宽衣解带。杜·洛华的手指灵巧得像贴身使女,敏捷而迅速地把她全身的衣服一件件剥了下来。

她从杜·洛华手里夺过一件衬衣,捂着自己的脸。身上的衣裙纷纷落在脚下。雪白的肌肤袒露无遗。

杜·洛华没有解她的鞋,任由她穿着。然后用双手把她抱起来,向床前走去。她把嘴凑到杜·洛华耳边,有气无力地说:"我向您发誓……我向您发誓……我从来没有过情人。"就像一个少女在说:"我向您发誓我是处女。"

杜·洛华心想:"哼!我才不在乎哩。"

五

秋天到了。杜·洛华夫妇整整一个夏季都没有离开巴黎。他们利用议员们短暂休假的机会,在《法兰西生活报》上,为新内阁大吹大擂。

尽管时间还不过是十月初,但参、众两院已经准备复会,因为摩洛哥的局势急转直下,变得越来越严重了。

其实,谁也不相信会派远征军到丹吉尔去。但是国会休会那一天,有一位名叫朗贝尔·萨拉辛伯爵的右翼众议员发表了一篇风趣横生,连中间派也鼓掌叫好的演说。他像以前西印度群岛某位著名的总督那样,说他敢以自己的胡子与总理的颊髯打赌,前任内阁既然已经派兵去突尼斯,新内阁一定会步其后尘,出兵丹吉尔。这样做完全是出于喜欢对称的心理,正如在壁炉上必须摆上两个花瓶一样。他还说:"先生们,说老实话,对法国来说,非洲的土地,好比是个壁炉。这个壁炉烧尽了我们最好的木头,这个壁炉的风门很大,但我们又必须以银行的钞票来点火。

"你们既然是出于艺术家异想天开的考虑,同意用一件代价高昂的突尼斯小摆设装饰壁炉的左角,那么,马罗先生就必将效法其前任,用另一件摩洛哥小摆设装饰壁炉的右角。"

这篇演说一时脍炙人口。杜·洛华以此为主题写了十篇关于阿尔及利亚殖民地的文章，还根据演说的内容把他刚进报馆时所写的、后来又中断了的连载文章继续写下去。尽管他完全相信不可能出兵，但他仍然坚决支持军事远征的想法。他拨动了读者爱国的心弦，把西班牙看成是与法国势不两立的民族而大肆攻击，语言之恶毒简直无所不用其极。

《法兰西生活报》与当局关系密切，这已经是众所周知的事实，因而身价百倍。它抢在最大的那几份报纸前面，发表政治新闻，用不同的方式指出与它有交情的部长们的意图。巴黎和外省所有报纸都从它那里寻找消息，引用它的文章，惧怕它，也逐渐尊敬它。它已经不再是一伙政治投机家可疑的工具，而成了内阁公开的喉舌。拉罗舍-马蒂厄是该报的灵魂，杜·洛华则是他的传声筒。瓦尔特老头既是一位沉默寡言的众议员，又是个诡计多端的报馆经理。据说他藏身幕后暗中操纵摩洛哥的一大笔铜矿买卖。

玛德莱娜的客厅成了一个有影响的中心，每星期都有不少内阁成员在这里聚会。甚至总理也在她家里吃过两次晚饭。以前不敢随便跨进她家门槛的国家要员的夫人，现在却以能做她的朋友为荣，她们登门拜访她的次数比她回访的次数要多得多。

外交部长在她家里俨然以主人自居，不管什么时候，爱来就来。每一次都带着电文、情报和消息，对杜·洛华或者他的妻子进行口述，仿佛这两个人是他的秘书。

等部长走了，屋里只剩下杜·洛华和玛德莱娜的时候，杜·洛华便以威胁的口吻大发雷霆，含沙射影，恶毒咒骂那个低级庸俗而又不可一世的暴发户。

但玛德莱娜总是轻蔑地耸耸肩膀说：

"你学他一样当部长好了,那时你就可以趾高气扬了。没当上以前,你就闭上嘴巴。"

杜·洛华一面捻着胡子,一面也斜着眼睛看着她:"我的本事有人还不知道,也许,总有一天会知道的。"

她意味深长地回答:"那就走着瞧吧!"

两院复会的那天早晨,玛德莱娜躺在床上不断对她的丈夫面授机宜。她丈夫正在穿衣服,准备到拉罗舍-马蒂厄先生家吃午饭,并打算在开会以前听取他的指示,看第二天要在《法兰西生活报》上发表的那篇政治性文章该怎么写。这篇文章实际上是内阁真正意图的一种半官方的声明。

玛德莱娜说:"尤其是别忘了问他,贝隆格勒将军是否像传闻那样已经被派往奥兰,如果是真的,那可是一件有重大意义的事。"

乔治不耐烦地回答道:"我该做的事我自己清楚,不用你啰嗦。"

玛德莱娜不动声色地回了一句:"亲爱的,我平时托你替部长办的事,你总忘掉一半。"

乔治嘟嚷道:"你那个部长烦死人了!简直是个笨蛋。"

玛德莱娜仍然心平气和地说:"他是我的部长,同时也是你的部长。可他对你比对我还有用。"

杜·洛华稍稍转过身来,对她冷笑了一声说:

"对不起,他并不追求我。"

她慢声慢调地说:"可也不追求我,但他可以帮助我们飞黄腾达。"

杜·洛华没有吭声。过了一会儿,他说:"如果要我在爱慕你的人中间选择,我还是更喜欢那个老傻瓜沃德雷克。这家伙最近怎么样？我一个星期没见他了。"

玛德莱娜神态自若地回答道："他病了。他写信告诉我说，他关节炎发作，躺在床上起不来。你应该去看看他。你知道，他很喜欢你，你去看他，他一定很高兴。"

乔治说："当然，我一会儿就去。"

他梳洗好了，戴上帽子，再看看有没有忽略的地方。一切舒齐以后，他走到床前，在妻子的额上吻了一下说："回头见，亲爱的，我最早也要七点以后才能回来。"

说完，他就走了。拉罗舍-马蒂厄先生正等着他。那天，部长提前在十点吃午饭，因为内阁会议要赶在议会复会之前，中午十二点召开。

饭桌上只有他们两人和部长的私人秘书，因为拉罗舍-马蒂厄夫人不愿改变进餐的时间。他们刚一坐下，杜·洛华就提起他的文章。他一面用手在文章上指指点点，一面查阅匆匆写在名片上的记录。谈完以后，他问："亲爱的部长，您看有什么要修改的吗？"

"很少，亲爱的朋友。也许在摩洛哥问题上，您太肯定了一点。谈到派远征军的时候，口气应该说，按道理非派不可，但又必须暗示这是不可能的。而且您本人也丝毫不相信会这样做。要让公众在字里行间了解到，我们是不会去冒这个险的。"

"好极了。我明白了，我一定把这一点写清楚。我妻子要我就这个问题问您，会不会把贝隆格勒将军派到奥兰。根据您刚才说的话，我想是不会的。"

那位国家要员回答说："对。"

接着，又谈到了这次会议。拉罗舍-马蒂厄高谈阔论，对每一句话可能产生的效果都仔细考虑,准备几小时以后,在同事们面前炫耀一番。他挥动右手,有时举起叉子,有时又举起刀子或者一小块面包,向想象中的全体议员侃侃而谈,倾吐出醇酒般的词藻。他长得一表人才,头发梳得整整齐齐,唇上那撮卷曲的小胡子高高翘起,有如蝎子尾巴。涂了油的头发在额前一分为二,紧紧地贴在两鬓上,活像外省一个自命风流的男子。他虽然年轻,但已经发胖,显得有点臃肿,肚子把背心挺得鼓鼓的。他那位私人秘书则不声不响地埋头吃喝,对他这种唾沫横飞的夸夸其谈似乎已经司空见惯。杜·洛华看见别人青云直上,官运亨通,心里又嫉妒又难受。他暗想:"去你的吧,蠢货!你们这些政治家都是一伙白痴!"

他拿自己的才华和这位部长哗众取宠的本事比了比,心想:"他妈的,如果我能拿得出十万法郎现款,在我美丽的家乡卢昂参加竞选,把我的诺曼底同乡,不管是聪明的还是愚笨的,一股脑儿都投进选举这个大骗局中,那我一定能成为了不起的政治家,比这些鼠目寸光的下流胚强多了。"

拉罗舍-马蒂厄滔滔不绝地一直谈到喝咖啡的时候。终于,他发现不早了,便按铃叫人准备马车,然后把手伸给新闻记者:

"您完全清楚了?亲爱的朋友。"

"完全清楚了,亲爱的部长,您放心好了。"

杜·洛华缓步向报馆走去,打算动手写他的文章,因为一直到下午四点以前,他都无事可做。四点钟他要到君士坦丁堡街去会德·马雷尔夫人。按习惯每星期两次,就是说,星期一和星期五他都到那里去和她见面。

可是一回到编辑部,别人就递给他一封密电,是瓦尔特夫

人发来的,上面写道:

> 今天我必须和你谈谈。有非常非常要紧的事。两点钟在君士坦丁堡街等我。我可以帮你一个大忙。
> 你的至死不渝的朋友——维吉妮

杜·洛华骂了一句:"他妈的!真磨人。"便怒气冲冲地又跑出了报馆,因为窝了一肚子火,什么也干不下去了。

六个星期以来,他一直试图和她断绝关系,但对方却拼命缠住不放。

她当初失足以后,心里懊恼万分,接连三次幽会,她都不断地责备和咒骂她的情人。这种场面终于惹恼了杜·洛华,何况,他对这个已经不年轻而富有戏剧性的女人,已经感到腻烦。于是,他干脆疏远她,希望这种风流艳事就此结束。但她却死缠不放,像脖子上拴了块石头跳进河里一样,完全沉溺在爱情之中。杜·洛华心软了,对她产生了爱怜,重又投进了她的怀抱。她的情欲达到了疯狂的程度,使杜·洛华穷于应付。她的爱情简直是一种折磨。

她想天天都见到他,给他发电报,约他在街角、商店,或者公园里作短暂的会面。

她总对他说,她爱他,崇拜他,翻来覆去都是这几句话,然后,离开的时候,总要向他发誓说:"见到你,我感到幸福极了。"

杜·洛华做梦也没想到她会这样。为了取悦杜·洛华,她竭力做出与她年龄极不相称的、天真烂漫而又幼稚可笑的爱情动作。在这以前,她生活严肃,心地纯洁,而且胸无杂念,不知情欲为何物。可现在,这个贤良文静的女人突然变了,她那四十岁的年华仿佛是寒冷的夏天过后出现的淡淡秋光,又像残春中荏弱的小花和夭折的蓓蕾。她心里忽然产生一种异乎寻常的、少女般的爱情。这种爱情虽然姗姗来迟，但却热烈而天真。她会突如其来地冲动，像十六岁的少女那样轻声叫喊，或者柔声曼语，使人有肉麻之感。有时又故作妩媚之态，但只能给人以老来俏的印象。她可以一天写十封信，每封都是憨气十足，怪诞离奇，时而充满诗意，时而又令人忍俊不禁，还仿照印第安人的格调，涂满种种飞禽走兽的名字。

当他们两人单独在一起的时候，她会像一个淘气的胖女孩子那样，温柔而笨拙地亲吻杜·洛华，有点粗野地努努嘴唇，一面跳跳蹦蹦，使得沉甸甸的胸脯在衬衣下不住地来回颤动。杜·洛华感到恶心的是听见她喊自己"我的小耗子""我的小狗""我的小猫""我的小宝贝""我的小青鸟""我的小心肝"。同样使他作呕的是看到她每次委身给自己时，总是装出天真无邪的样子，假装害怕，自以为妩媚，像行为放荡的喜剧院女演员那样忸怩作态，半推半就。

她就会问："这嘴是谁的？"如果杜·洛华不立即回答："是我的。"她会没完没了地问下去，直到杜·洛华的脸被气白了为止。

杜·洛华心想，她一定以为在谈爱情的时候，必须非常有分寸，要灵活谨慎，一举一动都要恰到好处。她深知自己并非青春妙龄，已经当上了母亲，又是上流社会的贵妇，即使委身于人，也不应该鲁莽从事，必须按捺住内心的冲动，装出严肃的样子，也许还要噙着眼泪，当然是狄东[①]的眼泪，而不是朱

[①] 狄东（Didon），古代腓尼基城邦提尔城的公主，因丈夫被胞兄庇格马利翁杀害，逃亡非洲，建立迦太基城邦。罗马诗人维吉尔的史诗《埃涅阿斯纪》中，描写女王狄东因被特洛伊王子埃涅阿斯抛弃，悲痛而自杀。

丽叶①的眼泪。

她一个劲地对杜·洛华说:"我多么爱你啊!我的小乖乖。你也同样爱我吗?说呀,小宝贝。"

听见她喊自己"小乖乖","小宝贝"的时候,杜·洛华真忍不住想叫她一声:"我的老太婆"。

她还对杜·洛华说:"我简直是疯了,居然顺从了你。不过我并不后悔。爱情真叫人陶醉!"

这一切从她那张嘴说出来,使杜·洛华大为恼火。她低声说:"爱情真叫人陶醉"这句话的时候,就像话剧里天真无邪的少女在装腔作势背诵台词。

她那些爱抚的动作也生硬得叫人生气。往往当杜·洛华这位美男子吻她的时候,她突然会血脉奋张,欲火如炽,拼命抱着对方,那种紧张而又笨手笨脚的样子,使杜·洛华不禁大笑起来,想起了那些上了年纪还企图学识字的老头子。

她把杜·洛华搂得全身发疼,同时用燃烧着欲火的眼睛紧盯着他,深沉的目光非常可怕,这是青春已过而越老越风流的女人所特有的目光。她那沉默而微微颤动的双唇似乎要把人一口吞下去。她一面用丰腴、温暖、疲倦、但永不满足的肉体使劲地贴着杜·洛华,一面顽皮地扭动着身躯,嗲声嗲气地对他说:"我多么爱你啊,小宝贝。我这么爱你,你就让你心爱的女人舒服舒服吧。"

每逢这个时候,杜·洛华真想咒骂一句,拿起帽子,甩门就走。

最初,他们经常在君士坦丁堡街幽会。但杜·洛华始终

---

① 朱丽叶,莎士比亚戏剧《罗密欧与朱丽叶》中的女主角。

提心吊胆,生怕碰上德·马雷尔夫人。现在,他千方百计,寻找各种借口,拒绝这种约会。

他几乎每天都得到她家里去,有时去吃午饭,有时去吃晚饭。她在桌子下面偷偷握杜·洛华的手,在门背后把嘴唇伸给他。但杜·洛华最喜欢和苏姗玩,喜欢看小姑娘滑稽调皮的举动。苏姗姑娘身材苗条,在她那洋娃娃一般的外表下,却跃动着一种机灵、滑头、别出心裁而且相当诡诈的才智。她像集市上的小木偶一样喜欢炫耀自己。她嘲笑周围的一切事物和周围所有的人,而且用词刻薄,入木三分。杜·洛华便故意挑唆她,鼓励她这种冷嘲热讽。他们灵犀相通,非常默契。

她不停地喊杜·洛华:"您听我说,漂亮朋友,到这里来,漂亮朋友。"

他马上离开母亲跑向女儿。小姑娘在他耳边嘀咕几句不怀好意的话,接着,两个人便哈哈大笑。

在此期间,杜·洛华对那位母亲的爱情已经从厌烦发展到无法忍受。现在,只要一看到她,听见她的声音,或者一想到她,心里就不由得生气。于是他不再到她家里去,不答复她的信,也不再理睬她的呼唤。

她终于明白,杜·洛华已经不爱她了,心里非常痛苦。但她心中的爱情之火却越烧越炽。她窥伺他,尾随他,或者藏在拉上窗帘的马车里,停在报馆门前、杜·洛华的家门口,或者在他可能经过的街道等他。

杜·洛华真想粗暴地对待她、骂她、打她,或者斩钉截铁地对她说:"得了,我烦透了,你真折磨人。"但考虑到《法兰西生活报》,他不免有所克制。于是,他采取冷淡的做法,软中带硬,有时甚至出言不逊地让她知道,他们之间的关系该结束了。

但她仍然顽固坚持,想出各种办法把杜·洛华引到君士坦丁堡街去。杜·洛华无时无刻不担心两个女人有一天会在门口面对面地相遇。

与此相反的是经过那一年的夏天,他对德·马雷尔夫人的情爱却加深了。杜·洛华叫她"小淘气",毫无疑问,非常喜欢她。他们两人的性格有许多共同的地方,都是玩世不恭的风流人物,交际场中放荡不羁的冒险家。他们和到处飘零的流浪汉并没有多大区别,这是他们连想也没想到的。

他们彼此相恋,如胶似漆,度过了一个迷人的夏天,像两个寻欢作乐的大学生,偷偷跑出来,到阿尔让兑尔、布奇瓦尔、梅宗或者普瓦西①吃午饭或吃晚饭,接连几个小时在河上泛舟,采摘岸边的野花。她非常爱吃塞纳河的炸鱼、白葡萄酒烩肉和洋葱炖鱼,还有那酒肆的凉棚和艄公的号子。杜·洛华喜欢在天气晴朗的时候,和她一起坐在郊区列车的顶层,说说笑笑,穿过巴黎附近的原野。这里的景色平淡无奇,只是疏疏落落点缀着几座难看的别墅。

杜·洛华往往不得不匆匆返回,赶到瓦尔特夫人家吃晚饭。这时候,他恨透了这个风流的老情妇,心里总惦记着刚和他分手的那个年轻女人。因为,在河边的草丛里,这个年轻的少妇已经满足了他的欲念,独占了他全部的爱情。

他已经明确地,甚至用粗暴的方式告诉过老板夫人,决定和她一刀两断,以为这样便可以最终摆脱她。但今天在报馆里突然又收到她一封电报,叫他下午两点到君士坦丁堡街去。

---

① 都是巴黎附近塞纳河畔的城镇。

他一面走一面看。电报上写着:"今天我必须和你谈谈。有非常非常要紧的事。两点钟在君士坦丁堡街等我。我可以帮你一个大忙。你的至死不渝的朋友——维吉妮"。

他心里纳闷:"这只老猫头鹰还找我做什么?我敢打赌她根本没有任何事情要告诉我。一定又向我唠叨,她怎样怎样爱我。不过,去看看也好。她说有一件要紧的事,还说能帮我一个大忙,这也许是真的。克洛蒂尔德四点钟来,我最迟一定要在三点钟把第一个打发走。真糟糕,但愿她们别碰到一起。这些女人可真够呛!"

他心想,说实在话,唯一不折磨他的只有他的妻子。这个女人有自己的生活方式,谈爱情有固定的时间,表面看也非常爱自己的丈夫,但是绝不允许别人打乱她一成不变的生活规律。

杜·洛华缓步向幽会的地点走去,对老板夫人恨得牙痒痒的:"哼!如果她没话跟我说,我就给她点颜色看。我可没加布罗纳①那么文雅。我先对她声明,以后再也不到她家里去。"

他走进屋里等候。

瓦尔特夫人几乎马上便到了。一看见杜·洛华就说:

"噢!你收到我的电报了!真巧!"

杜·洛华把脸一沉,说:

"对,当时我在报馆,正打算到参议院去。你还想要我干什么?"

---

① 加布罗纳(Cabronne)是拿破仑手下的大将,滑铁卢一役,身陷重围。敌人要他投降,他高声大骂,宁死不降。

她撩起面纱吻了吻杜·洛华,然后,像一条经常挨打的狗那样,露出又害怕,又驯服的神情把身子挨了过去。

"你对我真狠……跟我说话那么凶……我做了什么对不起你的事了?你不知道你可把我害苦了!"

杜·洛华不高兴地嘟囔说:"你是不是又要开始了?"

瓦尔特夫人紧挨着他站着,准备只要他笑一笑,或者做一个什么动作,便立即投进他的怀抱。

她喃喃地说:"当初你不应该勾引我而现在又这样对待我。我本来是个贤惠而快乐的人,却被你引入了歧途。你记得你在教堂里跟我说的那些话吗?你还记得你是怎样硬把我拉进这所房子里来的吗?可现在,你却用这种腔调跟我说话!这样对待我!上帝啊!你把我坑害苦了!"

杜·洛华跺了跺脚,厉声说道:

"得了!别说了!够了!一见面总来这一套。别人听见一定会以为你跟我的时候只有十二岁,天真无邪,像天使一样。才不是哩,亲爱的,打开天窗说亮话,你并不是未成年的幼女,而我也谈不上什么拐骗。你完全是在懂事的年龄委身于我的。我谢谢你,对你无限感激,但我并没有永远和你相好下去一直到死的义务。你有丈夫,我也有妻子。我们两人都是身不由己。我们神不知鬼不觉地相恋过一段时期,可现在一切都结束了。"

瓦尔特夫人说:"啊!你真粗暴!真卑鄙!真无耻!对!我当时已经不是白璧无瑕的少女,但我从来没有爱过别人,从未失过身……"

杜·洛华打断了她的话:"这我知道,你已经说过二十次了。可是,当时你已经生过两个孩子……所以,不是我使你破身的……"

她猛地往后一退:"啊!乔治,你太侮辱人了!……"

她双手按着胸口,半晌说不出话来,喉咙咯咯作响,眼看就要放声大哭了。

杜·洛华看见她掉眼泪,便从壁炉边拿起帽子说:"好呀!你要哭!那么,再见。你叫我来就是为了要我看你这场表演?"

她上前一步拦住杜·洛华,然后,急忙从口袋里掏出手帕,迅速擦了擦眼睛,竭力想恢复镇静,但仍然忍不住阵阵悲痛,声音时断时续:

"不……我来是为了……告诉你一个消息……政治方面的消息……好让你赚五万法郎……甚至还不止五万……如果你愿意的话。"

杜·洛华突然软了下来,问道:"什么?你这话是什么意思?"

"昨天晚上,我偶然听见我丈夫和拉罗舍说话。他们平时谈话并不太躲避我。瓦尔特嘱咐部长不要把秘密告诉你,担心你会把一切都宣扬出去。"

杜·洛华把帽子放回到椅子上。全神贯注地等着下文。

"那么,到底是什么事?"

"他们要占领摩洛哥!"

"得了。我和拉罗舍一起吃午饭,他把内阁的意图几乎都一五一十告诉我了。"

"不,不,亲爱的,他们在骗你,因为他们怕你知道他们的计策。"

"你坐下。"乔治说。

接着自己先在一把扶手椅上坐下。瓦尔特夫人从地上拉过一个小板凳,坐在杜·洛华两腿之间,柔声地对他说:"因为我总想着你,所以,别人在我周围低声说话我都非常注意。"

她不慌不忙地告诉杜·洛华说,最近一个时期她猜出来他们正背着杜·洛华干一种秘密勾当。一方面想利用他,另一方面又怕他竞争。

她说:"你知道,一个人在恋爱的时候,是会变得很狡猾的。"

前一天,她终于弄明白了。这是一宗秘密进行的大买卖,非常大的买卖。她觉得自己在这个问题上干得很巧妙,心里一高兴,脸上不禁露出了笑容。她侃侃而谈,越说越激动,她本来就是金融家的夫人,看惯了交易所里的各种手段,证券价值的变化和行情急遽的起落,使数以千计的小资产者和拿菲薄年金的人不消两个钟头便在投机活动中倾家荡产。这些人不会把自己的积蓄投放在有名流、政客和银行家出面担保的资产上。

她一再说:"啊!他们干得可真漂亮。漂亮极了。而且这一切都是瓦尔特牵的头,他很内行。说真的,简直是第一流人才。"

杜·洛华对这一大篇开场白感到不耐烦了。

"瞧你,快说呀。"

"好吧,事情是这样的。向丹吉尔派远征军这件事是拉罗舍当外交部长那天就决定了的。所以,他们一步步地把牌价落到六十四或六十五法郎的摩洛哥公债全部买回来。办法非常巧妙,通过一些来历不明生活腐化的经济人收购,这样便不会引起任何怀疑。甚至罗特希尔德银行也被他们骗了。这家银行发现不断有人来提取摩洛哥公债,感到很惊讶,但得到的答复是:提取公债的人都是些腐化堕落、已经山穷水尽的经纪人。银行于是放了心。现在,马上要出兵了,等咱们的军队一到那边,国家就会保证偿还公债。瓦尔特他们立刻便可以赚五、六千万。所以你明白了吗,这样的事最怕大家知道,怕走漏风声。"

瓦尔特夫人头靠着杜·洛华的背心,两臂放在他的腿上。她知道自己已经引起他的兴趣,便全身紧紧地贴着他。现在,只要能得到他一下轻微的爱抚和哪怕一丝的微笑,她什么事情也干得出来。

杜·洛华问道:"你绝对有把握?"

她非常自信地回答道:"我想毫无问题!"

杜·洛华说:"事情的确很不简单。至于拉罗舍这个混蛋,我将来非揪住他不可。哼!这个无耻之徒!他最好小心点……他最好小心点……他那副部长的骨头架子全在我手里捏着哩!"

他想了想,然后低声自言自语道:"不过这样的机会也应该利用利用。"

"你可以买公债,"瓦尔特夫人说,"现在才七十二法郎。"

杜·洛华又说:"是呀,不过,我没有现金。"

瓦尔特夫人抬起眼睛看着他,目光里充满恳求:"这一点我早想过了,我的小猫咪。如果你对我好,对我还有点情义,就让我借点钱给你。"

杜·洛华当即斩钉截铁地回答:"这个?绝对办不到!"

她哀求道:"你听我说,有一件事你不必借钱就能办到。

我本来想买一万法郎这种公债,好攒点私房。那好,现在我买两万法郎,其中有你一半。你很清楚,这笔钱我是不必还给瓦尔特的。所以,你现在什么钱也不用出。如果成功,你可以赚七万法郎。如果不成功,你就欠我一万法郎,将来还与不还随你的便。"

杜·洛华仍然说:"不,我不喜欢这种做法。"

于是瓦尔特夫人举出种种理由来说服他。对他说,这样做,他实际上已经等于答应参加一万法郎,当然也就担着风险,其次,她本人并没有替他垫钱,因为预付款是由瓦尔特银行透支的。

另外,她还告诉杜·洛华,这宗买卖之所以能够做成,完全应该归功于他在《法兰西生活报》上一手掀起的那场政治运动,不借此机会捞一把就太傻了。

杜·洛华还在犹豫。瓦尔特夫人又说:"你想想,实际上,这一万法郎是瓦尔特替你垫的,你为他办的事价值早超过这个数目了。"

"那好吧!"杜·洛华说道,"我和你各出一半。如果咱们亏了本,我还你一万法郎。"

瓦尔特夫人高兴极了,她站起来,双手捧定杜·洛华的头,贪婪地吻着。

开始的时候,他并不反抗,但后来瓦尔特夫人胆子越来越大,紧紧地抱着他,吻个不停。杜·洛华心里想,另外那个马上就要到了,如果他心一软,就会浪费时间。与其把满腔热情倾注在这个老太婆的怀里,倒不如留给那个年轻的好。

于是,他轻轻推开瓦尔特夫人,对她说:

"得了,别闹了。"

瓦尔特夫人伤心地看着他："啊！乔治！我甚至连吻吻你也不行了。"

杜·洛华回答道："不，今天不行，我有点头疼。这样我受不了。"

于是，她柔顺地坐回到杜·洛华两腿中间，问道：

"明天到我家吃晚饭好吗？那我该多高兴啊！"

他迟疑了一下，但是不敢拒绝。

"好，我一定来。"

"谢谢你，亲爱的。"

她温柔地把面颊在年轻人胸前慢慢地蹭来蹭去。不料一根长长的头发被他背心上的纽扣钩住了。

她发现了之后，脑子里突然闪过一种荒唐的想法，一种常常会使女人丧失理智的迷信想法。她轻轻地把这根头发绕在杜·洛华的纽扣上。然后，又把另一根头发往下一个扣子上缠，接着在下面的扣子上也缠上一根。每个扣子上都缠了一根头发。

一会儿杜洛华站起来就会把这几根头发扯掉，就会把她弄痛，多幸福呀！这样他便会不知不觉地把她身上的一些东西带走，把从来没有问她要过的一绺头发带走。那是她把杜·洛华拴住的一根线，一根神不知鬼不觉的线！是她留在杜·洛华身上的一件法宝。杜·洛华便会不由自主地想起她，梦见她，也许明天就会更爱她了。

杜·洛华突然说："我要走了，因为众议院会议结束以后有人等我。今天可不能耽误。"

瓦尔特夫人叹了口气："唉！又要走了！"接着，无可奈何地说，"你去吧，亲爱的，不过明天一定要来吃晚饭。"

说着,她猛地把身子闪开。头上突然感到一阵短暂而剧烈的疼痛,像有人用针扎她一样,心怦怦直跳。杜·洛华把她弄疼了,她很高兴。

"再见!"她说道。

杜·洛华怜悯地笑了笑,把她搂在怀里,在她的眼睛上冷冷地吻了一下。

这种接触把她弄得神魂颠倒,她又喃喃地说了一句:"这就走了?"祈求的眼光看着房门洞开的卧室。

杜·洛华轻轻地把她推开,着急地说:

"我得走了,否则要迟到了。"

于是,瓦尔特夫人把嘴唇伸给他。他只轻轻地碰了碰,接着,把她忘拿的小阳伞递给她,对她说:"快,快,咱们得快点,已经三点多了。"

她先出去,一面走,一面还不住地叮咛:"明天,七点。"

杜·洛华回答道:"明天,七点。"

他们分手了。她向右拐,杜·洛华向左转。

他一直走到环城大街,然后又沿着马勒泽布林荫大道慢步走回来。经过糕点铺的时候,看见玻璃缸里盛着糖栗子。他心想:"我给克洛蒂尔德买一磅吧。"于是,便买了一袋她非常喜欢吃的糖栗子。四点钟,他已经回到屋里恭候他那位年轻的情妇了。

她到得稍晚一点,因为她丈夫回来休假一个星期。她问道:"明天你来吃晚饭吗?他看见你一定很高兴。"

"不行,我要到老板家吃晚饭。我们有许多政治和金融方面的问题要研究。"

她摘下帽子,又把绷得太紧的上衣脱掉。

杜·洛华指着壁炉上的口袋对她说:"我给你带来了糖栗子。"

她高兴得拍手说:"我真走运!你太好了!"

她拿起糖栗子,尝了一个,说道:"好吃极了。我想我一定会吃得一个也不剩。"

她满心欢喜,深情地看着杜·洛华说:"这么说,我的一切坏习惯,你都能迁就喽?"

她慢慢地吃着糖栗子,一面不住地往口袋里看是否还有。

她说:"来,坐在扶手椅上,我坐在你两腿中间慢慢嚼我的糖果,那一定很舒服。"

杜·洛华微笑着坐了下来,张开两腿把她夹住,像刚才夹住瓦尔特夫人一样。

她仰起头,嘴里塞得满满地对他说:

"你不知道,亲爱的,我梦见你了,梦见咱们两个人同骑一只骆驼去作长途旅行。骆驼有两个峰,咱们每人骑一个峰,穿过沙漠。咱们带着用纸包的三明治,瓶子里装着酒,在骆驼背上吃。但我慢慢就烦了,因为什么都不能干,咱们彼此相隔太远了。我想下来。"

杜·洛华接着说道:"我也想下来。"

他哈哈大笑,觉得这故事很有趣,便鼓励她漫无边际地胡说一通,讲种种情侣们在一起常说的幼稚而无聊的情话。这些顽皮的说笑如果出自瓦尔特夫人之口,他听了一定会生气,但出自德·马雷尔夫人之口,他便觉得娓娓动听。

克洛蒂尔德也称呼他"我亲爱的""我的小宝贝""我的小猫咪"。他觉得温柔而悦耳。刚才那一位也这样叫他,但他却感到难受而恶心。因为情话尽管一样,可是,出自不同人的口,便具有不同的味道。

但是,他虽然乐滋滋地听着这些销魂蚀骨的情话,心里却放不下即将赚到手的那七万法郎。他忽然用手指在他情妇头上轻轻敲了两下,打断了她的喁喁絮语:"我的小猫咪,你听着。我要托你捎句话给你丈夫。替我告诉他,叫他明天买一万法郎摩洛哥公债。现在,公债的行市是七十二法郎。我向他保证,不出三个月,他就能赚到六万到八万法郎。叫他绝对不要声张。替我告诉他,已经决定向丹吉尔派远征军,法国政府将保证摩洛哥公债。至于其他人,你就别管了,我现在告诉你的是国家机密。"

她一本正经地把话听完以后,低声说:"谢谢你。我今晚就通知我丈夫。对他,你可以放心,他是会守口如瓶的。他这个人很可靠。绝对不会有危险。"

她把栗子吃得一干二净,两手把空袋子一揉,扔进了壁炉说道:"咱们睡吧。"说着便伸手给乔治解背心上的纽扣。

突然,她停住手,用两个指头挟出一根缠在扣眼上的长头发,哈哈大笑起来:"瞧,你把玛德莱娜的一根头发也带出来了。真是个忠实的丈夫!"

接着,她又变得严肃起来,把发现的这根几乎看不见的、又细又长的头发放在手里仔细端详,嘴里喃喃地说:"这是褐色的,不是玛德莱娜的头发。"

杜·洛华微微一笑道:"很可能是用人的。"

但克洛蒂尔德像警探一样仔细检查杜·洛华的背心,发现在另一颗纽扣上也缠着一根头发,接着又找到了第三根。她的脸忽地白了,身体也微微颤抖起来,她大叫道:"好呀!你和一个女人睡过觉了,她把头发缠在你的纽扣上。"

乔治吃了一惊,讷讷地说:"没有。你疯了……"

突然,他想起来了,心里恍然大悟。先是有点不好意思,接着又开玩笑地否认,对克洛蒂尔德怀疑他另有新欢这件事,心里并不着恼。克洛蒂尔德还不停地找,不断发现头发。她把这些缠在纽扣上的头发迅速解开,扔在地毯上。

她这种女人本来就机灵,马上就猜出了事情的真相,不禁火冒三丈,眼看气得要哭出来。她语不成声地说:"这个女人可真爱你……想把自己身上的某些东西让你带走……啊!你这个无情无义的人……"

忽然,她神经质地尖叫了一声,快活地说:"啊!……啊!……原来是个老太婆……瞧这根白头发……好呀!你现在连老太婆也要了……她们给你钱吧?……好呀!连老太婆也要了……这样说来,你已经用不着我了……你就留着你那个吧……"

她站起身来,跑过去,把刚才扔在椅子上的上衣拿起来,迅速穿好。

杜·洛华满脸羞愧,结结巴巴地想挽留她:"别……克洛……你别犯傻了……我的确不知道是怎么回事……你听我说……你别走……得了……你别走……"

德·马雷尔夫人一个劲儿地说:

"你就留着你那个老太婆吧……留着她好了……用她的头发……用她的头发给你自己编个指环……这些头发编指环足够了……"

她忙不迭地穿好衣服,戴上帽子和面纱。杜·洛华想拉住她,她一扬手,给了他一记耳光。杜·洛华还没清醒过来,她已经把门打开,一溜烟地跑了。

屋里只剩下杜·洛华一个人。他满腔怒火,恨透了瓦尔特夫人这个恶毒的老太婆。哼,非把她撵走不可,对她绝不能讲情面。

他用水洗了洗被打红了的脸,然后离开了房间,心里琢磨着如何复仇。这一次,他绝不饶恕。不,绝不!

他一直来到大街,漫无目的地走着。经过一家首饰店前面的时候,他停下来看一只价值一千八百法郎的怀表。这只表他早就想买了。

突然,他心里一阵高兴,暗想:"如果我赚到那七万法郎,我就能把它买下来了。"接着,他又盘算用这七万法郎还能干些什么事。

首先,他会被提名为参议员。接着就把那只怀表买下来。然后到证券交易所碰碰运气,然后……然后……

他不想去报馆,打算先和玛德莱娜谈谈,然后再去见瓦尔特,写他那篇文章。于是,他转身往家里走去。

到了德鲁奥街,他停下脚步,想起很久没去看住在昂丹大道的德·沃德雷克伯爵了。于是,又溜溜达达地走了回来。一面走,一面美滋滋地想着各种愉快的事情,想到即将到手的那笔钱,想到恶棍拉罗舍和老板夫人那个可恨的老太婆。克洛蒂尔德生气他一点也不着急,因为他知道她很快就会原谅他的。

来到德·沃德雷克伯爵的住宅,他问看门人:"德·沃德雷克伯爵身体怎样?听说最近他病了。"

看门人回答道:"先生,伯爵大人病情严重。大家都认为他过不了今晚了,因为风湿病已经进入心脏。"

杜·洛华大吃一惊,不知如何是好。沃德雷克要死了!

他顿时心乱如麻,思绪万千,连自己也不敢相信。

他喃喃地说:"谢谢……我回头再来……"连自己也不明白在说什么。

他跳上一辆马车,叫车夫把自己送回家去。

他妻子已经回来了。他气喘吁吁地跑进房间,急忙告诉她:

"你不知道吗?沃德雷克快死了!"

他妻子正坐在那里看信,听了他的话,抬起眼睛,一连问了三次:"你说什么?……你说什么?……你说什么?……"

"我说的是,沃德雷克风湿性心脏病突然发作,快要死了,"紧接着又加了一句,"你打算怎么办?"

她闻言站了起来,面如土色,脸颊的肌肉激动得直抽搐,双手掩面,大哭起来。她就这样站在那里,泣不成声,悲痛欲绝。

突然,她忍住哀痛,擦着眼泪说:"我……我去……你别管我……我不知道什么时候回来……你不用等我……"

杜·洛华回答道:"好的,你去吧。"

他们握了握手,然后她就走了,匆忙得连手套也忘了戴。

乔治一个人吃了晚饭,便着手写他那篇文章。他完全按照部长的意图下笔,暗示读者,不会向摩洛哥派遣军队。写完以后,他把文章带到报馆,又和老板谈了一会儿,便叼着烟走了。不知怎的,他觉得心里很轻松。

他妻子还没有回来。他便自己躺下睡了。

大约夜里十二点,玛德莱娜回来了。乔治突然被惊醒,从床上坐了起来。

他问道:"怎么样?"

他从来没见过玛德莱娜的脸色像现在这样苍白和激动。她喃喃地说：

"他死了。"

"哎呀！那……他什么也没跟你说？"

"没有，我到的时候，他已经昏迷不醒了。"

乔治思索着。有些问题已经来到唇边，但他不敢提出来。

"来睡吧。"他说道。

玛德莱娜迅速地脱了衣服，钻到他的身旁。

杜·洛华又问："他死的时候，身边有亲人吗？"

"只有一个侄儿。"

"是吗！这个侄儿经常来看他吗？"

"从没来过。他们有十年没见面了。"

"他还有其他亲戚吗？"

"没有……我想没有。"

"那么……继承他的遗产的应该是这个侄儿啰？"

"我不知道。"

"沃德雷克很有钱吧？"

"对，很有钱。"

"你知道他大概有多少钱？"

"不太清楚。可能有一二百万吧。"

杜·洛华没有再吱声。玛德莱娜吹灭了蜡烛。两个人在黑暗里肩并着肩、静静地躺着。他们并没有睡，而是在各想各的心事。

杜·洛华已经没有睡意。现在，他觉得瓦尔特夫人答应他的七万法郎实在太微不足道了。突然，他感到玛德莱娜在哭。他想证实一下，便问道：

"你睡了吗？"

"没有。"

她的声音明显地带着伤感而且有点发颤。杜·洛华又说："刚才我忘记告诉你，你的那位部长把咱们骗了。"

"怎么了？"

于是他把拉罗舍和瓦尔特耍的阴谋原原本本、一五一十地告诉了玛德莱娜。

等他讲完，玛德莱娜问道：

"你是怎么知道的？"

"对不起，这不能告诉你。你有你自己弄情报的方法，我丝毫不干涉。我也有我的办法，我不想让人知道。不管怎样，我敢保证，我的情报绝对准确。"

玛德莱娜喃喃地说：

"对，这完全有可能……我一直怀疑他们背着咱们搞点什么名堂。"

乔治因为睡不着，便把身体凑到妻子跟前，轻轻地吻她的耳朵。她使劲推了杜·洛华一把说："求求你，让我安静安静好吗？我没有心情和你玩。"

杜·洛华无奈只好把身子转过去，对着墙，然后闭上眼睛，慢慢地睡着了。

六

教堂悬挂着黑色的布幔,门楣的纹章上扎了一个花圈,告诉过路的人,有一位绅士正在入殓。

仪式刚刚结束,参加的人陆续告辞。他们依次在灵柩和沃德雷克伯爵的侄儿面前走过。这位侄儿和大家一一握手还礼。

杜·洛华和妻子出来以后,并肩往家里走去,彼此没有说话,各有各的心事。

后来,还是乔治先开口,像在自言自语。

"说句实话,这事情真奇怪!"

玛德莱娜问道:

"你说什么?亲爱的?"

"沃德雷克居然什么也没给咱们留下!"

突然一阵红晕从玛德莱娜的粉颈一直升上脸颊,像一块玫瑰色的面纱倏地蒙在她雪白的皮肤上。她说:"为什么非给咱们留点什么不可呢?他没有任何理由要这样做呀!"

说到这里,她停了一会儿,然后又继续说道:"也许在公证人那里有一份遗嘱。咱们现在还什么也不知道。"

杜·洛华想了想,然后喃喃地说:

"对,有可能,因为,归根结底,他是咱们两人最好的朋友。他生前每星期到咱们家吃两顿晚饭。他随时可以来咱们这儿,在咱们家就跟在他自己家一样。他像父亲那样爱你,他没有家,没有孩子,没有兄弟姐妹,只有一个侄子,一个远房的侄子。对,一定有遗嘱。我并不想要什么东西,只不过想有个纪念,证明他想到咱们,爱过咱们,承认咱们对他的感情。他应该对咱们有点友谊的表示。"

玛德莱娜似乎在思索,装作无所谓的样子说:

"的确很可能有遗嘱。"

他们一回到家,仆人就给玛德莱娜呈上一封信。她把信打开,然后递给她的丈夫。

公证人拉马纳尔事务所
代·孚日街十七号
夫人,

请于星期二、星期三,或者星期四下午两点至四点移玉至敝事务所,有要事相商。此事与您有关,请务必前来。

拉马纳尔

这一回轮到乔治脸红了:"准是这回事。奇怪的是他叫你去,而不叫我去,在法律上我是一家之长。"

她起先没有回答,后来稍微考虑了一下才说:"回头咱们一起去你愿意吗?"

"好啊,我愿意。"

他们吃完午饭便立即动身。

他们走进拉马纳尔先生事务所的时候,首席书记非常殷勤地赶紧站起来,把他们领进老板的办公室。

公证人长得很矮小,浑身上下,没有一个地方不是圆的。脑袋像一个球,钉在另一个球上,下面两条腿那么短小,几乎也像两个球。

他欠身施礼,然后指了指椅子请他们坐下,接着转向玛德莱娜:"夫人,我请您来,是想把沃德雷克伯爵的遗嘱通知您,这份遗嘱和您有关系。"

乔治低声说了一句:"我早料到了。"

公证人又说:"我马上把这份文件的内容告诉您,文件不长。"

他伸手从面前一个纸匣里拿出一张纸,向他们宣读:

"立遗嘱人保罗·爱弥儿·西皮里昂·贡特朗,即沃德雷克伯爵。本人身心健康,愿将最后的愿望申明如下:

"人生短暂,寿天难卜,为防不测,愿立遗嘱一纸,存拉马纳尔先生处立案备考。

"本人之财产计有交易所证券六十万法郎,不动产约五十万法郎。本人因无子嗣,愿将全部财产遗赠克莱尔·玛德莱娜·杜·洛华夫人,不附带任何义务与条件。此项遗赠乃亡友对夫人忠诚敬爱之表示,望夫人哂纳。"

公证人说道:"这就是全部内容。这份文件是去年八月制订的,它取代了两年前写给克莱尔·玛德莱娜·福雷斯蒂埃夫人那份性质完全相同的文件。我仍然保存着第一份遗嘱。如果家属有争议,这份遗嘱可以证明,沃德雷克伯爵先生的意愿并没有任何改变。"

玛德莱娜脸色煞白,低头看着自己的脚,乔治则精神紧张地用手指捻着胡子尖。公证人停了一会儿,又接着说:"当然喽,先生,如果没有您的同意,您的夫人是不能接受这笔遗产的。"

杜·洛华站起来,冷冷地说:"我要求给我时间考虑。"

公证人微笑着欠了欠身,非常和蔼地说:

"先生,我明白您的顾虑和犹豫。我还想告诉您,今天上午,德·沃德雷克先生的侄子知道了他叔叔的遗愿,他说,如果能分给他十万法郎,他愿按遗嘱所说的去执行。我个人的看法是,遗嘱尽管无懈可击,但是,打官司就会弄得满城风雨,还是尽量避免为好。因为这样的事情常常会引起社会上的议论。不管怎样,您在星期六以前把您对上述问题的答复告诉我可以吗?"

乔治欠身说:"可以,先生。"他彬彬有礼地一鞠躬,让一言不发的妻子先走,接着自己随后也走了出去。看见他板着面孔,公证人不禁也收敛起笑容。

一回到家里,杜·洛华立即把门砰地关上,帽子往床上一甩说:

"你当过沃德雷克的情妇对吗?"

玛德莱娜正在解面纱,闻言一怔,转过身来说:"我?"

"对,你。一个人是不会把全部财产留给一个女人的,如果……"

玛德莱娜浑身颤抖,连面纱上的别针也解不下来。

她想了一会儿,才以一种激动的声音,结结巴巴地说:

"怎么……怎么……你疯了……你……你……你自己……刚才……不也希望……他留点什么给你吗?"

乔治站在她身旁,观察着她感情的每一个变化,像一位法官企图从犯人身上发现哪怕最微小的软弱的表示。他一字一顿地说:

"对……他可以留点东西给我……给我,因为我是你的丈夫……是他的朋友……你明白吗?……但是,不能留给你……因为你是他的朋友……是我的妻子。这是最大的区别,根本的区别,从礼节上看是如此……从社会舆论上看也是如此。"

现在轮到玛德莱娜紧紧地盯着他看了。她的目光深沉而古怪,一看到底,仿佛想发现点什么,想了解他那捉摸不透的内心。他向来都是莫测高深,只能在他偶然不小心自然流露的一刹那才隐约看到他的思想,就像从半开的门缝,窥见一个人心灵深处的秘密。玛德莱娜慢条斯理,一字一句地说:

"可是,我觉得,如果……他把这么一大笔遗产……留给你……别人也同样会很奇怪的。"

他急忙问道:

"你说这句话是什么意思?"

她回答道:"因为……"她犹豫了一下,然后接着说,"因为你是我丈夫……你认识他还没有多久……而我却是他的老朋友……他的第一个遗嘱是福雷斯蒂埃还活着的时候立的,里面已经提到要把遗产留给我了。"

乔治迈开大步,在房间里踱来踱去。他说:

"你不能接受这笔遗产。"

玛德莱娜不动声色地回答道:

"好极了!既然这样,就不必等到星期六了。咱们可以立刻派人通知拉马纳尔先生。"

杜·洛华走到她面前,两个人又定睛地彼此看了好几秒钟,都竭力想发现对方心灵中最难猜透的秘密,窥探对方的内心。他们通过沉默而紧张的彼此询问,千方百计企图了解对方真正的思想。这是一场心灵间的激烈搏斗。他们虽然生活在一起,但彼此并不了解,他们互相怀疑,互相刺探和窥伺,总之,谁也不知道对方灵魂深处的污垢。

突然,他凑到她面前,低声说:

"得了,你就承认做过沃德雷克的情妇吧。"

她耸了耸肩膀:"你真傻……沃德雷克对我有很深的感情,……但从来没有更进一步……绝对没有。"

杜·洛华跺着脚说:"你撒谎。这不可能。"

她平静地回答说:"可是,事实的确如此。"

杜·洛华又在屋里踱了起来。不一会儿,他停下脚步,说道:

"那么,你给我解释解释,为什么他把全部遗产都留给你……"

她装出一副漫不经心和无所谓的样子。

"很简单。正像你刚才讲的,他的朋友只有咱们两个,或者可以说,只有我,因为我很小的时候他就认识我了。我母亲在他亲戚家当过女伴。他经常到我这里来。他在家属方面找不到继承人,自然就想到了我。他对我有过一点爱情,这是可能的,有哪个女人不曾被人这样爱过呢?当他给自己安排后事的时候,一直隐藏在他心里的这种秘密的爱情就使他写下了我的名字,这又有什么不可能呢?他每星期一都送鲜花给我。你一点也不觉得奇怪。但他从来没送过花给你,对吗?今天,正是出于同样的原因,他把财产全部给了我,再说,他也无人可给。相反,如果他把遗产留给你,那才是天下奇闻哩。为什么给你?你是他什么人?"

她侃侃而谈,从容不迫。乔治不禁犹豫了。

他说:"不管怎样,在这种情况下,咱们不能接受这笔遗产。否则后果不堪设想。人人都会以为确有其事,会议论纷纷和笑话我的。同事们本来就嫉妒我,随时都打算攻击我。我必须比任何人都更加关心自己的名誉,维护自己的声望。现在大家都在谣传这个人是我妻子的情夫,因此,我不能同意,也不能允许我妻子接受这样一笔遗产。福雷斯蒂埃也许受得了,但是,我可受不了。"

她柔声地说:"那好,亲爱的,咱们就不要它。大不了口袋里少装一百万。"

杜·洛华还在踱来踱去,一面自言自语,故意让他妻子听见。

"那么,对……一百万……活该了……他立遗嘱的时候,竟不明白这样做多么没分寸,竟忘掉了起码的礼仪。他没想到我的处境会多么尴尬,多么狼狈……生活里做什么事都有一定之规……他应该把遗产留给我一半,事情就好办了。"

他坐下来,架起腿,用手捻着胡子尖。每逢他感到烦闷、不安,或者需要苦苦思索的时候,他总是这个样子。

玛德莱娜拿起一块绒绣,不时地做几针。她一面挑选毛线,一面说:

"我呀,我不开口了。你自己考虑吧。"

杜·洛华久久没有回答,最后才犹犹豫豫地说:

"社会上永远不会明白为什么沃德雷克让你作为他唯一的继承人,为什么我也同意这样做。用这种方式接受这笔遗产……对你来说,等于承认和他有不清不白的关系,对我来说,等于承认自己没有廉耻……咱们接受这笔遗产,别人会怎么说,你知道吗?得找个拐弯抹角的办法,巧妙的办法,来掩饰这件事情。要让人家以为他把这笔财产平均分配给咱们两个人,一半给丈夫,一半给妻子。"

玛德莱娜问道:"我不明白怎么能这样做,因为遗嘱是写得清清楚楚的。"

杜·洛华回答道:"噢,简单得很。你可以用生前赠与的方式把遗产的一半赠给我。咱们没有子女,这是完全可行的。这样一来,即使不怀好意的人也没话可说了。"

玛德莱娜有点不耐烦地反驳道:"我还是不明白怎样能使不怀好意的人无话可说,因为遗嘱是明摆着的,上面有沃德雷克的签字。"

杜·洛华生气地说:"难道咱们非得把遗嘱拿出来贴在墙上?说到底,你还是个蠢材。咱们可以说,沃德雷克伯爵把财产留给我们,每人一半……不就行了……再说,如果我不同意,你就不能接受这份遗产。但是我可以同意你,唯一的条件是和我对半分。这样,我就不会成为大家的笑柄了。"

玛德莱娜又用尖锐的目光看了他一眼。

"你瞧着办吧。我同意了。"

杜·洛华站起身子,又开始踱来踱去,似乎还有点犹豫。现在他竭力避开妻子锐利的目光。他说:"不行……绝对不行……也许最好还是全部放弃……这样更恰当……更合适……更体面……别人也就无话可说,绝对没话可说了。连最小心谨慎的人也都只好甘拜下风了。"

他踱到玛德莱娜面前停住了脚步:"好了,如果你同意,亲爱的,我就单独去找拉马纳尔先生,征求他的意见,把事情向他解释清楚,把我的顾虑告诉他,并且跟他说,咱们说好了平分遗产,以避免别人说闲话。既然我同意接受遗产的一半,很明显，别人就没有权利笑话我了。这就等于公开宣布：'我妻子之所以接受是因为我——她的丈夫接受的缘故。妻子没有做有损名誉的事，这点我做丈夫的最清楚。否则，非闹得满城风雨不可。"

玛德莱娜闻言，只喃喃地说了一句："你瞧着办吧。"

杜·洛华接着又滔滔不绝地说了起来：

"如果对半分，事情就最清楚不过了。咱们接受朋友的遗赠。这位朋友对咱们不分彼此，不愿厚此而薄彼，不愿意给别人这样的印象：'我生前喜欢这一个，死后还是喜欢这一个。'当然，他更爱那个女的，但如果把遗产平均分配给男的和女的，那就等于明确地宣布，他的偏爱只不过是柏拉图式的感情。请你相信，如果他生前想到这一点，他一定会这样做的。可是他没这么想，也没有考虑到后果。像你刚才所说的，他每星期都给你送鲜花，死后又把最后的纪念留给你，不知道……"

玛德莱娜有点生气地打断了他的话："行了，我明白了，不必啰啰嗦嗦再解释了。快到公证人那儿去吧。"

杜·洛华脸一红，结结巴巴地说："你说得对。我这就去。"

他拿起帽子，等快要走出房门的时候又说：

"至于那个侄子，我就给他五万法郎，事情就算结束了，好吗？"

玛德莱娜高傲地回答道："不。把他要的十万法郎给他。如果你愿意，这笔钱就从我应得的那一份出好了。"

他突然感到一阵羞愧，喃喃地说："啊，不！咱们两人分担。每人扣除五万法郎，咱们还有整整一百万。"

接着,他又说了一句:"亲爱的玛德,回头见。"

说完,他便去找公证人,把做法告诉他,说是他妻子想出来的。

第二天,他们在一份生前赠与的文书上签了字。玛德莱娜·杜·洛华在文书中声明把五十万法郎赠与自己的丈夫。

从公证人事务所走出来的时候,乔治看见天气晴朗,便建议到大街上走走。他显得十分温柔体贴,一副情深意重的样子,笑呵呵的,对一切都感到心满意足,而玛德莱娜则颇为严肃,心里若有所思。

这是一个相当寒冷的秋日。街上的行人似乎都很匆忙,快步地走着。杜·洛华把妻子领到他常去看表的那个店铺前面。他想买这个怀表已经不止一天了。

"我送你一件首饰好吗?"他说道。

玛德莱娜无所谓地低声说了一句:

"随你的便。"

他们走进铺子。杜·洛华问:

"你喜欢什么?项链?镯子,还是耳环?"

一看见金器和漂亮的宝石,玛德莱娜故意装出的那副冷漠神态顿时无影无踪了。她眼里闪耀着光芒,好奇地浏览着橱窗内陈列的金银珠宝。

突然,她心里一动说:"这只手镯真好看。"

原来是条样子古怪的金链,每一环上都镶着一颗不同的宝石。

乔治问道:"这镯子多少钱?"

珠宝商回答道:"三千法郎,先生。"

"如果您肯卖两千五,那我就算买定了。"

对方犹豫了一下，回答道："不行，先生，不行。"

杜·洛华又说："那，加上这一千五百法郎的怀表，一共四千法郎，我可以马上付现款。怎么样？如果您不愿意，我们就到别家去买。"

珠宝店老板面有难色，但最后还是同意了。

"那么，好吧，先生。"

新闻记者把地址告诉他以后，对他说：

"请您叫人在怀表上刻上我名字的缩写——G.R.C.。用花体字。上面再刻一个男爵的冠冕。"

玛德莱娜闻言惊讶地笑了。从店里走出来的时候，她含情脉脉地挽起杜·洛华的胳臂。她觉得杜·洛华既机灵，又有魄力。他现在已经有固定的收入，应该有个头衔，这是无可厚非的。

珠宝商躬身说："男爵先生，这件事包在我身上了，星期四一定办妥。"

他们经过滑稽剧院。那天正上演一出新剧。

"如果你愿意的话，"他说，"今晚咱们就来看戏。现在先看看有没有包厢。"

正好有一个包厢，他们就订了下来。杜·洛华又说："咱们到小饭馆吃饭怎样？"

"啊，好极了，我同意。"

杜·洛华高兴得像当了皇帝，心里琢磨着，看还能做些什么。

"咱们找德·马雷尔夫人来一起消磨一个晚上好吗？听说她丈夫回来了。我真想和他握握手。"

于是，他们就去找德·马雷尔夫人。乔治有点害怕再见到他的情妇,所以他妻子在场,也不介意,因为这样可以避免作任何解释。

但克洛蒂尔德看来已经把过去的事情统统忘记了。她甚至怂恿丈夫接受这次邀请。

晚饭吃得很高兴,整个晚上都过得很愉快。

乔治和玛德莱娜很晚才回家。过道的灯已经灭了。新闻记者只好不时划根火柴照亮楼梯。

到了二楼的楼梯口,他又擦了一根火柴。在黑魆魆的楼道里,火柴忽地一亮,照见镜子里他们两人的面孔。他们像两个幽灵,在黑暗中忽隐忽现。

杜·洛华把手举高一点,好把两个人的模样照清楚。他得意洋洋地笑道:

"瞧,百万富翁走过来了。"

七

征服摩洛哥已经两个月了。法国攻下了丹吉尔,占领了沿地中海一直到的黎波里的整个非洲海岸,并且偿还了被它吞并的这个新国家的公债。

大家都说两位部长一举赚了两千多万法郎,还公开提到了拉罗舍-马蒂厄的名字。

至于瓦尔特,巴黎人都知道他一箭双雕,在公债上捞到了三四千万,在铜矿、铁矿,以及地产交易中又赚了八百万。在法国征服摩洛哥以前,他几乎不花任何代价买进了大片土地,摩洛哥被占领的第二天,他便将这些土地倒卖给殖民公司。

几天之内,他成为世界的主宰之一,无所不能的金融大亨之一,权力比国王还大,谁在他面前都要低头哈腰,不敢高声说话。在他周围可以听到发自人类心底里的一切庸俗、卑鄙、嫉妒和羡慕的声音。

他不再是那个可疑的银行老板,态度暧昧的报馆经理,被人怀疑靠舞弊当选的众议员,犹太人瓦尔特了。他已经成了以色列富翁瓦尔特先生。

他想显示一下他这种身份。

他知道卡尔斯堡亲王手头拮据。亲王在福布尔·圣奥诺雷大街有一座府邸,是那条街上最漂亮的宅第之一,住宅的花园通向香榭丽舍大街。他向这位亲王提出购买他这所房子和全套家具陈设,二十四小时内成交,室内一切均照原样,连一把扶手椅的位置也不移动。他出价三百万。亲王看见这个数目便答应了。

第二天,瓦尔特便搬进了新居。

他随即产生另一个念头,一个波拿巴①式的念头,想征服整个巴黎。

这时候,全城的人都络绎不绝地去绘画收藏家雅克·勒诺布的陈列室里,欣赏一幅匈牙利画家卡尔·马科维奇的巨型油画《基督凌波图》。

艺术批评家们对这幅画大为赞赏,称之为本世纪最优秀的杰作。

瓦尔特用五十万法郎把这幅画买走了,使好奇的观众刹那间大失所望。全巴黎的人沸沸扬扬都在议论他,有的人羡慕他,有的人指责他,也有人赞同他的做法。

接着,他在各报刊登一条消息,邀请巴黎各界名流在某个晚上到他家里欣赏这一外国大师的杰作,以免别人说他把这幅艺术品独占了。

他大开中门,来者不拒,只要在进门的时候出示请帖便可通行。

请帖是这样写的:"瓦尔特先生暨夫人恭请台驾于十二月三十日夜九时至十二时光临参观卡尔·马科维奇之名画——《基督凌波图》,有电炬照明。"

请帖后面还附有一行小字:"午夜二时后将举行舞会。"

----

① 波拿巴即拿破仑。

因此,愿意留下来的人便会留下来。瓦尔特夫妇打算在这些人中间,物色未来的心腹。

至于其他人,他们会怀着好奇的心理,欣赏名画、厅堂和府邸的主人。他们的态度可能落落大方,也可能傲慢或者无所谓。这些人自来自去,谁也不必招呼他们。瓦尔特老头知道,过一阵子,他们还会来的。就像以前他们登门拜访他那些发了财的以色列兄弟。

首先要做到的是使报纸上经常提到的那些没落贵族走进他的府邸。他们一定会来看看这位在一个星期内赚了五千万法郎的富翁到底是什么模样,观察一下来造访的都是些什么人,数目有多少。他们一定会来,因为瓦尔特本人虽然是以色列的子孙,但格调高雅、脑子又灵,居然想到请他们来欣赏这幅表现基督的油画。

他似乎在告诉他们:"瞧,我花五十万法郎买了马科维奇这幅宗教题材的杰作:《基督凌波图》。今后这幅优秀的作品就永远在我家里,在我眼皮底下,永远留在犹太人瓦尔特的府上了。"

社交界的那些公爵夫人和风流贵族们对这次邀请议论纷纷,但是大体上这次邀请并不附带任何义务。到那儿去就像到珀蒂先生家看水彩画一样。瓦尔特有件珍品,他选了一个晚上,大开中门,使所有人都能欣赏这件杰作,真是没有比这个更好的了。

两个星期以来,《法兰西生活报》每天早上都登载有关十二月三十日这个晚会的消息,竭力想激起公众好奇的心理。

老板的胜利使杜·洛华十分恼火。

他从妻子那里勒索了五十万法郎以后,曾经一度认为自己成了富翁,但现在,他觉得自己很穷,穷极了,因为拿自己那笔微不足道的财产和像雨一样落在自己周围而自己居然没想到去拾的千百万金币相比,简直是太渺不足道了。

他又妒忌又生气,怒火越烧越旺。他恨一切人,恨瓦尔特一家,再也不上他家的门。他恨他的妻子,因为她上了拉罗舍的当,劝他不买摩洛哥的公债。他尤其恨外交部长。因为这部长愚弄他,利用他,居然还每星期到他家吃两次晚饭,而他还要做这个部长的秘书、公务员和笔杆子。现在,每当这位部长口授,他作记录的时候,他心里常常产生一种疯狂的念头,想把这个自鸣得意的胜利者掐死。拉罗舍作为部长,并没有多大的成就。为了保持自己的职位,他小心翼翼不让别人猜出他非常有钱。但杜·洛华从他越来越高傲的言谈、目空一切的举动、越来越大胆的议论和他的绝对的自信之中,感到这位律师出身的暴发户是个名副其实的大富翁。

现在,拉罗舍在杜·洛华家里颐指气使,取代了沃德雷克伯爵的地位和来访的时间,对仆人说话的语气,俨然像家里第二个主人。

乔治气得浑身发抖,但也只好像一条想咬人又不敢咬的狗那样忍气吞声。可是,他对待玛德莱娜却常常显得生硬而粗暴。玛德莱娜耸耸肩膀,只当他是个傻头傻脑的孩子。然而,他总这样发脾气使她感到很惊讶,再三对他说:"你总是牢骚满腹,我真不明白你为什么这样。你的地位已经够好的了。"

这时候,杜·洛华便背转身子,一言不发。

他早就说过,他绝不参加老板家举行的晚会,再也不愿意到这个肮脏的犹太人家里去。

两个月以来,瓦尔特夫人天天给他写信,求他去,恳求与他约会,无论在什么地方都行,据她说,这样做是想把替他赚的七万法郎当面交给他。

杜·洛华不屑回答,把这些充满绝望的信件统统扔到火里去。他这样做并不是放弃他们合伙赚来的那部分利润,而是想刺激她,故意看不起她,把她踩在脚底下,因为她太有钱了!杜·洛华想表示自己是个有骨气的人。

展览油画的那一天,玛德莱娜向他指出,他不愿意去参观是很不对的。但他回答说:

"你少啰嗦吧。我不去。"

吃过晚饭以后,他突然说:

"还是去受受这份罪吧。你快点准备。"

她早就料到他会这样。

"我一刻钟就能准备好。"她说道。

杜·洛华一面穿衣服,一面嘟囔。甚至上了马车还骂骂咧咧。

卡尔斯堡大厦的正厅灯火通明,四角悬挂着四盏球形的电灯,像四个发着蓝光的小月亮。门前高高的台阶上铺着华丽的地毯,每一级都站着一个穿制服的听差,仿佛一尊尊石像。

杜·洛华低声骂了一句:"装腔作势。"说着耸了耸肩膀,嫉妒得心里直抽搐。

他妻子对他说:"你少说话,也装装样子吧。"

他们走了进去,把出门穿的沉甸甸的大衣交给迎上来的仆人。

那儿还有几位夫人,她们由丈夫陪着,也正在脱皮大衣。

只听有人在低声说:"真漂亮!漂亮极了!"

宽敞的前厅四面挂着壁毯,上面画的是战神马尔斯和美神维纳斯的恋爱故事。左右分别有两道雄伟壮观的楼梯,一直通向二楼,然后又合在一起。栏杆是锻铁铸的,精美绝伦,铁上镀金的颜色因年代久远已经有点暗淡,但仍然隐隐发出微弱的光芒,映照着红色大理石的梯级。

客厅门口站着两个小姑娘。一个穿粉红衣裙,另一个则是蓝色衣裙。她们向每位夫人献上一束鲜花。大家都觉得这样安排非常有意思。

客厅里已经挤满了来宾。

大部分女士都是一般的客人打扮,为的是表明她们参观任何私人展览会都是如此,毫不特殊。那些准备留下来参加舞会的则穿着袒胸露臂的衣服。

瓦尔特夫人在第二个客厅,周围簇拥着一群女友。她频频向客人点头还礼。其他许多不认识她的人到处游逛,像在博物馆里一样,根本不理会房子的主人。

她一瞥见杜·洛华,顿时面色苍白,想要向他走去。但终于忍住了,没有挪动身子,而是等杜·洛华走过来。杜·洛华很客气地向她施礼,玛德莱娜则亲热地频频祝贺她。乔治乘机撇下妻子,让她和老板夫人在一起,自己走进人群,去倾听肯定会听到的各种蜚短流长的议论。

五个客厅一个连着一个,都悬挂着名贵的布幔、意大利的刺绣,或者色彩不同、风格各异的东方壁毯。墙上是古代绘画大师的名画。特别使人流连观赏的是一个路易十六式的小客厅。客厅四周是丝质的软垫,浅蓝色底,上面绣着一束束玫瑰花。低矮的金漆木器家具上,罩着和墙上一样的丝绸,异常精美。

乔治认出了一些有名的人物,如黛拉希娜公爵夫人、拉费内尔伯爵夫妇、将军安德勒蒙亲王、美貌的迪纳侯爵夫人,还有经常出席预演或预展的各位男女贵宾。

有人拉了拉他的胳臂,一个年轻快活的声音在他耳旁轻轻地说:"啊!您到底来了,可恶的漂亮朋友。您为什么总不露面呀?"

原来是苏姗·瓦尔特。她披着一头金色的鬈发,用一双清秀明亮的眼睛注视着他。

杜·洛华看见她心里很高兴,赶紧和她握手,抱歉地说:"没有办法。我工作太忙,两个月没有出门了。"

她非常严肃地说:"您真不应该,太不应该了,太不应该了。您使我们非常难受,因为我和妈妈,我们都很喜欢您。我更是少不了您。您不在,我烦闷死了。您瞧,我已经把这些话直截了当地告诉您,您再也没有权利不来了。把您的胳臂给我,我要亲自带您去看《基督凌波图》。这幅画放在房子尽头的花房后面。爸爸故意把画放在那里,这样人们就不得不走遍各个角落。爸爸如此炫耀这所府邸,真叫人奇怪。"

他们缓缓穿过人群。大家都转过身来注视着这位风度翩翩的美男子和那个惹人喜爱的洋娃娃。

乔治心想:"当初如果我真有本事,我就应该娶这位姑娘。这本来是没问题的。为什么我早没想到呢?为什么我甘心娶另外那一个呢?我简直是昏了头了!人总是行动得太快而考虑得不够。"

想到这里,一股欲望,一股可望而不可即的欲望像一滴滴苦水浇在他的心田,驱散了他全部的欢乐,使他顿时感到生活毫无意思。

苏姗说:"噢,您要常来才好,漂亮朋友。现在爸爸这样有钱,咱们可以好好地乐一乐,玩个痛快了。"

杜·洛华一面沿自己的思路想下去,一面回答道:"唉,现在您就要结婚了。就要嫁给一个漂亮而没落的王孙公子,咱们以后就难得见面了。"

她坦率地高声说:"啊不!我先不嫁人,我要找一个我喜欢的人,非常喜欢,十二万分喜欢的人。我有足够的钱,两个人生活没问题。"

杜·洛华高傲而讽刺地笑了笑,把经过他们身旁的那些人的名字逐一告诉她。这些人都是些名门望族,落魄王孙,凭着自己过时的爵位娶了像她那样的金融家的女儿。现在,他们有的和妻子在一起,有的却离开了妻子,生活自由放荡,可谁都认识和尊敬他们。

最后他说:"我敢担保,不出六个月,您就会自动上钩,成为侯爵夫人、公爵夫人或者亲王夫人。那时候,您就会高高在上,瞧不起我了,小姐。"

她生气了,一面用扇子敲着杜·洛华的胳臂,一面发誓说,她只和自己看中的人结婚。

杜·洛华冷笑道:"咱们走着瞧吧。您太有钱了。"

她对杜·洛华说:"您也有钱,您得了一笔遗产。"

杜·洛华轻蔑地哼了一声:"告诉您吧,一年勉勉强强才有两万法郎的收入。从目前看实在不多。"

"可是您夫人也继承了遗产。"

"是啊,两个人加起来一百万。每年利息收入四万。这笔钱连给我们自己买辆马车都不够。"

谈话间来到了最后一个客厅。面前豁然开朗,出现一个温室。这温室是一座巨大的冬季花园,里面栽满了高大的热带植物,树下是花坛,奇花异草,郁郁葱葱,灯光射进来,像洒落下一阵银色的骤雨。一旦置身其中,便闻见清新湿润的泥土气息和浓烈的香味,令人产生一种异样的感觉。这里的气氛令人陶醉却又有点不正常,软绵绵的,显得十分造作。在一丛丛浓密的灌木之间,铺着地毯,走在上面,仿佛脚下踏着厚厚的苔藓。杜·洛华忽然看见,在左面巨大的棕榈树下,有一个几乎可以沐浴的大理石池子,池边有四只代尔夫特①出产的彩陶天鹅,鹅嘴半张,吐出一股清泉。

池底铺着金粉,可以看见水里有几尾巨大的金鱼。这些鱼产于中国,形状怪异,眼睛突出,鳞片镶着蓝边,分明是水中的鸳鸯。它们有的四处游动,有的悬浮在水中,衬着金色的池底,使人不禁想起中国五光十色的刺绣。

新闻记者停下脚步,一颗心怦怦直跳,暗说:"这才叫豪华哩!要住就该住这样的房子。别人做得到,我为什么做不到呢?"他苦苦思索,但急切间一个办法也想不出来。对自己的无能,他感到非常恼火。

他的女伴已经一声不吭,似乎在想什么。他从侧面打量了她一眼,脑子里又一次涌现这个念头:"当初娶了这个有血有肉的小木偶就好了。"

这时候,苏姗似乎突然惊醒过来,喊了声:"注意。"她推着乔治,穿过面前的人群,又猛地拉着他往右面一转。

只见一丛奇怪的植物,叶片像张开五指的手掌,颤悠悠地

---

① 代尔夫特(Delft),荷兰城名,以产彩釉陶器著称。

伸向天空。就在这丛树的中央,有一个人,纹丝不动地站在海上。

这样的安排,收到了惊人的效果。画的四边隐藏在摇曳的绿荫之中。整幅画像一个深邃的黑洞,通向神奇梦幻的远方。

但是,要仔细观察才能把整个画面看清楚。原来上面画的是一条小船。由于框架的原因,只看见船的前半部分。船舷上坐着一位圣徒,他手举提灯,灯光集中在缓缓走来的耶稣身上。灯影里,船上的其他圣徒依稀可辨。

基督踏浪前进,波涛柔顺地退下去,轻轻托住他的双足。神人周围一片黑暗,只有点点繁星在夜空中闪耀。

提灯的圣徒照着慢步走来的天主。于是,朦胧的微光中出现了圣徒们一张张惊喜的脸。

真是一幅气魄宏大、出人意表的名家之作。看了这样的作品会使你思潮起伏,梦绕魂牵,多年也不能忘怀。

欣赏这幅画的人最初是一言不发,接着便若有所思地离去。过后才谈论这幅作品的价值。

杜·洛华看了一会儿,自言自语地说:"能买这样的玩意儿真不错。"

旁边的人不住地推他,想挤上来看。他只好走开。苏姗仍然挽着他的胳臂。他微微使劲地夹着她的纤手。

苏姗问他:"您想喝杯香槟吗?咱们到酒吧间去吧。爸爸一定在那儿。"

他们慢步穿过各个客厅。人越来越多了,像潮水一样,衣香鬓影,仿佛来参加节日的盛会。

突然乔治似乎听见有人说:

"那是拉罗舍和杜·洛华夫人。"这句话像随风吹来的遥远的声音,轻轻掠过他的耳边。这声音是从哪里传来的呢?

他四面看了看,果然看见他妻子挎着部长的胳臂,两个人笑容满面地边走边谈,而且四目相视,显得十分亲昵。

他似乎发现旁人一面看着他们,一面私下低声谈论。他脑子里突然产生一种强烈而愚蠢的念头,想扑过去,用拳头狠狠地揍他们一顿。

玛德莱娜丢尽了他的脸。他想起了福雷斯蒂埃。人们也许正指点着他说:"这个戴绿帽子的杜·洛华。"玛德莱娜是什么人?不过是一个小小的暴发户,能干倒是能干,但实际上也没有多大本事。人们到她家里来是因为怕杜·洛华,知道他有势力,但背后却可以毫无拘束地随便议论他们这对记者夫妇。有这样一个妻子,他永远不能飞黄腾达,因为有了她,别人总对他的家庭产生怀疑。她名声不好,一举一动都显得是个要权术的女人。她现在可能已经在拖他的后腿。唉!要是他早猜出来,早知道就好了!他就会下更大的赌注,使出更大的力气了!拿小苏姗押宝,一定会大赚一笔!为什么当时不明白这个道理,岂不是瞎了眼睛?

他们来到了餐厅。餐厅非常宽敞,柱子是大理石做的,墙上挂着古老的戈伯兰①壁毯。

瓦尔特一眼看见他的专栏编辑,便急忙奔过来,抓住他的双手,兴高采烈地说:"你各处都看了吗?苏姗,告诉我,你把一切都指给他看了吗?来的人真多是吗?漂亮朋友。你看见盖尔什亲王没有?刚才他到这里喝了杯五味子酒。"

---

① 戈伯兰(Gobelins),巴黎著名的壁毯工厂。

说完,他又跑去招呼参议员黎梭兰。参议员带着妻子,这女人傻里傻气,但打扮得像集市上的杂货摊一样花哨。

一位绅士向苏姗施礼。这个人身材颀长,留着金黄色的络腮胡子。头已经有点秃,一副社交场合到处可见的潇洒神态。听见别人称呼他为卡佐勒侯爵,乔治顿时产生了妒忌心理。苏姗是什么时候认识他的呢?大概是发了财以后吧?他暗想这个人一定在追求苏姗。

这时,忽然有人拉他的胳臂,原来是诺尔贝·德·瓦兰纳。这位老诗人头发上抹着油,礼服到处都是皱褶,一脸漠然而疲惫的神情。

"这就是所谓的及时行乐,"他说道,"一会儿还要跳舞,完了就睡觉。小姑娘们一定会很高兴。喝香槟吧,这酒好极了。"

他叫人倒了一杯酒,杜·洛华也端了一杯。他向杜·洛华敬酒:"我为聪明才智将战胜百万家财而干杯。"

随后他又用温和的语调说:"并不是因为别人有百万家财,我感到不舒服,也不是因为我恨这些有钱的人。我只是从原则上提出抗议。"

这时,苏姗和卡佐勒侯爵走了。乔治瞧不见苏姗,再也没有心思听瓦兰纳说下去,便断然地离开了诗人,追赶苏姗去了。

许多人乱哄哄地都想来喝点饮料,他很难挤出去。好不容易穿过人群,迎面遇见了德·马雷尔夫妇。

德·马雷尔夫人他是经常看见的,但她的丈夫却是很久没见了。德·马雷尔先生紧紧拉住他的双手说:"亲爱的,我非常感谢您托克洛蒂尔德向我提出的建议。我在摩洛哥公债上赚了十万法郎,这都是您的功劳。您真是一位不可多得的朋友。"

几个男人转过身来看着这位雍容华贵的棕发美人。杜·洛华回答道:"亲爱的,我帮了您的忙,现在作为交换,我要请您的夫人,或者说,请她挽着我的胳臂陪我走走。夫妇不应该总在一起呀。"

德·马雷尔先生欠身说:"您说得对。如果我和你们走散了,那么,一小时以后,我们还在这里碰头好了。"

"好极了。"

说着,两个年轻人挤进了人群,至于那位丈夫则在后面跟着。克洛蒂尔德一再说:"瓦尔特这一家子真走运。到底会做买卖。"

乔治回答道:"算了!有本事的人不论用这种办法或那种办法,反正总会成功。"

她又说:"那两个女儿每人将来有两三千万法郎。而且苏姗又长得漂亮。"

乔治没有吭声。别人说出了他的心事,他感到很恼火。

她还没有看《基督凌波图》。乔治提议带她去看。他们在别人背后说长论短,还嘲笑那些不相识的人,以此来取乐。圣波坦走过他们身旁,礼服的翻领上挂满各种勋章。他们看了觉得非常可笑。接着又走过来一位前任大使,胸前的勋章还没有圣波坦的多。

杜·洛华说了一句:

"这社会什么人都有!"

布瓦斯勒纳走过来和他握手,衣服的扣眼上佩着决斗那天戴过的黄绿两色绶带。

身体肥胖而浓妆艳抹的佩尔斯缪子爵夫人正在路易十六式的客厅里和一位公爵谈话。

乔治低声道："一对情人。"穿过花房的时候,他又看见自己的妻子和拉罗舍在一起,几乎是藏在花丛后面。他们这样做似乎在对公众表示："我们在这里约会,因为我们不在乎别人议论。"

德·马雷尔夫人承认卡尔·马科维奇画的这幅基督图是惊人之作。等看完转回来,他们已经和德·马雷尔先生走散了。

杜·洛华问道："洛琳还恨我吗?"

"照样恨。她不愿见你。别人一谈起你,她就走开。"

杜·洛华听了没有吱声。这个小女孩对他突然产生的敌意使他犯了愁,觉得很不是滋味。

转过一道门的时候,苏姗一把揪住他们,大声嚷道："啊!你们在这儿!好了,漂亮朋友,您一个人待着吧,我要把美丽的克洛蒂尔德带走,领她去看看我的房间。"

说完,两位女士就走了。她们迈着碎步,急速地在人丛中穿行,像两条蛇,扭动曲折的身躯,蜿蜒穿过密密的人群。

几乎与此同时,有人低喊了一声："乔治!"原来是瓦尔特夫人,她压低声音说,"唉!您真是薄幸无情!把我坑害苦了!我叫小苏姗把和您在一起的那位女士带走,好跟您说句话。您听着,我必须……今晚,我必须和您谈谈……否则……我会干出什么事就很难说了。您走进花房,花房左边有一扇门,您穿过门到花园里去,沿着面前的小道走,小道尽头有个葡萄架。两分钟以后您在那儿等我。如果您不同意,我发誓,马上就大闹起来!"

杜·洛华高傲地回答道：

"好吧，两分钟以后我到您指定的地点去。"

说完，他们就分手了。但雅克·里瓦尔几乎使他迟到。他拉住杜·洛华的手臂，非常激动地和他讲了许多事。他大概刚从酒吧间出来。杜·洛华在穿过一重门的时候，好不容易把他交给遇见的德·马雷尔先生，自己才脱了身。还必须注意不让妻子和拉罗舍看见。这一点他做到了，因为他们似乎谈得非常热烈。杜·洛华终于到了花园。

冷空气像一盆冰水浇到他的身上。他想："见鬼，我非感冒不可。"他把手帕像领带一样系在脖子上。然后顺着小径往前走。他走得很慢，因为刚从灯火辉煌的客厅里出来，路还看不大清楚。

他隐约看见左右都是光秃秃的小灌木，瘦削的枝条在微微颤动。楼里射出来的灯光，灰蒙蒙地照在树枝上。忽然，他瞥见前面路中央有一件白的东西。瓦尔特夫人光着两臂，裸露着上身站在那里，用颤抖的声音喃喃地对他说：

"啊！你来了？难道你真要我死？"

杜·洛华镇静地回答道：

"我求求你，别跟我闹好吗？否则我马上就走。"

瓦尔特夫人搂着他的脖子，嘴唇几乎紧贴着他的嘴唇说：

"我哪方面对不起你了？你对我一点情分都没有！我哪方面对不起你了？"

杜·洛华竭力想把她推开：

"上一次我见你的时候，你把头发绕在我的纽扣上，害得我妻子几乎要和我破裂。"

她听了一怔，接着又摇摇头：

"得了！你妻子才不在乎哩。是你的一个情妇和你闹了一场吧！"

"我没有情妇。"

"你别说了！那你为什么再也不来看我？为什么你不愿到我家吃晚饭，一星期就那么一次也不干？我痛苦极了。我爱你爱到这样的程度，无论想什么事都想起你，无论看什么东西都看见你站在我面前。我连一句话也不敢说，怕一张嘴就会提到你的名字！可你对这一切毫不理解！我像被利爪攫住，捆在布袋里，连我自己也不清楚。我时刻都想念你，这种想念掐着我的喉咙，撕裂我的心胸，折断我的双腿，使我连走路的力气也没有，像个傻瓜似的整天蜷在椅子上，呆呆地想念你。"

杜·洛华惊讶地注视着她。发觉她已经不是他过去所认识的那位顽皮爱闹的大孩子，而已经变成了一个发狂、绝望、什么事都干得出来的女人了。

他脑子里模模糊糊地有一种打算。他说：

"亲爱的，爱情并不是永恒的东西。总是有离有散。如果像咱们那样没完没了，那对双方都是个可怕的累赘。我不愿继续下去了，我说的是真话。但是，如果你通情达理，把我当普通朋友接待，我就像以前那样经常来。你想你能做得到吗？"

她把两条赤裸的胳臂搭在杜·洛华的黑礼服上，低声说：

"为了能看见你，我什么都做得到。"

"那我们一言为定，"杜·洛华说道，"我们只是朋友，绝不超越这个界线。"

她嗫嚅着说：

"一言为定。"接着,她把嘴唇伸向杜·洛华说:"再吻我一下……最后一次。"

杜·洛华温柔地拒绝了:

"不。咱们说话要算数。"

她把身子转过去,擦了擦眼泪。然后从衬衣里拿出一个用粉红色丝带捆着的纸包,递给杜·洛华:"给,咱们在摩洛哥事件里赢了钱,这是你的那份。我真高兴能替你赚了这笔钱。现在,你拿去吧……"

杜·洛华想不要:"不,我不要这笔钱!"

瓦尔特夫人气愤地说:"算了吧!现在,你别给我来这一套!钱是你的,只能给你。如果你不要,我就把它扔到阴沟里去。乔治,你给我来这一套干什么?"

杜·洛华只好接过小包,把它塞到口袋里。

"该回去了,"他说,"你会得肺炎的。"

她喃喃地说:"能死了才好哩!"

她抓住杜·洛华的一只手,疯狂而绝望地使劲吻着。然后,便跑回屋里去了。

杜·洛华思索着,慢慢地往回走。他高扬着头,嘴角挂着微笑,返身走回花房。

他妻子和拉罗舍已经不见了。人群逐渐稀落,显然都没有留下来参加舞会。他瞥见苏姗挽着姐姐的胳臂向他走来。两个人分别邀请他和拉图尔·伊夫林伯爵跳第一个四组舞。

杜·洛华惊讶地问:

"这一位又是什么人?"

苏姗狡黠地回答道:

"是我姐姐新交的朋友。"

萝丝脸一红低声说：

"苏赛特①，你真坏，他对你和我都一样是朋友。"

苏姗微笑道："我知道。"

萝丝一生气，转过身子不理他们，径自走了。

杜·洛华亲昵地挽起留在他身旁没走的那位姑娘的胳臂，柔声地问："您听我说，亲爱的小姑娘，您真的认为我是您的朋友吗？"

"当然，漂亮朋友。"

"您信任我吗？"

"完全信任。"

"您还记得刚才您对我说过的话吗？"

"关于哪方面的话？"

"关于您的婚姻，换句话说，关于您将来要嫁给什么人的事。"

"记得。"

"那好，您能答应我一件事吗？"

"能，什么事？"

"就是每当有人向您求婚，您都要和我商量。在没征求我的意见以前，不答应任何人。"

"好的，我答应。"

"这是咱们两人的秘密。绝对不要告诉您父亲和母亲。"

"绝不告诉。"

"您敢发誓。"

"我敢发誓。"

---

① 苏姗的爱称。

343

里瓦尔匆匆跑了过来:"小姐,您父亲叫您去跳舞哩。"

苏姗说:"咱们去跳舞吧,漂亮朋友。"

但他拒绝了,决定马上就走,好单独思考一下,因为涌进他脑子里的新东西实在太多了。他到处找他的妻子。不一会儿,看见她在酒吧间和两位他不认识的绅士一起喝可可。她把丈夫介绍给他们,但没有把他们的名字告诉杜·洛华。

过了一会儿,杜·洛华问:

"咱们走吗?"

"你愿意走就走。"

说着,她挽着杜·洛华的胳膊,穿过客厅,客厅里的客人已经很少了。

她问道:"老板夫人在哪儿?我想向她告辞。"

"不必了。她一定会留我们参加舞会的。我都烦了。"

"这倒是实话,你说得对。"

一路上,他们谁也没说话。但一回到卧室,玛德莱娜连面纱还没摘便笑嘻嘻地对他说:

"你不知道,我有一件你意想不到的东西给你。"

杜·洛华没好气地哼了一句:

"什么东西?"

"你猜猜。"

"我不费这个劲。"

"那好,后天是元旦。"

"是呀。"

"该送新年礼物了。"

"不错。"

"这是给你的新年礼物,是刚才拉罗舍交给我的。"

她递给杜·洛华一个和首饰盒一样的黑色小盒子。

他毫无表情地把盒子打开。看见里面有一枚荣誉团十字勋章[1]。

他的脸倏地白了,接着笑了笑,说道:

"我宁愿要一千万。这个并不花他多少钱。"

玛德莱娜本来以为他一定会喜出望外。现在看见他如此冷淡,心里不禁生气:

"你真不可思议,现在没有一件东西能使你满意的。"

杜·洛华从容地回答道:"这家伙只不过在还债。他欠我多着哩。"

玛德莱娜对他这种口气感到很惊讶,接着说:"像你这样的年纪,得到勋章就已经很不错了。"

他说道:"一切都是相对的。今天,我本来应该得到更多一些。"

说着拿起首饰盒,把它打开,放在壁炉上,端详了一会儿里面那枚闪闪发光的勋章,然后,把盒子盖上,耸了耸肩膀,上床睡了。

"政府公报"在元旦那天果然宣布,新闻记者普罗斯佩·乔治·杜·洛华为国效劳,成绩卓著,特授予荣誉团骑士勋章。他的姓是分开写的,这种写法比勋章本身更使他高兴。

消息公布以后一小时,他收到老板夫人一封短信,央求他当晚和他妻子一起到她家吃晚饭,好好庆祝一下他荣获勋章这件事。他犹豫了几分钟,然后,把这张措辞暧昧的字条往火里一扔,对玛德莱娜说:

---

[1] 一八〇二年由拿破仑设立的国家勋章,用以表彰有功之臣。

345

"咱们今晚到瓦尔特家吃晚饭。"

她吃了一惊:"噢!我还以为你再也不愿踏进他家的大门哩。"

杜·洛华只是喃喃地说了一句:"我改变主意了。"

他们到达的时候,路易十六式的小客厅里只有老板夫人。这个小客厅是专门用来会见密友的。她穿一件黑色衣服,头发扑着香粉,样子十分迷人。她远看像个老妇,近看却仿佛还在妙龄。仔细审视,到底是老是少,实在难分。

"您家里有丧事?"玛德莱娜问道。

她凄然回答道:"也有也没有。我家并没死任何人。不过,我已经到了向生活告别的年龄。我今天穿上丧服就是宣告我生命中这一时期的开始。从今以后,我便心如死水了。"

杜·洛华暗想:"决心虽然下了,但坚持得了吗?"

晚饭时的气氛很沉闷,只有苏姗说个不停。萝丝似乎另有心事。大家一再祝贺杜·洛华。

到了晚间,大家离开客厅,在客厅和花房里一面闲谈,一面随意闲逛。杜·洛华和老板夫人走在最后,夫人拉了拉他的胳臂。

"您听着,"她低声说道,"……我再也不会,永远不会再和您说什么了……不过,乔治,您一定要来看我。您看,我已经不用你来称呼您了。没有您我活不下去,活不下去。那简直是难以想象的痛苦。我日日夜夜都感到您的存在,您的身影时刻都在我眼前,在我心里,紧贴着我的肉体。仿佛您给我喝了一杯毒药,正在我肚子里发作。我受不了,不,我受不了啦。我愿意您把我当做老太婆。我故意披着一头白发让您看。但您一定要来,以朋友的身份经常来。"

她抓住杜·洛华的手,使劲地握着,揉着,指甲深深地掐进他的肉里。

杜·洛华镇静地回答说:"这一点已经说好,不必再谈了。您看,今天我一收到您的信马上就来了。"

瓦尔特和他的两个女儿以及玛德莱娜先走,在《基督凌波图》旁边等杜·洛华。

"您知道吗?"瓦尔特笑着说,"昨天,我看见我妻子像在教堂里似的跪在这幅画前面做祷告。可把我乐坏了!"

瓦尔特夫人用坚定但由于内心激动而有点发抖的声音反驳道:"因为只有这位基督才能拯救我的灵魂。每当我看着他,我心里就充满勇气和力量。"

说着,她走到那位凌波而立的基督面前停下来,喃喃地说:"他真美,这些人多么怕他,又多么爱他!你们看他的头,他的眼睛。真是纯朴自然,而又超凡绝俗!"

苏姗叫了起来:"他真像您,漂亮朋友。我敢肯定,他很像您。如果您留着络腮胡子,或者他把胡子剃掉,你们两人就完全一样了。啊,像极了!"

她要杜·洛华站到油画旁边,大家果然发现,两张脸简直一模一样!

人人都很惊讶。瓦尔特觉得事情真不可思议。玛德莱娜笑着说,耶稣的神态似乎更威严一些。

瓦尔特夫人一动不动地站在那里,目不转睛地打量着基督旁边她情人的那张脸。面色苍白得像她满头的白发一样。

八

后来,整个冬天,杜·洛华夫妇经常到瓦尔特家里去。有时,玛德莱娜说自己身体疲倦,宁愿留在家里,杜·洛华便一个人去,在瓦尔特家吃晚饭。

他选定星期五作为必去的日子。这天晚上,老板夫人谁也不请,因为这个晚上是他的,只属于漂亮朋友一个人。晚饭以后,大家一起玩牌,一起喂金鱼,像一家人那样玩乐,消磨时光。瓦尔特夫人多次在门后面,在温室的花坛后面或者在黑暗的角落里,突然张开双臂把杜·洛华搂住,紧紧贴在胸前,在他耳边说:"我爱你!……我爱你!……我爱你爱得要死!"但每次,杜·洛华都冷冷地推开她,斩钉截铁地对她说:"如果您再这样,我就不再来了。"

二月底,人们突然纷纷议论起两姐妹的婚事来。据说,萝丝要嫁给拉图尔·伊夫林伯爵,苏姗则嫁给卡佐勒侯爵。这两个人成了瓦尔特家里的常客,享有非同一般的恩宠和特殊的地位。

乔治和苏姗关系密切,像兄妹一样无拘无束,常常一谈就是几个钟头。所有人都成了他们嘲笑的对象。两个人在一起似乎开心极了。

他们从来没有再提苏姗姑娘可能结婚这件事,也从来不提不断来求婚的人。

一天上午,老板邀请杜·洛华到家里吃午饭。饭后,瓦尔特夫人被喊去接待一位来访的商人。乔治对苏姗说:"咱们拿点面包去喂金鱼吧。"

于是,他们每人从桌子上拿了一大块面包团,向温室走去。

大理石砌的喷水池四周,放了许多垫子,是让人跪下来就近观赏金鱼用的。两个年轻人每人拿一个垫子,并排放好,向水池俯下身子,把用手指搓好的面包团扔到水里。金鱼一看见面包团,便摇头摆尾地游过来,转动着两只突出的大眼睛,在水里转悠。潜下去攫取沉到水底的面包团,然后又马上浮上来,等待别人再扔给它们一块。

它们的嘴巴一张一合,十分滑稽。有时,突然很快地游过来,像一群行动奇特的小怪物。池底金色的细沙衬托着它们鲜红的身体,像透明的水中闪过一朵朵火焰。有时又突然停住不动,露出鳞片的蓝边。乔治和苏姗看见自己脸的倒影在水底,不禁莞尔而笑。

忽然,乔治低声说了一句:"苏姗,跟我故弄玄虚可不好。"

她问道:"什么事呀?漂亮朋友。"

"您忘了那天晚会就在这个地方,您答应过我的话了吗?"

"没有!"

"您答应过我说,有人向您求婚,您一定征求我的意见。"

"那又怎么啦?"

"又怎么啦,有人向您求婚了。"

"谁呀?"

"您自己知道。"

"我向您发誓,我不知道。"

"不,您知道。就是那个花花公子卡佐勒侯爵。"

"我先说一句,他并不是花花公子。"

"就算不是吧,但他也是个蠢材。整天赌博耍钱,寻欢作乐家产输光了,身体也弄垮了。不过,对您来说,这倒是一门好亲事,您年轻美貌,又那么聪明。"

她笑着问杜·洛华:"您为什么这样恨他?"

"我恨他?没有的事。"

"不,您是恨他。但是,他并不完全像您所说的那样。"

"得了吧。他是个笨蛋和阴谋家。"

苏姗稍稍转过身来,目光离开了水面。

"哎唷,您怎么啦?"

杜·洛华像被迫不得不谈出内心的秘密似的对她说:

"因为我……我……我嫉妒他。"

苏姗略带惊讶地说:"您?"

"对,我!"

"哦。为什么?"

"因为我爱您。这一点您是完全清楚的,坏东西!"

苏姗正颜厉色地对他说:"您疯了,漂亮朋友。"

杜·洛华接着说:"我知道我确实是疯了。我,一个结了婚的男人,难道应该向您这样一位少女承认这一点吗?我不仅仅是疯,而且有罪,甚至无耻。我不可能有任何希望,一想到这里,我便失去理智。当我听到您要结婚的消息,我就愤怒得要杀人。您应该原谅我这一切,苏姗!"

说到这里,他停住了。鱼儿看见没有人继续扔面包给它们,便一动不动地,在水里排成一列,像一队英国士兵,看着那两张俯向水面的脸。这两个人现在已经不管它们了。

姑娘半忧、半喜地低声说:"可惜您已经结婚了,有什么办法呢?毫无办法。完了!"

杜·洛华猛地转过身来,正对着她的脸说:

"如果我一旦自由了,您会嫁给我吗?"

她用发自内心的声音回答道:

"会的,漂亮朋友,我会嫁给您的,因为我喜欢您胜过其他任何人。"

他站起来,结结巴巴地说:"谢谢……谢谢……我恳求您,不要答应嫁给任何人!再稍等一等。我恳求您!您答应我吗?"

苏姗心里有点乱,不明白他到底要做什么,只好喃喃地说:"我答应您。"

杜·洛华把手里拿着的那一大块面包扔到水里,失魂落魄地,也不道声再见,便一溜烟跑了。

所有金鱼都争先恐后地向水上那块没有经过手指捻碎的面包团游去,张开贪婪的嘴,大口大口地啃啮着,把面包拖到池子另一头,在下面你争我夺,翻来覆去,搅成一团,像一朵头朝下落在水里的鲜花,不住地颤动、旋转。

苏姗既惊讶,又不安。她站起来,慢慢回到屋里。新闻记者已经走了。

杜·洛华若无其事地回到家里,看见玛德莱娜在写信,便问道:"星期五我到瓦尔特家吃晚饭。你去不去?"

她犹豫说:"我不去了。我有点不舒服。我宁愿留在

351

家里。"

他回答道:"随你的便,谁也不强迫你。"

说罢,拿起帽子,重又走出了家门。

很久以来,杜·洛华一直观察她,监视她,尾随她,对她的一举一动了如指掌。现在,他等待的时刻终于来到了。根据她说"我宁愿留在家里"这句话的语气,杜·洛华绝对没有弄错。

从这天起,他一反常态,对她很和气,甚至还显得很快活。玛德莱娜对他说:"你现在又变得温柔了。"

星期五那天,他很早便穿好衣服。据他说,先要去办几件事,然后到老板家里去。

六点钟,他吻别了妻子,走出了家门,到洛雷特圣母院广场叫了一辆出租马车。

他对车夫说:"你把车停在封丹路十七号对面,等我命令你走你才走。然后,把我送到拉法耶特街雉鸡饭店。"

马拉着车子小步向前跑,杜·洛华把窗帘放下来。在他家对面停下以后,他便目不转睛地盯着大门。等了十分钟,看见玛德莱娜从家里出来,向环城大街的方向走去。

她走远以后,杜·洛华便把头伸到车窗外面,喊了声:"走。"

马车于是继续往前,一直把他送到雉鸡饭店。这是一家全区闻名的高级饭馆。乔治走进大厅,一面用餐,一面不时地看看手表。吃完饭,他喝了一杯咖啡,两杯清醇的香槟,又不慌不忙地抽了一支上等雪茄。到了七点半,他走出饭店,叫住另一辆经过门口的空马车,直奔拉罗什富科路。

他给车夫指了指一所房子。车子一停,他根本不询问看门人,便径直走向楼梯,来到了四楼。一个女仆出来开门,他问道:"吉尔贝·德·洛尔姆先生在家,是吗?"

"是的,先生。"

女仆把他领进客厅。他在那里等了一会儿。不久,一位身材魁梧,胸前佩着勋章,有军人风度的男子走了进来。这个人虽然还年轻,但头发已经灰白了。

杜·洛华向他施礼说:"警长先生,果不出我所料,我妻子此刻正与她的情夫一起在烈士路他们租的那套带家具的公寓里吃晚饭。"

警长欠身道:"我听您的吩咐,先生。"

乔治又说:"你们一直到七点以前都可以采取行动,一过了这个时间,你们就不能闯入私人住宅去捉奸了,是吗?"

"不,先生,冬天是七点,从三月三十一日起是九点。今天是四月五日,因此,九点以前,我们都可以采取行动。"

"那好,警长先生,我下面有一辆马车,您可以带几个警员,我们一起坐车去。咱们在门口等一会儿。因为我们越是到得晚,就越有机会把他们当场捉住。"

"悉听尊便,先生。"

警长走了出去,接着又返回来,身上穿着大衣,把腰间的三色皮带盖住。他往旁边一侧身,让杜·洛华先走。但新闻记者心事重重,不愿意先出去,连声说:"您先请……您先请。"

警官说:"还是您先请吧,先生,这是在我的家里。"

杜·洛华立即一躬身,跨过了门槛。

他们先到警察局去接三个警员。这三个人都穿着便服在那里等着,因为白天,杜·洛华已经通知他们,当天晚上可能就要动手。一个警员登上前座,坐在车夫旁边,另外两个钻进了马车。霎时间车子来到了烈士路。

杜·洛华说:"我知道那套房间的格局。是在三楼。一进去有个小过道,然后是饭厅,再往里是寝室。三个房间彼此相通,没有任何出口可以逃跑。离这儿不远有个锁匠。他随时可供你们调遣。"

他们来到杜·洛华指定的那所房子前面的时候才不过八点一刻。大家默不作声地等了二十多分钟。快到八点三刻的时候,杜·洛华说:"现在咱们行动吧。"于是,他们便登上楼梯,根本不理会看门人,再说,看门人也没看见他们。一个警员留在街上,把守出口。

到了三楼,他们停下来。杜·洛华先把耳朵贴在门上听了一会儿,接着眼睛凑到锁孔上往里看。但听不到任何动静,也看不见任何东西。他伸手去按门铃。

警长对他的部下说:"你们留在这儿随时待命。"

于是,他们等着。两三分钟之后,乔治又一连按了好几次门铃。隐约听见房子里有点动静,接着一阵轻微的脚步声自远而近。有人来窥探了。新闻记者屈起一个手指头,使劲地敲着门板。

一个声音,一个竭力想不让别人辨认出来的女人的声音问道:"谁呀?"

警长答道:"我以法律的名义要您开门。"

那声音接着问道:"您是谁?"

"我是警察局长。快开门,否则,我要破门了。"

那声音又问:"您要干什么?"

杜·洛华说话了:"是我。你们休想逃出我的手心。"

那阵轻微的、光脚走路的声音走远了。但不到几秒钟又走了回来。

乔治说："如果你们不开门，我们就破门而入。"说着，他握住门上的铜把手，用肩膀慢慢地推着。他得不到任何回答，便使劲地往门上一撞。这套带家具的公寓楼门上的锁已经很旧，一下子被撞开了。螺丝离开了木头，年轻人几乎倒在玛德莱娜身上。玛德莱娜手里拿着一支蜡烛，身上只穿着衬衣和衬裙，头发蓬松，两腿赤裸地站在过道里。

杜·洛华大叫道："果然是她，咱们把他们抓住了。"说着，便冲进屋里。警长脱了帽子，跟着他走进去。那个惊慌失措的女人在他们后面，给他们照路。

他们穿过饭厅。只见桌子上杯盘狼藉，还留着吃剩的饭菜：香槟酒的空瓶子、一罐打开了的鹅肝酱、一个鸡架子，还有几块吃了一半的面包。餐具柜上有两个盘子，里面放着一大堆牡蛎壳。

房间里像进行过一场搏斗。椅子上搭着一件女人的连衣裙，圈椅的扶手上横放着一条男人的短裤。四只短统靴子，两大两小，歪躺在床脚下。

这是一个带家具的公寓房间，陈设很普通。里面弥漫着一股旅店房间所特有的虽然不臭，但令人恶心的气味，从窗帘、床垫、墙壁和椅子上散发出来。所有在这个公寓房间里睡过一天或生活过六个月的人都多少留下一点气味。一批人走了又来一批，这样日积月累逐渐形成一种无以名状的臭气，使人腻味而难以忍受。凡是这样的地方都能闻到这种气味。

壁炉上摆着一个点心盘子、一瓶查尔特勒甜酒，还有两个小玻璃杯，杯里的酒只喝掉一半。铜座钟的人像装饰上扣着一顶男人的大礼帽。

警长霍地转过身来,逼视着玛德莱娜:"您是在场的这位新闻记者普罗斯佩·乔治·杜·洛华先生的合法妻子克莱尔·玛德莱娜·杜·洛华夫人吗?"

她喉咙里像堵着东西,困难地回答道:

"是的。先生。"

"您在这里做什么?"

她没有吭声。

警长又问:"您在这里做什么?我发现您并不在自己家里,而是几乎一丝不挂地在一套带家具的公寓里。您到这儿来做什么?"

他等了一会儿,看见她仍然不吱声,便继续说道:"夫人,既然您不愿意说,我只好自己察看了。"

大家看见床上似乎有一个人的身体藏在被子下。

警长走到床前,喊了一声:"先生。"

藏着的那个人一动也不动。看样子像是背朝外,头埋在枕头底下。

警官用手碰了碰大概是那人肩膀的地方,说道:"先生,请您不要逼得我非动手不可。"

但被里面那个人仍然像具死尸,毫无反应。

杜·洛华大步走过来,抓着被头一扯,接着,把枕头也拿掉。于是,拉罗舍-马蒂厄那张铅灰色的脸便露了出来。杜·洛华气得浑身发抖,真想揪住他的脖子掐死他。他俯下身子,咬牙切齿地对拉罗舍说:"自己干了见不得人的事,起码也该有点勇气才对。"

警官又问:"您是谁?"奸夫失魂落魄,答不上来。警官又接着问:"我是警长,我命令您把您的名字告诉我!"

乔治像头野兽一样,气得浑身哆嗦,大叫道:"您倒是回答呀,胆小鬼,否则我就把您的名字说出来了。"

这时候,躺着的那个人结结巴巴地说:"警长先生,您不该让这个家伙侮辱我。我是向您交代还是向他交代?我该回答您还是回答他?"

他似乎嘴都干了。

警官回答道:"回答我,先生,只回答我。我问您,您是谁?"

对方没有吭声,只把被子拼命地拉到脖子上。两只充满恐惧的眼睛滴溜溜乱转,两撇往上翘的小胡子在苍白的脸上显得格外乌黑。

警长又说:"您不愿回答吗?那我只好逮捕您了。不管怎样,起来。等您穿好衣服,我再审问您。"

那人的身躯在床上扭动了一下,嘴里喃喃地说:"可是我不能当着你们的面起来。"

警官问道:"为什么?"

那人结结巴巴地说:"因为我……我……我没穿衣服。"

杜·洛华冷笑了一声,从地上捡起一件衬衣,扔到床上,高声喊道:"得了……起来吧……既然您可以在我妻子面前脱光衣服,当然也可以在我面前把衣服穿上。"

说罢,他转身回到壁炉旁边。

玛德莱娜恢复了镇静。看见事情已经无可挽回,便把心一横,准备迎接一切,她壮起胆量,两眼灼灼发光。她卷了一根纸捻,像举行招待会那样,把壁炉四周造型难看的烛台上十根蜡烛全部点燃,然后,背靠着大理石炉台,朝那奄奄一息的炉火抬起一只光脚,从后面撩起了那勉强挂在胯上的衬裙,又从一个粉红色的纸匣里拿出一支香烟,点着,抽了起来。

警长又向她走过去,好让她的同案犯穿衣下床。

她放肆地问道:"先生,您经常干这种勾当吗?"

警长严肃地回答:"尽量少干,夫人。"

她对他冷笑了一声:"那我祝贺您。干这种事并不光彩。"

她假装不看她丈夫,似乎根本就没有看见他。

床上那位先生还在穿衣服。他套上长裤,穿上短靴,然后边穿背心,边走过来。

警官转身对他说:"先生,现在您愿意告诉我您是谁吗?"

对方没有回答。

警长说道:"这样,我只好把您逮捕了。"

那个人突然嚷道:"不许碰我,我是不可侵犯的!"

杜·洛华抢前一步,似乎要把他打翻在地,冲着他的脸,恨恨地对他说:"您是现行犯……现行犯。如果我愿意,我可以叫人逮捕您……是的,我完全可以这样做。"

接着,他用响亮的声调说:"这家伙名叫拉罗舍-马蒂厄,现任外交部长。"

警长大吃一惊,往后退了几步,结结巴巴地说:"真的,先生,您到底愿意不愿意告诉我您是谁?"

那人只好把心一横,大声说:"这个卑鄙的家伙破天荒第一次没有说谎。我的确是部长,名叫拉罗舍-马蒂厄。"

接着,他伸手指了指乔治胸前那个亮晶晶的小红点说:"这混蛋衣服上佩戴的这枚荣誉十字勋章就是我给他的。"

杜·洛华的脸唰地白了,迅速把勋章连同那短短的绶带从衣服的扣眼上揪下来,扔到壁炉里说:"像你这类坏蛋给的勋章只配有这样的下场。"

他们脸对着脸,牙齿几乎对着牙齿,两个人都怒气冲天,紧握双拳。一个身材瘦削、胡子乱糟糟地支棱着,一个丰腴肥胖,胡子像獠牙般翘起来。

警长赶紧插到他们中间,用手分别把他们推开:"先生们,你们忘记自己是什么人了。这样做有失你们的身份!"

他们只好不再吭声,各自把身子转过去。玛德莱娜仍然微笑着,一动不动地站在那儿抽香烟。

警长说道:"部长先生,我发现您单独和这位杜·洛华夫人在一起。您是躺着,而她则几乎是赤身露体。你们的衣服乱七八糟地扔在房间里,到处都是。这就构成了现行的通奸罪。证据确凿,您无法否认。您有什么要说的吗?"

拉罗舍-马蒂厄悻悻地说道:"我没有什么可说的,您执行任务好了。"

警长又对玛德莱娜说:"夫人,您是否承认,这位先生是您的情夫?"

她毫无惧色回答道:"我不否认,他是我的情夫!"

"够了。"

警官记录下房间里的现场。他写的时候,那位部长已经把衣服穿好,胳臂上搭着短外套,手里拿着帽子,在一旁等着。警官写完以后,他问:

"先生,您还需要我吗?我该怎么办?我可以走了吗?"

杜·洛华转过身来,一脸傲慢的神态,微笑着对他说:

"为什么要走呢?我们的事已经办完了。您可以再睡下,先生。我们不打扰你们了。"

说着,他用手指在警长的胳臂上轻轻点了一下:

"警长先生,咱们走吧,咱们这里的事已经办完了。"

警官有点惊讶,跟着他往外走。到了门口,乔治停下来让他先出去。对方有礼貌地推辞。

杜·洛华坚持道:"先生,您先请。"警官说:"您先请。"于是,新闻记者欠了欠身,彬彬有礼而又颇带讽刺口吻说道:"警长先生,这回该您先请了。因为,我在这里,几乎可以说是在自己家里。"

说着,他把门小心翼翼地轻轻带上。

一小时以后,乔治·杜·洛华走进《法兰西生活报》的办公室。

瓦尔特先生早就到了。他仍然继续亲自领导和关心他这家报馆,因为报纸的发行量已经大大增加,对他银行蒸蒸日上的业务非常有利。

经理抬起头来问他:"唷,你来了?你的神态好古怪啊!你为什么不到我家来吃晚饭?这会儿是从哪儿钻出来的?"

年轻人完全知道自己的话会起到什么效果,便故意加重语气说:

"我刚刚把外交部长打倒了。"

对方以为他开玩笑。

"打倒……你说什么?"

"我马上就要使内阁改组,就这么一句话!时间已经不早了,该把那具僵尸轰走了。"

老头儿听了一愣,以为他这位专栏编辑喝醉了,便嘀咕了一句:"瞧,你净说胡话。"

"一点也不是胡话。拉罗舍-马蒂厄先生和我妻子通奸,刚才被我当场捉住。警长亲眼看见了这件事。部长算是完了。"

瓦尔特这一惊非同小可,把眼镜往额头上一推,问道:"你不是跟我开玩笑吧?"

"一点也不开玩笑。我甚至打算就这件事写一条社会新闻。"

"你要干什么?"

"打倒这个骗子,这个卑鄙小人,这个害群之马!"

乔治摘下帽子,放在扶手椅上。继续说道:

"挡我道的人得小心。我是从不饶人的。"

经理还摸不着头脑,嘴里喃喃地说:

"可是……你妻子怎么办?"

"明天一早,我就递离婚申请书,把她送还给死去的福雷斯蒂埃。"

"你想离婚?"

"当然。以前我被人耻笑,可是当时不装傻不行,否则怎能把他们当场捉住。现在好了。整个局面都在我掌握之中了。"

瓦尔特先生还没有从震惊中恢复过来。他瞪着两只恐怖的眼睛看着杜·洛华,心里想:"妈的,可不能得罪这家伙。"

乔治又说:"现在我自由了……也有了点财产。十月份改选议员的时候,我要在我家乡参加竞选,我在当地很有点名气。以前我因为有这样一个行为不端的妻子,所以无法做一个堂堂正正的人,也无法得到别人的尊敬。她一直当我是傻瓜,哄骗我,把我弄得晕头转向,任她摆布。但自从我识破了她的把戏,我就注意她了,这个臭骚货。"

361

他大笑起来,接着又说:"戴绿帽子的是福雷斯蒂埃……可怜他戴了绿帽子自己还不知道,还那么心安理得。现在,我终于把他留给我的这个臭婊子甩掉了。我已经腾出双手,一定能干出一番事业。"

他叉开两腿骑坐在椅子上,不住地念叨着心里想的这句话:"我一定能干出一番事业来。"

瓦尔特老头一直瞪大眼睛看着他,眼镜仍然推在脑门上。他心想:"不错,这混蛋一定能干出一番事业。"

乔治站起来说:"现在,我去写这条社会新闻。我一定小心从事。不过,您知道,这可够那位部长受用的。他已经掉进大海,谁也救不了他。《法兰西生活报》不必再对他讲什么仁慈了。"

老头子犹豫了一会儿,然后打定了主意:"您干吧,谁牵进这种事谁倒霉,顾不得许多了。"

九

　　三个月过去了。杜·洛华的离婚申请刚刚被批准。他妻子又恢复了福雷斯蒂埃这个姓。七月十五日,瓦尔特全家要到特鲁维尔去度假。大家决定在分手之前到乡下去玩一天。

　　出发的日子选定在一个星期四。早上九点,大家登上一辆四匹马拉的、有六个座位的旅行大马车动身了。

　　他们准备到圣日耳曼亨利四世的别墅吃午饭。漂亮朋友曾经要求除了他以外不邀请任何男客,因为如果卡佐勒侯爵也参加,他可受不了,他看不惯侯爵那副嘴脸。但到了最后一分钟,大家还是决定一早把拉图尔·伊夫林伯爵从床上拉起来。这样做是前一天才通知他的。

　　马车沿着香榭丽舍大街飞驰,接着,穿过了布洛涅森林。

　　这是一个明媚的夏日,天气并不太热。燕子在蓝天掠过,仿佛留下了一道道弧线。

　　同行的有三位妇女,坐在马车的最前面。母亲在中间,两个女儿分坐在她两旁。另外三个男人则坐在与车子相反的方向,瓦尔特居中,两边是两位客人。

　　马车跨过塞纳河,绕过了瓦莱里恩山,到达布奇瓦尔,然后沿着河边一直来到佩克。

　　拉图尔·伊夫林伯爵已经不年轻了,留着一部又长又软的络腮胡子。只要稍有点风,胡子尖便随风翕动,惹得杜·洛华打趣说:"他胡子里倒是凉风习习。"伯爵深情地看着萝丝,他们订婚已经有一个月了。

乔治脸色苍白,不时看着苏姗。苏姗的脸色也很苍白,他们常常四目相视,似乎在商量什么,心照不宣地悄悄交换一下想法,然后又彼此躲开。瓦尔特夫人心满意足,一声不响地坐着。

午饭吃了很长时间。在动身回巴黎以前,乔治建议到平台上散散步。

大家先是欣赏了一下周围的景色,然后肩并肩地凭栏眺望直伸展到远处的天际,感到心旷神怡。在绵延的山脚下,塞纳河像一条偃卧在绿茵上的巨蟒,逶迤流向梅宗-拉菲特。右面的山顶上,马尔里渡槽仿佛是条巨足毛虫,把硕大无朋的身影投向苍穹,而岭下的马尔里城则掩映在郁郁葱葱的绿树丛中。

前面是一片广阔的平原,村落星罗棋布。韦济内的几个水塘在小树林稀疏的绿荫中显得明净而清澈。左面,可以望见远处萨特鲁维尔钟楼高高耸立的尖顶。

瓦尔特说:"这样的风景真是天下无双,在瑞士也找不到。"

随后,大家缓缓向前走去,一面散步,一面欣赏着周围美丽的景色。

乔治和苏姗稍稍落在后面。当他们与其他人的距离拉开了好几步的时候,乔治立刻压低声音对苏姗说:"苏姗,我非常爱你,简直是神魂颠倒了。"

苏姗低声说:"我也是,漂亮朋友。"

乔治接着又说："如果我不能娶你为妻，我就离开巴黎，离开这个国家。"

她回答道："你跟父亲说说看，求求他，也许他会同意的。"

他做了一个不耐烦的动作说："不行，我已经是第十次告诉你了，这样做没有用。而且这样一来，我就再也进不了你家的大门，会被赶出报馆，咱们甚至连见面都不可能了。我敢肯定，按规矩去求婚，准会得到这样的结果。他们已经把你许给了卡佐勒侯爵，希望你最终会同意。现在，他们正等着哩。"

她问道："那该怎么办呢？"

乔治从侧面看了看她，犹犹豫豫地说："你既然这样爱我，你愿意采取一项大胆的行动吗？"

她坚决地回答道：

"愿意。"

"一项非常大胆的行动。"

"愿意。"

"一项最最大胆的行动。"

"愿意。"

"你有勇气顶撞你父母吗？"

"有。"

"真的？"

"真的。"

"那好。现在有一个办法，唯一的办法！事情要由你提出来，而不能从我这方面提出来。你是被娇惯的孩子，爱说什么就说什么，你再做一件大胆的事，别人也不会大惊小怪的。你听我说，今晚回家的时候，你单独去找你母亲，告诉她你愿意嫁给我。她一定大为震惊，也一定非常生气……"

苏姗打断他的话说："啊！妈妈一定同意！"

杜·洛华立刻又说："不，你不了解她。她一定比你父亲更不高兴，更生气。你看吧，她准不同意。但你必须顶住，不要让步。你要反复说，你只嫁给我，不嫁给任何人。这点你做得到吗？"

"我做得到。"

"从你母亲那里出来以后，你就去找父亲，把同样的话对他说一遍，态度要非常严肃，非常坚决。"

"好的，好的。然后呢？"

"然后，事情可就严重了。如果你坚决，非常坚决，非常和十分坚决想做我的妻子的话，亲爱的，亲爱的小苏姗……我就把你……把你劫走！"

苏姗一听高兴得浑身一震，差一点鼓起掌来。

"啊，多幸福啊！你真的要把我劫走？什么时候把我劫走？"

她脑子里突然出现书中描述的种种诱人的冒险故事，像充满诗意的夤夜私奔，乘车远遁，野店投宿等等。迷人的梦境似乎即将成为现实。她反复问道："你什么时候来把我劫走？"

他低声回答道："就在……今天晚上……今夜。"

她战栗了一下，问道："咱们到哪里去？"

"这是我的秘密。你要考虑一下自己的行动。你想想，这次私奔以后，你就只能做我的妻子了！这是唯一的办法。但是……对你来说……这可是个……危险的办法。"

她说道："我已经下决心了……我到什么地方找你？"

"你可以一个人从家里出来吗?"

"可以。我会开那个小角门。"

"那好。等门房睡下以后,夜里十二点,你到协和广场来找我。海军部对面停着一辆出租马车,我就在马车里等您。"

"好,我一定来。"

"真的?"

"真的。"

他紧紧握着她的手说:"啊!我多么爱你啊!你真好,真勇敢!这么说,你不愿嫁给卡佐勒先生了?"

"噢,不嫁了。"

"你说不嫁给他的时候,你父亲是不是很生气?"

"我想是这样。他想把我送回修道院办的女子寄宿学校。"

"你看,干什么事都要坚决才行。"

"我一定坚决。"

她凝神看着辽阔的天边,脑子里充满私奔的念头。她将和他远走高飞……逃到比天边还远的地方……她要被劫走了!……为此,她感到很骄傲!她丝毫不考虑这样做可能会使她身败名裂。再说,这一点她能知道吗?能想象得到吗?

瓦尔特夫人转过身来,喊道:"来呀,小宝贝。你和漂亮朋友在那儿干什么?"

他们赶上了众人。大家正在谈论不久以后要去的海滨浴场。

接着,一行人不循原路,经沙图往回走。

乔治不再吭声,心里不住地盘算:如果这个小家伙真有点勇气的话,他的计划马上便可以实现!三个月以来,他施展出不可抗拒的魔力,使她堕入情网而不能自拔。他诱惑她,俘虏她,征服她。他知道如何博得女人的欢心,因而赢得了苏姗的爱情。苏姗这个未入世的女孩子,感情很脆弱,杜·洛华毫不费事便征服了她的心。

他先是使她拒绝了德·卡佐勒先生的求婚,刚才又说服她同意和自己私奔,因为,除此以外,没有其他办法。

他很清楚,瓦尔特夫人绝不会同意把女儿给他。瓦尔特夫人仍然爱他,永远爱他,其强烈的程度,简直难以理喻。杜·洛华对她很冷淡,但是适可而止。他知道瓦尔特夫人被爱情所折磨,欲火如焚,可是,又无能为力。他改变不了她这种执拗的态度。她绝对不会同意杜·洛华把苏姗娶走。

但是,一旦他能够把小姑娘劫持到远方,他和小姑娘的父亲就能实力相当地讨价还价。

他心里想着这一切,别人跟他说什么,他根本听不进去,只是哼哼哈哈地对付。直到回巴黎,头脑才清醒过来。

苏姗也在沉思。四匹马的铃声在她脑子里叮当作响,她仿佛看见在永恒的月光下,大路一直伸向天边,他们两人穿过黑魆魆的森林,来到路旁的乡村客店,马夫们急急忙忙更换驾车的马匹,因为谁都猜得出来,后面有人正在追赶他们。

四轮大马车驰进瓦尔特的大院以后,大家挽留乔治吃晚饭。他谢绝了,回到自己家里。

吃了点东西,他便开始整理各种证件,仿佛准备要出远门。他把会给自己带来麻烦的信件烧掉,把另外一些藏了起来,又写了几封信给朋友。

他不时看看壁上的挂钟,心里想:"那边一定热闹起来了。"他感到一阵不安。会不会失败呢?其实,这又有什么可害怕的?他总有办法脱身!不过今天晚上他下的赌注可是够大的!

到了十一点,他走出家门,随便遛了一会儿。然后,雇了一辆马车,一直来到协和广场,叫车夫停在海军部的拱廊旁边。

他不时划着一根火柴看看表。当他发现快到十二点的时候,便顿时坐立不安起来。不断把头探出车门外面张望。

远处,一座钟敲了十二下。稍近一点,另一座钟又敲响了。接着,又有两座钟同时响了起来,紧跟着,从很远的地方又传来了一阵钟声。最后这座钟响过之后,他心里想:"完了,失败了,她不会来了。"

但他决心一直等到天亮,因为,在这种情况下,非有耐心不可。

他听见钟敲了十二点一刻,十二点半,然后,十二点三刻。接着,所有的钟像刚才宣布十二点那样,敲响了一点。他已经不抱任何希望,只是呆坐在那里,思索可能会发生的情况。突然,一个女人的脑袋从车门伸进来,问道:"是你在这儿吗?漂亮朋友。"

他吓了一跳,半晌说不出话来。

"是你,苏姗?"

"对,是我。"

他好容易才拧开门把。连声说:

"啊……是你……是你……进来吧。"

她上了马车,一下子倒在乔治身上。乔治向车夫喊了声:"走!"马车便上路了。

苏姗喘着气,没有说话。

杜·洛华问道:"喂,事情进行得顺利吗?"

她几乎支持不住了,只是喃喃地说:

"啊,可了不得,特别在妈妈房间里。"

他感到一阵不安,身体也微微颤抖起来。

"你母亲?她说什么?快告诉我。"

"啊,可怕极了。我走进她房间,把准备好的那番话对她讲了一遍。她的脸倏地白了,连声嚷道:'不行,绝对不行。'我呢,我哭了,赌着气,发誓非你不嫁。当时我以为她一定要打我了。她像疯了一样,说第二天就把我送回寄宿学校。我从来没见过她这样,从来没见过!这时候,爸爸来了,听她说了一大堆颠三倒四的话。爸爸倒不像她那样生气,不过,他说,您不是一个十分理想的丈夫。

"他们这么一说,我的气也上来了,我也嚷开了,声音比他们还大。爸爸叫我滚出去,他态度凶极了,完全不像个爸爸的样子。于是,我决定跟你逃走。所以我就来了。现在,咱们到哪儿去?"

他温柔地搂着她的腰,聚精会神地听她叙述,心怦怦直跳。他恨透了这两个人。不过,他现在已经把他们的女儿弄到手。让他们走着瞧吧。

他回答说:"现在太晚,赶不上火车了。咱们就坐这辆马车到塞夫勒,在那里过一夜。明天,咱们到拉罗吉翁。那是塞纳河畔一个美丽的村子,在芒特和博尼埃尔之间。"

她喃喃地说:"我可是没带衣物,什么也没有。"

他不在乎地笑了笑:"没关系!咱们到那边想办法。"

马车在路上奔驰。乔治拿起姑娘的手,毕恭毕敬地轻轻吻着,不知道跟她说什么才好。因为他对这种柏拉图式的恋爱一点也不习惯。突然,他发觉她哭了。

他慌了手脚,忙问:

"你怎么了?我的小宝贝。"

她抽抽噎噎地回答道:

"要是我那可怜的妈妈发现我走了,这时候,她一定睡不着觉。"

她母亲果然没睡。

苏姗一离开房间,瓦尔特夫人便走到她丈夫面前,丧魂落魄、气急败坏地问他:

"天哪!这到底是怎么回事啊!"

瓦尔特怒气冲冲地叫道:"怎么回事?一定是那个奸贼把她骗了。他怂恿她拒绝嫁给卡佐勒。他肯定看上她的嫁妆了。"

他愤怒地在屋里踱来踱去,接着又说:"你也是,老招他来,恭维他,奉承他,对他亲热得唯恐不够。从早到晚,左一个漂亮朋友,右一个漂亮朋友。瞧,现在遭报应了。"

瓦尔特夫人面如死灰,喃喃地说:"我?……我招他来!"

瓦尔特悻悻地骂道:"对,就是你!你们,马雷尔那女人,苏姗,还有其他人,都像疯了似的迷上了他。你以为我看不出来?你两天不请他到这里来就受不了!"

她霍地挺直身子,痛苦地说:"我不允许您这样和我说话。您忘了,我和您不一样,我不是在小店铺里长大的。"

他闻言先是一愣,接着怒气冲冲地脱口骂了一句"他妈的",把门砰地关上走了。

屋里只剩下瓦尔特夫人。她本能地走到镜子前面仔细端详一下自己,仿佛想看看身上有什么变化没有,因为刚才发生的事简直太可怕,太令人难以置信了。苏姗爱上了漂亮朋友!漂亮朋友竟然也愿意娶她!不!她弄错了,这不是真的!小姑娘出于本能,一时迷恋上这个美男子,希望能嫁给他。这不过是一时头脑发热的结果!可是他,他不可能与她串通!瓦尔特夫人想来想去,脑子都弄糊涂了。一个人大祸临头的时候,往往会这样。不,漂亮朋友不可能知道苏姗私下的想法。

她又想,杜·洛华这个人很可能阴险毒辣,什么都干得出来,但也可能毫不知情,不应该怪他。她翻来覆去,考虑了很久。如果这个阴谋是他一手策划的,那他简直是个无耻之徒!果真如此,会发生什么事情呢?她已经预感到危机四伏,隐患无穷了。

如果他本人不知道,事情还有挽回的余地。可以把苏姗带出去旅行六个月,一切也就过去了。但这样一来,她以后怎能再见到他呢?因为直到现在,她仍然爱着乔治。这种感情像锋利的箭头,已经深深地扎进了她的心窝,拔也拔不掉了。

没有他她活不下去,简直和死了一样。

她思前想后,痛苦万分,心神不定。头逐渐疼起来,脑子发木,昏昏沉沉地非常难受。她越来越生气,越弄不清楚就越恼火。她看了看壁上的挂钟,已经一点过了。她心想:"我不能这样待着,否则非发疯不可。我一定要弄清楚。我去把苏姗叫醒来问问。"

她生怕发出声音,连鞋也不穿,只拿着一支蜡烛,径直向女儿房间走来。她轻轻把门推开,走进去,往床上一看,被褥一点没动。最初,她不明白,以为女儿还在和父亲说理。猛然,她心里掠过一阵怀疑,慌忙往丈夫房间跑去。她脸色苍白,气急败坏地冲进屋里。她丈夫已经躺下,但还在看书。

他吓了一跳。

"嗯？发生了什么事吗？你怎么了？"

她嗫嚅地说：

"你看见苏姗了吗？"

"我？没有。你为什么问这个？"

"她已经……她已经……走了。她不在……房间里。"

他一纵身跳到地毯上，穿上拖鞋，连睡裤也来不及穿，只披上件衬衣，便匆匆往女儿房间奔去。

一看见房间里的情形，他再也没有任何怀疑。苏姗出走了。

他把手中的灯往面前的地上一放，颓然倒在扶手椅上。这时，他妻子也赶来了，嗫嚅地问：

"怎么样？"

他没有力气回答，连发火的劲也没有，只是呻吟：

"木已成舟，现在，他把苏姗攥在手里。咱们完了。"

她不明白这句话的意思：

"怎么？完了？"

"唉！是呀，完了。现在非把苏姗嫁给他不可了。"

她像野兽般大吼了一声：

"嫁给他！绝对不行！难道你疯了？"

他凄然地回答道：

"你嚷也没用。他已经把苏姗拐去，玷污了。最好还是把苏姗给他算了。只要处理得好，谁也不会知道这件丑事。"

她暴跳如雷，连声说：

"不行，不行，绝不能把苏姗给他！我永远也不同意！"

瓦尔特心事重重，喃喃地说：

"可是苏姗在他手里。木已成舟。咱们一天不让步,他就一天不放她,把她藏起来。所以,为了避免把这桩丑事张扬出去,还是立刻让步的好。"

他妻子心里有说不出的痛苦,只觉得肝肠欲裂,嘴里不住地说:

"不,不,我绝不同意!"

瓦尔特开始不耐烦了,他说:"不必商量了。就得这样办。唉!这个混蛋,把我们耍得好苦……不过,他到底有本事。咱们找比他地位高的人好找,可是,要找比他更精明,更有出息的人就不容易了。他是个有前途的人。将来一定能当议员和部长。"

瓦尔特夫人斩钉截铁地说:

"我绝不让他娶苏姗……你听见没有……绝不!"

他终于生气了,他是个讲求实际的人,现在转过头来替漂亮朋友说话了。

"你住嘴……我再和你说一句,一定要这样办……非这样办不可。谁知道?也许将来咱们并不后悔。这种人什么事都做得出来。你也看到了,他只写了三篇文章就把拉罗舍-马蒂厄这个傻瓜打倒了,而且干得很体面,他作为丈夫,处在这样一种地位,本来是很难办的。再说,咱们还是走着瞧吧。不管怎么说,咱们已经中了人家的圈套,不能脱身了。"

她真想大叫大嚷,在地上打滚,扯自己的头发。她继续愤怒地叫道:

"他不能娶她……我……不……同……意!"

瓦尔特站起来,从地上拿起灯,说道:

"哼,你和所有女人一样蠢。你们只知道感情用事,不懂得见机而行……你们蠢透了！我现在告诉你,得把女儿给他……非这样不成。"

说完,他趿着拖鞋走了出去,像一个穿着睡衣,形体滑稽的幽灵,在夜深人静的时候,走过这所巨宅宽阔的走廊,一声不响地回到自己的房间里。

瓦尔特夫人茫然地站着,难忍的痛楚撕裂着她的心。对刚才发生的一切,她还弄不清楚,只觉得痛苦极了。后来,她似乎感到,总不能一动不动地站到天亮。逐渐地,她内心产生一种强烈的要求,要逃,要向前跑,离开这里,去寻求帮助,她需要别人的救援。

她要找一个能够前来帮助她的人。什么人？她想不出来！神父！对,神父！如果真的能找到,她一定会扑在他的脚下,向他供出一切,向他承认自己的错误和失望。神父一定能理解,苏姗绝不能嫁给那个卑鄙的家伙,他必然会阻止这样的事情。

她马上需要一位神父！但是神父在哪里？上哪儿去找？她总不能就此罢休啊。

就在这时,凌波基督清晰的形象突然像幻影般出现在她眼前。她看见了,和油画上的基督一模一样,似乎在喊她,对她说:"到我这儿来。匍匐在我的脚下。我将安慰你,给你指引迷津。"

她拿起蜡烛,走出房门,下楼往花房走去。基督画像放在花房尽头一个小客厅里。客厅门上装着玻璃,以免油画被泥土的潮气损坏。

这里仿佛是奇花异树掩映下的一座小小的教堂。瓦尔特夫人走进花园不禁一怔。以前她在这里看见的是一派光明,现在却是漆黑一片。茂密的热带植物发出浓郁的气息,使周围的气氛更加沉闷,又因为园门深锁,树丛中的空气密封在圆形的玻璃拱顶下,要费很大劲才能吸进肺里,它麻醉你的神经,使你头晕目眩,使你又舒服又难受,使你的肌肤既享受到刺激性的快感,又有一种死亡的感觉。

可怜的妇人慢慢地走着。周围一片漆黑,更增加她心里的慌乱。随着她手中摇曳的烛光,黑暗中出现了各种树木,样子非常难看,有的像人,有的像鬼,奇形怪状,不一而足。

猛然,她看见了基督,便把挡在面前的门打开,跪了下来。

她先是狂热地向他祈祷,喃喃地诉说内心的景仰,热烈而近乎绝望地祈求他的保佑。随后,激动的情绪逐渐平静下来,她抬起眼睛看了看基督,不禁大吃一惊,发现基督与漂亮朋友长得一般无异。她手中的蜡烛闪烁不定,基督的面容被这唯一的亮光从下往上一照,仿佛已经不是天主,简直就是她的情夫,正在定睛地看着她。那眼睛、额头、面部的表情、冷漠而倨傲的神态,真是无处不像!

她嗫嚅地说:"耶稣……耶稣……耶稣!"不知不觉,乔治这两个字涌到了唇边。她忽然想到,也许就在这个时刻,乔治正在占有她的女儿。在某地的一个房间里,他正单独和苏姗在一起。他!他!正和苏姗在一起!

她嘴里不断祷告:"耶稣……耶稣!"心里却想着他们……想着女儿和自己的情夫,他们双双在一个房间里……三更半夜。她看见他们了,非常清楚,就在挂油画的地方。他们微笑,亲吻。房间里光线很暗,床幔半开半掩。她站起来向他们走去,想揪住女儿的头发,把她从拥抱中拉开。她要掐住她的喉咙,把她扼死,逆女竟然委身给这个男人,真是可恶已极！她摸到女儿了……可是她双手接触的原来是那幅画。她碰到了基督的脚。

她大叫一声,仰面朝天倒在地上。蜡烛也翻了,熄灭了。

后来怎样了呢?她做了很久的梦,梦见一些古怪而又可怕的事情。乔治和苏姗搂抱着不断在她眼前闪过,而在一旁站着的耶稣基督还为他们祝福,保佑他们那令人恶心的爱情。

她模模糊糊地觉得并不在自己房间里。她想站起来逃跑,但又办不到。感到浑身麻木,手脚都不能动弹,只有头脑还清醒,但也被虚无缥缈的可怕幻象折腾得昏昏沉沉,似梦非梦。热带地方有一些形状古怪、香气浓郁的催眠植物能使人脑子里产生奇怪而致命的噩梦。此刻她正是做这样的梦。

天亮了,有人发现瓦尔特夫人躺在《基督凌波图》前面,昏迷不醒,几乎已经气绝。当时,她的情况很严重,大家都担心她活不了。到了第二天,她才恢复知觉,抽抽噎噎地哭了起来。

关于苏姗失踪的事,只告诉仆人说,临时把她送到教会寄宿学校去了。杜·洛华给瓦尔特先生写了一封长信。瓦尔特先生在回信中答应把女儿嫁给他。

漂亮朋友的这封信是出走那天晚上事先写好,离开巴黎的时候,扔进邮箱里的。他在信里恭恭敬敬地说,他一直爱着年轻的姑娘,但他们两人并没有私订终身。只是当他看见苏姗自己跑来,对他说:"我要做您的妻子",这时候,他才认为有权利把她留下,甚至把她藏起来,直到从他父母那里得到答复为止,因为,父母的意愿固然有法律的价值,但在他看来,比起未婚妻本人的意愿,总要略逊一筹。

他要求瓦尔特先生把信寄到邮局,他的一个朋友会设法把信转交给他。

他终于如愿以偿,便把苏姗带回巴黎,打发她回到父母身边,而他自己则要过一个时期以后才露面。

在这以前,他们两人在塞纳河边一个名叫拉罗舍吉翁的地方度过了六天。

年轻姑娘从来没有这么高兴地玩过,快活得像个牧羊姑娘。杜·洛华告诉别人说她是自己的妹妹。两个人生活在一起,自由自在,亲密无间,但却保持纯洁的恋人关系。他认为对这位姑娘最好还是以礼相待,不及于乱。他们到达这个地方的第二天,苏姗买了一些内衣和几件乡下女人穿的衣服,然后便戴上一顶插着野花的大草帽,跑到岸边垂钓。这里有一个古塔和一座古堡,古堡里还陈列着精致的壁毯。她觉得这个地方好玩极了。

乔治从当地商人那儿买了一件现成的短上衣,穿上以后,便带着苏姗,不是沿着岸边散步,便是在河上泛舟。他们连连接吻,激动得身子直颤。苏姗天真烂漫,而乔治则几乎不能自持。但他终于克制住了。一天,他对苏姗说:"明天,咱们回巴黎去,你父亲已经答应把你嫁给我了。"苏姗一听便娇憨地嘀咕说:"那么快?做你的妻子真有意思。"

十

乔治·杜·洛华和克洛蒂尔德·德·马雷尔在君士坦丁堡街那套小公寓门口碰头以后,便立即走到屋里。因为刚从外面进来,觉得屋里很黑。乔治还没来得及把百叶窗打开,克洛蒂尔德便对他说:

"这么说,你要娶苏姗·瓦尔特喽?"

他泰然地承认了,而且还加了一句:

"你不知道吗?"

她怒不可遏,站到他面前,气冲冲地说:"你要娶苏姗·瓦尔特?这太过分了!太过分了!你甜言蜜语哄了我三个月,好瞒着我。这件事谁都知道,只有我蒙在鼓里。这次还是我丈夫告诉我的!"

杜·洛华冷笑着,但心里也多少有点惶恐。他把帽子往壁炉角上一放,坐到一把扶手椅上。克洛蒂尔德面对面地注视着他,低声愤怒地对他说:

"自从你离开妻子以后,你就开始准备这一手。你假情假义地继续要我作你的情妇,好拿我暂时补补缺,对不对?你真是个卑鄙小人!"

他问道:

"你干吗这样?我有妻子,但她欺骗我,被我当场抓住,我被批准离婚。现在我再娶一个,难道不是最最简单的事?"

她气得浑身发抖,喃喃地说:

"啊,你这个奸诈危险的家伙!"

杜·洛华微微一笑:

"当然!笨蛋和傻瓜总是要上当的!"

她仍然顺着刚才的思路说:

"我一开始就应该猜出你的伎俩,可是我没有,我想不到你竟是这么一个无耻之徒!"

他把面孔一板说:

"请你说话干净一点。"

杜·洛华这样一生气她就更火了:

"什么!现在你想要我客客气气地对你说话?自从我认识你以来,你对我的态度就像一个无赖,你倒想我不当着你的面说?所有的人都被你骗了,被你利用了。你到处寻欢作乐,骗取钱财,还想我把你当正人君子看待?"

他站起来,嘴唇气得直哆嗦:

"你住口,否则我就把你从这里赶出去。"

她没好气地说:

"从这里赶出去……从这里赶出去……你把我从这里赶出去……你……你?"

她气得说不出话来。突然,怒火像冲开了闸门,一下子炸开了:

"从这里赶出去?你难道忘了,从第一天起,这套房间就是我付的钱!哦,对,有时候,你也掏钱。但到底是谁租的?……是我……谁把这套房子保留下来的?……是我……而现在,你想把我从这里赶出去……闭上你的嘴吧,流氓!你以为我不知道你怎样从玛德莱娜手里把沃德雷克留给她的遗产抢走一半吗？你以为我不知道你怎样和苏姗发生关系,然后逼迫她嫁给你吗？……"

杜·洛华抓住她的肩膀,用双手使劲地摇晃她:

"不要提她！我不许你提到她！"

她大声嚷道：

"你和她睡觉了,我知道。"

别的事他还可以忍受,但这个无中生有的谣言却把他激怒了。刚才她大叫大嚷,当他的面列举种种事实,已经使他气得发抖,现在,她又对那位即将成为他妻子的小姑娘横加诬蔑,杜·洛华不禁感到手心发痒,恨不得把她痛打一顿。

他连声说：

"住口……你小心点……住口……"并使劲地摇晃她,仿佛她是树枝,如果不摇,上面的果子是不会落下来的。

她头发散乱,大张着嘴,疯狂地瞪着两眼大吼道：

"你和她睡觉了……"

他把手一松,放开了她,一记重重的耳光,把她打倒在墙边。但她用手撑起身子,转过脸,冲着他又骂了一句：

"你和她睡觉了！"

他扑上前来,骑在她身上,像揍男人一样使劲地揍她。

突然,她不吭声了。在杜·洛华拳打脚踢之下开始发出呻吟。她已不再挣扎,只是把脸藏在墙角里,痛苦地号叫着。

他停住了手,站起来,在屋子里走了几步,使情绪平静下来。忽然他灵机一动,走进卧室,打开水龙头,放了一脸盆冷水,把头泡进去,然后,又洗了手。一面仔细地擦着手指,一面走回来看看她在干什么。

她没有挪动身子,仍然躺在地上轻轻地啜泣。

他问道:

"你快哭完了吧?"

她不吭声。杜·洛华站在房子中央,对着躺在他面前的这个身体,感到有些发窘,也有点惭愧。

接着,他把心一横,抓起放在壁炉上的帽子说:

"再见了。你走的时候把钥匙交给门房吧。我不奉陪了。"

说完,他走出屋子,把门带上。然后,到门房那儿,对他说:

"太太还在屋里,她一会儿就走。您告诉房东说我从十月一日起把房子退了。现在是八月十六日,还没有到期。"

说完,他大踏步走了,因为他有急事要办,要把给新娘的礼物准备齐全。

婚期定在十月二十日两院复会以后。仪式将在玛德莱娜教堂举行。大家议论纷纷,弄不清到底是怎么一回事。社会上流传着各种各样的说法。有人悄悄说新娘曾被拐走过,但又没有任何根据。

据人们说,瓦尔特夫人不再理睬未来的女婿。在决定婚事的那天晚上十二点,她叫人把女儿送往寄宿学校,然后便满怀悲愤地服毒自杀。

等别人发现的时候,她几乎已经死去。她的健康肯定不能恢复了。现在,她成了白发苍苍的老太婆,变得非常虔诚,每个星期天都到教堂参加领圣体的仪式。

九月初,《法兰西生活报》宣布,杜·洛华·德·康泰尔男爵升任总编辑,瓦尔特先生保留经理的职位。

于是，开始招兵买马，用金钱从各个历史悠久、实力雄厚的大报馆夺走了大批有名的专栏编辑、本地新闻编辑、政治编辑、艺术评论员和戏剧评论员。

现在，那些严肃而受人尊敬的老报人谈起《法兰西生活报》时再也不耸肩膀瞧不起了。这家报纸在各方面迅速取得的成就使当初对它嗤之以鼻的正派作家不得不对其刮目相看。

该报总编辑的婚礼成了巴黎的一件大事，因为最近，杜·洛华和瓦尔特一家已经引起人们极大的兴趣。社会新闻中经常提到的头面人物都打算参加婚礼。

婚礼在一个晴朗的秋日举行。

从早上八点，王家大街上，高大巍峨的玛德莱娜教堂的全体人员便在高高的台阶上铺上一条宽宽的红地毯，禁止行人来往，并向巴黎市民宣布，这里要举行盛大的仪式。

上班的职员，工厂的年轻女工，百货商店的杂役，都停下来观看，心里纳闷，这些为了办婚事而如此铺张的大阔佬到底是什么样的人。

十点钟左右，看热闹的人停下不走了。他们站了几分钟，希望能看到仪式马上开始。后来又各自散了。

十一点，来了几队警察，他们一到便命令人群散开。因为围观的人不断增加而且越聚越多。

第一批客人很快就来了，他们都想找个好座位，以便把一切都看个清清楚楚。他们占据了教堂中间过道两边的椅子。

逐渐又来了一些人，妇女们都穿着丝绸衣服，裙裾窸窣，男人们则态度严肃，几乎均已秃顶，走路规矩而大方，尤其在这样的场合，显得比平时更有气派。

教堂渐渐坐满了。阳光从敞开的大门射进来,照着头排的亲友。祭坛的光线似乎有点弱,供桌上摆满了蜡烛,昏黄的烛光与大门射进来的那一圈阳光适成对比。

熟人们认出了对方,彼此作手势打招呼,三三两两地聚在一起。文人不像社交界人士那样庄重,他们窃窃私语,还不断打量女人。

诺尔贝·瓦兰纳正在找熟人,忽然瞥见雅克·里瓦尔坐在几排椅子的中间,便立刻朝他走去。

"瞧,"他说道,"机灵的人真吃得开!"另外那位丝毫没有妒忌的心理,回答道:"他这回可好了。一辈子不用发愁了。"他们指点着他们所看见的人,一一说出他们的名字。

里瓦尔问道:"你知道他妻子的情况吗?"

诗人微笑着说:"也知道,也不知道。听说,她深居简出,住在蒙马特尔区。可是……这里面有个问题……我最近在《笔报》上看到几篇政治文章,与以前福雷斯蒂埃和杜·洛华的文章一模一样。作者署名是让·勒多尔,是一个聪明漂亮的青年,属于咱们的朋友乔治那种类型,而且他认识乔治的前妻。因此,我得出结论,她喜欢初出茅庐的新手,永远喜欢这种人。另外,她很有钱。当初沃德雷克和拉罗舍-马蒂厄去她家去得那么勤不是没有原因的。"

里瓦尔说道:

"玛德莱娜这个小娘们实在不错,聪明伶俐,小巧玲珑,脱了衣服一定很迷人。不过,话又说回来了,请你告诉我,杜·洛华已经公开离了婚,为什么还能在教堂里举行婚礼呢?"

诺尔贝·德·瓦兰纳回答道:"他在教堂举行婚礼是因

为对教会来说,他第一次结婚并不算数。"

"这是怎么回事?"

"我们的漂亮朋友,不知是因为不在乎还是出于节约,认为娶玛德莱娜只需到市政府登记一下就够了,所以省掉了接受神父祝福的手续。对咱们神圣的教会来说,这只能算是同居。因此,今天,他仍然能以未婚男子的身份到教堂里来,而教堂也给他大事铺张,反正不管费用多大,都是瓦尔特老头掏腰包。"

客人不断增加,嗡嗡的谈话声在教堂的拱顶下也变得越来越响。有的人甚至高声说话,彼此指指点点,告诉对方哪几位是社会名流。而这些有名的人物则故意装腔作势,知道自己受人注目,心里美滋滋的,小心翼翼地摆出平时在大庭广众中的那种姿势。他们已经习惯于这样造作,因为他们自以为是各种喜庆场面必不可少的艺术品和装饰品。

里瓦尔又开腔了:

"亲爱的,你经常到老板家去,你说说,瓦尔特夫人和杜·洛华是不是真的彼此互不理睬了?"

"真的,彼此再也不理睬了。她不愿意把小女儿嫁给杜·洛华。但杜·洛华似乎用发现的尸体——那些埋葬在摩洛哥的尸体来拿他一把,威胁老头子说,要把事情揭发出去,使他身败名裂。瓦尔特想起了拉罗舍-马蒂厄这个前车之鉴,立刻就软了下来。但是,那女儿的母亲像所有的女人那样执拗,发誓永远也不再和女婿说一句话。他们狭路相逢的时候,那才滑稽哩。女的像尊塑像,一尊复仇女神的石雕像,男的呢,尽管装做若无其事,其实也是窘得很,这家伙可会控制自己啦!"

385

几个同行过来和他们握手。谈了几句有关政治方面的话。教堂门口聚集了一大群人，嘈杂的声音像远海的波涛，随着太阳光涌进大门，升向拱顶，把教堂内那些社会中坚们的较有节制的喧闹声盖住了。

忽然，守门的瑞士兵用戟在木板地上连敲三下。全体来宾跟着转过身来。只听见一阵裙裾的窸窣声和挪动椅子的声音。在正门耀眼的阳光下，年轻的新娘挽着父亲的胳臂走了进来。

她依然像个玩具娃娃，一个头插橙花、白玉般可人的洋娃娃。

她在门口停了一下，然后迈步走进大殿。顿时，风琴齐奏，响亮的乐声宣布新娘来了。

她款款而行，头低垂着，但毫无忸怩之态。神情微微有点激动，但举止大方，体态迷人。好一个俊俏的小新娘。女宾们看着她走过，不禁微笑着低声谈论，男宾们轻轻地夸赞："真美。真可爱。"瓦尔特先生庄严地走着，但却显得过分造作。他脸色有点苍白，眼镜直挺挺地架在鼻梁上。

他们后面是四位女傧相，穿着一式的粉红衣服，美丽动人，组成了这位娇小玲珑的王后的侍从。男傧相都是经过精心挑选、体型相同的小伙子，他们步伐整齐，仿佛经过芭蕾舞教师的悉心指点。

瓦尔特夫人跟在这一行人的后面，挽着她另一位女婿的父亲，七十二岁的拉图尔·伊夫林侯爵。她并不是在走路，而是拖着身子慢慢地往前蹭，每挪一步，似乎都会昏厥过去。给人的印象是，她的脚紧粘在地板上，两条腿不愿意往前迈，心怦怦直跳，像有头小鹿在胸里乱撞，挣扎着想逃走。

她瘦多了,满头白发使她的脸色显得更加苍白,两颊也更加凹陷了。

她两眼发直,谁也不看,也许正想着折磨她的那桩伤心事。

后面是乔治·杜·洛华挽着一位陌生的老妇人出现了。

他高扬着头,两眼也是直勾勾地看着前面,目光严峻,双眉微蹙,唇上的髭须高高翘起。人人都认为他是个非常漂亮的美男子。他举止傲慢,身材修长,两腿笔直。剪裁合度的礼服上点缀着血红色的荣誉团绶带。

接着走过来的是亲属。萝丝和参议员黎梭兰。她刚结婚六个星期。拉图尔·伊夫林伯爵则陪伴着佩尔斯缪子爵夫人。

最后是一队杂牌军,都是杜·洛华给他的新家庭介绍过的亲友。这些人,见面便成莫逆,是巴黎下层社会中的知名人物。其中有暴发户的远房亲戚、家产荡尽而素有劣行的没落贵族,其中有的还结过婚,那就更糟糕了。他们是:德·贝尔维涅先生、邦若林侯爵、德·拉沃耐尔伯爵和夫人、德·拉莫拉诺公爵、克拉瓦洛亲王、瓦尔莱阿里骑士,还有瓦尔特请来的客人:盖尔什亲王、费拉辛纳公爵和夫人、美丽的黛·迪纳侯爵夫人。在这一干人中,有几个是瓦尔特夫人的亲戚,还保留着外省人那种规规矩矩的神态。

风琴敞开广阔的胸怀,不断地鸣奏,从那唱尽人间悲欢的闪闪发光的喉管里,吐出响亮而有节奏的乐音。两扇大门关上了,顿时,教堂里一片昏黑,太阳似乎被逐出了门外。

现在,乔治已经来到了祭坛。他跪在新娘旁边,正对着灯火辉煌的祭台。从丹吉尔新来的那位主教手持法杖,头戴法冠,从圣器室走出来,准备代表永恒的上帝为他们证婚。

他照例向他们提出千篇一律的问题,交换了双方的指环,说几句永结同心的话,并向新婚夫妇发表了一篇典型的基督教祝词,天花乱坠地谈了半天要彼此忠实、白头到老。主教长得魁梧肥胖,是一个漂亮的高级教士,肚子凸出,显得很有威严。

忽然,传来了一阵哭声,有几个人忍不住回头看了看。原来是瓦尔特夫人,她双手捂着脸,正在啜泣。

在女儿的婚事上,她不得不让步。除此以外,又有什么办法呢?那天,她女儿回来了,到房间里看她,她拒绝拥抱女儿,并把女儿赶出房门。杜·洛华来见她,彬彬有礼地向她鞠躬。她把声音压得很低,对杜·洛华说:"您是我所认识的最卑鄙无耻的人,从今以后,请您别再跟我说话,我绝对不会回答您的。"从那时候起,她内心受尽折磨,哀恸欲绝,不能自已。她深恨苏姗,这种恨来自高度激化的情欲和撕心裂肺的嫉妒,这是一种母亲加情敌的非同寻常的嫉妒,十分强烈,难以言传,像鲜嫩的伤口,使人感到火辣辣般疼痛。

现在,主教当着两千客人和她的面,在教堂里为她女儿和她情夫主持婚礼!而她却作声不得,无法阻止这一切!她不能大喊:"这个男人是属于我的,他是我的情夫。您主持的这门婚事是可耻的!"

不少女宾都同情地悄悄说:"可怜的母亲,瞧她多么激动!"

主教高声朗诵道:"你们是这个世界上幸福的人,是最富有、最受尊敬的人。您,先生,您才华盖世,文章绝代,您教育、指点和领导着芸芸众生,您的使命是伟大的,您将给世人做出光辉的榜样……"

杜·洛华凝神听着,骄傲得如饮醇醪,不胜酒力。一个罗马教会的高级神职人员居然这样恭维他。他觉得背后这群人、这一大群知名人士都是为他而来的。他感到有一股力量推他前进,使他步步高升。他,原来不过是康特勒两个贫苦农民的儿子,可现在却成为主宰世界的人物之一。

他忽然又看见那个高踞山顶,俯瞰卢昂大峡谷的小酒店。他的父母正在店里伺候当地的老乡喝酒。杜·洛华继承了沃德雷克伯爵的遗产以后,曾经给父母寄过五千法郎。他们可以用这笔钱置一份薄产,老两口一定会感到幸福和快乐。

主教的祝辞说完了。一位披着金色襟带的教士登上祭坛。风琴又奏起歌颂新婚夫妇的乐曲。

忽然,琴声激昂澎湃,像汹涌的浪涛,那么高亢,那么雄浑,仿佛要掀掉教堂的屋顶,飞向蓝天。乐声响彻整个教堂,使人心惊肉跳。突然,琴声又逐渐减缓,轻快活泼,音符在空中飘逸,像阵阵轻风掠过耳边。又似百鸟齐鸣,细语啁啾,婉转动听。蓦地,悦耳的琴声又再度激越起来,其势汹汹,粗犷磅礴,有如一颗细砂转眼间变成了无边的宇宙。

随后,响起了一阵歌声,在垂首肃立的人群上空回荡。巴黎歌剧院的沃里和朗代克唱起来了。安息香散发出芬芳的香气,祭坛上的献祭宣告完成。在教士的祈求下,耶稣基督降临人间,正式承认了乔治·杜·洛华男爵的胜利。

跪在苏姗身旁的漂亮朋友低下头去。在这样的时刻,他感到自己几乎变成了修士。上帝对他如此垂顾和恩宠,保佑他获得了成功。他满怀感激之情,不知应该向谁表示,只好默默地感谢上天。

宗教仪式结束了。他站起来，挽着妻子走进了圣器室，于是，参加婚礼的人排成长长的队列，鱼贯地走进来。乔治欣喜若狂，觉得自己俨然成了万民朝贺的国君。他和客人们逐一握手，一面低声说几句不痛不痒的应酬话，不住地鞠躬，向祝贺他的人说："感谢您光临。"

忽然，他瞥见了德·马雷尔夫人，又不禁回忆起自己如何吻她以及她又如何回吻的情形，回忆起他们之间的种种爱抚，她的温存，她说话的声音，她嘴唇的香味。这一切使他血脉贲张，产生了与她重修旧好的欲念。她漂亮、大方，神态像个顽皮的孩子，一双眼睛水灵灵的。乔治心想："说到底，这个情妇可是够迷人的。"

她走过来，略带羞怯和不安地把手伸给他。他握住她的手不放，感到这个女人的手指在秘密地向他召唤，轻轻的压力，既表示原谅，也表示愿意复续旧情。因此，他也紧紧握住这只纤手，仿佛在说："我永远爱你，我是属于你的。"

他们四目相视，眼里含着微笑，闪耀着光辉，充满了爱情，她娇媚地低声说："回头见，先生。"

他快活地回答道："回头见，夫人。"

她说完便走开了。

其他人还一个劲地涌来，像长河在他面前流过。好容易人稀了。最后一批客人也走了。乔治又挽起苏姗的胳臂，再次穿过教堂向门口走去。

教堂里又是高朋满座，因为大家已经回到自己的座位好看他们双双从身旁走过。杜·洛华迈着安详的步伐，缓缓前进。他高抬着头，眼睛凝视着阳光灿烂的门口，觉得皮肤上掠过一阵轻微的战栗。一个人在极度幸福的时刻，常常会感到身上发冷,不由自主地战栗起来。他谁也看不见,一心只想到自己。

到了门口,他看见黑压压一大群人,熙熙攘攘。他们来这里的目的,无非是想瞻仰他乔治·杜·洛华的丰采。全巴黎的居民,都在注视他,羡慕他。

他抬起眼睛,看见协和广场后面的众议院,觉得似乎自己即将从玛德莱娜教堂的门口,一跃跳到波旁宫的大门。

他缓步走下高高的台阶,穿过站在两旁看热闹的人群。但对这些人,他似乎视而不见,因为此刻,他的思想正在追溯往事。在他面前耀眼的阳光中,隐隐出现了德·马雷尔夫人的形象。她每次从床上起来,两鬓上的鬈发总是蓬乱不堪,此刻,正对着镜子整理满头的青丝呢。

"外国文学名著丛书"书目

第 一 辑

书　名	作　者	译　者
伊索寓言	〔古希腊〕伊索	周作人
源氏物语	〔日〕紫式部	丰子恺
堂吉诃德	〔西班牙〕塞万提斯	杨　绛
泰戈尔诗选	〔印度〕泰戈尔	冰　心　石　真
坎特伯雷故事	〔英〕杰弗雷·乔叟	方　重
失乐园	〔英〕约翰·弥尔顿	朱维之
格列佛游记	〔英〕斯威夫特	张　健
傲慢与偏见	〔英〕简·奥斯丁	王科一
雪莱抒情诗选	〔英〕雪莱	查良铮
瓦尔登湖	〔美〕亨利·戴维·梭罗	徐　迟
欧·亨利短篇小说选	〔美〕欧·亨利	王永年
特利斯当与伊瑟	〔法〕贝迪耶	罗新璋
巨人传	〔法〕拉伯雷	鲍文蔚
忏悔录	〔法〕卢梭	范希衡　等
欧也妮·葛朗台 高老头	〔法〕巴尔扎克	傅　雷
雨果诗选	〔法〕雨果	程曾厚
巴黎圣母院	〔法〕雨果	陈敬容
包法利夫人	〔法〕福楼拜	李健吾
叶甫盖尼·奥涅金	〔俄〕普希金	智　量
死魂灵	〔俄〕果戈理	满　涛　许庆道

书　名	作　者	译　者
当代英雄	〔俄〕莱蒙托夫	草　婴
猎人笔记	〔俄〕屠格涅夫	丰子恺
白痴	〔俄〕陀思妥耶夫斯基	南　江
列夫·托尔斯泰中短篇小说选	〔俄〕列夫·托尔斯泰	草　婴
怎么办？	〔俄〕车尔尼雪夫斯基	蒋　路
高尔基短篇小说选	〔苏联〕高尔基	巴　金等
浮士德	〔德〕歌德	绿　原
易卜生戏剧四种	〔挪〕易卜生	潘家洵
鲵鱼之乱	〔捷〕卡·恰佩克	贝　京
金人	〔匈〕约卡伊·莫尔	柯　青

第 二 辑

荷马史诗·伊利亚特	〔古希腊〕荷马	罗念生　王焕生
荷马史诗·奥德赛	〔古希腊〕荷马	王焕生
十日谈	〔意大利〕薄伽丘	王永年
莎士比亚悲剧五种	〔英〕威廉·莎士比亚	朱生豪
多情客游记	〔英〕劳伦斯·斯特恩	石永礼
唐璜	〔英〕拜伦	查良铮
大卫·科波菲尔	〔英〕查尔斯·狄更斯	庄绎传
简·爱	〔英〕夏洛蒂·勃朗特	吴钧燮
呼啸山庄	〔英〕爱米丽·勃朗特	张　玲　张　扬
德伯家的苔丝	〔英〕托马斯·哈代	张谷若
海浪　达洛维太太	〔英〕弗吉尼亚·吴尔夫	吴钧燮　谷启楠
哈克贝利·费恩历险记	〔美〕马克·吐温	张友松
一位女士的画像	〔美〕亨利·詹姆斯	项星耀
喧哗与骚动	〔美〕威廉·福克纳	李文俊
永别了武器	〔美〕欧内斯特·海明威	于晓红

书　名	作　者	译　者
波斯人信札	〔法〕孟德斯鸠	罗大冈
伏尔泰小说选	〔法〕伏尔泰	傅　雷
红与黑	〔法〕司汤达	张冠尧
幻灭	〔法〕巴尔扎克	傅　雷
莫泊桑中短篇小说选	〔法〕莫泊桑	张英伦
文字生涯	〔法〕让－保尔·萨特	沈志明
局外人　鼠疫	〔法〕加缪	徐和瑾
契诃夫小说选	〔俄〕契诃夫	汝　龙
布宁中短篇小说选	〔俄〕布宁	陈　馥
一个人的遭遇	〔苏联〕肖洛霍夫	草　婴
少年维特的烦恼	〔德〕歌德	杨武能
德国，一个冬天的童话	〔德〕海涅	冯　至
绿衣亨利	〔瑞士〕戈特弗里德·凯勒	田德望
斯特林堡小说戏剧选	〔瑞典〕斯特林堡	李之义
城堡	〔奥地利〕卡夫卡	高年生

第 三 辑

埃斯库罗斯悲剧二种	〔古希腊〕埃斯库罗斯	罗念生
索福克勒斯悲剧二种	〔古希腊〕索福克勒斯	罗念生
欧里庇得斯悲剧二种	〔古希腊〕欧里庇得斯	罗念生
神曲	〔意大利〕但丁	田德望
西班牙流浪汉小说选	〔西班牙〕克维多 等	杨　绛 等
阿拉伯古代诗选	〔阿拉伯〕乌姆鲁勒·盖斯 等	仲跻昆
列王纪选	〔波斯〕菲尔多西	张鸿年
蕾莉与马杰农	〔波斯〕内扎米	卢　永
莎士比亚喜剧五种	〔英〕威廉·莎士比亚	方　平
鲁滨孙飘流记	〔英〕笛福	徐霞村

3

书　名	作　者	译　者
彭斯诗选	〔英〕彭斯	王佐良
艾凡赫	〔英〕沃尔特·司各特	项星耀
名利场	〔英〕萨克雷	杨　必
人性的枷锁	〔英〕威廉·萨默塞特·毛姆	叶　尊
儿子与情人	〔英〕D.H.劳伦斯	陈良廷　刘文澜
杰克·伦敦小说选	〔美〕杰克·伦敦	万　紫　等
了不起的盖茨比	〔美〕菲茨杰拉德	姚乃强
木工小史	〔法〕乔治·桑	齐　香
恶之花　巴黎的忧郁	〔法〕波德莱尔	钱春绮
萌芽	〔法〕左拉	黎　柯
前夜　父与子	〔俄〕屠格涅夫	丽尼　巴金
卡拉马佐夫兄弟	〔俄〕陀思妥耶夫斯基	耿济之
安娜·卡列宁娜	〔俄〕列夫·托尔斯泰	周扬　谢素台
茨维塔耶娃诗选	〔俄〕茨维塔耶娃	刘文飞
德国诗选	〔德〕歌德　等	钱春绮
安徒生童话选	〔丹麦〕安徒生	叶君健
外祖母	〔捷〕鲍·聂姆佐娃	吴　琦
好兵帅克历险记	〔捷〕雅·哈谢克	星　灿
我是猫	〔日〕夏目漱石	阎小妹
罗生门	〔日〕芥川龙之介	文洁若

第 四 辑

一千零一夜		纳　训
培根随笔集	〔英〕培根	曹明伦
拜伦诗选	〔英〕拜伦	查良铮
黑暗的心　吉姆爷	〔英〕约瑟夫·康拉德	黄雨石　熊蕾
福尔赛世家	〔英〕高尔斯华绥	周煦良

书　名	作　者	译　者
月亮与六便士	〔英〕威廉·萨默塞特·毛姆	谷启楠
萧伯纳戏剧三种	〔爱尔兰〕萧伯纳	潘家洵　等
红字　七个尖角顶的宅第	〔美〕纳撒尼尔·霍桑	胡允桓
汤姆叔叔的小屋	〔美〕斯陀夫人	王家湘
白鲸	〔美〕赫尔曼·梅尔维尔	成　时
马克·吐温中短篇小说选	〔美〕马克·吐温	叶冬心
老人与海	〔美〕欧内斯特·海明威	陈良廷　等
愤怒的葡萄	〔美〕约翰·斯坦贝克	胡仲持
蒙田随笔集	〔法〕蒙田	梁宗岱　黄建华
悲惨世界	〔法〕雨果	李　丹　方　于
九三年	〔法〕雨果	郑永慧
梅里美中短篇小说选	〔法〕梅里美	张冠尧
情感教育	〔法〕福楼拜	王文融
茶花女	〔法〕小仲马	王振孙
都德小说选	〔法〕都德	刘　方　陆秉慧
一生	〔法〕莫泊桑	盛澄华
普希金诗选	〔俄〕普希金	高　莽　等
莱蒙托夫诗选	〔俄〕莱蒙托夫	余　振　顾蕴璞
罗亭　贵族之家	〔俄〕屠格涅夫	陆　蠡　丽　尼
日瓦戈医生	〔苏联〕帕斯捷尔纳克	张秉衡
大师和玛格丽特	〔苏联〕布尔加科夫	钱　诚
茨威格中短篇小说选	〔奥地利〕斯·茨威格	张玉书　等
玩偶	〔波兰〕普鲁斯	张振辉
万叶集精选	〔日〕大伴家持	钱稻孙
人间失格	〔日〕太宰治	魏大海

第 五 辑

书 名	作 者	译 者
泪与笑　先知	〔黎巴嫩〕纪伯伦	冰　心　等
华兹华斯　柯尔律治诗选	〔英〕华兹华斯　柯尔律治	杨德豫
济慈诗选	〔英〕约翰·济慈	屠　岸
汤姆·索亚历险记	〔美〕马克·吐温	张友松
大街	〔美〕辛克莱·路易斯	潘庆舲
田园三部曲	〔法〕乔治·桑	罗　旭　等
金钱	〔法〕左拉	金满成
果戈理小说戏剧选	〔俄〕果戈理	满　涛
奥勃洛莫夫	〔俄〕冈察洛夫	陈　馥
谁在俄罗斯能过好日子	〔俄〕涅克拉索夫	飞　白
亚·奥斯特洛夫斯基戏剧六种	〔俄〕亚·奥斯特洛夫斯基	姜椿芳　等
复活	〔俄〕列夫·托尔斯泰	草　婴
静静的顿河	〔苏联〕肖洛霍夫	金　人
谢甫琴科诗选	〔乌克兰〕谢甫琴科	戈宝权　任溶溶
维廉·麦斯特的学习时代	〔德〕歌德	冯　至　姚可崑
叔本华随笔集	〔德〕叔本华	绿　原
艾菲·布里斯特	〔德〕台奥多尔·冯塔纳	韩世钟
豪普特曼戏剧三种	〔德〕豪普特曼	章鹏高　等
铁皮鼓	〔德〕君特·格拉斯	胡其鼎
加西亚·洛尔卡诗选	〔西班牙〕加西亚·洛尔卡	赵振江
你往何处去	〔波兰〕亨利克·显克维奇	张振辉
显克维奇中短篇小说选	〔波兰〕亨利克·显克维奇	林洪亮
裴多菲诗选	〔匈〕裴多菲	孙　用

书 名	作 者	译 者
轭下	〔保〕伐佐夫	施蛰存
卡勒瓦拉(上下)	〔芬兰〕埃利亚斯·隆洛德	孙 用
破戒	〔日〕岛崎藤村	陈德文
戈拉	〔印度〕泰戈尔	刘寿康
三个火枪手(上下)	〔法〕大仲马	李玉民
约翰-克利斯朵夫(上下)	〔法〕罗曼·罗兰	傅 雷
都兰趣话	〔法〕巴尔扎克	施康强

第 六 辑

书 名	作 者	译 者
金驴记	〔古罗马〕阿普列尤斯	王焕生
萨迦	〔冰岛〕佚名	石琴娥 斯文
约婚夫妇	〔意大利〕曼佐尼	王永年
双城记	〔英〕查尔斯·狄更斯	石永礼 赵文娟
飘	〔美〕米切尔	戴 侃 等
狄金森诗选	〔美〕艾米莉·狄金森	江 枫
在路上	〔美〕杰克·凯鲁亚克	黄雨石 等
尤利西斯	〔爱尔兰〕詹姆斯·乔伊斯	金 隄
漂亮朋友	〔法〕莫泊桑	张冠尧
战争与和平	〔俄〕列夫·托尔斯泰	刘辽逸
陀思妥耶夫斯基中短篇小说选	〔俄〕陀思妥耶夫斯基	文 颖 等
阿赫玛托娃诗选	〔俄〕阿赫玛托娃	高 莽
布登勃洛克一家	〔德〕托马斯·曼	傅惟慈
西线无战事	〔德〕雷马克	邱袁炜
雪国	〔日〕川端康成	陈德文
晚年样式集	〔日〕大江健三郎	许金龙